ALEXANDRA BAUER

DIE MIDGARD-SAGA - HEL

Die Midgard-Saga
~ Hel ~

Alexandra Bauer

1. Auflage
D-65817 Niederjosbach

mail@alexandra-bauer.de
www.alexandra-bauer.de

Illustration Petra Rudolf

Lektorat Melanie Lübker und
Sabine Niedermayr

ISBN-13: 978-1539326441
ISBN-10:1539326446

Inhalt

PROLOG

Großes Unheil kündigte sich an. Balder, Odins Sohn, plagten Todesträume. Stets galt er als der Beste, Schönste und Hellste unter den Asen, nur Gutes gab es von ihm zu berichten. Die Asen wussten, sollte Balder etwas passieren, wäre es auch um sie geschehen. Darum versammelten sie sich und hielten Rat.

Lange rätselten sie, was zu tun war. Dann zog Frigg in die Welt hinaus und ließ alle Dinge und Wesen im Himmel und auf Erden Eide schwören, Balder zu verschonen. Nichts und niemand sollte ihm ein Haar krümmen. Nur ein junger Mistelzweig schien Frigg zu unbedeutend, um ihm den Eid abzunehmen.

Als Frigg ihr Werk vollendet hatte, kehrte sie nach Asgard zurück. Dort feierten die Asen ein Fest, bei dem sie sich damit vergnügten, Balder mit Pfeilen zu beschießen. Sie bewarfen ihn mit Steinen und hieben mit ihren Waffen nach ihm. Nichts verletzte Odins Sohn.

Loki teilte die Freude der Asen nicht. Voller Neid und Hass beobachtete er den Liebling der Götter. In der Gestalt eines alten Weibes suchte er Frigg auf, schwärmte von der

Unverwundbarkeit des Göttersohns und lobte ihre Tat in den hohen Tönen. Erst dann fragte er, ob sie wirklich alles bedacht habe.

„Nichts wird ihm schaden. Ich habe von allen Wesen und Dingen heilige Eide empfangen“, gab Frigg preis.

„Das ist wundervoll! Und wirklich jedes Ding und jedes Wesen hat einen Eid geschworen?“, bohrte Loki nach.

„So ist es. Nur ein Mistelzweig schien mir zu jung und schwach, sodass ich ihm den Eid nicht abnahm“, erzählte Frigg.

Daraufhin verabschiedete sich das Weib. Loki aber ging auf die Suche nach einem Mistelzweig und eilte zurück zu den Asen, die noch immer feierten und ihren Spaß mit Balder trieben.

Etwas abseits von allen entdeckte Loki den blinden Hödur, der nicht am Spiel teilnahm.

„Warum erteilst du Balder nicht die Ehre und schießt auf ihn?“, fragte Loki.

Hödur lachte. „Hast du vergessen, dass ich blind bin? Außerdem habe ich keine Waffe.“

„Ich helfe dir“, erwiderte Loki. „Ich habe diesen Zweig, mit ihm kannst du auf Balder schießen. Ich werde den Pfeil für dich lenken.“

So schoss Hödur den Pfeil und Odins Sohn fiel entseelt zu Boden. Entsetzt starrten die Asen auf den toten Gott – und Loki floh.

Trauer herrschte in Asgard. Man bahrte Balder auf einem Schiff auf. Kaum aber lag der Leichnam auf dem Scheiterhaufen, brach auch seine Frau Nanna zusammen und starb. Die Asen betteten sie an die Seite ihres Gemahls.

Alle gaben dem Gott Wünsche der Hoffnung mit auf seinen Weg. Auch Odin flüsterte ihm einige Worte ins Ohr, ehe Thor das Totenschiff entzündete. Die Riesen stießen es hinaus aufs Meer. Dort wurde es von den weinenden Töchtern Ägirs begleitet, bis es von einer Flutwelle verschlungen und auf den Grund des Meeres gezogen wurde.

Niemand trauerte schwerer um Balder als seine Mutter Frigg. Auf ihr Drängeln hin erklärte sich Hermodr schließlich bereit, Hel aufzusuchen und die Totengöttin zu bitten, Balder wieder frei zu geben. Auf Odins Pferd Sleipnir ritt er neun Tage, bis er Hel erreichte. Er mühte sich vergebens, die Totengöttin milde zu stimmen. Sie erklärte sich aber damit einverstanden, Balder zurück zu den Asen zu lassen, wenn alle Geschöpfe und Dinge der Welt um ihn weinten.

Jedes Wesen, sogar die Steine, weinten um Balder. In einer düsteren Felsenhöhle jedoch saß eine grimmige Riesin, Thökk mit Namen, die weigerte sich, auch nur eine Träne zu vergießen. Kein Bitten und Flehen konnte sie rühren.

Viele Asen, die mit Betroffenheit die Weigerung des finsteren Weibes vernahmen, glaubten, dass Loki sein hasserfülltes Werk in der Gestalt der Trollfrau fortsetze. Doch die Beweise fehlten.

So blieb Balder im Reiche der Hel und der Anbruch Ragnaröks lag fortan als dunkler Schatten über dem Handeln aller Asen.

1. Kapitel

Kyndills Flammen malten ein Muster aus Licht und Schatten auf Theas Gesicht. Angestrengt betrachtete sie die lodernde Klinge, während sie das Schwert auf Wal-Freya gerichtet hielt. Die Wanengöttin stand ihr gegenüber, die Arme ausgestreckt, die Finger neben der Waffe gespreizt. Eisiges Schweigen schraubte die Spannung zwischen beiden ins Unermessliche. Das Flammenschwert spiegelte sich in den strengen Augen Wal-Freyas wider. Die oberste Walküre hatte ihre schwere Rüstung gegen ein dunkelgrünes Kleid getauscht, über dem sie ein blaues Überkleid mit Rundhals trug. Jedweder Prunk fehlte der Aufmachung, einzig ihr Gürtel war mit einer silbernen Schnalle und aufwändig gearbeiteten Knotenmustern versehen. Thea trug ebenfalls ein grünes Kleid mit dazugehörigem, moosgrünem Überkleid. Sie hatte mit Engelszungen auf Wal-Freya eingeredet, doch die Walküre hatte darauf bestanden, dass Thea in diesem Gewand erschien. Schließlich sei sie eine Frau und das solle sie auch zeigen. Thea ahnte, dass die Wanin etwas damit bezweckte. Schon lange hatte sie den Verdacht, dass sie versuchte, ihr und Tom eine Romanze anzuhängen. Doch Tom war nur ein Freund. Es war ausgeschlossen für

Thea, dass sie jemals mehr für ihn empfinden würde. Mehrmals hatte sie dies Wal-Freya versichert und sie angefleht, nicht die Liebesgöttin bei ihnen zu spielen. Aber Wal-Freya hatte nur gelächelt und Thea die Haare aus dem Gesicht gestrichen.

Für Thea war es ungewöhnlich, der Walküre gegenüber zu stehen, ohne dass diese ihre goldschimmernde Rüstung trug. In einem Kleid wirkte Wal-Freya beinahe verletzlich und nicht wie die tapfere Kriegerin, als die Thea sie kennengelernt hatte. Dennoch büßte Wal-Freya nichts von ihrer imposanten Erscheinung ein. Den Kopf gesenkt ließ sie ihre Schülerin nicht aus den Augen. Thea hingegen hatte das Gefühl für Zeit schon lange verloren. Es musste etwa eine Stunde vergangen sein, seit sie so vor der Walküre stand, gefangen im Versuch Kyndills Mächte zu bändigen.

Als sie die Situation kaum mehr ertragen konnte, wurde die Tür des Zimmers aufgerissen und Juli steckte den Kopf hinein. Thea drehte sich zu ihr um und lächelte, Wal-Freya allerdings rollte die Augen. Verärgert stemmte sie die Hände in die Hüften.

„Juli", seufzte sie. „Was an den Worten ‚*du sollst nicht stören*' ging nicht in deinen Schädel?"

Juli ließ den Finger an der Schläfe kreisen. „Ab ‚*du sollst*' ist alles verschwommen", erwiderte sie herausfordernd. Nachdem Wal-Freyas Blick eindringlicher wurde, lachte Juli. „Jetzt komm schon, Wal-Freya! Ihr seid schon eine Ewigkeit hier drin! Das ist kaum auszuhalten! Dieses Seidr-Ding nervt!"

„Das *Seidr* erlernt man nicht in fünf Minuten, Juli. Zauberei muss mit allen Sinnen gefühlt werden."

Ein weiterer Kopf erschien in der Tür. Tom lugte vorsichtig in den Raum und trat ein. Er trug noch immer die Kleider, die er von Frigg für sein Abenteuer in Jötunheim bekommen hatte. Eine helle Hose, die von Wadenwickeln umschlossen wurde und eine schwarze Tunika mit einer blauen Untertunika. Nur auf das Kettenhemd und den schwarzen Umhang hatte er verzichtet. Kurz nach ihm tauchte eine dritte Person auf. Sie war etwa in Theas Alter. Ein rotes Gewand, mit schwarzen Borten und Mustern aus goldenem Faden verziert, verhüllte ihren Körper.

„Hallo Thea? Hat es endlich geklappt?“, fragte sie.

„Baba! Du bist hier?“

Die jüngste der Baba Jagas lächelte. „Schon eine Weile.“

Fröhlich trat Thea einen Schritt auf das Mädchen zu und umarmte sie, ohne Kyndill dabei aus der Hand zu nehmen. In den vergangenen zwei Wochen waren sie zu engen Freunden geworden. Nachdem Odin Thea den Wunsch verwehrt hatte, nach Midgard zurückzukehren, brach eine Welt für Thea zusammen. Da sich Loki und Fenrir auf freiem Fuß befanden und Thor in Jötunheim geblieben war, wollte Odin Kyndill in Asgard wissen. Es war Wal-Freya und ihren Freunden zu verdanken, dass Thea nicht verzweifelte, aber auch den Baba Jagas. Thea, Tom und Juli hatten die dreifaltige Göttin oft besucht. Während die Asen fortwährend über das weitere Vorgehen berieten, hatten sich die Jugendlichen angefreundet.

Der Plan der Asen bestand darin, dass Thea und Wal-Freya ins Totenreich Hel reisen sollten, um Balder zu befreien. Ein Vorhaben, mit dem sich Odin zunächst einverstanden erklärt hatte, später jedoch daran zweifelte. Zu viel stand auf dem Spiel, wenn die Unternehmung misslang und er die Totengöttin gegen die Asen aufbrachte. Er hatte eine Völva aufgesucht und sie um Rat gefragt. Diese hatte von einem alten und längst vergessenen Pfad ins Totenreich erzählt, mit dem es Wal-Freya und Thea möglich wäre, Hel ungesehen zu betreten - ein versteckter Zugang, der angeblich weit entfernt am äußersten Zipfel Niflheims lag. Ihren Worten folgend hatte Odin Hermodr nach Niflheim geschickt, um jenen Weg zu finden. Bereitwillig war Hermodr auf Odins Pferd Sleipnir davongeeilt. Seitdem wartete Thea ungeduldig auf Hermodrs Rückkehr, denn jeder Tag, den er länger nach dem geheimen Pfad suchte, bedeutete für sie einen Tag länger von ihrer Familie in Midgard getrennt zu sein. Bevor Wal-Freya Thea für sich vereinnahmte, um ihr Seidr zu schulen, waren die Freunde stets zusammen in Asgard aufzufinden gewesen. Thea genoss die Zeit mit ihnen. Es lenkte sie von der verantwortungsvollen Aufgabe ab, die vor ihr lag. Nie zuvor spürte sie die Hoffnungen und Erwartungen der Götter schwerer auf sich lasten als in dieser Zeit. Thor war in Jötunheim geblieben, Freyr hatte sein magisches Schwert einst an seinen Diener verschenkt. Thea besaß die einzige Waffe, die in Odins Augen Schutz in Hel bot. Zwar konnte Odin Gungnir, einen magischen Speer, sein Eigen nennen, doch alle Asen vertraten die Meinung, dass der Göttervater nicht nach Hel gehen dürfe. Von einen auf den anderen Tag war Thea somit zur Hoffnungsträgerin der Asen geworden. Man behandelte sie mit großem Respekt, die Einherjer neigten sogar die Köpfe vor ihr. Für Thea jedoch ein schwer zu ertragendes Schicksal. Auch wenn Wal-Freya es anders sah, sie war nur ein Mädchen, noch lange nicht erwachsen und zu alledem ein einfacher Mensch. In den Momenten, in denen sie mit Tom, Juli und Baba Jaga durch Asgard streifte, wenn sie im Haus der Baba Jagas einfach nur lachten, kochten und die Stunden bei fröhlichen und alten Geschichten verbrachten, war Thea in der Lage, ihr Schicksal anzunehmen. Dann dachte sie nicht voller Sehnsucht an ihre Familie, die sie in Midgard hatte zurücklassen müssen.

Juli richtete den Finger auf Kyndill. Anders als Thea war es Juli gelungen, sich Wal-Freyas Kleiderordnung erfolgreich zu widersetzen. Sie trug eine Hose unter dem Überkleid, das sich nur in der blauen Farbe von Theas unterschied. „Wenn du dich damit beeilen würdest, wüsstest du, dass Baba schon seit einer Stunde auf dich wartet!"

Wal-Freya stellte sich vor Thea und legte die Hand an die Tür. Juli stemmte den Fuß dagegen, um zu verhindern, dass Wal-Freya die Freunde aus dem Zimmer schob.

„Es wird nie funktionieren, wenn ihr ständig kommt und sie unterbrecht", sagte Wal-Freya eindringlich.

„Ständig?", wiederholte Juli. „Das ist das erste Mal!"

Ein Lächeln huschte über Wal-Freyas Lippen. „Seit heute."

Baba Jaga verzog das Gesicht. „Vielleicht lässt sich Kyndill nicht beherrschen. Es ist ein Zauberschwert. Möglicherweise hat es einen ungezügelten Willen, ganz wie das Element, das es in sich trägt."

Es war Wal-Freyas Absicht, dass Thea lernte, Kyndills Kräfte zu kontrollieren und die Flamme, die in ihm wohnte, zu bändigen. Sie hoffte, dass Thea mit dieser Fähigkeit in Hel weniger Aufsehen erregen würde, denn das Zauberschwert entfaltete selbst dann seine Kraft, wenn Thea es nur leicht berührte. Seit Tagen gängelte Wal-Freya sie zu üben. Der Erwartungsdruck, der auf Thea lastete, trieb ihr das eine oder andere Mal Tränen in die Augen, doch die Wanengöttin blieb unerbittlich.

„Jedes Feuer lässt sich kontrollieren, wenn man ihm ein gutes Gefäß baut", beharrte Wal-Freya.

„Ich kenne ein paar Häuser mit festen Kaminen, die aufgrund eines einzigen Funkenflugs niedergebrannt sind", erwiderte Baba Jaga. „In Kyndill brennt kein gewöhnliches Feuer, es ist das Feuer eines Drachen. Dessen Natur ist ebenso unberechenbar und gefährlich wie das Element, das in Kyndills Klinge gebunden ist."

Wal-Freyas Blick blieb fest. „Es muss funktionieren! Wenn Thea in der Unterwelt damit herumspielt, fliegen wir eher auf als uns lieb ist."

„Wir sind schon überall ziemlich schnell aufgeflogen", erinnerte Juli.

„Und haben stets überlebt", pflichtete Thea bei, was ihr einen rügenden Blick von Wal-Freya einbrachte.

„Ziemlich knapp, wenn ich dich daran erinnern darf, junge Dame! Noch einmal möchte ich sowas wie in Jötunheim nicht erleben!"

Thea trat verlegen auf der Stelle.

„Jetzt komm schon, Wal-Freya! Sie kann das morgen auch noch lernen!", bettelte Juli.

„Gerade *du* wirst großes Interesse daran haben, dass wir unauffällig in Hel bleiben", wetterte Wal-Freya.

„Ist Hermodr schon zurück? Hat er den alten Weg in die Unterwelt gefunden?", fragte Tom.

„Nein, lieber Tom, er ist noch nicht zurück. Aber es wird nicht mehr lange dauern. Bis dahin sollte Thea ihr Flammenschwert beherrschen."

„Auf jeden Fall! Aber jetzt ist ihre Anwesenheit von allerhöchster Dringlichkeit", erklärte Baba Jaga.

Wal-Freya verschränkte die Arme. „So, ist sie das? Wollt ihr wieder Steine auf Midgard werfen? Du bist mehrere hundert Jahre alt, Baba Jaga. Dieses Teenagerverhalten steht dir nicht gut zu Gesicht. Du, Juli, hast wenigstens ein Leben gelebt, das dir ein wenig Vernunft beigebracht haben sollte. Von Thea wollen wir an dieser Stelle gar nicht reden."

Mit unschuldigem Blick hob Juli die Hände. „Du sagst doch immer, dass wir unsere Erinnerungen an unsere alten Leben nicht bekommen haben, um uns darin zu verlieren."

„Was *dir* offensichtlich nicht schwerfällt“, erwiderte Wal-Freya trocken.

Juli lachte und Thea ließ sich von ihrer Erheiterung anstecken.

„Es wurde Zeit, dass du mal wieder lachst“, schmunzelte Juli und gab Thea einen Knuff.

Baba Jaga schüttelte den Kopf. „Ich glaube nicht, dass sich Kyndill beherrschen lässt. Thea versucht es seit so vielen Tagen.“

Seufzend presste Wal-Freya die Lippen zusammen. „Vielleicht ist Thea einfach noch nicht stark genug.“

Baba Jaga runzelte die Stirn. „Oder sie ist *zu stark*. Thea ist mit Kyndill verbunden. Möglicherweise muss sie nicht lernen, das Schwert zu beherrschen, sondern sich selbst.“

Wal-Freyas Blick wechselte von der dreifaltigen Göttin zu Thea. Wal-Freya hatte den Sinn in Baba Jagas Worten nicht verstanden, aber sie schien darüber nachzudenken. Schließlich entspannten sich ihre Gesichtszüge. Ein Lächeln umspielte ihre Lippen. „Na los! Geh mit ihnen. Aber stellt bitte nichts an!“

„Das war nur einmal! Und es ist doch gar nichts passiert!“, empörte sich Tom.

„Wie sollten wir auch ahnen, dass die Steine ungebremst zur Erde fallen und nicht in der Atmosphäre verglühen?“, murrte Juli.

Wal-Freya seufzte tief und legte den Kopf schief. „Vielleicht weil *du* auch nicht verglüht bist, als wir von Asgard nach Midgard geflogen sind?“

Juli lachte. „Stimmt! Was für ein Glück!“

Die Liebesgöttin hob den Finger in Theas Richtung. „In drei Stunden bist du zurück. Sei so lieb und halte dich dran.“

Thea nickte dankbar. Dann lief sie Juli nach, die ihr verschwörerisch auf den Oberarm knuffte und vorauseilte.

Sie querten Wal-Freyas Halle, in der Bygul und Trjegul zusammengerollt vor dem brennenden Kamin lagen. Kurz hoben sie die Köpfe, als sie die Freunde entdeckten. Tom schnappte sich einen Apfel vom Tisch und beschleunigte seinen Schritt, um zu Juli aufzuschließen. Diese öffnete bereits die Tür, trat ins Sonnenlicht und nahm den Pfad in Richtung der oberen Götterburgen.

„Erzähl! Was gibt es so Geheimnisvolles?“, fragte Thea, als sie die Treppe erreichten.

„Wir haben Alwis gefunden!“, erklärte Tom bedeutungsvoll.

„Alwis?“, erwiderte Thea. Angestrengt und suchte in ihren Erinnerungen nach der Geschichte, die mit dem Namen verbunden war. „Was für ein Alwis?“

Während ihr Atem schneller wurde, erklärte Juli: „Das ist der Zwerg, der Thrud heiraten wollte und den Thor bis zum Morgen mit Wissensfragen ablenkte.“ Sie nahm die Hände zur Hilfe, um die Treppenstufen zu überwinden.

Hastig stolperte Thea ihrer Freundin nach. „Der Zwerg, der zu Stein geworden ist?“ Sie verfolgte Baba Jaga mit ihrem Blick, die flott an ihr vorbeieilte, und dabei immer zwei Stufen auf einmal nahm, ohne eine Spur von Erschöpfung zu zeigen. „Genau der! Du musst ihn dir anschauen, er sieht umwerfend aus!“

Thea strauchelte über eine Treppenstufe und fing sich gerade noch, als Tom ihr die Hand entgegenstreckte. „Ich weiß nicht, ob ich mich daran ergötzen möchte“, erwiderte sie, nickte Tom dankbar zu und lief weiter.

„Du verpasst etwas, wenn du ihn dir nicht ansiehst. Wirklich! Er steht in einem Hain“, versicherte Juli. Sie kam an einer Gabelung zum Stehen und schlug den Weg zu ihrer Linken ein.

„Sif wird uns aus ihrem Garten werfen, wenn sie uns erwischt!“, mahnte Thea, die erkannte, dass Juli schnurstracks auf Thrudheim zuhielt, dem Teil Asgards, in dem Thors Saal Bilskirnir stand.

„Quatsch! Du weißt doch, dass wir das Gastrecht genießen!“ Juli zwinkerte schelmisch.

„Und das ist heilig in Asgard“, bestätigte Baba Jaga.

Sie querten einen Pfad zwischen einer Ansammlung von Tannen, die so hoch und dicht standen, dass kaum ein Sonnenstrahl den Boden erreichte. Erst als sie aus dem Wäldchen auf eine Wiese traten, flutete die Sonne wieder ungehindert auf die Landschaft. Thea war in den letzen Wochen drei Mal in Thrudheim gewesen, dennoch staunte sie erneut über die Schönheit und die Magie, die diesen Ort umgab. Von weitem schien Asgard ein einziges Gebäude zu sein. Aber jeder Pfad zu den einzelnen Götterhallen warf eine neue Welt auf, offenbarte, dass jeder Gott in seinem eigenen kleinen Asgard wohnte. Thors Halle lag inmitten einer Hügellandschaft. Der Pfad zwischen den Grasnarben bestand aus einzelnen, goldenen Fliesen, zwischen denen sich Moose und Flechten ausbreiteten. Bilskirnir war wie alle Dächer der Götterburg von Reet bedeckt. Die Windbalken, die weit über den Dachfirst hinaus ragten, bildeten zwei Böcke, eine Ehrung an Tanngrisnir und Tanngnjostr, Thors tierische Gefährten.

Sie folgten dem geschlängelten Pfad bis kurz vor den Eingang der Halle. Dort bogen sie zur Seite ab, um entlang der Stirnseite des Gebäudes zu laufen. Neben Gladsheim und Folkwang mit ihren Hallen Walhall und Sessrumnir, war Bilskirnir einer der größten Wohnorte in Asgard. So brauchten die Freunde eine Weile, ehe sie um die Ecke der Halle in einen Hain gelangten. Bäume mit flachen Kronen krümmten sich über dem von zarten Gräsern bewachsenen Boden und überdachten Findlinge und Farne. Vogelgesang schallte von den Bäumen, von überall her regte sich Leben. Ein

Eichhörnchen sprang zwischen den Ästen, ein Fuchs blieb in einiger Entfernung stehen, setzte sich nieder und beäugte die Gruppe aufmerksam.

„Das ist wunderschön", sagte Thea fasziniert.

„Nicht wahr? Und die Tiere haben alle keine Angst", bemerkte Tom.

„Wahrscheinlich weil Thor nur Jagd auf Rehe und Wildschweine macht", schmunzelte Juli. Sie deutete in eine unbestimmte Richtung. „Hier lang!"

Sie liefen ein Stück in den Wald hinein, bis Juli vor einer Statue stehen blieb. Die gedrungene Gestalt reichte Thea gerade bis zur Hüfte. Sie stand in breiten Stiefeln da, und war mit Tunika und Rüstung bekleidet. Ein Vollbart legte sich über ihre Brust. Jeder Gesichtszug der steinernen Figur wirkte so echt, dass es Thea schwer ums Herz wurde.

„Faszinierend, oder?", hörte Thea Juli sagen.

Thea nickte. „Bedauernswerte Zwerge. Sie sterben, sobald sie das Sonnenlicht erblicken. Ich würde wahnsinnig werden, wenn ich ohne Sonne leben müsste."

„Er scheint unglaublich verliebt gewesen zu sein. Er hat so viel riskiert", sagte Baba Jaga und berührte die Figur an der Schulter.

„Vor allem aber rechnete er sich gute Chancen gegen Thor aus, wenn er darüber hinaus die Zeit vergaß", merkte Tom an.

„Wer würde Thor sowas auch zutrauen? Er ist zwar ein Hitzkopf, aber ich kenne ihn als sehr gerechtigkeitsliebend", erwiderte Baba Jaga.

„Eines Tages werdet ihr eigene Kinder haben und begreifen, dass man für sie alles tut", mischte sich eine Stimme in ihr Gespräch. Alle drehten sich um. Über Theas Gesicht huschte ein Lächeln. Sif hatte sich ihnen lautlos genähert. Sie steckte in einem hellen Kleid. Zwei kostbare

Fibeln über der Brust hielten das dunkelrote Überkleid. Ihr langes goldenes Haar lag offen um ihre Schultern und funkelte mit ihren Augen um die Wette.

„Sif", begrüßte Juli sie. „Waren wir zu laut? Wir wollten dich nicht stören."

Noch immer lächelte die Asin. „Ihr stört nicht." Sie bedachte die Statue mit einem wehmütigen Blick und seufzte. „Thor machte sich Vorwürfe wegen dem, was er Alwis antat. Aber er handelte so, wie es für unsere Tochter das Beste war. Es wäre Unrecht gewesen, ihm Thrud zu überlassen."

Tom runzelte die Stirn. „Haben sich Alwis und Thrud denn nicht geliebt? Ich dachte, Thor hätte nur etwas gegen ihre Verlobung gehabt."

Sif schüttelte den Kopf. „Nein. Über die Verlobung wurde im Thing entschieden. Alwis forderte Thrud dafür, dass er Asgard Waffen schmiedete. Die Mehrheit entschied, dass man sich auf den Handel einließ. Thrud war verzweifelt und Thor platzte vor Wut, als er von seiner Reise zurückkehrte. Er hätte solch einer Vereinbarung niemals zugestimmt."

„Ziemlich schlau von Thor, Alwis stattdessen in einen Wettstreit zu verwickeln und diesen bis zum Sonnenaufgang hinauszuzögern", merkte Thea an.

„So ist es. Aber was kümmert ihr euch um eine alte Steinstatue, während Hermodr zurück aus Niflheim gekommen ist?"

Juli riss die Augen auf. „Was? Hermodr ist zurück?"

Sif lächelte. „Er kam vor wenigen Minuten. Ich bin auf dem Weg zum Thingplatz. Kommt ihr mit? Ich denke, man wird euch dulden."

„Wir kommen sowas von mit!", rief Juli. Sie rannte los, die anderen hinterher. Von einem schlechten Gewissen gepackt, da sie Sif einfach stehen ließen, warf Thea einen Blick zur Göttin zurück, die ihnen ohne Gram folgte. Juli nahm gleich zwei Stufen auf einmal. Hier und da stolperte sie gefährlich. Thea und Tom hatten Mühe, Schritt zu halten, nur Baba Jaga lief die Treppen leichtfüßig hinab.

Eingehegt in einen Kreis aus Findlingen hockten die Asen im Schatten der Weltenesche zusammen. Wal-Freya saß neben Tyr, in gebührendem Abstand zu Frigg, die aufrecht und sehr würdevoll rechts von Odin Platz nahm. Fast alle hatten sich eingefunden, nur Heimdall fehlte noch, ebenso wie Saga und Ullr. Thrud saß ebenfalls im Kreis. Ihre blauen Augen leuchteten hell aus ihrem sonnengebräunten Gesicht. Sie sah aus, als wäre sie geradewegs von ihrem fliegenden Pferd gestiegen, doch Schild und Schwert fehlten. Anders als Wal-Freya trug sie eine Pluderhose. Ihr Kettenhemd blitzte unter einer blauen Tunika hervor. Thea suchte nach einer Ähnlichkeit zu Sif, aber Thrud kam eher nach ihrem Vater, rothaarig, stämmig und ein wenig mürrisch. Sif legte ihre Hände auf Baba Jagas Schulter, ging an Thea, Tom und Juli vorbei und nahm neben Thrud Platz.

Frohgemut wollte sich Juli ihr anschließen, doch Thea packte sie rasch am Arm und hielt sie zurück. Thea ahnte, dass sie mit ihrer Anwesenheit in eine sehr alte Tradition der Asen eingriffen und fürchtete, gegen irgendein Gesetz zu verstoßen. Verunsichert suchte Thea Wal-Freyas Blick. Diese sprach zu ihr, noch ehe es Thea tat.

„*Gut gemacht, Thea! Wartet ab, bis ihr eingeladen werdet. Forseti wird euch sicher willkommen heißen, sobald alle da sind*“, lobte sie.

„Was ist?“, stutzte Juli.

„Warte“, flüsterte Thea.

Nach und nach füllten sich die Plätze. Ullr traf zuerst ein. Er war groß und von imposanter Erscheinung. Über seinen breiten Schultern lag ein schwerer Umhang, seine blonden Haare waren zum größten Teil unter einer Fellmütze versteckt. Ein gestutzter Vollbart schmückte sein Gesicht. Er nickte Thea, Juli, Tom und Baba Jaga zu und fand sich gleich neben Tyr ein. Kurz nach ihm erschien Saga, eine schlanke Frau mit langen, schwarzen Haaren. Sie setzte sich zu Sigyn, Lokis Frau. Es war das erste Mal, dass Thea Sigyn aus der Nähe sah. Sie bewunderte die Asen dafür, dass sie der Göttin trotz des Verrats, den ihr Mann begangen hatte, respektvoll begegneten und sie nicht verstießen. Offensichtlich waren die Asen gut in der Lage, Lokis Taten von denen seiner Frau zu unterscheiden. Dennoch glaubte Thea, Verunsicherung in Sigyns Blick zu erkennen. Anders als alle anderen saß sie weniger aufrecht in der Runde und strich sich immer wieder eine Strähne hinter das Ohr, die sich aus ihrer Stirn löste. Als Heimdall auftauchte, lachte er beherzt und klopfte erst Tom, dann Juli und Thea auf die Schulter. Baba Jaga nickte er respektvoll zu.

„Natürlich treffe ich euch hier“, polterte er, betrat die Einhegung und nahm gezielt einen der freien Steine ein. Fünf Plätze blieben leer. Einer davon befand sich links neben Odin.

Kaum saß Heimdall, erhob sich Forseti. Er war ein überaus hübscher Mann, wie Thea fand. Er wirkte unglaublich jung, allenfalls Mitte zwanzig. Sein blondes langes Haar war so hell, dass es beinahe weiß erschien, ein schmaler Bart deutete sich entlang der Kinnlinie und um seinen Mund an. Er trug eine Pluderhose und eine Tunika mit goldverzierten Borten. Kaum hatte er sich erhoben, fiel sein Blick auf die Gruppe außerhalb des Thingplatzes.

„Wir haben Freunde anwesend, die, wie mir scheint, am Rat der Götter teilnehmen möchten. Wenn es keine Einwände gibt, würde ich sie zu uns bitten.“ Er wartete einen Augenblick. Da sich niemand äußerte, beschrieb er mit der Hand eine einladende Geste. Juli sprang in den Kreis und suchte sich einen freien Platz. Odin winkte Tom zu sich. Dieser nahm die Einladung dankend an und setzte sich neben den obersten der Götter.

Baba Jaga folgte mit einem Lächeln und gesellte sich zu Sif, nur Thea blickte verhalten. Schließlich entschied sie sich für den Platz neben Sigyn. Die Göttin tat ihr leid und sicher würde sie Theas Geste begrüßen. Kaum hatte sie Platz genommen, ging ein Raunen durch die Reihe der Asen.

Thea runzelte verwundert die Stirn und wandte sich an Wal-Freya. „*Was ist? Was haben sie plötzlich?*“, fragte sie in der Gedankensprache.

„*Du hast dich auf Lokis Platz gesetzt*“, erwiderte Wal-Freya in einem Ton, der Thea nicht gefiel.

„*Ziemlich schwer, den nicht zu treffen, bei zwei freien Plätzen*“, motzte Thea.

„Wir sollten der Sache nicht zu viel Bedeutung schenken“, sagte Forseti.

Thea nickte für sie selbst überraschend energisch und wechselte den Blick zwischen Odin und Frigg, deren Augen ausdruckslos auf ihr ruhten.

Odin neigte langsam den Kopf und hob die Hand auffordernd in Hermodrs Richtung. Der stand auf und ließ seinen Blick über die Reihe der Anwesenden schweifen, ehe er verkündete: „Die Völva hatte Recht. Es gibt einen dritten Eingang nach Hel. Er liegt im äußersten Nordwesten Niflheims und führt durch eine Höhle direkt zu den Untiefen des Gjölls. Holle ist davon überzeugt, dass er unbewacht ist, denn über den Gjöll führt für die Toten kein Weg aus Hel hinaus.“ Er schmunzelte und blickte in Theas Richtung. „Und normalerweise ist kein lebendes Wesen so verrückt, nach Hel zu reisen.“

Thea presste die Lippen zusammen. „*Es sei denn, sie sind mit Göttern befreundet und werden dazu … sagen wir mal … überredet*“, erwiderte sie in der Gedankensprache zu Wal-Freya.

„*Eine sehr ehrenvolle Aufgabe für einen Menschen, seinen Göttern zu helfen.*“ Wal-Freya lächelte und Thea antwortete mit einem Seufzen.

„Holle weiß ebenfalls um den geheimen Pfad nach Hel. Sie heißt unsere Idee nicht gut, aber sie glaubt, dass Skidbladnir in der Lage ist, uns über den Gjöll nach Hel zu bringen.“

Thea schmunzelte in der Erinnerung an das magische Schiff, das sie zu ihrem ersten Abenteuer nach Niflheim gebracht hatte. Thor hatte es von Freyr geliehen bekommen. Einst war es von den Zwergen geschaffen worden. Es ließ sich zu einem Pergament zusammenfalten und in einer Tasche verstauen.

Freyr stand auf und Hermodr setzte sich. „Ich kann euch Skidbladnir gerne anvertrauen“, sprach er in Richtung seiner Schwester.

Nun erhob sich Wal-Freya. „Und wo finden wir diesen Eingang?“

Freyr nahm Platz während Odin aufstand. „Hermodr wird euch begleiten. Er wird eine große Hilfe sein. Er ist der Einzige von uns, der bereits in Hel war.“

„Viel habe ich nicht gesehen, aber ich werde gerne mitkommen“, erwiderte Hermodr.

Wal-Freya nahm wieder Platz. Sie beugte sich weit vor und suchte Odins Blick. „Was ist, wenn es zu Komplikationen kommt, Odin? Sollen wir aufs Äußerste gehen, um unser Ziel zu erreichen?“

Die Gesichtszüge des Göttervaters verhärteten sich. „Ab dem Zeitpunkt, an dem ihr die Grenze zum Totenreich überschreitet, werden wir Hel vergrämen. Darum *ja*, geht bis zum Äußersten. Diese Mission darf auf keinen Fall scheitern."

Hermodr nickte entschlossen. Frigg seufzte tief.

Sif schnaufte und schüttelte den Kopf. „Es tut mir leid, dass ich erneut dagegen spreche, aber ich kann nicht oft genug sagen, dass ich euer Vorhaben für eine schlechte Idee halte. Thor würde es ebenso sehen. Der Plan ist schändlich, er bringt die Ordnung jener Welten durcheinander, die *wir* schützen wollen."

Energisch schüttelte Frigg den Kopf. „Die Ordnung ist aus den Fugen, seit Loki sie aus den Fugen gebracht hat. Wir haben über unser Vorhaben bereits abgestimmt und ich werde mich weigern, erneut darüber zu diskutieren."

Zu Theas Überraschung regte sich Sigyn neben ihr. „Wieder stimme ich Sif zu. Als wir auf die Suche nach Fengur ...", sie räusperte sich. „Ich meine natürlich, als wir auf die Suche nach Thea gingen, bestand unser Ziel nur darin, Loki aufzuhalten und ihn seinem geweissagten Schicksal zuzuführen. Der Plan war nie, die ganze Zukunft zu ändern. Aber das würden wir tun, wenn wir Balder aus der Unterwelt befreien."

Forseti schüttelte den Kopf. „Auch wenn ihr glauben könntet, dass ich befangen sei, so widerspreche ich! Wir haben lange genug versucht, Loki zu fangen. Was hat uns das gebracht? Mit jedem Misserfolg haben wir ihn nur mutiger gemacht. Jede seiner Handlungen brachte uns Ragnarök schneller entgegen. Das zeigt uns Fenrirs Befreiung!"

Theas Blick schnellte zu Tyr, der sie kurz ansah und seine Augen dann wieder auf Forseti richtete. Thea verdächtigte den Kriegsgott schon lange, etwas mit dem Verschwinden Fenrirs zu tun zu haben, aber sie wagte nicht, ihren Verdacht offen auszusprechen. Sie wusste, es war verrückt, das zu denken und doch war sie sicher, dass sich Loki damit gebrüstet hätte, wäre *er* für Fenrirs Befreiung verantwortlich gewesen. Nichts dergleichen war jedoch geschehen, im Gegenteil. Als Thea auf Loki getroffen war, hatte er sogar vehement bestritten, etwas mit Fenrirs Befreiung zu tun gehabt zu haben. Andererseits war Loki aber auch nicht zu trauen und seine Unschuldsbeteuerungen konnten ebenso Teil eines größeren Plans sein wie alles, was er zum Gelingen Ragnaröks unternahm.

Odin erhob sich. „Ich stimme Frigg zu. Wir werden nicht noch einmal darüber beraten. Das haben wir schon lange und ausgiebig getan. Die Entscheidung ist gefallen. Wir werden Balder aus Hel befreien."

Sif und Sigyn wechselten Blicke und gaben sich offensichtlich geschlagen.

Odins Auge betrachtete abwechselnd Wal-Freya und Thea. „Wer wird euch begleiten?"

Thea holte überrascht Luft, aber Wal-Freya antwortete, ehe Thea dazu gezwungen wurde.

„Je weniger uns begleiten, umso besser. Eine noch größere Gruppe als die, die sich zusammenfinden wird, würde zu sehr auffallen. Juli wird sich nicht dazu überreden lassen, hier zu bleiben und ich fürchte, mit Tom sieht es nicht anders aus."

Tom und Juli nickten zustimmend. Juli grinste dabei über beide Ohren.

„Hermodr ist uns Hilfe genug", schloss Wal-Freya das Thema.

Juli rutschte auf ihrem Platz hin und her. Forseti bemerkte es. Während er sie anlächelte, fragte er: „Möchtest du uns etwas sagen, Juli?"

„Ja, wenn ich darf?", erwiderte Juli.

Forseti hob die Hand in ihre Richtung und nickte auffordernd.

Den Blick auf Baba Jaga gerichtet druckste Juli: „Nun, ich dachte gerade daran, dass es vielleicht praktisch wäre, eine Totengöttin dabei zu haben, wenn man sich mit einer anderen Totengöttin anlegt."

Baba Jaga riss die Augen auf und hob abwehrend die Hände. „Das wagen wir nicht!"

Nickend erwiderte Odin: „Und das verstehen und akzeptieren wir, Baba Jaga." Er wandte sich an Wal-Freya. „Wir werden euch mit allen erdenklichen Hilfsmitteln ausstatten. Auch gebe ich dir Draupnir mit. So kann Balder sehen, dass ich mit der Entscheidung, ihn aus Hel zu befreien, einverstanden bin."

„Dein Wagen mit Bygul und Trjegul ist nicht groß genug, um euch alle zu befördern", merkte Thrud an. „Nehmt ihr die Pferde?"

„So ist es", nickte Wal-Freya und zauberte Thrud ein Lächeln ins Gesicht.

Nun meldete sich auch Ullr zu Wort. „Ihr müsst reichlich Proviant mitnehmen, vor allem Wasser. Wir wissen nicht, in welche Gegenden Hels euch eure Suche führt. Ihr solltet damit rechnen, dass es schwer werden könnte, frisches Wasser zu finden."

Freyr, die Ellbogen auf den Knien und die Hände in der vornübergebeugten Haltung gefaltet, brummte zustimmend. „Ich bestücke Skidbladnir mit Reserven, damit ihr dort im Zweifelsfall Vorrat findet. Irgendwo werdet ihr das Schiff schon auseinanderfalten können."

„Ein sehr guter Plan", lobte Odin. Er blickte in die Runde. „Morgen früh brecht ihr auf. Bis dahin bereitet alles vor. Heute Abend kommt nach Gladsheim. Wir verabschieden euch mit einem Festmahl." Er sah zu Baba Jaga. „Bitte kommt auch!"

Baba Jaga lächelte. „Das machen wir gerne, Odin."

Alle nickten zustimmend. Forseti beendete die Versammlung und die Asen liefen auseinander. Sif und Sigyn gingen gemeinsam und steckten dabei die Köpfe zusammen. Offensichtlich brauchten sie Zeit zur Nachbesprechung. Frigg hingegen verließ den Platz zufrieden in Odins Arm eingehängt. Baba Jaga winkte den Freunden zu und verschwand ebenfalls. Nur Wal-Freya blieb mit Thea, Juli und Tom noch auf den Plätzen sitzen.

Thea versuchte, das gerade Erlebte zu verarbeiten. Morgen früh also würden sie nach Niflheim aufbrechen. Wieder einmal! Dort, in der eisigen Welt des Nordens, hatte ihr Abenteuer einst seinen Anfang gefunden. Wie passend war es, dass es ausgerechnet hier ein Ende finden sollte. Sie erinnerte sich noch gut an die Reise dorthin. Auf Thors und Wal-Freyas Wagen hatten sie das Meer überquert und sich zum Schlafen auf Skidbladnir treiben lassen. Dabei waren sie sogar der Midgardschlange begegnet.

Plötzlich stutzte Thea. „Sagtet ihr nicht, wir reisen nach Niflheim?", fragte sie.

Wal-Freya, die sich gerade von ihrem Platz erhob, blickte verwundert auf. „Ja, daran besteht kein Zweifel."

„Bei unserer ersten Reise fuhren wir mit euren Himmelswagen dorthin. Wir flogen Tage über das Meer. Wie sollen wir jetzt mit Pferden dorthin kommen?"

Wal-Freya streifte lächelnd an ihr vorbei und legte dabei eine Hand auf ihre Schulter. „Aber Thea, was denkst du denn? Das sind doch keine gewöhnlichen Pferde. Auf mit euch nach Sessrumnir. Ich bin mir sicher, Thrud hat sie bereits für euch ausgewählt."

Thea legte die Stirn in Falten. Während sie noch rätselte, war bei Juli der Groschen gefallen. Von ,Wooohooos' und ,Wuuuhuuus' begleitet machte sie an Toms Schulter geklammert viele kleine Hüpfer. Da ging auch Thea ein Licht auf. Von einem Schreck gepackt, der ihr bis in die Fußspitzen zuckte, schnappte sie nach Luft.

„Nein! Das ist ja noch schlimmer als auf deinem Wagen mitzufahren", protestierte sie und heftete sich an Wal-Freyas Fersen, die bereits auf dem Weg nach Folkwang war.

„Wieso?", lachte sie amüsiert. „Zur Abwechslung kannst du dich an eine Mähne klammern, statt mir die Luft abzudrücken."

Juli hopste fröhlich an ihnen vorbei und Tom, der nicht zu ahnen schien, was alle schon wussten, folgte mit fragendem Gesicht. „Wovon redet ihr eigentlich?"

„Wenn wir von *besonderen* Pferden aus Sessrumnir sprechen, dann kann nur die Rede von Walkürenpferden sein", erklärte Thea, entlockte Wal-Freya ein Schmunzeln und Juli ein weiteres ,Wooohuuu'.

Nun strahlte auch Tom über das ganze Gesicht. „Fliegende Pferde? Wirklich? Wie cool!"

Murrend erwiderte Thea. „Sehr cool! Was, wenn wir irgendetwas falsch machen und abstürzen?"

Wal-Freya blieb auf einer der goldenen Stufen stehen und lachte beherzt. Thea hatte die Walküre noch nie derart erheitert erlebt. Sie wusste gerade nicht, ob es ihr gefiel, dass ausgerechnet sie der Anlass dieses Ausbruchs war. Seufzend beschleunigte sie ihren Schritt, um der Wanin hinterherzukommen. Wie ein junges Reh sprang Juli vorweg. Halb aus Theas Augen verschwunden, folgte sie bereits der Wegbiegung nach Folkwang. Tom befand sich nur einen Schritt hinter Thea.

Wohlwollend wandte sich Wal-Freya zu Thea um. „Was soll dabei schief gehen? Das funktioniert nicht anders als bei euren Pferden in Midgard, nur dass diese durch die Luft reiten. Das Einzige, was du falsch machen kannst, ist, es in die falsche Richtung zu führen. Du reitest ein lebendes Wesen, das genauso wenig abstürzen will wie du. Davon abgesehen wirst du es viel leichter haben als deine beiden Freunde und die wissen diese Ehre anscheinend sehr zu schätzen."

Thea verzog gequält das Gesicht. „Die haben ja auch keine Höhenangst. Wir beide können doch deinen Wagen nehmen!"

Abermals lachte Wal-Freya. „Und was meinst du, meine liebe Thea, ist schneller? Zwei Katzen, die einen Wagen mit zwei Personen ziehen, oder ein Pferd?" Sie legte einen Arm um Thea und drückte sie fest an sich. „Du reitest ein Walkürenpferd! Ich bin schon ganz wild darauf, dich damit zu sehen. Sicher steht es dir großartig!"

„Ja sicher. Ganz großartig", ächzte Thea und abermals entlockte sie Wal-Freya mit ihrer Reaktion ein Lachen.

Als Thea, Tom und Wal-Freya auf die große Terrasse Sessrumnirs traten, stand Thrud in Begleitung einiger Walküren und Pferde in deren Mitte. Thea erkannte Brunhild unter ihnen und winkte ihr freudig zu. Die Walküre erwiderte den Gruß. Dann hieß Thrud die Freunde mit einem Lächeln willkommen. Wal-Freya erwiderte die Geste, deutete aber sogleich auf eines der Tiere und zog verdutzt die Brauen zusammen. Es war ein Rappe, nicht besonders groß, aber mit einer faszinierenden Farbe gezeichnet. Sein Fell schimmerte mit jeder Bewegung blau, gerade so, als habe er den anbrechenden Nachthimmel darin eingefangen.

„Was macht Djarfur hier?", fragte Wal-Freya.

„Er ließ sich nicht davon abbringen, mitzukommen“, erklärte Thrud und als hätte Djarfur die Walküre verstanden, nickte er mehrmals und wieherte bestätigend. Fast glaubte Thea, darin ein amüsiertes Kichern zu vernehmen.

„Ich werde sehr gespannt verfolgen, wohin das führt“, erwiderte Wal-Freya und richtete ihre Worte scheinbar an den Rappen selbst, der wiehernd zu Thea schritt und sie sanft mit dem Maul anschubste.

Thea war von der offenen Zuneigung, die ihr das Pferd entgegenbrachte, geehrt und streichelte ihm mit einem sanft gehauchten ‚Hallo' über die Nüstern.

„Wie es scheint, hat Djarfur seine Reiterin gewählt“, staunte Thrud.

„So scheint es“, raunte Wal-Freya mit einem Seitenblick auf Thea und das Tier. „Von mir lässt du dich nicht reiten, aber von Thea?“

Wieder nickte Djarfur, wieherte und hatte dabei sichtlich Freude. Er stieß Thea an und schnaubte wohlig.

„Teufelsvieh“, grunzte Wal-Freya, lächelte aber immer noch.

„*Du musst wissen, dass Djarfur das Fohlen von Wal-Freyas Pferd ist*“, flüsterte ihr Brunhild zu.

„Wirklich?“, erwiderte Thea verblüfft und erntete staunende Blicke ihrer Freunde. Erst jetzt begriff sie, dass Brunhild ihr in der Gedankensprache zugeflüstert hatte.

„Verzeih, Wal-Freya. Wenn das dein Pferd ist, dann werde ich natürlich ein anderes wählen“, erwiderte Thea. Nun gab Djarfur ein erstauntes Wiehern von sich.

Wal-Freya winkte ab. „Walkürenpferde sind keine gewöhnlichen Tiere, Thea. Sie wählen sich ihre Reiter selbst. Djarfur war kaum auf der Welt, da hatte er schon einen Dickschädel.“ Der Blick des Rappen verschmolz einen

Augenblick lang mit dem der Wanin. Dann wieherte Djarfur abermals.

„Können Pferde lachen?“, wisperte Juli Thea zu. Thea bildete sich also nicht als Einzige ein, dass das Tier kicherte.

„Der wohl schon“, erwiderte Thea. „Ich weiß nur nicht, ob das zu meiner Beruhigung beiträgt.“

Wieder wieherte Djarfur und schubste Thea mit dem Maul.

Wal-Freyas Blick ruhte lange auf dem Rappen. „Ehrlich gesagt bin ich froh, dass er endlich eine Reiterin gewählt hat. Ich denke, du kannst dich glücklich schätzen, Thea.“ Sie winkte Juli zu sich, die sich von Tom löste und erwartungsvoll neben der Wanin Aufstellung nahm. „Jetzt wollen wir mal sehen, wer auf dich zukommt.“

Juli knetete ihre schweißnassen Hände und musterte die Pferde, die nun ebenso glotzten wie sie. Schließlich trat der Fuchs aus der Reihe, senkte den Kopf und schubste Juli spielerisch an. Juli beugte sich unter das Tier. „Junge oder Mädchen?“, fragte sie.

„Das ist Fifill, eine Stute“, erklärte Thrud. „Ich hatte fest damit gerechnet, dass sie sich Thea aussucht, aber Djarfur ist ihr wohl zuvorgekommen.“

„Farblich hätte das sicher harmoniert“, stimmte Juli zu und strich dem Pferd liebvoll über das rote Fell. „Ich kann es kaum erwarten. Am liebsten würde ich gleich aufbrechen.“

Tom lachte. „Das soll was heißen, wenn *du* dir sogar ein Festmahl entgehen lassen willst.“

„Allerdings“, nickte Wal-Freya und winkte nun Tom zu sich. Sie schob ihn vor sich und ließ ihre Hände auf seinen Schultern ruhen, während sie auf die beiden verbleibenden Tiere schaute.

„Für ein Walkürenpferd ist es ungewöhnlich, einen Mann zu tragen“, erklärte sie mit gedämpfter Stimme. „Sei nicht traurig, wenn sie sich weigern. Heimdall sagte, er würde dir im Notfall Gulltopp borgen.“

„Das ist lieb“, antwortete Tom, der nun wie Juli zuvor nervös seine Hände rieb. Die beiden Pferde, ein braunes mit einer ungewöhnlich weißen Mähne und ein graues, sahen sich an und schnaubten unschlüssig.

„Man könnte meinen, sie kommunizieren miteinander“, kommentierte Juli die Szene.

„Das tun sie auch“, lächelte Brunhild.

„Tatsächlich?“, staunte Juli.

Wie von Wal-Freya vermutet, wollte sich keines der Pferde für Tom entscheiden. Als der Graue bereits einen Schritt zurücktrat, wieherte Djarfur. Der Braune hob den Blick in Richtung des Rappen und antwortete ihm scheinbar, denn er nickte schnaubend. Dann trat er auf Tom zu, der daraufhin strahlte, als wäre sein Geburtstag mit Weihnachten zusammengefallen. Zaghaft hob er die Hand und streichelte dem Pferd über die Nüstern.

„Das ist Leiftri. Man könnte meinen, Djarfur habe ein gutes Wort für dich eingelegt“, raunte Thrud.

Zum wiederholten Male wieherte Djarfur kichernd. Thea war sich ab diesem Moment sicher, dass sie keine gewöhnlichen Tiere vor sich hatten.

„Verwöhnt die Guten heute Abend“, gab Wal-Freya letzte Anweisungen. „Morgen früh bringt sie gesattelt und gezäumt zurück.“

„Nach dem Morgengrauen“, bestätigte Thrud. Sie nickte bestätigend und lief über die Terrasse, ohne ein Wort zu sagen, dennoch schlossen sich ihr alle Pferde an, auch Djarfur, der es sich nicht nehmen ließ, Thea ein letztes Mal anzustoßen und sich noch einmal nach ihr umzusehen, ehe er aus ihrem Blick verschwand.

2. Kapitel

Nach dem Aufstehen verbrachte Wal-Freya viel Zeit damit, in einem Nebenraum der Halle ihre Sachen zusammenzupacken. Akribisch kontrollierte sie das auf einem stummen Diener hängende Kleid und füllte diverse Taschen mit Pulvern und Beutelchen. Tom und Juli waren von ihr in Begleitung von Brunhild nach Sessrumnir geschickt worden, wo sie neue Kleider bekommen sollten. Juli hatte nach der langen Abschiedsnacht in Gladsheim lauthals gegen das frühe Aufstehen protestiert, aber Wal-Freya war unerbittlich geblieben. So saß auch Thea völlig übermüdet im Sessel und beobachtete das Tun der Wanengöttin. Ebenso wie Juli, war Thea überrascht und verdutzt zugleich gewesen, als Wal-Freya sie zum Bleiben aufgefordert hatte. Sicher wollte die Wanin, dass Thea beim Ausrüsten der Kleider mit den Zaubermitteln zusah und lernte. Staunend stellte Thea fest, wie viele Taschen sich in dem Kleid der Göttin versteckten. Selbst in den oberen Teil eines Ärmels füllte Wal-Freya ein Täschchen mit Pulver. Als sie damit fertig war, zog sie eine enge Hose an, schlüpfte in das Kleid und schloss mit wenigen Handgriffen den goldenen Panzer um ihre Brust, gefolgt von Arm- und Beinschienen. Nachdem sie ihren Gürtel mit Schwert und Messer umgeschnallt hatte, wandte sie sich an Thea, die voller Bewunderung zusah, wie Wal-Freya mit jedem Rüstungsteil zu der imposanten Gestalt heranwuchs, die sie so sehr bewunderte.

„Jetzt kümmern wir uns um deine Ausrüstung", verkündete Wal-Freya feierlich.

„Mein Wams hat, soweit ich weiß, keine Taschen", erwiderte Thea lächelnd.

Wal-Freya verschränkte die Arme vor der Brust. „Dein alter Flickenwams! Baba Jaga konnte die Spuren der Wolfsattacke zwar gut beseitigen, aber den musst du nun wirklich nicht mehr tragen. Außerdem brauchst du einen neuen Umhang. Niflheim ist kalt."

Thea zwinkerte. „Ich weiß."

„Natürlich tust du das. Dein Kettenhemd hast du ebenfalls beschädigt, deinen Helm verloren …" Sie runzelte die Stirn. „Was hast du in Jötunheim eigentlich nicht kaputt gemacht?"

Thea lachte. „Mein Schwert!"

„In Hel befürchte ich das Schlimmste für Kyndill", erwiderte Wal-Freya trocken.

Thea lachte. Wal-Freya hatte versprochen, ihr eine gute Freundin zu sein. Obwohl sich eine Freundin wohl weniger oft wie eine Mutter aufspielte, stellte Thea immer wieder mit Freude fest, dass Wal-Freya ihr Versprechen problemlos einlöste. Thea fühlte sich wohl in der Nähe der Walküre, auch wenn sie ihre Familie jeden Tag vermisste. Die bevorstehende Reise entlockte ihr jedoch das erste Mal seit langer Zeit ein freudiges Gefühl. Sie war bereit, ihr Schicksal anzunehmen. Je schneller sie ihre Mission zum Ende brachte, desto schneller würde sie Mats und ihre Eltern wiedersehen. Die Gewissheit, dass sie mit ihren Taten nicht nur die Götter rettete, sondern auch ihrer Familie ein sorgenfreies Leben fernab von Ragnarök sicherte, ließ sie der Aufgabe mit Zuversicht entgegenblicken. Schmunzelnd winkte sie ab. „Wenn es selbst Mjölnir nicht schafft, Kyndill zu zerstören, wird es mir erst recht nicht gelingen."

„Allerdings, sonst hättest du es in Jötunheim sicher kaputt bekommen." Wal-Freya lachte beherzt und nahm Thea in den Arm. „Jetzt komm! Ich kann es kaum erwarten, dir deine Sachen zu zeigen. Ich bin so gespannt, was du dazu sagst."

Sie ergriff Theas Hand, führte sie hinaus in die Halle und von dort in einen weiteren Nebenraum. Thea betrat die große Kammer zum ersten Mal und wie alle Zimmer war auch dieses mit den goldenen Steinen errichtet worden, aus denen ganz Asgard bestand. Wal-Freya hatte es jedoch geschafft, dem Raum eine besondere Note zu geben und ihn zu einem Rückzugsort zu machen. Eine riesige Truhe befand sich auf der rechten Seite. Weit hinten, in der linken Ecke, stand ein großes Himmelbett mit hölzernen Streben, die einen dunkelblauen Stoff über seidenen Kissen und Decken hielten. Zwischen den beiden Fenstern an der Frontseite wuchs von irgendwoher eine Korkenzieherweide und spannte sich über die gesamte Decke. Fasziniert folgte Thea den Ausläufern mit den Augen, da berührte Wal-Freya sie an der Schulter und richtete ihre Aufmerksamkeit auf einen Stummen Diener, der neben einem Sessel aufragte. Thea stand augenblicklich der Mund offen. Unter einem schwarzen Umhang, dessen Ränder mit goldenen Knotenmustern abgesetzt waren, leuchtete eine rote Tunika, auf deren Brust mit goldenem Faden das Symbol einer Frau gestickt war. Thea erkannte es wieder. Es zierte auch die Schnalle ihres Schwerttornisters – eine Frau in einem langen

Gewand, die mit ausgestreckten Armen einen Becher in den Händen hielt.

„Alles für dich!“, verkündete Wal-Freya.

„Das ist doch viel zu kostbar“, wisperte Thea überwältigt.

„Du wohnst in Asgard bei der Liebesgöttin und du reitest bald auf einem Walkürenpferd, da musst du einfach kostbar aussehen“, erwiderte Wal-Freya mit einem Lächeln. „Ich hätte eine blaue Tunika bevorzugt, aber Sigrún meinte, sie habe sich an die rote gewöhnt. Leider musste ich ihr Recht geben, obwohl sich deine roten Haare auf Blau sicher noch schöner abgesetzt hätten.“

Thea tastete die Stickarbeit auf der Brust der Tunika ab. „Hat das eine Bedeutung?“

„Natürlich. Es ist das Symbol meiner Walküren.“

„Aber … ich bin keine von deinen Walküren.“

Ein Lächeln huschte über Wal-Freyas Lippen. „Das ist richtig, nur ist Sigrún schon lange davon überzeugt, dass du einen Platz in ihren Reihen bekommen solltest.“

Thea konnte nicht anders als erstaunt die Augenbrauen zu heben. Ungeachtet dessen legte Wal-Freya den Umhang über den Arm und zog als nächstes die Tunika vom Diener. Theas Blick fiel auf ein kurzärmliges, goldenes Kettenhemd. Sie mochte kaum glauben, was sie da sah. Wieder berührte sie das Kleidungsstück mit den Fingerspitzen, fuhr die einzelnen Kettenglieder nach und bewunderte die Art und Weise, wie das Rüstungsteil gefertigt worden war.

„Aber ist Gold nicht ein bisschen schwer?“, sagte Thea verhalten.

Wal-Freya warf Umhang und Tunika auf den Sessel. „Dummerchen! Das ist kein Gold.“ Sie holte nun auch das Kettenhemd vom Diener und reichte es Thea. Erneut konnte sie nur staunen, denn das Rüstungsteil wog nicht mehr als ein gewöhnlicher Mantel.

„Aber, wenn es kein Gold ist ...“

„Muss es aus einem Metall sein, das es in Midgard nicht gibt“, erwiderte die Walküre mit einem Zwinkern. „Durch dieses Kettenhemd kommt sicher keine Wolfsklaue mehr durch. Los! Zieh es an! Ich kann es kaum erwarten dich damit zu sehen!“

Ehe Wal-Freya in Versuchung kommen konnte ihr zu helfen, löste Thea den Gürtel, legte Kyndill auf den Sessel und streifte die Kleider ab. Die Wanin reichte ihr eine schwarze Hose und schob ein Paar Stiefel hinterher. Thea zog die Hose an, schnürte sie zu und schlüpfte in die Schuhe. Das Fell, mit denen diese gefüttert waren, schmiegte sich angenehm weich um ihre Füße. Schon stülpte ihr Wal-Freya eine langärmlige Steppjacke über den Kopf und ließ das Kettenhemd folgen.

„Wundervoll“, kommentierte Thea, die Leichtigkeit der Rüstung bewundernd. Sie fühlte die roten Borten am Ende der Ärmel und des Kragens. Auch diese zierten kunstvolle Knotenmuster.

„Und jetzt die Tunika“, verkündete Wal-Freya feierlich.

Thea hob die Arme und schlüpfte in das Kleidungsstück. Als sie an sich herabsah, fühlte sie ihr Herz schneller schlagen vor Stolz. Erneut fuhr sie mit den Fingerspitzen über das Walkürensymbol. Sie war Teil von etwas Großem geworden. Nie zuvor in ihrem Leben hatte sie sich besser gefühlt – in keinem ihrer Leben. Aber auch für Wal-Freya schien dies ein erhebender Moment zu sein. Thea hatte in den Augen der Wanin selten so viel Freude gesehen.

Wal-Freya deutete auf Kyndill. „Schnall es um!“, forderte sie Thea auf und nahm etwas Abstand, um sie zu betrachten. Ihr fröhlicher Gesichtsausdruck wurde abschätzend. „Sigrún ist ebenso wie du kein Freund von Kleidern. Aber ich finde, auch eine Kriegerin darf ein wenig verführerisch aussehen.“

Sie wandte sich um, hob den Deckel der Truhe an und warf noch einmal einen Blick hinter sich, während sie in der Kiste wühlte. Schließlich zog sie einen schwarzen Stoff heraus, breitete ihn vor sich aus und lächelte zufrieden.

„Oh bitte, Wal-Freya! Keinen Rock! Das behindert doch nur“, stöhnte Thea.

„Ich trage ein Kleid. Hast du schon einmal gesehen, dass mich das in irgendeiner Weise behindert hätte?“

„Nein, aber du bist eine Göttin. Sicher könntest du noch komplett eingewickelt kämpfen.“

Wal-Freya lachte lauthals. „Ja, vielleicht!“

„Wen sollte ich außerdem damit beeindrucken?“

„Mich!“ Wal-Freya trat an Thea heran und forderte sie auf, Steppjacke und Kettenhemd anzuheben. Kaum hatte sie Folge geleistet, band Wal-Freya den Stoff um Theas Hüfte. Erneut nahm die Wanin Abstand und nickte zufrieden. „Außerordentlich!“

Thea fuhr mit den Händen seitlich über den Rock. Tatsächlich ließ er an der Schnürung das komplette rechte Bein frei und zur linken Seite war er so tief geschlitzt, dass sie keinerlei Bewegungseinschränkung wahrnahm. Auch dieser Stoff war an seinen Rändern mit goldenen Knotenmustern verziert.

„Ich werde das Gefühl nicht los, dass das kein Kleidungsstück von dir ist“, brummte Thea.

Wal-Freya lachte. „Bin ich so leicht zu durchschauen?“

„Irgendwie schon.“

„Du wirst noch froh sein, ihn zu haben. Er hält dich zusätzlich warm. Links ist eine Tasche eingearbeitet. Sie enthält Mondsand, um deine Zauber zu verstärken. Das ist natürlich nur für Notfälle.“

„Natürlich.“

Wal-Freya öffnete einen Beutel, der neben dem Diener stand. „Nun fehlt nur noch ein bisschen Rüstzeug“, erklärte sie und reichte Thea Arm- und Beinschienen, die ebenso golden schimmerten wie das Kettenhemd. Silberne Muster waren auf ihnen abgesetzt. Thea wagte kaum zu atmen, als sie das fremdartige Metall in den Händen drehte. „Aber Wal-Freya. Das ist doch alles viel zu kostbar für mich ...“

„So ein Unsinn! Zieh sie an! Diesmal werden wir keine Baba Jaga bei uns haben, wenn du wieder Unsinn anstellst.“ Sie lächelte, doch Thea konnte sehen, dass es ein abgerungenes Lächeln war.

„Glaubst du, dass es sehr gefährlich wird?“

Wal-Freya holte tief Luft. „Ich weiß es nicht. Bisher war nichts einfach und ich wage mir gar nicht vorzustellen, was passiert, wenn Hel uns dabei erwischt, wie wir Balder aus ihrem Reich schmuggeln.“

Thea seufzte bekümmert. „Was meinst du, könnte sie dann machen?“

„Wer weiß das schon, ich kenne sie nicht. In diesem Fall werden du und Kyndill sehr wichtig für uns sein. Es ist also nur recht und billig, dir ein paar kostbare Geschenke zu machen.“ Wieder lächelte sie. Dann holte sie einen, in einer ledernen Tasche steckenden Dolch aus dem Beutel. „Es kann nicht schaden, wenn du eine Klinge bei dir trägst, die nicht brennt“, sagte sie mit einem Zwinkern und befestigte den Dolch am Gürtel auf Theas Rücken.

„Denkst du, dass wir das Richtige tun?“, fragte Thea, während sie die Beinschienen über den Stiefeln anbrachte.

„Keine Ahnung. Manchmal glaube ich ja, manchmal glaube ich nein. Aber es ist mühsam, darüber nachzudenken. Wir haben uns im Thing dafür entschieden, also werde ich alles daran setzen, dass wir Erfolg haben.“

„Vielleicht hätte Juli auch einfach nur die Klappe halten sollen", raunte Thea und schloss bereits die letzte Schnalle der Armschienen.

Wal-Freya lächelte. „Vielleicht wäre auch ein anderer auf die Idee gekommen, Balder zu befreien."

„Fertig", verkündete Thea.

„Fast!" Abermals griff Wal-Freya in den Beutel und zog einen Brillenhelm hervor. „Der wird aber nicht wieder verloren!", sagte sie, während sie ihn Thea entgegen warf.

Thea fing den Helm auf. Wie auch die Beinschienen war er aus dem fremden, goldenen Material gefertigt und wies silberne Knotenverzierungen auf. Thea wog den Helm in den Händen und betrachtete die filigrane Arbeit. „Haben das Zwerge gemacht?"

„Lichtalben", erwiderte Wal-Freya ungerührt. Sie lächelte und ging zurück in die Halle. „Vergiss den Umhang nicht!"

Thea nahm das Kleidungsstück und warf es sich über die Schulter. Es war aus dickem Stoff und hatte sogar eine Kapuze. Sie schloss es, rückte die Kapuze zurecht und eilte Wal-Freya nach, die unterwegs ihren eigenen blauen Umhang mit dem Fellbesatz schnappte und durch die Tür auf der gegenüberliegenden Seite der Halle trat. Hier befand sich die große Terrasse, die Folkwang und Sessrumnir miteinander verband.

Sigrún stand mit weiteren Walküren zusammen. Thea erkannte auch Hermodr, Tom und Juli, die sich alle nach Wal-Freya umdrehten, als sie ihre Schritte über den Platz hallen hörten. Djarfur, der mit den anderen Pferden neben der Gruppe wartete, fixierte Thea mit seinem Blick und nickte mehrmals. Thea hatte keine Zeit darüber nachzudenken, was das zu bedeuten hatte, denn schon stürzte Juli auf sie zu. Ebenso wie Tom war auch sie völlig neu eingekleidet, nur den Brillenhelm, den sie in der rechten

Hand hielt, erkannte Thea wieder. Wie Thea waren ihre Freunde mit neuen Bein- und Armschienen ausgestattet, die kunstvoll verziert, aber offenbar aus gewöhnlichem Eisen gefertigt waren. Juli trug eine grüne Tunika und braune Hosen, Tom eine blaue Tunika und schwarze Hosen. Zu ihrer eigenen Verwunderung machte ihr Herz einen kleinen Sprung, als Tom auf sie zusteuerte. Die dunklen Kleider hoben seinen zarten Bart hervor, der sich um die Mundpartie dichter abzeichnete als im Rest des Gesichts. Die alte Baba Jaga hatte auch in Asgard des Öfteren gescherzt, dass es Mittelchen gäbe, um Toms Barthaare sprießen zu lassen. Im Vergleich zu Hermodr, dessen Bart so wild und lang um sein Gesicht quoll, dass er in der Lage war, ihn von der Oberlippe aus zu Zöpfen bis hin zur Brust zu flechten, wirkte Toms zarter Flaum tatsächlich welpenhaft. Aber für Thea hätte Tom gar nicht anders aussehen dürfen. Auch Juli löste sich sofort aus dem Kreis, nachdem sie ihre Freundin erblickte. Ein dicker Umhang mit Fellbesatz wehte um ihre Schultern, Tom trug den gleichen. Beide Freunde sahen stattlich aus, dennoch war weder Julis noch Toms Tunika mit dem Walkürensymbol verziert.

Auch Juli bemerkte das. „Wie immer eine Extrawurst“, kommentierte sie lachend.

Thea legte unwillkürlich die Hände über das Zeichen und senkte betreten den Blick.

Juli gab ihr einen Knuff. „Das war ein Witz, Thea! *Du* bist die Hüterin des Zauberschwerts, schon vergessen? Es ist völlig in Ordnung, dass du eine Extrawurst bekommst. Es sieht toll aus!“

Thea fiel Juli um den Hals und drückte sie fest an sich. Sie war unendlich dankbar, solch eine Freundin an ihrer Seite zu haben.

„Das finde ich auch! Und der Helm erst!“, stimmte Tom zu.

„Ich weiß nicht, womit ich euch verdient habe“, erwiderte Thea mit dünner Stimme, da ihr vor Rührung die Tränen in die Augen stiegen.

„Jetzt rede mal nicht so einen Unsinn!“ Juli löste sich aus der Umarmung. „Weißt du, es ist verdammt cool, eine so besondere Freundin zu haben. Wer hat das schon?“

Thea presste die Lippen zusammen. „Ich bin nichts Besonderes. Ich habe nur vor vielen hundert Jahren den Fehler gemacht, mich auf ein Geschäft mit Loki einzulassen.“

„Ach, jetzt hör schon auf! Du zauberst, führst ein magisches Schwert, das selbst Odin nicht berühren kann und wer weiß, zu was du sonst noch alles in der Lage bist. Wenn du mich fragst, ist da noch viel mehr in dir. Wahrscheinlich hat Loki dich genau aus diesem Grund ausgewählt. Er hätte damals jeden anderen Schmied in Midgard aufsuchen können, aber er kam zu dir! Hast du darüber schon einmal nachgedacht? Sicher hätte niemand anderes dieses Schwert schmieden können.“

Wieder erstickte Thea ihre Freundin in einer Umarmung. Für einen Moment erwiderte Juli diese, dann löste sie sich von Thea und klatschte mit den Füßen tänzelnd in die Hände. „Jetzt los! Ich kann es kaum erwarten, dich vor Angst schreien zu hören, wenn Djarfur losgaloppiert.“

„Oje, da war ja noch was“, erwiderte Thea trocken.

Als sich Thea im Kreis der Versammelten einreihte, spürte sie die Blicke aller Walküren auf sich ruhen. Sigrún lächelte Thea vielsagend zu. Plötzlich erklang ihre Stimme in Theas Geist:

„Du siehst aus wie eine von uns. Ich bin so stolz auf dich!“

Beinahe hätte Thea vergessen, dass sie und Wal-Freya nicht die Einzigen waren, die die Kunst der Gedankensprache beherrschten. Sie lächelte verlegen.

„Das habe ich wohl dir zu verdanken."

„Ganz richtig, aber die anderen waren auch dafür. Herja hat sich leidenschaftlich für dich eingesetzt, als Thrud leise Bedenken äußerte."

„Thrud? Warum?"

„Weil du nun mal ein Mensch bist, eine Tochter Midgards. Am Ende war sie auch dafür, dass du Trägerin unseres Zeichens wirst."

„Du hast mich schon einmal damit ausgestattet. Nach meinem Abenteuer in Niflheim, als du mir den Tornister gegeben hast, in dem ich Kyndill verstecken kann."

Sigrún lächelte. *„Wirklich? Das ist mir gar nicht aufgefallen."*

„Natürlich nicht", scherzte Thea.

Ein Stoß in ihren Rücken ließ Thea herumfahren. Djarfur hatte sich genähert. Als sich ihre Blicke trafen, wieherte der Hengst und warf den Kopf in den Nacken. Abermals glaubte Thea, das Tier kichern zu hören.

„Er macht mir ein wenig Angst", sagte sie.

„Nicht doch! Er kann es nur nicht abwarten", erwiderte Thrud.

Herja stellte sich neben ihn und tätschelte seine Flanke. „Er ist aufgeregt, wer kann es ihm verdenken?"

„Man könnte meinen, es sei sein erster Ritt", brummte Thea verunsichert.

„Ist es auch", erklärte Herja und alle lachten, als Thea erschrocken die Augen aufriss.

„Sein erster Ritt in Begleitung", beruhigte Thrud sofort.

Wal-Freya löste sich aus der Gruppe und tätschelte Djarfurs Hals. „Er hat völlig Recht. Wir sollten endlich aufbrechen!"

Juli setzte ihren Helm auf, schob die Brillenbügel durch die Maske und setzte das Gestell auf die von Thor gebogenen Mulden. „Dann mal rauf auf die Gäule. Mit dir erlebt man immer wieder neue Sachen, Thea!“

Djarfur schüttelte den Kopf und wieherte. Diesmal klang es wütend.

„Ich würde sie nicht Gäule nennen“, erwiderte Thea beunruhigt, erntete aber nur einen Knuff von ihrer Freundin, die sie stehen ließ und sich zu ihrem Pferd gesellte. Thrud half ihr in den Sattel und gab Juli letzte Anweisungen. Skögull winkte Tom zu sich und überreichte ihm die Zügel, nachdem er aufsaß.

Erneut stieß Djarfur Thea an, wieherte und nickte mit dem Kopf. Thea wurde das Verhalten des Tieres zunehmend unheimlich.

„Gibt es irgendwas, dass ihr mir über Djarfur verschwiegen habt?“, fragte sie misstrauisch.

Sigrún lachte. „Mitnichten! Aber ich bin schon sehr gespannt, was du uns über *ihn* erzählen kannst, wenn du wieder zurück bist.“

„Falls er mich nicht vorher in der Luft abgeworfen hat“, brummte Thea misstrauisch und zum wiederholten Male wieherte Djarfur scheinbar erheitert und warf den Kopf in den Nacken.

Wal-Freya steckte den Fuß in den Steigbügel und schwang sich in den Sattel. Hoch zu Ross wirkte die oberste der Walküren noch unbändiger und imposanter. Hell und entschlossen leuchteten ihre blauen Augen hinter der Brillenmaske des Helmes, als sie ein letztes Mal in die Runde blickte. Hermodr lenkte sein Pferd neben sie.

„Dann los!“, sprach sie und ohne sich noch einmal umzusehen nahm sie die Zügel in die Hand. Vala setzte sich in Bewegung, ohne dass ein hörbarer Befehl erfolgt war. Nur Augenblicke später erhob sich das Tier in den Himmel.

Hermodr schnalzte mit der Zunge und trieb sein Pferd mit einem lauten „Hopp!“ hinterher.

Thea spürte einen Ruck durch ihren Körper fahren, als sich Djarfur den beiden anschloss. Als das Tier vom Boden abhob, schlang sie die Arme um seinen Hals und schloss die Augen.

„Ich hasse es, ich hasse es, ich hasse es“, flüsterte sie, während die Jubelrufe ihrer Freunde in ihr Ohr drangen. Thea beneidete sie. Wie immer empfanden sie Spaß bei solchen Dingen.

„Trägerin des Walkürensymbols, du gehst zur Totengöttin. Wo ist dein Mut?“

Überrascht öffnete Thea die Augen. Es war nicht Wal-Freyas Stimme, die in ihren Geist drang. Es war eine männliche, eine unbekannte Stimme. Wo kam sie her?

„Oh mein Gott, lass mich bloß nicht fallen, hörst du?“, schnappte Thea, als sie entdeckte, dass Asgard zu einem winzigen Punkt unter ihr zusammenschrumpfte und sie bereits über das offene Meer ritten.

Djarfur wieherte amüsiert. Mit der plötzlichen Bewegung packte Thea seinen Hals noch fester.

„Warum reitest du nicht entspannt?“, drang die fremde Stimme erneut in ihren Geist. *„Lass mir Luft! Sonst fallen wir beide.“*

Thea richtete sich staunend auf. Es war doch nicht möglich, dass Djarfur mit ihr sprach! Neben ihr warf Juli die Arme in die Luft.

„Thea! Das ist großartig! Das ist viel cooler als auf einem Wagen zu reisen!“

Tom lenkte Leiftri an Theas Seite, als wäre er schon immer auf einem fliegenden Pferd geritten. „Das ist besser als Achterbahn fahren, oder?“, neckte er sie.

„Wirklich großartig!“, erwiderte Thea sarkastisch.

Erneut wieherte Djarfur und wieder glaubte Thea ein amüsiertes Kichern darin zu hören.

Thea schaute verunsichert zu Wal-Freya, die mit wehendem Umhang vor ihr ritt. „*Wal-Freya? Kann es sein, dass … Djarfur spricht?*“

Die Walküre drehte sich im Sattel und lachte. „*Ich habe gehofft, dass er das tut. Mit mir spricht er selten, dieser Sturkopf!*“

„*Das ist nicht dein Ernst, dass du mich auf ein sprechendes Pferd setzt!*“

Thea konnte Wal-Freya lachen hören. „*Ich sagte dir doch, dass du es leichter haben wirst, mit ihm umzugehen!*“

„*Können das die anderen Pferde etwa auch?*“

„*Was? Sprechen? Ja! Mein Pferd Vala kann es und Sigrúns Begleiter ebenso. Nicht alle bringen die nötige Intelligenz mit, ganze Sätze zu formen, aber sie verstehen einfache Befehle.*“

„*Hättest du mich darauf nicht irgendwie vorbereiten können?*“

Wal-Freya lachte erheitert. „*Ich wusste nicht, ob er mit dir spricht. Außerdem hätte es wohl kaum eine Rolle gespielt.*“

„*Wohl nicht*“, erwiderte Thea und doch wusste sie, dass es durchaus eine Rolle spielte. Auf einem gewöhnlichen Pferd zu reiten, das einfach nur seine Befehle befolgte, oder auf einem Tier, das in der Lage war, sie zu verstehen, war ein gewaltiger Unterschied. Was, wenn sie die falschen Worte an Djarfur richtete und sie ihn verärgerte? Sie betrachtete seine nachtblaue Mähne und seufzte.

„*Ich habe ein bisschen Angst*“, gestand sie dem Tier, in der Hoffnung, dass ihre Gedanken auch dort ankamen, wo sie sie hinschickte.

„*Das merke ich!*“, gab Djarfur zur Antwort.

„*Nicht nur vor der Höhe. Auch vor dir.*“

Wieder wieherte er amüsiert. „*Vor mir?*“

„*Ja. Ich habe noch nie mit einem Tier gesprochen. Zumindest nicht so.*“

„Dafür machst du das ganz gut." Leichter Spott schwang in seinen Worten mit.

„Ist das für dich nicht ungewöhnlich, mit einem Menschen zu reden?"

„Bisher habe ich nur mit Walküren gesprochen. Die sind nicht ganz so vorsichtig wie du. Aber sonst macht es nicht viel Unterschied", erwiderte Djarfur. *„Schade, dass du Fenrir nicht getroffen hast, der kann sogar laut reden. Ich nicht. Ich glaube, dafür ist meine Zunge zu dick."*

Zur Demonstration streckte er die Zunge raus und blies geräuschvoll Luft aus. Thea musste lachen und tätschelte erheitert seinen Hals. Da kam ihr ein unheilvoller Gedanke und sie zog sofort die Hand zurück. Sie konnte Djarfur doch nicht behandeln wie ein gewöhnliches Pferd!

„Tut mir leid! Das kannst du sicher nicht leiden", entschuldigte sie sich.

„Ich stehe drauf", erwiderte Djarfur und wieherte.

Erheitert lachte Thea und tätschelte ihn ein weiteres Mal. Der Rappe schnaubte wohlig und schüttelte den Kopf.

Einige Stunden später führte Wal-Freya die Gruppe hinab in Richtung des Meeres. Aus einer ihrer vielen Taschen zog sie ein Stück Pergament. Während Vala in einen leichten Trab wechselte, faltete Wal-Freya das Papier auseinander. Juli und Thea, die die Prozedur schon von ihrer ersten Reise nach Niflheim kannten, waren wenig überrascht, als sich mit jedem Öffnen der Papierkanten allmählich ein Schiff herausbildete, das die Wanengöttin schließlich zu Wasser ließ. Tom allerdings wollte seinen Augen nicht trauen. Als sein Pferd auf den Planken Skidbladnirs aufsetzte, plapperte er wild vor sich her, sprang aus dem Sattel und prüfte Schiffsreling und Boden auf ihre Festigkeit.

„Wie ist das nur möglich?", staunte er abschließend.

„Ein Zauberwerk der Zwerge", erklärte Thea. Auch sie hievte sich aus dem Sattel. Liebevoll fuhr sie Djarfur über die Schulter und steckte die Hand unter die Satteldecke. *„Soll ich dir den abnehmen?"*

Nickend erwiderte Djarfur: *„Bitte! Und den Rücken abreiben!"*

Schmunzelnd tätschelte sie Djarfur und beobachtete zufällig Hermodr, der gerade ein Tuch aus einer seiner Satteltaschen holte. Sie schaute in der Tasche an Djarfurs Sattel nach und fand ebenfalls ein Tuch darin.

„Faszinierend", erwiderte Tom und ließ seinen Blick das rotweiße Segel entlang schweifen.

Im Vorbeigehen knuffte Juli ihn. „Jetzt freuen wir uns erst einmal aufs Essen!"

„Ihr freut euch erst einmal darauf, die Pferde zu versorgen. Nehmt euch ein Beispiel an ihr", konterte Wal-Freya, drückte Juli Valas Zügel in die Hand und deutete auf Thea, die sich gerade das Handtuch über die Schulter warf und Djarfurs Sattelgurt löste.

„Ach so", brummte Juli beleidigt. „Und *ich* darf dein Pferd mitversorgen?"

Hermodr lachte leise.

„Sicher. Denn *du* darfst danach auch an *meinem* Feuer sitzen", erwiderte Wal-Freya. Herausfordernd zog sie eine Augenbraue hoch.

Juli grinste diplomatisch. „Ich sage es nicht gerne, aber das scheint mir ein gerechter Deal zu sein."

„So sehe ich das auch." Gezielt steuerte Wal-Freya auf eine der Ruderbänke zu und zog die Kiste darunter heraus. Sorgfältig platzierte sie eine Feuerschale in der Mitte des Schiffes und stapelte einige Scheite Holz auf. Als sie damit fertig war, sah sie zu Thea hinüber, die das Handtuch zurück in der Satteltasche verstaute.

„Komm her, Thea. Wenn du lernst, das magische Feuer zu beherrschen, schaffst du es vielleicht auch irgendwann bei Kyndill.“

Juli sah von ihrer Arbeit auf. „Ich finde es keine gute Idee, das auf einem Schiff inmitten des Ozeans zu üben. Ich erinnere nur daran, wie viele Äpfel starben, bis sie diesen Bewegungszauber beherrscht hat.“

„Du bist echt fies!“, erwiderte Thea und knuffte ihrer Freundin im Vorbeigehen auf den Arm.

„Nur besorgt“, erwiderte Juli lachend.

Wal-Freya hockte sich vor der Feuerschale nieder.

Thea setzte sich zu ihr. „Kenaz?“, fragte sie.

Wal-Freya nickte. „Ja, ich denke, du nimmst besser eine Rune zur Hilfe.“

Thea benetzte ihren Finger mit Spucke und malte das Symbol auf ihre linke Hand. Wie sie es schon so oft bei Wal-Freya gesehen hatte, legte sie die Hand offen über die Holzscheite. *„Brenne!“*, befahl sie den Scheiten, doch nur ein schwaches Kribbeln lief ihr in die Fingerspitzen.

„Konzentriere dich“, flüsterte Wal-Freya und nahm die andere Hand ihres Schützlings.

Den Befehl wiederholend legte Thea ihre Aufmerksamkeit auf Rune und Scheite. Sie fühlte Energie in ihre Finger fahren und zuckte in einem aufkommenden Schmerz zurück. Überrascht löste sie sich aus Wal-Freyas Griff, ballte die Zauberhand auf der Brust und legte die freie Hand schützend darüber.

In einer bedauernden Geste presste Wal-Freya die Lippen zusammen. „Feuerzauber schmerzt, aber sei beruhigt. Es bleiben keine Verletzungen zurück. Ohne brennbares Material ist es noch viel schlimmer.“ Sie legte beide Hände über die Schale. Konzentriert murmelte sie ein paar Worte, bis einige der Hölzer zu glühen begannen. Kurz darauf breitete sich das Feuer in der Schale aus und warf sein flackerndes Licht auf das Deck.

3. Kapitel

Zwei Tage nach ihrem Aufbruch aus Asgard breitete sich die Dunkelheit auch bei Tag über dem Himmel aus. Mit aller Kraft reckten sich die Sonnenstrahlen über den Horizont, berührten das aufkommende Nordlicht und verabschiedeten sich in einem letzten Gruß von den Freunden. Mit zunehmender Finsternis fielen auch die Temperaturen und im Nebel ihres Atems bildeten sich kleine Eiskristalle auf den Härchen der Pferdemäuler. Selbst Hermodr und Tom blieben nicht davon verschont.

So lange wie möglich reisten sie auf den Pferden. Nur zum Aufwärmen und Schlafen zogen sie sich auf Skidbladnir zurück.

Trotz der eisigen Temperaturen und der bevorstehenden Aufgabe genoss Thea die Reise. Begleitet vom Nordlicht auf dem Rücken eines sprechenden Pferdes zu reiten war etwas Besonderes. Djarfurs Fell schien das Sternenlicht einzufangen und ließ es trotz des Zwielichts noch intensiver schimmern. Thea fühlte die sie überall durchströmende Magie. Auf ihrer ersten Reise nach Niflheim und letztlich in dem Moment, als ihr Odin verbot, zurück nach Midgard zu kehren, hatte sie geglaubt mit einer Strafe belegt worden zu sein. Doch dieser Eindruck war dem Gefühl von Dankbarkeit und Stolz gewichen. Juli hatte Recht. Ein Flammenschwert zu besitzen, mit Göttern zu reisen, Magie zu lernen und jetzt sogar die Begleitung eines sprechenden Pferdes zu genießen, das war etwas, von dem manche Menschen nicht einmal zu träumen wagten. Sie hatte lachen müssen, als ihr Djarfur gestand, dass er sie nur gewählt hatte, weil sie die Heldin in diesem besonderen Spiel sei und er das Pferd sein wollte, von dem einst Lieder und Sagen berichteten. Allmählich begriff sie jedoch, dass Djarfur Recht hatte. Sie würde helfen, Balder zu befreien. Sie würde eine der Personen sein, die Ragnarök zu einer Gruselgeschichte aus alten Tagen werden ließen. Sie war die Freundin der Liebesgöttin und der obersten der Walküren geworden, *ihr* vertrauten die Götter, die sie treu begleiteten und die ihr in so vielen kleinen und großen Momenten zeigten, dass sie bessere Freunde nie haben würde. Die Freude darüber vertrieb den Trennungsschmerz von ihren Eltern und ihrem Bruder. Sie würde sie bald wiedersehen und die Gewissheit darüber, dass sie dann alle ein unbeschwertes Leben führen würden, machte ihr die Trennung leichter.

„Wir sind da!“, drang Hermodrs Stimme in die Stille.

„Das ist wirklich sehr beeindruckend“, sagte Djarfur.

Thea hob den Kopf. Eine gewaltige Platte aus Eis ragte aus dem dunklen Ozean auf. Von hier oben waren die Erhebungen in der Landschaft kaum zu erkennen. Nur die zerklüfteten Klippen entlang der Küste rissen Löcher in den weißen Teppich. Thea holte tief Luft. Abermals hatte sie Niflheim erreicht, eine Welt, die so weit entfernt von der Sonne lag, dass diese sie nie erreichte. Dennoch gelang es dem Schnee, die wenigen Strahlen der Sterne und des

Mondes für sich zu nutzen, um nicht gänzlich in der Dunkelheit zu versinken.

„Jetzt geht diese Stapferei im knietiefen Schnee wieder los“, keuchte Juli.

Hermodr drehte sich im Sattel. „Der Eingang nach Hel liegt weit im Nordwesten Niflheims. Wenn wir dorthin laufen, brauchen wir Wochen.“

Auch Wal-Freya wandte sich um. „Ein paar Walkürenpferde werden kein Aufsehen erregen. Wir reiten weiter.“

„Und was ist mit denen dort unten? Deren Aufmerksamkeit haben wir bereits erregt“, meldete sich Tom zu Wort. Thea folgte seinem Fingerzeig. Tatsächlich waren undeutliche Bewegungen im Schnee auszumachen.

„Das sind nur ein paar Tiere“, brummte Hermodr.

Anscheinend war es den Walkürenpferden nicht möglich, ohne Bewegung in der Luft stehen zu bleiben, denn Wal-Freya lenkte Vala im Kreis, um das Geschehen näher unter die Lupe zu nehmen. Djarfur und die anderen passten sich Valas Schritt an und tanzten schließlich ebenso auf der Stelle, als die Walküre mit Vala verharrte.

„Das sind nicht nur Tiere“, brummte sie und lenkte Vala in die Tiefe.

Als Djarfur die Hufe auf dem Schnee aufsetzte, verstand Thea, von was Wal-Freya gesprochen hatte. Für einen Augenblick jagten ihr die von weißem Fell bedeckten Geschöpfe Angst ein. Doch es waren keine Schneedämonen, wie sie zuerst glaubte, sie erinnerten vielmehr an Affen. Spitz zulaufende Ohren standen zu beiden Seiten ihrer Köpfe ab, von denen das weiße Fell ebenso lang fiel, wie vom Rest ihrer Körper. Bärte, die mit den buschigen Augenbrauen der wulstigen Stirn verwachsen zu sein schienen, umrahmten ihre Gesichter und ließen nur den

Blick auf ihre dunklen Augen, Wangen und Lippen frei. Auf den Rücken der Tiere saßen Menschen.

„Die sehen ein bisschen aus wie Yetis", raunte Juli.

„Wir nennen sie Eis- oder Nifltrolle", erwiderte Hermodr.

Um die Brust der zweieinhalb Meter aufragenden Geschöpfe kreuzten sich Lederriemen, die zu einem Teil einer Sattelkonstruktion gehörten. Sie ermöglichte es den Reitern, aufrecht auf den Rücken der Wesen zu sitzen. Anscheinend lenkten sie die Geschöpfe über die Schulterriemen, denn links und rechts auf dem Leder waren ein paar Zügel angebracht. Die Reiter waren Menschen. Dicke Felljacken hüllten ihre Oberkörper ein. Als Wal-Freya neben ihnen landete, schoben sie ihre Mützen aus der Stirn und zogen die Tücher aus dem Gesicht. Bärtige Gesichter offenbarten sich. Theas Blick fiel auf die karierten Hosen und ließ sie vermuten, dass diese Männer zu Ingvars Leuten gehörten. Aber was suchten sie so weit im Süden?

Wal-Freya lenkte Vala nahe an sie heran. Sie stellte keine Frage, dennoch nickte ihr einer der drei Reiter achtvoll zu und erklärte sich sofort.

„Sei gegrüßt, meine Göttin. Es ist mir eine Ehre. Ingvar schickt uns."

„Ich verstehe nicht. Wie kann er wissen, dass wir hier sind?", erwiderte die Wanin staunend.

Juli seufzte hörbar. „Wie immer sind wir überaus unauffällig gereist."

Wal-Freya warf ihr einen bitteren Blick zu.

Der Mann legte die Faust auf die Brust und neigte leicht den Kopf, während er antwortete: „Seit einiger Zeit geht das Gerücht um, dass die Asen auf dem Weg nach Niflheim sind."

Sowohl Wal-Freya, als auch Hermodr schnappten nach Luft. Das erste Mal, seit sich Thea erinnern konnte, wich der Walküre die Farbe aus dem Gesicht. Beide Götter wechselten Blicke.

„Wie ist das möglich?“, brummte Hermodr. „Wer erzählt das?“

Der Mann, die Faust noch immer aufs Herz gelegt, senkte nun den Blick in Richtung des Gottes, ehe er antwortete. „Wie du weißt, betreiben wir Handel in der Feste. Verschiedene Kaufmänner berichteten davon.“

Wal-Freyas Miene versteinerte. „Wenn das so ist, dann können wir unser Vorhaben unmöglich weiterverfolgen.“

„Ingvar schlägt vor, dass ihr ihm einen Besuch abstattet“, erwiderte der Mann rasch.

Hermodr schüttelte den Kopf. „Wir haben keine Zeit für Geschwätz, das sind zwei Tage mehr, in denen wir unseren Plan gefährden!“

„Oder davon ablenken“, knirschte Wal-Freya.

„Also ich hätte gegen ein warmes Bad und eine Nacht in weichen Kissen nichts einzuwenden“, erwiderte Juli.

Eindringlich sah Wal-Freya zu Hermodr. Thea war sich sicher, dass die Walküre ihm einen Gedanken schickte.

„*Was ist?*“, fragte Thea.

„*Wir müssen herausfinden, was das für Gerüchte sind und woher sie stammen. Vor allem aber müssen wir genau überlegen, was wir jetzt tun. Ich verstehe nicht, wie es durchgesickert ist, dass wir auf dem Weg nach Hel sind. Es müsste schon einen Verräter in Asgard geben und das ist ausgeschlossen!*“, antwortete Wal-Freya bereitwillig.

„*Vielleicht wurde Hermodr gesehen, als er den verborgenen Zugang gesucht hat.*“

„*Das gilt es rauszufinden. Ich nehme an, dass Ingvar seine Männer nicht mit näheren Informationen gefüttert hat und wir sollten es auch nicht tun.*“ Sie nickte dem Mann zu. „Wir nehmen

Ingvars Einladung an. Er ist ein guter Freund. Mit unseren Pferden werden wir ihn aber schneller erreichen als ihr."

„Selbstverständlich. Wir erwarten nicht, dass du wartest."

Ohne die Männer eines weiteren Blickes zu würdigen, nahm Wal-Freya die Zügel in die Hand und Vala galoppierte in den Nachthimmel davon. Alle folgten ihr, nur Djarfur blieb stehen.

„Was ist los? Warum läufst du nicht?", fragte Thea ihn.

„Ich dachte, du sagst mir zur Abwechslung mal, was ich machen soll."

„Du weißt doch, dass wir Wal-Freya folgen müssen."

„Weiß ich das? Ich bin doch nur das Pferd!"

Thea öffnete empört den Mund und seufzte. „Würdest du Vala also bitte folgen?"

Djarfur kicherte. *„Aber gern doch, Thea."*

Sie stoben in Richtung der Feste davon. Zwei Tage ritten sie nach Westen. Zwischendurch rasteten sie, gewärmt von Wal-Freyas magischem Feuer, aßen und legten sich für ein paar Stunden schlafen, bevor sie weiterreisten. Von der eisigen Kälte umschlossen, die auf dem Rücken der Pferde noch viel unangenehmer in ihre Kleider drang, forderte Juli zur häufigeren Rast, aber Wal-Freya und Hermodr blieben unnachgiebig. So ritten sie weiter, bis sie irgendwann die Umrisse eines Gebäudes ausmachten. Auf einer Anhöhe hoch über dem Land leuchteten Eiszinnen und Mauern hinter treibenden Schneeflocken. Thea erkannte den geschlungenen Bergpfad, welchen sie damals genommen hatten. Auf den Wehrgängen und Türmen entdeckte sie patrouillierende Soldaten. Thea erinnerte sich gut an ihren ersten Aufenthalt in Ingvars Feste. Ein Schauer überfiel sie, als sie an den Lampengeist und seine ausgesprochene

Drohung dachte, dass sie sich eines Tages wiedersehen würden. Ob er noch immer sein Unwesen in Niflheim trieb?

Wal-Freya führte Vala über die Feste und ließ das Tier im zweiten Innenhof landen. Nebel waberte über den Platz und hüllte die Pferde bis zu den Knien ein. Tom ließ seinen Blick über die eisblauen Mauern schweifen und pfiff beeindruckt aus.

„Hattest du nicht erzählt, Ingvar sei ein Mensch? In dieser Feste könnten Riesen wohnen“, sagte er.

„Nun, sie ist ein wenig kleiner als Utgard-Lokis Feste“, meinte Juli.

„Um einiges“ bestätigte Wal-Freya. Sie schwang sich aus dem Sattel und tätschelte Vala sanft an der Schulter. Im gleichen Augenblick wurde das goldene Tor des Turms aufgestoßen und Ingvar stapfte mit erhobenen Armen heraus. Er trug ein Wams aus Fell, das von einem breiten Gürtel mit einer goldenen Schnalle zusammengehalten wurde. Darunter flatterte eine Hose aus blaugrün-kariertem Stoff. Sein blondes Haar war lang, ebenso sein Bart, der sich in der Kinnmitte in zwei filzige Strähnen teilte. Mit ihm wehte der Geruch von Herdfeuer und gebratenem Fleisch zu ihnen.

„Meine Freunde! Ich freue mich, euch wieder zu sehen!“

Ehe es sich Wal-Freya versah, erstickte Ingvar sie in einer Umarmung.

Überrumpelt streckte Wal-Freya die Arme zur Seite, erwiderte die Geste dann aber doch. „Wir uns auch, Ingvar. Wir uns auch.“ Sie löste sich mit sanftem Druck.

Ingvar lachte amüsiert und klopfte der Walküre hart auf die Schulter.

„Ein lustiger Mann. Er hat Glück, dass ihm Wal-Freya keinen Fausthieb verpasst.“ Djarfur wieherte amüsiert.

Weniger euphorisch verbeugte sich Ingvar vor Hermodr. „Es ist mir eine Ehre."

„Mir ebenso, Ingvar", antwortete Hermodr von seinem Pferd aus.

Der Wikinger wandte sich zu Tom und streckte ihm die Hand entgegen. „Und du bist Tom, nicht wahr?"

„Ja, aber woher ..." Zögernd schlug Tom ein.

„Nur weil ich im hintersten Teil der Welt lebe, bedeutet das nicht, dass mir die Ereignisse jenseits von Niflheim verborgen bleiben. Ihr erregt so einiges Aufsehen!"

„Nicht doch, Ingvar!", erwiderte Juli spöttisch.

Schmunzelnd drehte er sich um. „Und stets in Theas Begleitung die treue Juli! Komm runter und lass dich umarmen!"

„Nur wenn du ein Festmahl für uns vorbereitet hast", scherzte Juli.

Ingvar lachte. „Wohlweißlich. Ich ahnte doch, dass du kommst."

Juli rutschte aus dem Sattel. Kaum dass ihre Beine den Boden berührt hatten, zog Ingvar sie an sich und begrüßte sie auf die gleiche Weise wie zuvor Wal-Freya. Wieder kicherte Djarfur amüsiert. Da wandte sich Ingvar schon von Juli ab und sah zu Thea auf.

„Verdammt und eins, siehst du gut aus! Du bist gereift!"

Kaum war Thea aus dem Sattel gesprungen, da fand auch sie sich in Ingvars Umarmung gefangen. Treuherzig ließ sie sich auf den Rücken klopfen. „Du Teufelsweib! Von dir hört man ja Geschichten", sagte Ingvar abschließend und gab ihr einen Knuff. „Ich kann es kaum erwarten, alles aus erster Hand zu erfahren. Kommt mit rein. Ich werde jemanden schicken, um eure Pferde zu versorgen."

„Das sind keine gewöhnlichen Tiere", mahnte Wal-Freya.

„Fressen sie etwas anderes als Müsli, Heu und Obst? Saufen sie Met statt Wasser?“ Ingvar lachte.

„Nein, das nicht. Aber ihr solltet sie mit größtmöglichem Respekt behandeln“, mahnte Wal-Freya.

„Ich denke nicht, dass ich meine Leute darauf hinweisen muss. Sie sind die Pferde unserer Götter! Nun kommt!“ Er wandte sich um und öffnete die Tür zur Halle. Stimmen wurden laut und der Geruch von frischem Braten und gerösteten Kartoffeln wurde intensiver. Nacheinander traten sie ein, das Gemurmel der Menschen ebbte ab. Von den umstehenden Tischen erhoben sich bärtige Männer und Frauen mit wundervoll hochgesteckten Haaren. Hier und da mischte sich ein Kind unter die Erwachsenen. Grüßend neigten sie die Köpfe, während Ingvar die Gruppe in Richtung seines Herrschersitzes leitete. Die Wärme innerhalb des Eisschlosses war Thea vertraut, dennoch kam sie überraschend und trieb ihr Schweißperlen auf die Stirn. Den anderen schien es ähnlich zu gehen, denn sowohl Tom, als auch Hermodr hatten die Handschuhe bereits ausgezogen und fingerten an den Verschlüssen ihrer Umhänge. Wal-Freya trug ihren bereits über dem Arm. Noch während sie Ingvar an einen freien Tisch nahe seines Herrschersitzes folgten, hatten sich alle der schweren Umhänge entledigt und warfen diese über die Stühle. Als sie sich nacheinander setzten, nahmen auch die Menschen wieder Platz. Langsam erhoben sich die Stimmen, bis sie erneut zu einem alles übertönenden Gemurmel anschwollen. Thea beobachtete Tom, der sich fasziniert umblickte und dabei hauptsächlich die Wände in den Blick nahm. Selbst als er am Tisch saß, wandte er seinen Blick nicht von ihnen ab.

„Sind sie aus Eis?“, hörte Thea ihn fragen, gerade in dem Moment, da sie ihm die Erklärung liefern wollte.

Nun kam ihr Juli zuvor: „Ja! Das sind sie tatsächlich und nein, sie schmelzen trotz der Wärme nicht!“

Ingvar nickte heftig. „Die Magie des Djinns ist geblieben. Ein Glück! Sonst müssten wir jetzt auf unser Essen verzichten!“ Er klopfte Juli auf die Schulter, die von der Wucht halb über den Tisch flog.

„Ja! Und zum Glück habe ich mich neben dich gesetzt!“, scherzte sie.

Toms Staunen war mit Ingvars Antwort noch größer geworden. „Die Magie des Djinns?“, wiederholte er.

Während eine Frau und ein Mann Teller und Bestecke auf dem Tisch verteilten, erzählte Juli in einer kurzen Zusammenfassung von den Ereignissen, die sich damals in Niflheim zugetragen hatten.

„Ingvar war einst ein fahrender Händler“, erklärte Juli bedeutungsvoll. „Eines Tages gelangte die Lampe des Djinns in seinen Besitz.“ Sie blickte zu Ingvar. „Die näheren Umstände lassen wir jetzt einmal außen vor. Kaum hatte er die Lampe, wünschte er sich ewiges Leben und danach eine Burg, mächtig und reich, in die kein Dieb je eindringen könne. So geriet Ingvar nach Niflheim, denn kein Djinn handelt jemals im Guten und nicht selten bringt ein unbedacht geäußerter Wunsch dem Besitzer der Wunderlampe Schaden.“

Ingvar nickte bestätigend. „So ist es. Doch ich hatte Glück, denn in der Burg gingen die Waren und Nahrungsvorräte niemals aus. So war es mir trotz dieser lebensfeindlichen und abgeschiedenen Gegend möglich, zu existieren. Mein kleiner Staat konnte weiter bestehen.“

„Sind sie auch alle unsterblich?“, fragte Tom und betrachtete den Mann, der ihm gerade einen Becher neben den Teller stellte.

„Nein, leider nicht. Seit vielen Jahren sehe ich mein Volk aufwachsen und sterben, während ich weiter existiere." Wehmut klang aus Ingvars Worten.

Hermodr nahm einen bauchigen Krug von der Frau entgegen und schenkte sich ein. „Hast du nie darüber nachgedacht, deinem Leben einfach ein Ende zu setzen? Wenn du es selbst machst, sollte es doch funktionieren?"

Ingvar lachte. „Zu welchen Preis? Wer weiß schon, welcher Saal sich mir in Hel öffnen würde. Ob ich hier ein Leben in Dunkelheit führe, in dem es mir an nichts fehlt oder einen Tod in der Dunkelheit wähle, der mir möglicherweise kein Bier bietet … Nein, das ist mir zu riskant. Da bleib ich doch lieber hier."

Hermodr lachte und prostete Ingvar zu, der sich einschenkte und den Gruß lachend erwiderte.

„Den dritten Wunsch, der dich vielleicht zurück nach Midgard hätte bringen können, hast du nie versucht zu äußern", holte Juli das Gespräch zurück.

„Nein. Die Furcht, dass mir Jekuthiel erneut schadet, war zu groß."

„Aber dann hast du doch noch einen Wunsch ausgesprochen, den, der dich selbst zum Djinn machte", erinnerte Thea.

Ingvar strich sich den Schaum aus dem Bart. „Das wisst ihr doch schon alles."

„Ich aber nicht", erwiderte Tom rasch.

Ingvar räusperte sich und wartete ab, bis alle Schüsseln und Platten auf dem Tisch abgestellt waren. „Jekuthiel drängte mich, den dritten Wunsch zu sprechen, um endlich aus meinen Diensten treten zu können. Doch ich weigerte mich. Schließlich machte er mir weis, dass ihm das Leben langweilig würde. Er versprach, mir das Geheimnis zu verraten, das mir viele weitere Wünsche bescheren würde, nur damit er wieder Spaß am Leben hätte. Leider vergaß er zu erwähnen, dass dieser Spaß darin bestand, mich selbst zum Djinn zu machen. Er lebte fortan als Ingvar, während ich der Djinn war, der ihm mehr als drei Wünsche erfüllen musste. Er genoss jeden einzelnen Moment seines neuen Lebens."

„Bis Thea ihm den Spaß verdorben hat", raunte Juli.

Theas Magen zog sich zusammen, als sie an Jekuthiels Drohung dachte. Nachdem sie die Lampe in ihren Besitz gebracht hatte, forderte Jekuthiel diese von ihr zurück. Er hatte versprochen, sich dankbar zu zeigen, wenn sie seiner Bitte nachkäme. Stattdessen aber hatte Thea das einzig richtige getan, sie hatte einen Wunsch ausgesprochen, der Ingvar von seinem Dasein befreite. Dieser Wunsch verwandelte aber auch Jekuthiel zum Djinn zurück. Erbost hatte er ihr daraufhin prophezeit, dass sie sich wiedersehen würden. Zum ersten Mal verstand sie, dass sie ihm mit ihrem Wunsch etwas weggenommen hatte.

Ingvar lud sich seinen Teller voll und verlangte nach einem weiteren Humpen. „Genug von den alten Geschichten! Jetzt wollen wir erst einmal essen!"

„Wahrlich!", stimmte Juli zu und zog die Fleischplatte heran.

Mürrisch brummelnd meldete sich Thea zu Wort. Sie konnte nicht fassen, wie Juli jetzt ans Essen denken konnte, statt nach Antworten zu suchen. „Sobald man dir etwas zu essen vor die Nase räumt, scheint dir alles andere aus dem Gehirn gewischt. Hast du vergessen, warum wir hergekommen sind?"

Unerwartet für Thea legte Wal-Freya ihre Hand auf die Hand von Juli und ergriff für sie Partei: „Ist schon gut, wir können in Ruhe essen. Dann sollten wir ohnehin einen Raum aufsuchen, der vor fremden Ohren geschützt ist."

Ingvars Miene erhellte sich. Lachend hieb er Wal-Freya auf den Rücken, die gerade zum Trinken angesetzt hatte und mit den Zähnen gegen den Becher schlug. Dabei schwappte ein Schwall des Bieres über den Becherrand, der sich seinen Weg über ihr Kinn auf den Teller suchte. Statt einer Entschuldigung ließ Ingvar einen zweiten Schlag auf ihre Schulter folgen, der einen weiteren Schwall aus dem Becher löste.

„Der respektvolle Umgang, den du einer deiner Göttinnen gegenüber hegst, erfüllt mich mit großer Freude“, erwiderte Wal-Freya sarkastisch. Sie wischte sich den Mund, nahm ihren Becher in die andere Hand und hob abwehrend den Arm, um weitere freundschaftliche Gesten zu unterbinden. Die anderen lachten und Wal-Freya schien ihre Erheiterung zu teilen, denn sie zwinkerte Thea mit einem Lächeln zu, bevor sie die Schüsseln heranzog und sich Kartoffeln auf den Teller lud.

„Tut mir leid, Wal-Freya. Wenn man so lange wie ich gelebt hat und sich außerhalb der Regeln bewegt, vergisst man hier und da seinen Stand.“ Er schmunzelte und prostete ihr zu.

Für einige Zeit war ihr Auftrag vergessen. Wie alte Freunde, die sich seit vielen Jahren nicht gesehen hatten, aßen und tranken sie, erzählten Geschichten und teilten die Erheiterung des anderen. Sehr viel später war es Wal-Freya, die die Gruppe ins Hier und Jetzt zurückholte.

„Lasst uns einen Raum aufsuchen, in dem wir ungestört reden können“, sagte sie in einem Moment völliger Entspannung.

Als hätte sie ihn von einem anderen Stern zurückgeholt, runzelte Ingvar ungläubig die Stirn, bevor sich seine Miene erhellte und er hektisch wurde. „Ähm … natürlich …“, erwiderte er, erhob sich und bedeutete den anderen, ihm zu folgen. Er öffnete eine Tür in der hinteren Ecke des Raumes. Ein langer hoher Gang verbarg sich dahinter. Thea erkannte ihn wieder, jedoch wählte Ingvar nicht die Treppe zu den oben gelegenen Wohnräumen, sondern schob eine verborgene Tür auf, die sich im Mauerwerk befand. Ein Zimmer mit einer Tafel in der Mitte und einem hohen Bücherschrank zur Linken offenbarte sich hier. An der Stirnseite des Raumes hing ein riesiger Wandteppich, der eine sonnenüberflutete Landschaft zeigte. Kälte schlug ihnen entgegen, da kein Feuer im Kamin brannte. Fröstelnd zog Thea die Arme enger an den Körper.

„Verzeiht! Ich war auf keine Besprechung vorbereitet", entschuldigte sich Ingvar.

Wortlos kniete sich Wal-Freya an den Kamin und legte die Hand über die vorbereiteten Hölzer. Wenige Augenblicke später schlugen Flammen um die Scheite, loderten auf und verbreiteten magische Wärme im Zimmer. Beeindruckt nickte Ingvar Wal-Freya zu, dann rückte er seinen Stuhl heran und nahm Platz. Die anderen folgten seinem Beispiel, nur Hermodr blieb stehen, da die Tafel nicht ausreichend Sitzmöglichkeiten bot.

„Also", eröffnete Hermodr das Gespräch. „Wie kommt es, dass du davon wusstest, dass wir uns auf dem Weg nach Niflheim befanden?"

„Ich betreibe Handel mit einigen Schwarzalben. Die Vorratskammern der Feste sind an jedem Morgen frisch gefüllt, doch fehlt es hier und da an Stoffen, Fellen und manchmal auch an Holz. Einer der Schwarzalben riet mir, aufmerksam zu sein, da sich möglicherweise bald eine göttliche Auseinandersetzung in meiner Nähe abspielen könnte."

„Eine göttliche Auseinandersetzung?“, wiederholte Wal-Freya. Sie und Hermodr tauschten Blicke. „Hat er das konkretisiert?“

„Nicht wirklich. Als ich fragte, von welchen Göttern er spräche, antwortete er nur: von den Asen.“

„Es ist völlig ausgeschlossen, dass wir einen Verräter in Asgard haben“, brummte Hermodr.

„Wer zum Himmel geschaut hat, hätte unsere Pferde nach Niflheim reiten sehen können“, erwiderte Tom.

„Walkürenpferde auf dem Weg nach Niflheim sind nichts Ungewöhnliches“, versetzte Wal-Freya sofort. „Außerdem hätten es Ingvars Reiter mit ihrer Nachricht nie so schnell an die Landesgrenzen geschafft. Diese Information hatte er lange vor unserem Aufbruch aus Asgard.“

„Das ist richtig“, erwiderte Ingvar. „Der Schwarzalb war vor zwei Wochen hier. Als Ziel nannte er auch nicht Niflheim, sondern Hel.“

Wal-Freya schnaufte überrascht. Auch Hermodr und die anderen holten erschrocken Luft.

Sie beugte sich nah an den Wikinger heran. „Was wir hier besprechen, darf diesen Raum niemals verlassen“, sagte sie eindringlich.

„Natürlich“, bestätigte Ingvar, worauf ihm Wal-Freya ihre Pläne offen legte. Mit jedem Wort, das die Walküre sprach, wurden seine Augen größer.

„Ich weiß nicht, meine Göttin, ob das ein weiser Plan ist“, erwiderte er ehrfürchtig. „Hel ist euch Asen ebenbürtig. Odin gab ihr einst Macht über die neunte Welt. Streng genommen beschränkt sich ihre Autorität nicht nur auf diese. Im Tode gebietet sie sogar über euch! Sie zu verstimmen, halte ich für einen schlechten Plan. Wohin soll das führen?“

Hermodr verschränkte die Arme. „Wir Asen haben ausführlich darüber beraten, Ingvar."

„Da war der Plan, nach Hel zu gehen, aber noch geheim", erinnerte Juli. Sie betonte das Wort ‚geheim' so nachdrücklich, dass Thea die nächsten Worte ihrer Freundin schon erahnte, ehe sie sie aussprach: „Geheim ging wieder einmal mächtig in die Hose!"

„Ob der Schwarzalb Hermodr gesehen hat, als er den versteckten Weg nach Hel gesucht hat?", fragte Tom.

„Selbst wenn, dann hätte er es niemals vor zwei Wochen erzählen können", erwiderte Hermodr.

Juli brummte. „Die Idee nach Hel zu gehen, hatten wir schon in Jötunheim."

„Verdammt! Das stimmt! Ganz sicher hat es von dort seinen Weg in die Welt genommen", erwiderte Hermodr überzeugt.

Wal-Freya ballte die Fäuste. „Wie es passiert ist, spielt keine Rolle mehr! Die Frage ist, was wir jetzt damit anstellen!"

„Vielleicht blasen wir die Sache einfach ab", brummte Juli.

Schweigen legte sich über die Gruppe. Schließlich raunte Hermodr: „Wir haben lange und hitzig darüber beraten. Nach vielen Für und Wider haben wir uns dafür entschieden. Wir können uns jetzt nicht über den Beschluss hinwegsetzen. Balder zu befreien ist richtig und es muss unsere oberste Priorität bleiben."

Sie schwiegen und Thea blickte verunsichert von einem zum anderen.

„Wir klopfen an die Vordertür", erwiderte Wal-Freya schließlich.

„Was?", schnaufte Thea.

„Ein Gerücht, das sich bis zu Ingvar trägt, wird auch Hel zu Ohren gekommen sein. Ich bin davon überzeugt, dass sie bereits weiß, dass wir kommen. Wir alle wissen, in wessen Dunstkreis wir gesessen haben, als wir das erste Mal darüber sprachen, nach Hel zu gehen. Wenn Loki uns belauschte, hat er seine Tochter bereits über unsere Pläne informiert. Dieses Schandmaul wird unser Vorhaben überall publik gemacht haben. Was er allerdings nicht weiß, ist, mit wem wir auf die Reise gegangen sind. Wir teilen uns also auf. Hermodr und ich erstatten Hel einen offiziellen Besuch. Wir fordern noch einmal von ihr, Balder frei zu lassen. Ihr drei werdet währenddessen den versteckten Zugang aufsuchen und die Unterwelt nach Balder auskundschaften! Hel wird vielleicht einen Angriff von uns fürchten, sie wird aber nie damit rechnen, dass wir uns durch die Hintertür schleichen."

„Wir allein?" Juli sprang auf.

„Sie könnten hier warten, bis ihr zurückkommt", schlug Ingvar eilig vor.

Wal-Freya schüttelte den Kopf. „Wenn wir Hel ablenken, können sie ungestört nach Balder suchen. Hel wird uns Balder niemals überlassen. Wenn sie uns überhaupt noch Einlass gewährt, um mit ihr zu sprechen. Dafür wird Lokis falsche Zunge gesorgt haben."

„Ja und dann? Was, wenn sie euch fortjagt?", schnappte Juli.

„Dann verlassen wir Niflheim zum Schein, schlagen einen Haken und stoßen später zu euch. Vielleicht habt ihr bis dahin schon herausgefunden, wo Balder sich aufhält. Wenn ihr Balder gefunden habt, nehmt ihr den gleichen Weg zurück, den ihr gekommen seid. Wir kommen euch dann auf diesem Pfad entgegen, denn die beiden anderen sind bewacht."

Juli verschränkte murrend die Arme. „Was ist das schon wieder für ein unsinniger Plan? Wenn ihr sowieso runter kommt, dann können wir das doch gleich zusammen tun. Wir warten hier und ihr holt uns ab, sobald ihr euer Ablenkungsmanöver beendet habt."

Auch Ingvar rutschte unruhig auf seinem Stuhl. „Das halte ich auch für besser. Drei Lebende werden in Hel doch sofort auffallen. Keiner von ihnen sieht besonders tot aus."

„Und das soll auch so bleiben!", schnappte Juli.

„Juli, wenn ihr hier auf uns wartet, verlieren wir Zeit. Wenn unser Ablenkungsmanöver misslingt, seid ihr unsere einzige Chance, Balder zu befreien."

„Sie werden den Eingang niemals alleine finden, Freya", gab Hermodr zu bedenken.

„Sie nicht, aber Kvikur wird es. Du wechselst dein Pferd mit dem von Juli oder Tom."

„Wohl eher das von Tom", brummte Hermodr. „Es hat schon einen Mann getragen und wird eher zu überreden sein." Während er abwechselnd Juli, Tom und Thea ansah, erwiderte er: „Ich gebe zu, mir ist auch nicht wohl dabei, euch alleine loszuschicken, aber Wal-Freya hat Recht. Wenn sich bereits die Schwarzalben erzählen, dass hier etwas im Gange ist, weiß Hel, dass wir kommen. Wir müssen sie aufsuchen, um sie in Sicherheit zu wiegen. Sollte sie von Loki gewarnt worden sein, wird sie Verrat fürchten und niemand von uns wird sich unbehelligt in der Unterwelt bewegen können. Wartet nicht auf uns. Wir werden versuchen, sie so lange wie möglich zu beschäftigen. Wenn sie glaubt, dass wir nichts gegen sie unternehmen, könnt ihr in aller Ruhe nach Balder suchen."

„Unter einem Heer von Toten?", schnappte Juli.

Wal-Freya zog eine Grimasse. „Bevor wir nach Niflheim aufgebrochen sind, hast du einen ganzen Abend lang mit

Toten gefeiert. Du warst gar nicht von ihren Tafeln wegzubringen!“

Erneut wollte Juli protestieren, doch die Worte blieben ihr im Halse stecken. Mit offenem Mund drehte sie sich zu Thea um und stieß sie empört an. „Sag doch auch mal was!“

Thea zog überrascht die Augenbrauen hoch. „Ich? Wieso ich?“

„Weil das ganze hier dein Schlamassel ist? Hast du das schon vergessen?“

„Ich glaube nicht, dass wir da irgendetwas zu entscheiden haben“, gestand Thea verlegen.

Wal-Freya seufzte. „Ich wüsste nicht, warum wir das noch einmal erörtern sollten. Ragnarök zu verhindern liegt in unser aller Interesse, Juli.“

„Da stimme ich dir in jedem Fall zu. Aber das heißt doch nicht, dass man sich blindlings in jede Gefahr stürzt.“

Wal-Freya faltete die Hände auf dem Tisch. „Das Schlimmste für euch wird es sein, den Gjöll zu überwinden. Er trennt die Totenwelt von der Außenwelt. Ihr werdet das hier brauchen.“ Sie griff unter ihren Panzer, zog ein Stück Pergament hervor und schob es zu Thea über den Tisch. Thea erkannte es wieder. Es war Skidbladnir.“

„Und ihr?“, fragte Tom, der das zusammengefaltete Schiff ebenfalls erkannte.

„Wir reisen über die Gjallarbrú. Wir brauchen Skidbladnir nicht“, antwortete Hermodr.

„Was ist die Gjallarbrú?“, flüsterte Tom zu Juli.

„Eine goldene Brücke. Sie verbindet die Unterwelt und die Außenwelt, ähnlich wie Bifröst Midgard und Asgard verbindet“, antwortete Juli. Dann wurde sie lauter und richtete ihre Stimme an Wal-Freya und Hermodr: „Aber ebenso wie Bifröst von Heimdall bewacht wird, wird Gjallarbrú von Modgudr bewacht.“

„Sie ist kein Problem", erwiderte Hermodr. „Sie wird uns passieren lassen."

„Wenn euch Hel einlässt", versetzte Juli.

„Richtig. Sollten wir später den geheimen Pfad nehmen, haben wir schon Mittel und Wege, über den Gjöll zu kommen", lächelte Wal-Freya.

Juli seufzte tief. „Gibt es denn gar keine Möglichkeit, euch umzustimmen?" Die Mienen ihrer Gegenüber spiegelten eisiges Schweigen wider. Peinlich berührt versuchte Ingvar weder dem Blick seiner Götter, noch dem von Thea, Juli oder Tom zu begegnen. Irgendwann brach ein Seufzen durch die Stille, ausgestoßen von Juli, die mit hochgezogenen Schultern zu Thea sprach: „Nun denn, mögen die Spiele beginnen!"

Ingvar hob den Kopf. „Aber nicht sofort! Ihr bleibt doch noch eine Nacht?"

Ehe ein anderer antwortete, streckte sich Hermodr mit einem Brummen. „Es spricht nichts dagegen. Außerdem werden meine Knochen ein weiches Bett begrüßen. Auf den Planken eines Schiffes schläft es sich nicht bequem."

Ein Lächeln fuhr Wal-Freya über die Lippen, während sie sich erhob. „Das wird uns allen gut tun. Außerdem gibt es uns noch etwas Zeit." Ihre Augen ruhten auf Thea, die ihren Gedanken nachhängend, erst reagierte, als Juli sie anstieß.

„Sie meint dich!"

Thea schreckte auf. „Entschuldigung! Natürlich", erwiderte sie. Als sie aufstand, streifte ihr Blick das Pergament, das noch immer auf dem Tisch lag. Thea nahm es auf und streckte es Juli entgegen. „Nimm du es! Du hast schon einmal darauf aufgepasst. Ich denke, dass es bei dir in guten Händen ist."

Unendlich stolz grinste Juli Thea an. Sorgsam verstaute sie Skidbladnir unter dem Kettenhemd und schloss zu Tom auf, der gerade mit Ingvar und Hermodr durch die Tür schlüpfte. Als Thea folgen wollte, hielt Wal-Freya sie zurück: „Du nicht!"

„Was? Aber ..."

Mit einem tiefen Seufzen schob Wal-Freya den Stuhl an den Tisch. „Du kannst später noch mit ihnen feiern. Schließ die Tür, wir müssen reden."

„Kriegst du die denn wieder auf?", fragte Thea mehr, weil es sie zu ihren Freunden zog, als dass sie befürchtete, Wal-Freyas Zauber könnte versagen.

„Was glaubst du wohl? Los!"

Nun war es Thea, die seufzte. Sie schloss die Tür und setzte sich zurück an den Tisch. Wal-Freya blieb stehen, während sie ihren Blick an Thea vorbei auf die Wand gerichtet hielt. Anscheinend suchte sie nach Worten - etwas, das nicht oft vorkam.

Endlich holte Wal-Freya Luft. „Euch drei alleine nach Hel zu schicken bereitet mir Unbehagen. Der Gjöll ist ein reißendes Gewässer. Wo immer euch dieser geheime Pfad hinführt, früher oder später müsst ihr den Fluss überqueren."

„Im Beinahe-Ertrinken habe ich schon ein paar Erfahrungen gesammelt", scherzte Thea.

Ein Schmunzeln huschte über Wal-Freyas Lippen. „Deshalb mache ich mir ja Sorgen! Ich denke nicht, dass Skidbladnir kentern wird, aber bei euch weiß man nie, was ihr als Nächstes anstellt. Wenn ihr in den Gjöll fallt, seid ihr verloren."

Thea zog eine Augenbraue hoch. „In Midgard würden sie dir nie die Leitung über ein Motivations-Seminar überlassen."

Wal-Freyas Blick bohrte sich tief in Theas Augen. „Mir ist es wichtig, dass du dir deiner Verantwortung bewusst bist. Du wirst nicht nur auf dich, sondern auch auf deine Freunde aufpassen müssen. Für Juli sind die meisten Dinge einfach. Im Gegensatz zu dir kam sie mit einem offenen Herzen nach Asgard. Es gibt nicht viele Dinge, die Juli Angst machen. Ich für meinen Teil bin mir noch nicht sicher, ob das eine Gabe oder ein Fluch ist. Ich würde mir wünschen, dass sie viel öfter nachdenkt, bevor sie handelt. Das wirst du aber kaum erleben. *Du* musst das für Juli tun."

Thea lächelte in Gedanken an ihre Freundin. „Sie war schon früher so. In ihrem alten Leben als Trym, meine ich."

Wal-Freya nickte langsam. „Das wird ein Grund dafür sein, warum sie sich so gut mit Thor versteht. Eine treuere Freundin als Juli wirst du nie finden. Sie würde für dich durchs Feuer gehen. Ich weiß zu wenig von Tom, leider hatte er in Jötunheim kaum Gelegenheiten, sich zu beweisen. Aber er hat das Herz eines Bären, wenn es darum geht, dich zu beschützen." Sie machte eine Pause und sah Thea lange an. Für einen Moment glaubte Thea, dass der Walküre etwas auf der Zunge lag, doch was immer es auch war, sie sprach es nicht aus. „Du bist die Anführerin dieser kleinen Gruppe. Du bist diejenige, die das Seidr beherrscht, du trägst das Flammenschwert. Dir obliegt die Verantwortung für deine Freunde. Umso wichtiger ist es, dass du jetzt ganz genau zuhörst. Es ist zu früh für dich, trotzdem möchte ich, dass du lernst, die Runen zu binden, mit denen du zauberst."

Thea schnaufte. „Du willst, dass ich die Magie der Binderunen erlerne? Jetzt?"

Ein gequälter Gesichtsausdruck begleitete die nächsten Worte der Walküre. „Ich wollte dir das alles während unseres Weges lehren. Dieser trennt sich jetzt." Sie lächelte. „Hab keine Furcht. Magie ist immer anders. Oft geht es einfach nur darum, zu improvisieren. Mit der Zeit fühlst du die

Runen, du überlegst nicht, du bedienst dich ihrer einfach. Aber so weit bist du noch nicht, dir fehlt die Übung. Für deine Reise will ich dir zwei starke Zauber mitgeben. Du kennst die Bedeutung der Runen, durch ihre Bindung erweiterst du nur deine Möglichkeiten und verstärkst jeden Wunsch um ein vielfaches."

Thea seufzte. „Wir haben Energiebeherrschung lange mit Kyndill probiert. Ich glaube nicht, dass ich schon so weit bin."

Wal-Freya lief um den Tisch auf Thea zu. Aufmunternd zwinkerte sie ihr zu. „Wahrscheinlich brauchst du nur ein bisschen Druck. So. Nun pass auf. Als Erstes zeige ich dir, wie man Menschen vor dem Ertrinken bewahrt."

4. Kapitel

Erst spät in der Nacht traten Thea und Wal-Freya aus Ingvars geheimem Raum. Die große Halle war inzwischen menschenleer, auch von Juli, Tom und Hermodr fehlte jede Spur. Sie verließen den Saal und liefen zurück in den Gang, wo sie der Treppe hinauf in das obere Stockwerk folgten. Tatsächlich begegnete ihnen dort eine Magd, die sie in ihre Zimmer führte. Ein Feuer prasselte um einige frisch geschichtete Scheite, die kurz zuvor aufgelegt worden waren. Juli und Tom schliefen tief und bemerkten Thea nicht, die sich erschöpft ihrer Rüstung entledigte und dann froh über ein paar Stunden Ruhe ins Bett fiel.

Als Thea erwachte, war sie alleine. Müde streckte sie die Glieder und drehte sich noch einmal um, da stürzte Juli durch die Tür und zerriss die morgendliche Stille.

„Endlich! Ich dachte, du willst gar nicht mehr aufwachen. Wal-Freya meinte, wir sollen dich schlafen lassen, aber wenn du noch länger gebraucht hättest, hätte ich mich nach einem Feueralarm in der Feste umgesehen."

„Ich wusste immer, dass ich keine Feinde brauche, solange ich dich an meiner Seite habe", murmelte Thea.

„Du Witzbold! Wie kannst du so in Seelenruhe schlafen? Bist du nicht aufgeregt? Also ich konnte kaum ein Auge zutun!"

„Das habe ich gesehen, nachdem ich heute Nacht ins Zimmer geschlüpft bin", erwiderte Thea trocken.

Juli lachte. „Als könnte man hier sagen, wann Tag und Nacht ist."

„Wo sind die anderen?"

„Nebenan. Ingvar lässt gerade Frühstück machen. Aber Wal-Freya verlangte, dass wir auf dich warten."

„Ach, deswegen warst du so ungeduldig, weil du noch immer nicht gefuttert hast."

Wieder lachte Juli. „Ja genau! Und jetzt gib Gas, bevor ich launisch werde."

Sie half Thea beim Anziehen und führte sie in den Raum gegenüber. Dort erhoben sich alle von den Betten, als Thea eintrat.

„Ein Glück!", lächelte Hermodr und fuhr sich über den Bauch.

„Habt ihr lange gewartet?", fragte Thea verunsichert.

„Nein. Eine halbe Stunde vielleicht", erwiderte Wal-Freya.

„Gefühlt waren es zwei Stunden", sagte Tom. Er schmunzelte. „Bist du denn gar nicht aufgeregt?"

Thea verschränkte die Arme. „Sag nur, du hast auch die ganze Nacht kein Auge zugetan."

Unter schallendem Gelächter gingen sie hinaus und liefen zur Halle, wo ein üppiges Frühstück auf sie wartete. Mit gefüllten Bäuchen und vollgestopften Proviantsäcken verließen sie schließlich den Saal.

Djarfur scharrte mit einem Huf und schüttelte den Kopf. *„Habt ihr euch gut amüsiert, während wir bei Wasser und trockenem Brot gehalten wurden?"*

Verwirrt trat Thea an ihn heran. Scherzte Djarfur, oder beschwerte er sich wirklich? Er gab die Antwort mit einem Kichern und ließ Thea erleichtert die Augen verdrehen.

„Ich bin fast drauf reingefallen!"

Erneut kicherte Djarfur. *„Du bist darauf reingefallen!"*, verbesserte er. *„Gibt es eine Planänderung? Tom und Hermodr tauschen die Plätze."*

„Wir teilen die Gruppe … Hermodr und Wal-Freya reisen zu Hel. In dieser Zeit suchen wir den geheimen Zugang auf. Wal-Freya sagt, Kvikur wird den Weg finden."

Djarfur wieherte. *„Großartig! Jetzt brichst du ohne Götterhilfe auf! Ich wusste es. Ich bin das Pferd der Heldin!"*

Lachend tätschelte Thea Djarfurs Seite und schwang sich in den Sattel. *„Du bist ein bisschen größenwahnsinnig, glaube ich."*

„Mitnichten. Ich bin nur ein Pferd mit großen Zielen."

Ingvar steckte die Daumen in seinen Gürtel und überschaute die Gruppe. „Viel Glück euch allen! Mögen eure Herzen stets mutig und euer Verstand klar sein."

„Danke Ingvar", antwortete Wal-Freya. „Wir sehen uns wieder!"

Der Wikinger lachte. „Das will ich hoffen!" Er winkte zum Abschied, derweil die Pferde in den Himmel stiegen. Ein letztes Mal sah sich Thea nach Ingvar um und erwiderte seinen Gruß, dann richtete sie den Blick auf Tom und Juli, die mit erwartungsvollen Gesichtern der vor ihnen liegenden Aufgabe entgegenfieberten. Thea hoffte inständig, dass sie ihrer Verpflichtung gewachsen war. Wehmütig beobachtete sie Wal-Freyas wehende Haare über dem Umhang.

„Du warst doch schon einmal auf dich allein gestellt", drang Wal-Freya in ihren Geist. Wie so oft fühlte die Walküre Theas Gedanken, als lägen sie offen vor ihr. *„Damals, genau hier in Niflheim. Dank dir kamen wir frei."*

„Da musste ich nur auf mich aufpassen."

„Was du nicht besonders gut angestellt hast. Sorge dich nicht. Deine Sinne werden um ein Vielfaches geschärft sein, wenn du für andere Menschen die Verantwortung trägst. Als Njal hast du es auch geschafft."

„Stimmt. Aber da ging ich nicht nach Hel."

„Dafür hast du jetzt ein Flammenschwert und kannst ein paar Tricks." Sie lachte und führte ihr Pferd von Thea fort. „Zeit, Abschied zu nehmen! Geht vorsichtig bei der Suche nach Balder vor und verliert Skidbladnir nicht! Ohne das Schiff werdet ihr den Gjöll nicht überwinden und ihr kehrt nie aus Hel zurück!"

Aus den Augenwinkeln sah Thea, wie Juli unwillkürlich die Hand auf ihre Brust legte und nach dem Schiff fühlte. Dann lenkte Wal-Freya ihr Pferd nach rechts und stob davon. Hermodr folgte ihr.

„Bis bald in Hel!“, rief er.

Auf ihren tänzelnden Pferden sahen sie den Göttern lange nach, dann drehte Kvikur ab und ritt in nordwestlicher Richtung davon. Fifill und Djarfur folgten ihm umgehend.

Ungefähr zwei Tage später, sie hatten nur wenige Pausen gemacht, senkte sich Kvikur von selbst nieder. In den letzten Stunden war es immer finsterer und kälter geworden. Das Nordlicht hatte sich weit an den hinteren Horizont zurückgezogen. Auch die Sterne leuchteten blasser. Thea erkannte eine Nebelwand, die sich vor einer Ebene aus in sich verkeilten Gletschertürmen abbildete. Der Schnee war frisch und unberührt. Als Thea aus dem Sattel sprang, sank sie bis zu den Knien ein. Mit mulmigem Gefühl watete sie ein Stück voran. Die Nebelwand richtete sich hoch und dicht vor ihr auf und verhüllte alles, was dahinter lag. Prüfend warf Thea einen Blick zurück zu ihren Freunden, deren Gesichter in der Dunkelheit kaum zu erkennen waren.

„Das ist es?“, fragte sie Djarfur.

„Kvikur sagt ja.“

Sie sah sich um. *„Aber hier ist nichts.“*

„Sind wir da?“, fragte Tom.

Thea versuchte etwas durch den Nebel auszumachen, doch es war unmöglich. „Anscheinend.“

„Hermodr ging durch den Nebel“, vernahm Thea eine fremde Stimme in ihrem Geist.

„Und dann?“, fragte sie Kvikur.

Das Pferd schnaubte. *„Kam er zurück und wir ritten heim nach Asgard.“*

Juli sprang von Fifill herunter, löste ihren Quersack vom Sattel und schulterte ihn. „Es wäre wohl kaum ein verborgener Eingang, wenn er sich hier offen vor uns auftun würde. Schon vergessen? Die Völva sagte, dass noch nicht einmal Hel ihn kenne.“

Auch Tom rutschte aus dem Sattel und löste seinen Quersack. „Sie hat Recht. Wir werden ihn sicher irgendwo finden.“

„Was macht *ihr* solange?“, fragte Thea und sprach damit Djarfur und die anderen Pferde an.

„Nach Hel müsst ihr alleine gehen. Wir kehren zurück zu Ingvars Feste. Von dort aus sind wir schnell wieder bei euch, wenn du uns rufst“, antwortete Djarfur.

Geduldig wartete er, bis Thea den Proviantsack vom Sattel gelöst hatte. *„Gut. Wie auch immer ihr mich von da hören wollt.“*

Djarfur kicherte, scharrte mit dem Huf und drehte sich um. Ohne sich von Thea oder den anderen zu verabschieden, hoben die Tiere ab und waren rasch in der Dunkelheit des Firmaments verschwunden.

„Wie wir in diesem Nebel etwas entdecken wollen, ist mir allerdings ein Rätsel“, sagte Juli. Sie streckte den Arm in die Nebelwand, der sofort darin verschwand.

Tom kam näher und tat es Juli gleich. „Das ist wirklich eine verdammt dicke Suppe.“

„Wichtig ist, dass wir uns nicht aus den Augen verlieren. Alles andere wird sich schon zeigen“, brummte Thea.

„Hoffentlich finden wir den Zugang bald. Dort unten ist es sicher wärmer“, erwiderte Tom, die Arme eng um den Körper geschlungen. Seit Stunden war es so unerträglich kalt geworden, dass jeder Atemzug in der Lunge schmerzte.

Die Namensähnlichkeit mag verwirrend sein, aber Hel

hat rein gar nichts mit der Hölle zu tun“, entgegnete Thea. „Dunkel soll es in Hel sein und feucht.“

„Na großartig“, murrte Tom.

Grinsend gab Juli ihm einen Knuff. „Du musst dich mehr bewegen, dann frierst du nicht. So! Und jetzt genug geschwätzt! Ich kann es kaum erwarten. Lasst uns einen Gott befreien gehen, damit Ragnarök endlich vom Tisch kommt!“. Mit einem leise ausgestoßenen „Wooohuuu“ trat sie kurzerhand in den Nebel und war verschwunden.

Thea jagte ein Stich durch den Körper. Sofort schossen ihr Wal-Freyas Worte durch den Kopf. „Du wirst nicht nur auf dich, sondern auch auf deine Freunde aufpassen müssen.“ Sowohl Tom als auch Thea riefen panisch nach Juli. Diese reagierte mit Unverständnis. „Ich bin gleich hier! Macht doch nicht so einen Wind“, sagte sie, während sie die Hand aus der Nebelwand streckte und winkte. Thea schnappte Julis Arm und zog sie unverrichteter Dinge zurück.

„Wir müssen darauf achten, dass wir uns nicht verlieren!“, erinnerte Thea eindringlich.

„Ich bin nur einen einzigen Schritt gegangen. Jetzt komm! Dahinter ist gar nicht so eine Suppe. Voll magisch!“

Kaum hatte Juli ihre Worte ausgesprochen, nahm sie Thea mit sich. Thea spürte Toms eisernen Griff, der sich sofort um ihr Handgelenk schloss. Tatsächlich wurde der Nebel nach nur einem Schritt durchlässiger. Beruhigt stellte Thea fest, dass Juli nicht weit gekommen wäre. Eine riesige Gletscherformation türmte sich vor ihnen auf. Schemenhaft zeichnete sie sich vor der Dunkelheit ab.

„Ob das hier das Ende Niflheims ist?“, fragte Juli, während sie die eisige Wand abtastete.

Tom, der ihrem Beispiel folgte, fluchte: „Wenn es nur nicht so verdammt finster wäre. Wie will man hier etwas finden?"

Kurzerhand zog Thea Kyndill aus der Scheide. Wie eine Fackel hob sie das Schwert über ihre Köpfe und erhellte im großen Umkreis den Platz.

Juli drehte sich staunend um, dann lächelte sie. „Unheimlich praktisch, dein Flammenschwert! Ich vergesse immer wieder, für was es alles nütze ist."

Sie liefen nur wenige Schritte, da streckte Tom die Arme zur Seite aus und blieb abrupt stehen. „Vorsicht!", warnte er.

Ein schlecht erkennbarer Spalt tat sich im Boden auf. Mit einem ihrer berühmten ‚Wuuuhuuus' schob sich Juli an Tom vorbei, um die Öffnung näher zu untersuchen. Kaum hatte sie einen Schritt vorgewagt, gab der Boden unter ihrem Fuß nach. Tom konnte sie gerade noch zurückziehen, bevor Juli mitsamt der abbrechenden Schneeplatte in den Abgrund stürzte.

Thea hieb ihrer Freundin unsanft auf den Arm. „Verdammt, Juli, was ist los mit dir? Kannst du bitte besser auf dich aufpassen! Das wäre fast schief gegangen!"

„Aua!" Grimmig legte Juli die Hand über die Stelle. „Was schlägst du gleich zu?"

Tom spähte auf Zehenspitzen in den Einschnitt. „Ob es unser Weg ist?"

Thea berührte mit Kyndill den Boden an der Spalte. Sofort schmolz der Schnee um die Klinge und lief in kleinen Wasseradern in den Abgrund. Sorgfältig taute Thea so den Schnee um die Kluft auf, bis der Rand der Gletscherspalte deutlich zu erkennen war. In Kyndills Feuer funkelte sie erst weiß und wechselte dann in ein immer dunkler werdendes Blau, bis sich das Licht im Schwarz der Tiefe verlor.

„Ist das der geheime Weg nach Hel?“, wiederholte Tom seine Frage.

„Hermodr sagte, er sei im Boden zu finden“, nickte Thea. „Aber vielleicht sehen wir uns vorsichtshalber noch einmal nach einer zweiten Öffnung um.“

„Wenn das der Weg nach Hel ist, dann sieht man doch sicher irgendetwas in dem Loch“, brummte Juli. Wieder trat sie vor, was regen Protest, sowohl bei Thea, als auch bei Tom hervorrief. Juli kommentierte es mit einem Lachen.

„Ganz schön dunkel. Kannst du mit Kyndill hineinleuchten?“ Sie reckte den Körper über das Loch und spähte hinein. Plötzlich ruderte sie mit dem Armen und ehe Thea begreifen konnte, wie es passiert war, stürzte Juli in den Spalt. Rasch verhallten ihre Schreie in der Tiefe und wurden von fröhlich ausgestoßenen ‚Wooohuuus' abgelöst, die sich hörbar entfernten.

„Ich bringe sie um! Ich schwöre, ich bringe sie um!“, knurrte Thea mit einem Blick auf Tom. Dann sprang sie Juli hinterher.

Mit rasender Geschwindigkeit rutschte Thea in die Tiefe. Der Pfad grub sich in einem natürlichen Eiskanal in den Gletscher hinein. Hier und da fiel er unangenehm ab, doch zu ihrer Erleichterung mündete er darauf stets in Geraden, die einen ungebremsten Sturz verhinderten. Thea war aber vernünftig genug, nicht daran zu glauben, dass diese unbeschwerte Rutschpartie bis nach Hel andauern würde. Hektisch versuchte sie, ihre Gedanken zu sammeln, begleitet von Julis fröhlichem Quieken tat sie sich damit aber nicht leicht. Manchmal schien Juli ganz in der Nähe zu sein, dann wieder nicht. Für Thea war es unmöglich, die Entfernung zu schätzen. Zwar hielt sie Kyndill über ihren Kopf, doch das verschaffte eher Tom Licht, der unweit hinter ihr folgte.

Thea schärfte ihre Sinne. Wo immer dieser Sturz enden würde, sie musste es schaffen, vorher an Juli heranzukommen. Allerdings sah es nicht danach aus, dass ihre Freundin daran interessiert war, anzuhalten.

„Juli! Bleib stehen! Hörst du? Halt dich fest!“, schrie Thea, doch es kam keine Antwort. Die stille Hoffnung, dass es Juli irgendwie gelingen würde, sich im Eis festzukrallen, erstarb mit jedem Meter, den Thea in die Tiefe glitt. Sie schloss die Augen, schickte ihrer Freundin einen Gedanken, aber drei weitere ‚Wuuuhuuus' machten Thea klar, dass sie Julis Geist nicht erreichte.

„Teufel Juli! Du bist und bleibst ein verbohrtes Rindvieh!“, schimpfte Thea. Jäh schoss ihr eine Idee durch den Kopf. Vieh! Umständlich fingerte sie mit der freien Hand in einer ihrer Taschen, warf das Pulver – und rauschte an ihm vorbei, ehe sie eine Rune hineinmalen konnte.

„Verdammt, verdammt, verdammt!“, fluchte Thea.

Sie steckte Kyndill zurück in die Scheide und stellte verbittert fest, dass dies ebenfalls zu ihren schlechteren Einfällen zählte. In völliger Finsternis war es ihr unmöglich, auch nur ansatzweise eine Rune in den Staub zu zeichnen. Sie zog Kyndill wieder hervor, hielt es über sich und drehte sich auf den Bauch. Erst dann griff sie hinter den Rücken und zückte den Dolch, den ihr Wal-Freya mit der Rüstung überlassen hatte. Mehrmals schlug sie die Klinge vergeblich in den Untergrund. Sie war einfach zu schnell! Fluchend wandte sie sich um und hieb die Hacken in den Boden. Nachdem sich auch das als sinnlos herausstellte, steckte sie Kyndill abermals weg, legte sich zurück auf den Bauch und versuchte ihren Sturz erneut zu stoppen, indem sie den Dolch mit beiden Händen umschlossen in den Gletscher trieb. Wirkungslos schnitt das Messer ins Eis, ohne Theas Geschwindigkeit zu verringern. Schreiend brachte sie ihren

Unmut zum Ausdruck, schob den Dolch in die Hülle und rollte sich wieder auf den Rücken. Aufs Neue holte sie eine kleine Menge des Pulvers aus der Tasche. Diesmal verteilte sie es großflächig auf der Hand und malte Fehu hinein. Noch nie hatte sie beobachtet, dass Wal-Freya Runen auf diese Weise zur Hilfe nahm, aber es musste einfach funktionieren. Sie schloss die Hand, warf den Staub hoch und drehte sich um. Tatsächlich schimmerte das Zeichen hinter ihr in der Luft. Rasch hob sie die Hand. Sie hatte diesen Zauber stets benutzt, um etwas in Bewegung zu versetzen, sie hoffte inständig, dass man damit auch etwas aufhalten konnte.

„Stopp!“, befahl sie. „Stopp!“

Plötzlich fuhr ein Ruck durch ihren Körper. Ihre Rutschfahrt hörte auf. Gelegenheit, sich darüber zu freuen, blieb ihr allerdings nicht, denn schon wehte die Rune auseinander, als Tom durch den Staub raste. Um einen weiteren Zauber auszusprechen war es zu spät. Mit zusammengebissenen Zähnen zog Thea den Kopf zwischen die Schultern, da prallte Tom gegen sie. Sie erwartete, fortgerissen zu werden, doch sie rückte nicht einen Millimeter von ihrem Platz. Tom ächzte.

„Ich bin es“, erklärte sie. Sie zog Kyndill aus der Scheide.

Verblüfft hob Tom die Augenbrauen, dann sah er an Thea vorbei, wo der Eistunnel steil in die Tiefe mündete.

„Wie hast du das gemacht?“, fragte er.

„Gleich!“, erwiderte Thea, griff abermals in die Tasche, warf das Pulver und malte Fehu hinein. „Stopp!“, rief sie und befahl den Zauber weit in den Abgrund. „Stopp!“

„Ob das hilft?“, raunte Tom.

Ein empörter Ruf aus der Ferne gab die Antwort. Thea seufzte erleichtert. „Wie es scheint, ja.“

„Wahnsinn!“ Lobend knuffte Tom Theas Arm. Diese wollte sich abstoßen, doch ihr Körper wich kein Stück vor. Augenblicklich spürte sie das Blut in ihren Kopf schießen.

„So geht es natürlich nicht“, erklärte sie verlegen.

Sie warf ein Pulver und hoffte, dass die Bitte um Beschleunigung nicht zu schnell ausfallen würde. „Weiter!“, sagte sie, während sie die Rune in den Staub malte. Schon löste sie sich und die Rutschpartie begann von Neuem. Tom schlang rasch die Arme um ihre Taille. Thea erschauderte mit der Berührung und wunderte sich über das wohlige Gefühl, das Toms Nähe in ihr auslöste.

„Ich gebe zu, dass ich kurz Angst hatte“, flüsterte er ihr ins Ohr.

Thea begriff, dass Tom den Bewegungszauber erkannt hatte, den sie in Baba Jagas Hütte wieder und wieder an Äpfeln geübt und diese dabei reihenweise gesprengt hatte. Sie lachte. „Wie es scheint, beherrsche ich das inzwischen ganz gut.“

„Ein Glück!“, lachte Tom zurück.

Kyndill über ihren Köpfen erhoben sausten sie in die Tiefe. Tom hatte sein Kinn auf ihrer Schulter abgelegt. Er frohlockte, als das Gefälle zunahm und Thea gequält quiekte. Dann hörten sie Juli rufen: „Haltet an!“

Hastig wühlte Thea in ihrer Tasche, doch es war zu spät. Wie kurz zuvor Tom in sie, rasten beide nun in Juli hinein.

Protestierend heulte Juli auf. „Verflucht und eins! Was soll der Scheiß?“, fluchte sie.

Theas Gefühle schlugen Purzelbaum vor Freude, gleichzeitig kochte die Wut in ihr hoch. Juli war unversehrt, aber sie hatte genau das getan, wovor Wal-Freya gewarnt hatte! „Du Idiotin! Wirklich! Ich weiß nicht, ob ich dich knutschen oder ob ich dir eine reinhauen soll“, knurrte Thea.

„Glaubst du, das war Absicht?“, motzte Juli. Dann grinste sie und warf ihre Arme um ihre Freundin. „Das war so affenstark! Wenn wir zurück sind, müssen wir das unbedingt noch einmal machen!“

Während Thea das Gesicht in den Händen vergrub, rollte Tom ungläubig die Augen.

„Wie schön, dass du dich amüsierst!“, rief Thea aufgebracht.

Juli lachte. „Das war es wert! Du hättest dich mal sehen sollen! Du kamst mir hinterhergeschossen wie der Halleysche Komet.“

Thea zog eine Schnute und versuchte sich von der Fröhlichkeit Julis nicht anstecken zu lassen. „Ich hatte Todesangst um dich!“

„Das ist etwas Neues! Wenn ich das nächste Mal in eine Achterbahn steige, wünsche ich mir, dass du mir auch in Todesangst folgst. Danach will ich dich genauso wütend sehen, statt kreideweiß gegen Übelkeit ringend!“ Sie warf sich zurück und hielt sich den Bauch vor Lachen. Als Tom mit einfiel, war es auch um Thea geschehen. Kichernd steckten sie sich gegenseitig in ihrer Ausgelassenheit an, bis sie erschöpft um Atem rangen.

Irgendwann seufzte Juli. „So schön das hier mit euch auch ist, mir friert der Hintern.“ Sie richtete den Blick gleichzeitig mit Thea den Spalt hinab. Noch immer klaffte tiefes Schwarz vor ihnen. Unerwartet drehte sich Juli um und versetzte Thea mit der flachen Hand einen Schlag auf den Arm. „Wie ist das überhaupt möglich, dass ich hier wie angewurzelt hocke? Das ist gewiss deine Schuld! Hast du mir etwas angezaubert?“

„Angezaubert?“, wiederholte Thea die Frage, derweil sie nach der Antwort suchte. Offen gestanden wusste sie nicht, wie sie Juli zum Anhalten gebracht hatte. Thea war einfach ihrem Gefühl gefolgt. Allmählich begriff sie, was Wal-Freya damit meinte, dass Zauberei stets anders sei. „Ich habe keine Ahnung. Aber es hat funktioniert."

Abermals traf sie Julis Hand. „Spinnst du? Was, wenn du mich in die Luft gejagt hättest wie deine Äpfel?"

Während Thea unter den scharfen Augen ihrer Freundin nach Worten rang, lenkte ein Glucksen Julis Blick zu Tom. Der duckte sich. „Tut mir leid. Du müsstest dich selber sehen."

„Das ist nicht witzig! Ich verbiete dir, noch einmal mit mir oder an mir zu zaubern, Thea!"

Thea wäre am liebsten im Boden versunken. Sie kannte Julis Abneigung und Ängste gegen Zauberei. Sie war so alt wie die Verbundenheit ihrer Seelen.

„Was ist so lustig?", schimpfte Juli.

Tom legte die Hand vor den Mund. „Sie wird das tun müssen, wenn du hier nicht für alle Zeiten festkleben willst."

„Was?" Julis Zorn traf Thea mitten ins Herz. Entschuldigend presste sie die Lippen zusammen.

Tom hob beschwichtigend die Hände. „Nur keine Angst! Sie hat gerade in einem Selbstversuch bewiesen, dass sie es kann. Sie ist noch in einem Stück, wie du siehst."

„*Sie* ist übrigens anwesend", knurrte Thea, griff in die Tasche und warf das Pulver in die Luft. Ehe sie die Rune hinein zeichnen konnte, wedelte Juli mit den Händen.

„Woh, woh, woh! Moment mal!", protestierte sie. „Ich habe mein Einverständnis nicht erteilt!"

Thea schenkte ihrer Freundin einen mitleidvollen Blick. Ihr blieb nichts anderes übrig. Erneut schob sie die Hand in die Tasche, warf das Pulver und malte Fehu hinein. Während Juli lauthals reklamierte, beschwor Thea den Zauber.

„Zu Hölle, Thea …" Julis Ruf entfernte sich ebenso schnell, wie sie aus dem Licht Kyndills entschwand.

„Hinterher! Sonst entkommt sie!“, lachte Tom. Schon umfasste er Theas Taille, rutschte vor und gab ihr mit seinem Körper einen Schubs. In halsbrecherischer Geschwindigkeit sausten sie hinab, Juli dicht auf den Fersen, die ohne Unterlass zeterte.

„Sie wird mich dafür hassen“, jammerte Thea.

„Zehn Minuten lang, dann hat sie es vergessen“, prophezeite Tom.

Irgendwann hatten sie Juli eingeholt. Thea schnappte sie am Kragen und zog sie zu sich heran.

„Glaube ja nicht, dass ich dir diesmal so schnell verzeihen werde!“, kündigte Juli an.

„Es tut mir leid“, erwiderte Thea.

Juli tätschelte Theas Hand. „Ach was! Ich mach nur Spaß!“

Mit Kyndill als einziger Lichtquelle führte sie ihr Weg weiter in die Tiefe. Thea fand das Gefühl unerträglich! Nach zwei Begegnungen mit den nordischen Göttern, in denen sie gezwungen war auf Himmelswagen zu reisen, in einen Brunnen zu springen, als Falke und Schneeeule zu fliegen, und zu guter Letzt auf einem fliegenden Pferd zu reiten, sollte sie sich an das unangenehme Kribbeln, das ihr während dieser Erlebnisse durch den Magen fuhr, gewöhnt haben, doch es wollte ihr nicht gelingen. Dennoch war sie stolz, denn sie war Juli ohne Zögern in den Spalt hinterher gesprungen, obwohl sie geahnt hatte, was sie erwartete. Anfänglich hatte sie gehofft, sie würde sich an das widerliche Gefühl gewöhnen, welches ihr mit jedem neuen Gefälle in den Magen fuhr, aber je länger dieses Martyrium andauerte, umso größer wurde ihre Gewissheit, dass sie sich damit niemals anfreunden würde.

Irgendwann vernahmen die Freunde ein Rauschen, das lauter wurde. Thea wurde zunehmend von Unruhe gepackt. Ebenso wie sie vermuteten ihre Freunde, dass das Geräusch von Wasser herrührte, dass es der Gjöll war, der sich durch den Felsen grub. Thea ging im Geiste den Zauber durch, den Wal-Freya sie die halbe Nacht wieder und immer wieder hatte üben lassen, bis sie ihn im Schlaf beherrschte. Von der nächsten Bodenwelle erfasst, kniff Thea gerade die Augen zu, als Juli einen Schrei ausstieß. Blitzschnell sortierte Thea ihre Sinne. Sie hob Kyndill höher und versuchte unter dem Lichtkegel des Schwertes zu erkennen, was Juli in Panik versetzte. Dann schnappte sie nach Luft. Sie hatten schon lange das Gefühl, dass das Eis dünner würde, jetzt endete es jedoch abrupt und gab den Blick auf einen schroffen Felsweg frei, der wenige Meter später in einen Schlund mündete.

„Bremsen, bremsen, bremsen!“, schrie Juli.

Hektisch griff Thea in ihre Tasche, warf das Pulver, um erneut Fehu hinein zu malen, aber es war zu spät! Juli traf auf den Felsenweg, wurde von der rauen Oberfläche gebremst und schlug hilflos vornüber. Auch Thea wurde von der Kraft gepackt und rollte über ihre Schulter nach vorn. Sie hörte ihren Umhang reißen, als er an einem Felsvorsprung hängen blieb. In einem Reflex ließ sie Kyndill los, drehte sich und packte den Stoff mit beiden Händen, am Kragen, ehe sie sich an ihrem eigenen Umhang erhängen würde. Ein Schmerz fuhr ihr durch die Schulter, als Tom über sie fiel. Dann verlosch Kyndill. Thea hörte Juli schreien und gleich darauf Tom, der sie beschwor, sich festzuhalten. Hektisch rappelte sich Thea auf, löste ihren Umhang und tastete den Boden nach Kyndill ab. Kaum hatte sie die Waffe gefunden, erkannte sie die Lage, in der ihre Freunde steckten. Juli hing von Tom gepackt halb über dem

Abgrund. Mit letzter Kraft stemmte er seine Füße gegen den Felsboden. Thea hastete vor und packte Julis linken Arm. Gemeinsam zogen sie Juli zurück auf den Vorsprung. Während Juli erleichtert aus der Gefahrenzone krabbelte, warf Thea einen Blick hinab. Das Felsloch reichte ungefähr fünfzig Meter in die Tiefe. Etwa im selben Abstand warf Gjöll seine Wassermassen auf, die sich brodelnd und schäumend zu Wellen auftürmten. Feiner Nebel waberte auf dem Fluss.

„Verdammt und eins, nächstes Mal sollte Hermodr gucken, wohin die Wege führen, auf die er uns schickt!“, ächzte Juli.

„Sagt ausgerechnet die, die sich als Erste in den Abgrund gestürzt hat“, erwiderte Tom trocken.

„Du nimmst mir die Worte von den Lippen“, stimmte Thea zu.

Achtsam rückte Juli vor und äugte in die Tiefe. „Und jetzt?“

„Ich weiß nicht. Es sieht so aus, als würde die Öffnung mitten über dem See liegen“, raunte Thea.

Tom rümpfte die Nase. „Runter kommen mag einfach sein, aber wie sollen wir später nur zurückkommen?“

„Darüber sollten wir uns erst den Kopf zerbrechen, wenn es soweit ist. Wir müssen Skidbladnir irgendwie zu Wasser lassen, ansonsten können wir gleich umkehren und ich habe offen gestanden keine Lust, den ganzen Weg zurückzugehen.“

Tom lächelte. „Vor allem würden wir wahrscheinlich so lange dafür brauchen, dass uns Wal-Freya sofort wieder runter schickt.“

„Nicht auszudenken“, grunzte Thea.

Juli blickte sich um. „Wir werden Skidbladnir hier

niemals auseinanderfalten, geschweige denn es durch die Öffnung stecken können."

Nickend seufzte Thea. Noch immer kniete sie vor dem Rand und sah hinab. „Es führt kein Weg dran vorbei, wir müssen runter klettern."

Tom schnappte nach Luft. „Was? Ohne Seil? Das sind doch bestimmt vierzig Meter!"

„Eher fünfzig", korrigierte Juli.

„Das ist wahnsinnig!"

Juli schürzte die Lippen. „Absolut, aber viele Lösungen werden sich nicht ergeben."

Thea erhob sich. Sie lief zu ihrem Umhang und befreite ihn aus dem Felsen. Dann steckte sie Kyndill in die Scheide und schloss den Umhang um ihre Schultern. Ohne Kyndills Flammen lag die Höhle in Finsternis. Es dauerte eine Weile, ehe sich ihre Augen an die Dunkelheit gewöhnten. Im fahlen Licht, welches aus der Öffnung drang, starrten sie durch den Nebel auf den Gjöll.

„Kannst du nicht wenigstens ein Seil herzaubern?", fragte Tom.

Thea lachte. Sarkastisch erwiderte sie: „*Ich*."

„Klar! Warum nicht."

„Weil ich nicht einfach irgendwas aus dem Nichts erschaffen kann. Man bedient sich der eigenen Energien und wenn man es kann, den Energien aus der Umgebung", erklärte Thea.

Erneut war es Juli, die unerwartet zum Abgrund kroch und ein Bein über den Rand setzte. „Du hättest doch besser ein paar Stunden mit mir in der Kletterhalle verbracht, statt die ganze Zeit vor dem Computer zu hocken, oder dieses Escrima zu machen", neckte sie Tom.

„Vielleicht sollten wir das erst durchdenken, ehe du wieder voranpreschst", erwiderte Tom scharf.

„Außerdem gehe ich vor!“, beharrte Thea.

Juli schenkte ihr ein schiefes Lächeln. „Die Frau mit der Höhenangst will zuerst! Ich lache! Vergiss nicht, ich habe Skidbladnir, Liebes. Im Übrigen wird mir viel wohler sein, dich im Rücken zu haben. Wenn ich falle, kannst du irgend so einen Schnickschnack zaubern. Ich klettere bis zum Rand und falte Skidbladnir dort auseinander. Bei Thor und Wal-Freya hat es ziemlich leicht ausgesehen. Dann lasse ich es los und wir müssen alle gleichzeitig versuchen drauf zu springen. Schaffst du das?“ Thea nickte und Juli presste entschlossen die Lippen zusammen. „Sollte etwas krumm laufen, hoffe ich, dass dir Wal-Freya genug gelehrt hat, um uns zu retten.“

Tom zögerte. Als sich Juli schon fast zur Hälfte vorgearbeitet hatte, saß er wie erstarrt vor dem Abgrund. Thea, die Juli ein Stück gefolgt war, forderte ihn auf, endlich nachzukommen. Erst nachdem ihn Juli daran erinnerte, dass er nicht derjenige mit Höhenangst sei, setzte er sich in Bewegung.

Vorsichtig arbeitete sich Thea hinab. Sie hatte beschlossen, nicht darüber nachzudenken, wo und in welcher Höhe sie sich gerade befand. Stück für Stück suchte sie nach guten Griffen, prüfte jeden Tritt, ehe sie sich weiter wagte. Bald brannten ihre Waden und Unterarme. Sie versuchte den Schmerz wegzuschütteln und machte die Arme an ihrem Halt immer wieder lang. Fünfundsiebzig Meter über einem reißenden Fluss die Kraft zu verlieren, würde schlecht ausgehen! Immerhin war die Wand zerklüftet genug, um breite Tritte und Griffe zu finden und sie bot Plätze zum Ausruhen.

Irgendwann traf sie auf Juli. Sie stand auf einem winzigen Vorsprung. Stolz lächelte sie Thea an.

„Geschafft", sagte Thea erleichtert. Sie rief es fast, denn der tosende Gjöll verschluckte nahezu jedes Wort.

Etwa fünf Minuten später kam Tom schnaufend und schwitzend bei den Mädchen an.

„Ganz ehrlich!", keuchte er zur Begrüßung. „Ich hatte nie in meinem Leben solche Angst. Da kämpfe ich lieber gegen einen Grendel."

Juli kicherte. „Aber das hier hast du viel besser gelöst als den Kampf gegen den Grendel."

Schmunzelnd streckte Tom die Zunge raus. „Kümmere du dich mal um dein Schiff. Ich kann mich kaum noch halten!"

Juli nickte. „Ich muss mich umdrehen. Es wäre sehr beruhigend für mich, wenn mich jemand festhalten kann."

„Zaubere sie fest, Thea", scherzte Tom.

„Untersteh' dich!", mahnte Juli sofort. „Du zauberst nur im Notfall!"

Thea lächelte. „Ich halte dich." Sie kletterte ein Stück zu ihr, stellte einen Fuß auf dem Vorsprung ab und suchte einen bequemen Griff. Dann packte sie ihre Freundin am Kragen, die sich vorsichtig auf der Felsnase umdrehte. Thea hatte das Gefühl, Julis Herzklopfen bis in ihren Fingerspitzen zu spüren.

„Lass mich nur nicht los", keuchte Juli. Sie holte das Pergament hervor und schlug es mehrmals auf. Dabei wurde ihr Blick mit jedem Arbeitsschritt fröhlicher. „Es ist tatsächlich ganz leicht!", verkündete sie. Begleitet von ‚Wuuuhuuus' und Wooohuuus' faltete sie Skidbladnir Stück für Stück auf, bis sie es schließlich komplett in der Hand wog. „Wie eine Feder", sagte sie fasziniert.

„Dann bring die Feder mal zum Fliegen", erwiderte Tom.

Beunruhigt sah Juli zu Thea, die sofort wusste, welche Sorge ihre Freundin plagte.

„Schaffst du das? Du darfst auf keinen Fall zögern!"

Thea konnte sich etwa tausend angenehmere Situationen vorstellen, als mit einem Schiff fünfzig Meter in die Tiefe zu stürzen, doch sie nickte.

„Ihr springt. Im gleichen Moment lasse ich los und springe hinterher", erklärte Juli. In ihrer Stimme schwang ein Zittern.

„Das wird schon klappen", sagte Tom.

„Also los! Auf drei!", erwiderte Juli.

Sie zählte laut, machte vor drei eine kurze Pause und schrie die Zahl so laut aus, dass Thea gar nicht in den Sinn kam zu zögern. Aus den Augenwinkeln heraus sah sie, wie sich Tom vom Felsen löste und sprang ihm nach. Sie traf auf die harten Planken des Schiffes, kurz darauf vernahm sie ein Poltern. Ein fröhlich ausgestoßenes ‚Wooohuuu' versetzte ihrem Herz einen Sprung, dann stellte sich das verhasste Gefühl ein, als ihr Körper mitsamt dem Schiff in die Tiefe sauste.

5. Kapitel

Mit einem Schlag, der Thea die Luft raubte, traf Skidbladnir auf den Gjöll. Sie machte sich auf einen Höllentrip gefasst, erwartete sie doch, dass das Schiff augenblicklich von den Wellen erfasst und mitgerissen wurde. Aber nichts dergleichen geschah. Skidbladnir lag ruhig auf dem Wasser. Verdutzt sahen sich die Freunde an, rappelten sich auf und traten an den Bug heran. Das Loch in der Höhlendecke, das sie ausgespuckt hatte, verschwand rasch aus ihrem Blickfeld. Die Wellen peitschten gegen die Schiffswand, die aufschäumende Gischt spritze in ihre Gesichter. Um sie herum wütete der Gjöll, doch Skidbladnir fuhr auf dem Fluss, als würde es auf seichten Gewässern dahingleiten. So weit das Auge durch den feuchten Dunst reichte, wölbte sich eine Höhlenwand über ihnen.

„Dieses Schiff ist so irre!“, frohlockte Juli. „Auf jeder anderen Nussschale würden wir jetzt durchgeschüttelt werden.“

Nickend erwiderte Thea: „Wal-Freya hatte Recht, als sie meinte, dass es nicht kentern wird.“

Tom richtete seinen Blick nach vorn. „Nur wohin wird es fahren?“

Juli klatsche sich mit der Hand an die Stirn. „Oh Mann! Das hätte ich fast vergessen. Das muss ich ihm doch sagen!“ Mit weiten Schritten stapfte sie ans Heck. Dort setzte sie sich ans Ruder, nahm es in die Hand und bewegte es einmal hin und her. Zurück bei Tom und Thea lächelte sie.

„Das sah sehr professionell aus“, lachte Tom.

„Allerdings“, pflichtete Thea bei.

Sie schickten ihre Blicke über den Bug und versuchten etwas durch den Nebelschleier und die aufbrausende Gischt zu erkennen, doch im Zwielicht der Höhle konnten sie nur wenige Meter weit sehen.

„In der Zeit, in der wir nutzlos warten, kann ich endlich auf die Suche nach meinem Koffer gehen“, verkündete Juli leichthin.

„Deinen *Koffer*?“, staunte Tom.

„Ja! Meinen Trolli! Ich habe ihn bei unserer ersten Reise auf dem Schiff vergessen“, erklärte Juli, während sie sich vor einer Ruderbank niederkniete und darunter tastete.

„War es nicht vielmehr so, dass du ihn gegen den Phönixstein eingetauscht hast?“, erinnerte Thea.

„Naja, so stimmt das auch nicht“, rief Juli zurück und lugte unter die nächste Ruderbank. „Thor sagte, es sei ein guter Tausch. Weißt du noch, wie lange ich auf ein neues Handy warten musste? Meine Eltern haben mir so ein doofes Tastending gekauft und das nur, damit sie etwas hatten, um mich zu überwachen.“

„Ich erinnere mich“, nickte Thea. „Auch daran, dass du deinem Vater so unermüdlich in den Ohren gelegen hast, bis das teuerste Smartphone-Model auf deinem Geburtstagstisch lag.“

Juli sah grinsend hinter der dritten Ruderbank auf. „Ja, aber das hat ganze sieben Wochen gedauert! Ah! Da ist er ja!“ Mit einer gönnerhaften Geste zog sie den Trolli hervor.

Tom löste sich vom Bug und gesellte sich zu ihr. „Ich fasse es nicht, dass du einen Koffer mit auf eure erste Reise genommen hast!“

Thea, noch immer am Bug stehend, kicherte in Erinnerung daran. „Du hättest mal Wal-Freyas Gesicht sehen sollen, als sie den angeschleppt hat.“

Lachend legte Tom die Hand an den Hinterkopf. „Das kann ich mir gut vorstellen!“

Feierlich öffnete Juli den Reißverschluss. „Ihr werdet noch froh darum sein!“ Sie winkte mit einer Taschenlampe. „Siehst du! Wenn das nicht ein praktisches Utensil ist, hier in der Dunkelheit!“

„Schon vergessen, dass Thea eine Fackel dabei hat?“, neckte Tom sie.

„Jaha, die kann aber nicht das hier!“ Juli schaltete die Taschenlampe ein und ließ den Lichtkegel auf der Höhlenwand über ihnen entlangfahren.

„Mach das Ding aus“, zischte Thea sofort.

„Ist ja gut!“ Das Licht verlosch.

Mit dem Zeigefinger fischte Tom eine Skibrille aus dem Koffer. Beinahe vorwurfsvoll wedelte er damit vor Julis Nase.

„Kein Ton darüber!“, mahnte Juli grinsend.

Tom erwiderte die Geste. „Du bist die verrückteste Person, die ich kenne.“ Er wandte sich ab und lief zurück zum Bug, während Juli weiter zwischen ihren Sachen nach Brauchbarem wühlte. Schmunzelnd stieß er Thea an, legte die Arme auf die Reling und faltete die Hände. „Du und deine bekloppte Freundin! Ich bin so froh, dass ich euch kennengelernt habe. Siehst du schon irgendwas?“, fragte er.

„Nein", antwortete Thea. Sie lächelte, obwohl ihr nicht danach zumute war. Ingvars Worte schossen ihr durch den Kopf. Erneut zweifelte sie an der Richtigkeit ihres Vorhabens, aber was auch immer geschah, aufhalten konnten sie es ohnehin nicht mehr. Thea hoffte bloß, dass die Götter weise entschieden hatten und sie nicht Teil von etwas wurde, das Schlimmeres auslöste als Ragnarök. Darüber wollte sie jedoch mit Tom nicht sprechen. Gerade holte sie Luft, da ging ein Ruck durchs Schiff. Thea hob den Blick über die Reling. Die Wellen schlugen beständig gegen das Schiff, doch nur an den Seiten. Der Bug war an Land gestoßen. Ohne die aufschäumende Gischt vor ihren Augen, bildete sich die Landschaft klar und deutlich vor ihnen ab. Hohe Bäume ragten als dunkle Schatten im Zwielicht auf. Ihre Blätter waren dunkelgrün, beinahe schwarz. Trotzdem badeten sie in einem schimmernden Licht, dessen Quelle Thea nicht ausmachen konnte. Weit und breit erstreckte sich die Höhlenwand über ihnen, kein Sonnenstrahl, nicht einmal das Mondlicht reichte in diese Untiefe. Der feine Nebel waberte auch hier über dem Landstrich.

„Wald?", staunte Tom.

Thea nickte ebenso verwundert.

„Vieles hätte ich in Hel vermutet, aber nicht das", konkretisierte Tom seine Verwunderung.

Thea blickte sich zu Juli um, die unermüdlich in ihrem Koffer wühlte und hier und da etwas in ihren Taschen verstaute. Sie löste sich vom Bug und kniete sich ebenfalls an eine der Ruderbänke. „Hast du mal nach den Vorräten geschaut?", fragte sie an Juli gewandt.

„Das hätte ich im Anschluss getan. Was denkst du von mir?", erwiderte sie und lächelte verschmitzt.

Thea zog die Kiste hervor, an der sie kniete. Sie fand die Feuerschale und ein wenig Brennholz darin und schob den hölzernen Behälter wieder zurück. Unter der nächsten Ruderbank wurde sie fündig. Aus einer Ansammlung von Wasserschläuchen nahm sie einen heraus und tauschte ihn gegen den halbvollen an ihrem Gürtel. Einen warf sie Tom zu, der gerade achtern kam, um sich der Suche anzuschließen. Juli folgte Theas Beispiel und kramte in einer anderen Kiste nach den Vorräten.

„Schau mal! Den hatte ich schon ganz vergessen", rief sie und hielt einen Umhang vor sich.

„Mit dem war irgendwas", raunte Thea. „Pack ihn wieder weg!"

Tom betastete den Stoff. „Was soll mit dem sein? Tausch ihn mit deinem. Der ist doch kaputt."

„Das ist nur ein Riss. Steck das Ding weg, Juli. Ich weiß nicht mehr genau, was mit diesem Umhang ist, aber ich kann mich gut daran erinnern, dass Wal-Freya sagte, man solle ihn auf keinen Fall schließen."

„Na, wenn du meinst", brummte Juli. Widerstrebend knüllte sie das Kleidungsstück zusammen und stopfte es zurück unter die Ruderbank.

„Hier!", rief Thea. In einer weiteren Kiste fand sie zwei Dutzend Stoffbeutel, die mit Speisen bestückt waren. Sie füllten ihre Quersäcke auf, schoben die hölzerne Box wieder unter die Ruderbank und verließen das Schiff. Thea sprang als erste von Bord. Ihre Befürchtung, dass sich augenblicklich eine Armee von Toten auf sie stürzte, blieb unerfüllt. Die Umgebung begrüßte sie friedlich, nur das Rauschen des Gjöll erfüllte die Luft. Tom schien mit der gleichen Beunruhigung wie Thea von Bord gegangen zu sein, denn er stellte sich mit gezückten Klingen neben ihr auf und spähte mit verhärteten Gesichtszügen in den Wald. Ein Aufschrei Julis ließ beide herumfahren. Bereits die Hand am

Schwertknauf seufzte Thea, als sie ihre Freundin zeternd aus einer Woge stapfen sah.

„Musste der ausgerechnet jetzt da Wasser hinspülen“, knurrte Juli und meinte damit den Gjöll. Fluchend schüttelte sie die Beine aus und trat vor Skidbladnir. Thea richtete ihren Blick zur Höhlendecke. Durch den Nebelschleier hindurch drang nun auch noch feiner Regen, der aus den Felsen über ihnen tropfte. Neben Julis Füßen würden bald auch ihre Kleider durchnässt sein.

Als wäre das Schiff eine Feder drückte sie den Bug hinab, hob es an gleicher Stelle an und presste die Planken gegeneinander. Augenblicklich rollte das Segel ein, legte sich der Mast nieder und Juli faltete das Pergament zusammen. Stolz packte sie es zurück unter ihr Kettenhemd.

„Siehst du, mit den richtigen Gegenständen kann ich auch ein bisschen zaubern“, gluckste sie. Mit einem freundschaftlichen Schlag auf Theas Arm blieb sie neben ihrer Freundin stehen und richtete den Blick auf den Wald. „Dann schauen wir mal, was die Götter uns diesmal für Überraschungen bereithalten.“

Thea nickte langsam. Ein letztes Mal blickte sie sich um, dann lief sie, begleitet von Juli und Tom, voraus.

Zu Theas und Julis Erheiterung schulterte Tom seine Schwerter, während sie beide, im Vertrauen ihre Waffen rechtzeitig ziehen zu können, diese am Gürtel trugen. Es war ein altbekanntes Gefühl für Thea, mit Juli an der Seite über ungewisse Pfade zu schreiten. Sie waren junge Mädchen, die sich seit ihrer Grundschulzeit kannten und doch waren ihre Seelen länger miteinander verbunden. Thea wusste um die Stärke ihrer Freundin, sie erinnerte sich daran, wie leichtfüßig sie ihr immer den Rücken gedeckt hatte. Julis Blick verriet Thea, dass sie gleich empfanden, obwohl sich Julis Augen nach einem Lächeln konzentriert in der Umgebung verloren.

Sie waren nur wenige Minuten gelaufen, als Theas Vermutung traurige Gewissheit wurde: Die Feuchtigkeit kroch unbarmherzig in ihre Kleider. Hier und da glaubte Thea, Schneeflocken zwischen dem Nieselregen tanzen zu sehen. Irgendwann wurde das Rauschen des Gjölls vom Blätterdach des Waldes verschluckt und die Umgebung hüllte die kleine Gruppe in völlige Stille – in Todesstille, wie Juli anmerkte. Nur das Geräusch ihrer Tritte und ihres Atems begleitete sie. Starr und regungslos ragten die Bäume um sie auf, nicht ein Windhauch streifte durch ihre Kronen. Das eine oder andere Mal entlud Juli ihre Anspannung, indem sie die Taschenlampe einschaltete und den Lichtkegel prüfend über das Gebiet schwenkte. Stets ermahnte Thea Juli, damit aufzuhören, da ihre Augen nach jeder Benutzung eine gefühlte Ewigkeit brauchten, um sich der Dunkelheit erneut anzupassen. Die Farbe des Zwielichts wechselte mal von Grün zu Blau, mal schien es purpur. Wie die Umgebung färbten sich darin auch die angespannten Gesichter der Freunde. Die Stille war fast beunruhigender als eine Stadt voll mit feindlichen Riesen.

Irgendwann deutete Juli nach vorn. Staunend hob Thea die Brauen. Ein Zaun mit stählernen Stäben erhob sich dort. Jeder von ihnen maß etwa sechs Meter und sie standen so dicht nebeneinander, dass sich noch nicht einmal ein Kind zwischen ihnen hätte durchschieben können. Mit großem Abstand hielten Querbänder den Zaun zusammen. Diese schwangen sich so hoch voneinander entfernt durch die Stangen, dass sie für einen normalgroßen Menschen nicht ohne Hilfe zu erreichen waren.

„Und wieder wäre ein Seil hilfreich“, kommentierte Tom trocken und schob seine Schwerter zurück in die Scheiden.

„Graben wir uns doch drunter durch“, meinte Juli.

Thea ließ ihren Blick den Zaun entlang streifen. So weit die Sicht im Zwielicht reichte, reckten sich die Stäbe in die Höhe. Sie bezweifelte, dass diese Einhegung irgendwo endete, oder sich an irgendeiner Stelle eine Öffnung offenbaren würde. „Wer weiß, wie tief die Stäbe in den Boden reichen. Davon abgesehen werden wir uns kaum durch diesen Untergrund buddeln können“, erwiderte Thea, ihre Augen weiterhin auf die Eisenpfähle gerichtet, die sich im Stein- und Erdboden verloren.

„Hermodr erzählte, dass er mit Sleipnir über einen Zaun hatte springen müssen, ehe er Hel erreichte“, brummte Tom, an einem der Pfähle rüttelnd.

„Auf Skidbladnir finden wir bestimmt ein Seil“, vermutete Juli.

Tom schlenderte ein paar Meter am Zaun entlang und hielt den Kopf in die Höhe. „Skidbladnir bekommst du im Wald nie auseinandergefaltet. Es ist zu groß.“ Er lief weiter. „Aber vielleicht entdecken wir einen Baum, der uns hilft.“

Thea folgte seinem Blick. Tatsächlich streckten einige Bäume ihre Zweige über das Gatter.

„Das erscheint mir zumindest problemloser, als an so einer dünnen Stange hochzuklettern. Daran bin ich schon im Sportunterricht immer gescheitert“, stimmte Juli zu.

Tom lachte. „Ja! Ich auch. Hier!“ Er blieb vor einem Baum stehen, der ihm geeignet schien. Sein mehrfach verzweigter Stamm bot ausreichend Gelegenheit, an ihm hochzusteigen. Ein dicker Ast wuchs über dem Ende des Zauns und wurde erst weit hinter der Grenze dünner. An diesem Ausläufer würden sie sich leicht an einer der Stangen herablassen können. Allerdings war der erste für sie erreichbare Ast in mehr als zwei Metern Höhe und durch den glatten Stamm des Baumes ebenso schwer zu erreichen wie die Querbänder des Zauns.

„Ich helfe euch hoch. Ihr könnt mich dann heraufziehen“, erklärte Tom, als er Julis skeptischen Blick sah.

„Das wird funktionieren!“, frohlockte Juli. Sie löste ihren Umhang und bugsierte ihn durch den Zaun auf die andere Seite. Thea und Tom folgten ihrem Beispiel. Nur die Quersäcke behielten sie auf den Rücken, da sie diese nicht komplett ausräumen wollten. Vor dem Stamm verschränkte Tom die Hände und streckte die Arme. Thea stellte den Fuß in den Tritt. Sich mehrfach entschuldigend stieg sie von dort aus auf Toms Schulter, bekam den Ast zu fassen und hangelte sich hinauf. Kaum stand sie, glaubte sie ein Knarren durch das Gehölz fahren zu hören. Verdutzt hob sie den Kopf, doch nur das Ächzen Julis, die sich gerade von Toms Schulter aus an den Ast krallte, erfüllte die Stille.

„Hilf mir schon!“, grunzte sie.

Thea hielt ihr die Hand entgegen und zog sie hinauf. Juli schaffte sich umständlich auf die Verzweigung, blieb bäuchlings liegen und griff nach Tom. Er packte ihre Hand und schwang sich so leichtfüßig den Baum empor, als hätte er nie etwas Anderes getan. Nur kurz stand er neben Thea und Juli, dann klomm er die restlichen Gabelungen hinauf, bis er hoch genug war, um über den Zaun zu gelangen.

„Im Klettern war ich schon immer ein Ass“, rief er. Sein Lächeln erstarb im gleichen Moment, da er beunruhigt den Kopf hob. Abermals drang ein Knarren durch die Stille und Thea war sich nun ganz sicher, dass ihr ihre Einbildung keinen Streich gespielt hatte. Es wurde lauter und mit einem Mal erwachte der Baum zum Leben. Rauschen erfüllte seine Blätter und die Äste erzitterten.

„Schnell!“, kreischte Juli in einer bösen Vorahnung und mahnte Thea sich zu beeilen. Auch Tom schrie zur Eile, derweil er sich wieselflink in Richtung des Zauns hangelte.

Von Panik getrieben erklomm Thea die restlichen Gabelungen, bis sie sich etwa acht Meter über dem Boden befand. Als Bewegung in die Ausleger kam, packte sie den Ast über ihrem Kopf und balancierte flink voran. Juli folgte ihr dicht auf. Der Auswuchs unter ihnen erbebte. Plötzlich begann er zu schwingen, erst langsam, dann stärker. Während er sich nach rechts bewegte, folgte der obere der anderen Richtung. Thea verlor den Halt. Sie fiel nach vorn und schaffte es gerade noch, den Ast, auf dem sie stand, zu packen. Die Bewegungen wurden unwirscher, wie der Schwanz einer schlecht gelaunten Katze. Über ihr vernahm sie Tom, der im Gegensatz zu Thea und Juli den oberen Ast umklammert hielt. Er hatte die Hände wohl über dem Ableger gefaltet, denn obwohl dieser nun hin und her peitschte, blieb Tom daran hängen wie eine Klette. Thea krabbelte so schnell sie konnte voran, dann schlug auch ihr Ast wild hin und her. Sie spürte Julis Faust auf ihre Wade trommeln, während sich die Fliehkraft in ihren Magen bohrte. Mahnend hörte sie ihre Freundin kreischen, dass sie sich beeilen solle. Abermals hob sie den Kopf zu Tom, überlegte, ob sie einen Zauber zur Hand hatte, der die Gruppe aus der Situation befreien könne, aber sie war zu aufgeregt, um auch nur einen klaren Gedanken zu fassen. Mühevoll zog sie sich vor, derweil der Baum sie unbarmherzig abzuschütteln versuchte. Der Zaun tauchte unter ihr auf, da verlor sie ihn schon wieder aus den Augen. Als die Bewegungen des Astes so heftig wurden, dass er sie fast abwarf, wurden Julis Schreie ängstlicher. Thea sammelte ihre Konzentration. Erneut schwang der Ast über den Zaun hinweg, da sprang sie. Rechtzeitig bekam Thea eine der

Stangen zu fassen. Ungebremst schlitterte sie bis zum ersten Band hinab. Die Wucht, die durch ihre Hände fuhr, war so stark, dass sie die Stange losließ und die letzten Meter stürzte. Sie streckte alle Finger. Ohne die Zeit zu haben, Fehu zu malen, schrie sie den Befehl zur Verlangsamung aus. Es war ein Reflex, nicht mehr, und doch spürte sie kurz vor ihrem Aufprall auf dem Boden einen Ruck durch ihren Körper gehen, der den Aufschlag milderte, ihr aber dennoch die Luft aus den Lungen presste. Schmerzerfüllt verharrte sie auf dem Rücken liegend, da sah sie Juli stürzen. Abermals hob Thea die Hand und befahl den Zauber auf Juli, die einige Meter von ihr entfernt zu Boden ging. Mehrmals wirbelte sie um ihre Achse. Thea hoffte, dass der Zauber gewirkt hatte. Ihre Augen suchten bereits nach Tom, der, den Ast noch immer fest im Griff, hektisch hin und her geschleudert wurde. Mit dem nächsten Peitschenhieb wurde er über den Zaun katapultiert. Wieder hob Thea die Hand und schrie den Befehl. An irgendeiner Stelle hinter den Bäumen verlor sie Tom aus den Augen. Sie rappelte sich auf, stolperte zu Juli und rollte sie herum.

Mit einem gequälten Gesichtsausdruck blinzelte ihre Freundin sie an. „Das ist jetzt schon das zweite Mal, dass irgendwelche Bäume auf uns losgehen. Was für ein bösartiges Gewächs! Ich werde mit einer Motorsäge wiederkommen, das schwöre ich diesem Ding!“ Sie setzte sich auf und sah sich um. „Wo ist Tom?“

Thea hob den Kopf in die Richtung, in die sie Tom hatte stürzen sehen. „Irgendwo da hinten. Bist du okay?“

„Klar! So ein blöder Baum kann mir doch nichts anhaben!“ Sie stand auf und hielt sich stöhnend die Schulter. „Naja, vielleicht ein ganz kleines bisschen“, scherzte sie und krümmte sich.

„Ich habe versucht, deinen Fall zu bremsen", sagte Thea und legte besorgt die Hand auf die ihrer Freundin.

Abschätzend verengte Juli die Augen. „Du warst das also! Ich dachte noch, dass da etwas nicht richtig ist."

Ein Zucken fuhr Thea durch die Glieder. Schon wieder hatte sie einen Zauber auf ihre Freundin geworfen! Gerade, als sie sich dafür entschuldigen wollte, schmunzelte Juli.

„Danke! Nicht auszudenken, wenn du auf mich gehört hättest."

Dankbar lächelte Thea, dann strich sie Juli sanft über den Arm. „Lass uns Tom suchen. Anschließend schauen wir nach deiner Schulter."

Juli nickte einverstanden. Sie raffte die Umhänge auf und folgte Thea, die bereits in die Richtung lief, in die sie Tom hatte fliegen sehen. Nur wenige Meter entfernt fanden sie ihn bäuchlings über einer Wurzel liegen. Thea befürchtete, dass ihr Zauber keine Wirkung auf Tom genommen hatte und kniete neben ihm nieder. Besorgt suchte sie den Puls an seinem Hals und löste erleichtert seinen Helm, als sie es unter ihren Fingerspitzen pochen fühlte. Juli wedelte mit den Händen vor ihrem Gesicht.

„Das erste Lebewesen, auf das ich in Hel treffen muss, ist natürlich eine nervige Fliege", knurrte sie. „Nicht mal an so einem Ort hat man Ruhe vor denen."

„Er lebt. Aber anscheinend hatte er nicht so viel Glück wie wir", erklärte Thea. Sie untersuchte ihn nach Verletzungen.

„Wahrscheinlich hat er sich den Schädel angeschlagen", vermutete Juli.

Thea nickte. Behutsam zog sie Tom von der Wurzel, positionierte seine Hand unter seinen Mund und öffnete diesen leicht. „Wir werden warten müssen, bis er aufwacht." Sie setzte sich hinter ihn.

Juli legte Theas Umhang über die Schultern ihrer Freundin, bevor sie Tom mit seinem zudeckte. Abermals wischte Juli die Fliege davon. „Seine Bewusstlosigkeit wird hoffentlich nur ein paar Minuten andauern. Ich bin gespannt, an was er sich erinnern kann." Lachend zog sie den Quersack über ihren Kopf, zurrte ihn auf und nahm Platz. Sie hüllte sich in ihren Umhang, dann zog sie eine Honigschnecke aus dem Proviant.

„Dass du jetzt ans Essen denken kannst!", stöhnte Thea.

Juli grinste. „Warum nicht? Ich weiß noch, wie lange du gebraucht hast, als dir dieser Hunne eins über den Schädel gezogen hat." Einmal mehr scheuchte sie die Fliege fort, aber das Insekt ließ sich nicht beeindrucken und kehrte auf ihr Naschwerk zurück.

„Geh schon weg, du dämliches Vieh!" Wieder verjagte Juli sie erfolglos. Zwei weitere Male fegte sie das Insekt davon, doch es blieb hartnäckig. Als es erneut ihre Nähe suchte, schlug Juli auf das Gebäck und schnappte nach dem fliehenden Tier, um dem Spuk ein tödliches Ende zu setzen. Im selben Augenblick schrie sie erschrocken auf und wich zurück.

Da, wo sich die Fliege in der Luft befunden hatte, stand ein Mann. Er trug einen roten Klappenrock und Pluderhosen in der gleichen Farbe. Langes schwarzes Haar berührte schmale Schultern. Ein markanter Bart schmückte weiche Gesichtszüge. Rechts und links seiner Oberlippe wuchs er in zwei langen Strähnen, ebenso am Kinn. Dunkle Augen blickten finster auf Juli herab, während sich der Mann den Klappenrock glattstrich.

„Bist du von Sinnen? Du hättest jemanden verletzen können!", knurrte er.

Theas Atem ging schneller, ihre Hände gruben sich in Toms Umhang. Es war Loki!

Juli sprang auf und ließ die Honigschnecke fallen. „Wie schade, dass ich nicht geschickter war."

„Pass auf, dass ich *dich* nicht in ein Insekt verwandele und dich zwischen meinen Fingern zerquetsche, du nerviger Kakerlak!"

Im nächsten Augenblick hob Loki die Hände und trat mit einem verblüfften Laut zurück. Juli hatte das Schwert aus der Scheide gerissen und richtete es auf seine Brust.

„Sei nicht töricht, albernes Gör! Steck das Ding weg!"

Juli streckte den Arm und Loki wich einen weiteren Schritt hinterwärts. Angewidert rümpfte er die Nase. Auf seinen Lippen formte sich ein Wort, da schnappte er nach Luft, da auch Thea ihr Schwert gegen ihn erhob. Kyndills Flammen tanzten auf ihren Gesichtern.

„Jetzt hör aber auf, Thea. Was soll das nun?"

Thea senkte Kyndill leicht, um Loki in die Augen zu blicken. „Was suchst du hier? Wie kommst du nach Hel?"

Loki lachte diebisch, breitete die Arme aus und fing die Umgebung in einer überschwänglichen Bewegung ein, ohne Theas Frage zu beachten. „Willkommen in der Unterwelt, Thea! Es ist faszinierend zu beobachten, wohin dich die Asen überall führen." Er kam einen Schritt auf sie zu, bis Kyndill nur ein paar Zentimeter von seiner Brust entfernt war. Er fixierte Thea mit seinem Blick und senkte die Stimme. „Du bist mutiger als ich dachte. Sich mit Hel anzulegen …" Er schnalzte mit der Zunge. Ungeachtet der Schwerter, die seinem Weg folgten, lief er um sie herum und musterte sie. „Wären wir nicht schon im Totenreich, müsste ich mir wohl Sorgen machen, dass du bald niederfährst."

„Was tust du hier?", wiederholte Thea ihre Frage. Das Herz pochte ihr bis zum Hals.

Loki schmunzelte, seine Augen blitzten dämonisch im Schein der Flammen. „Denkst du nicht, dass es eher an mir wäre, dir diese Frage zu stellen? Du hast hier doch am wenigsten zu suchen. Irgendwie siehst du gar nicht … *tot* aus - ein Sachverhalt, der sich in Kürze ändern könnte."

„Ich lasse mir von dir keine Angst machen", erwiderte Thea. Ihre zitternde Stimme verriet jedoch ihre aufsteigende Furcht.

„*Ich* mache dir Angst? Ich vermute, dass du selbst am besten weißt, worauf du dich eingelassen hast. Oder nicht? Glaubst du etwa, dass es gesund für Leib und Seele ist, sich mit der Totengöttin anzulegen?"

Thea schnaufte, was Loki nur noch mehr zu belustigen schien. Schnaubend hob Juli ihre Waffe an seinen Hals, doch Loki schenkte der Tatsache nur ein müdes Lächeln, während sein Blick auf Thea ruhen blieb. „Für deine Bodyguards ist das übrigens ebenso ungesund, wie du siehst. Ich denke, sie folgen dir freiwillig, ähnlich dieser süßen kleinen Lemminge, die auf Midgard wohnen." Er rümpfte die Nase und ließ seine Finger vor ihrem Gesicht zappeln. Gleich darauf wurde sein Blick bissig. „Du führst sie in ihr Verderben, ist dir das egal?"

Thea rang nach Luft. Lokis Aura übte eine Kraft auf sie aus, als läge ein tonnenschwerer Stein auf ihrer Brust. Die Hand, mit der sie Kyndill führte, zitterte. Sie konzentrierte sich, ihre Angst mit leichten Atemzügen zu vertreiben.

Juli schob sich zwischen Thea und Loki. Die Augen auf ihre Waffe gerichtet wich er zwei Schritte zurück, dann sah er sie finster an. „Steck das Ding weg und geh wieder futtern! Du nervst!"

„Oh, und wie du mich nervst", erwiderte Juli. „Zieh ab und lass uns in Ruhe!"

Lokis Mundwinkel zuckten. „Zieh du ab!", knurrte er. In einer raschen Bewegung hob er die Hand. Im nächsten Augenblick war Juli verschwunden. Ihr Schwert fiel klirrend auf einen Stein. „Was für ein unerquickliches Ding!“, kommentierte Loki voller Abscheu.

Thea sah zu Boden. Neben dem Schwert kullerte eine Nuss. Genau dort, wo Juli gerade noch gestanden hatte. In einem Reflex hob Thea die Frucht auf. Fassungslos streckte sie den Arm aus und hielt sie Loki unter die Nase.

„Was hat das zu bedeuten?“

Der Feuergott hob die Schultern. „Stille? Frieden? Ein Leben in völliger Zufriedenheit?“

„Ist das Juli?“, konkretisierte Thea ihre Frage.

Loki reckte das Kinn und betrachtete die Nuss näher. Seine Augen blitzten diebisch. „Sie sieht kaum verändert aus, findest du nicht? Hohle Nuss bleibt hohle Nuss.“

„Mach das wieder rückgängig!“, schnappte Thea.

Er verschränkte die Arme. „Ich denke gar nicht dran!“

„Loki!“

Mit tiefen Verbeugung und weit ausgestreckten Armen grinste er finster. „Wenn du Schwierigkeiten brauchst, bin ich immer für dich da!“

„Loki!“, rief Thea.

Verächtlich zog er den Mundwinkel hoch. „Schon vergessen, dass wir beide nicht auf der gleichen Seite stehen, Thea? Du hast Wal-Freya gewählt.“ Er starrte auf das Walkürenzeichen auf ihrer Brust. „Ich nehme dir diese Wahl nicht übel. Fehler passieren. Du bist jung.“

„Bitte! Verwandele sie zurück!“, wiederholte Thea ihre Aufforderung.

Der Feuergott schnalzte mit der Zunge. „Nur weil ich dich mag, muss ich es dir nicht leicht machen. Ich habe eine Schwäche für dich, nicht aber für Juli oder für andere deiner Freunde.“

Er machte zwei Schritte auf Tom zu und berührte ihn mit dem Fuß. „Er lebt." Seine geschwungenen Augenbrauen hoben sich spöttisch. „Nur wie lange noch?"

„Tom ist nur gestürzt. Er …"

„Oh, ich rede nicht von jetzt." In einer bühnengerechten Geste hob er die Arme und drehte sich um. „Es ist keine geringere Welt als Hel, in die du eingedrungen bist. Aber das weißt du ja." Er wirbelte zu ihr herum, legte die Fingerspitzen vor der Brust zusammen und schmunzelte.

Thea äugte zu Tom, der noch immer bewusstlos auf dem Boden lag. Von ihm war keine Hilfe zu erwarten. Sie streckte die Hand mit der Nuss aus. „Bitte verwandele sie zurück."

Höhnisch hob Loki die Brauen. „Wieso sollte ich das tun? Die Stille ist herrlich! Außerdem kannst du so viel besser auf sie aufpassen. Du solltest mir dankbar sein!"

Thea schloss die Nuss in den Händen ein und drückte sie an die Herzseite ihrer Brust. „Das kannst du Juli nicht antun", flüsterte sie fassungslos.

„Och, das ging ganz einfach!" Ein spöttisches Lächeln umspielte seine Lippen. „Vielleicht gebe ich sie dir wieder. Zunächst lass uns offen sprechen."

„Ich werde kein Wort sagen, bevor du Juli nicht zurückverwandelt hast!"

Abermals zuckte Loki mit den Schultern. „Dann nicht!", sagte er leichthin. Er drehte sich betont lässig um und wandte sich zum Gehen.

Gehetzt sah Thea in ihre Hand und auf den sich entfernenden Feuergott. Er würde sie stehen lassen, ohne dass ihn das Gewissen plagte. Wal-Freya mochte zwar in der Lage sein, Juli ihre Gestalt zurückzugeben, aber Thea stand am Anfang ihrer Reise. Wal-Freya würde erst in Tagen zu ihr stoßen, im schlimmsten Fall gar nicht.

„Loki!", rief sie verängstigt.

Sichtlich amüsiert machte Loki kehrt und spielte an einer seiner Bartsträhnen. „Ja, Thea?“

„Bitte bleib!“

Loki legte eine Hand ans Ohr und mimte den Verwirrten. „Was?“

Im Wissen, dass sie geschlagen war und Loki sich in seinem Erfolg baden wollte, wiederholte Thea ihr Ansuchen.

Das Lächeln, das Lokis Lippen nun umspielte, gefiel Thea nicht und versetzte sie innerlich in Aufruhr. Was hatte er vor? Warum nur half er ihr immer wieder und bereitete ihr im Gegenzug so viel Kummer. Belustigte es ihn, sie zu verwirren? Erneut lief sie Gefahr, Spielball des Feuergottes zu werden. Vielleicht wäre es besser, ihn gehen zu lassen und darauf zu hoffen, dass Wal-Freya Juli irgendwann aus ihrer Lage befreien würde. Doch Tom war verletzt und nicht so erfahren wie Juli. Sie brauchte ihre Freundin.

Loki bemerkte ihr Zögern und verschränkte die Arme. Als hätte er jeden einzelnen ihrer Gedanken gelesen, spöttelte er: „Ja, vielleicht findet Wal-Freya einen Gegenzauber. Aber wer weiß, wann das ist und was bis dahin alles passiert! Du bist alleingelassen von deinen Göttern. Alleine in der Welt der Toten! Sie verlangen dir zu viel ab, meinst du nicht?“

„Meine *Götter* erlegen mir nie mehr auf, als ich tragen kann“, versetzte Thea trotzig.

Jetzt lachte Loki. Er bog sich in seiner Freude und wischte sich eine Träne aus den Augen, als er glucksend erwiderte: „Glaubst du das wirklich, oder sagst du das nur, um dich zu beruhigen? Arme Thea! So viel Vertrauen setzt du in deine neuen Freunde, so viel Aufopferungsbereitschaft bringst du ihnen entgegen. Eines Tages wirst du erkennen, dass *sie* es sind, die mit dir spielen, nicht ich! Wal-Freya mag gut zu dir sein und ganz bestimmt meint sie es ehrlich. Aber sie handelt in Odins Auftrag und dem, mein Schätzchen, bist du herzlich egal. Du bist ein nützliches Werkzeug für ihn, so wie seine Einherjer, nicht mehr und nicht weniger!“

Thea atmete schwer. Sie schwor jedes einzelne Wort an sich abprallen zu lassen. Nie wieder wollte sie sich von Loki verunsichern lassen.

Loki wog den Kopf. „Du hast stets einen wachen und neutralen Geist bewiesen, Thea. Lass ihn dir nicht von ihren noch so gut gemeinten Worten und Taten nehmen. Schaue hinter ihr Handeln. Du weißt, dass sie nicht an andere denken, sie sind nur daran interessiert, ihre eigene Haut zu retten. Solange du ihnen hilfreich bist, werden sie dich umgarnen. So sind sie mit mir umgesprungen, so werden sie es mit dir tun.“

„Haben wir jetzt genug gesprochen?“, knirschte Thea.

In Lokis Mundwinkeln zuckte der Spott. „Warum bist du hier, Liebes?“

Verunsichert presste Thea die Zähne zusammen. Konnte es wirklich sein, dass Loki nicht ahnte, weshalb sie Odin nach Hel geschickt hatte? Lag es nicht auf der Hand? Wieso tauchte er hier auf, wenn er ihre Pläne nicht genau kannte? Oder war alles nur Zufall und die ganze Zeit, da die Asen nach dem Feuergott suchten, versteckte er sich hier in der Totenwelt bei seiner Tochter? Sie spürte die Nuss in ihrer Hand und drehte sie nachdenklich zwischen den Fingern, während ihr Blick auf Loki ruhte. Wenn er wusste, was sie planten, dann testete er sie mit der Frage. Die falsche Antwort und Juli würde eine Nuss bleiben. Falls Loki aber tatsächlich im Dunklen tappte, durfte sie ihre Pläne auf keinen Fall verraten. Ihre Kiefermuskulatur zuckte unablässig, derweil sie die einzelnen Möglichkeiten durchspielte und gleichzeitig Lokis Absichten zu durchschauen versuchte. Der wurde ungeduldig und wiederholte seine Frage: „Ich gebe dir eine Chance, Thea. Das ist mehr, als du verdienst. Verschenke sie nicht."

Thea schluckte und entschied sich zu schweigen.

„Ganz wie du willst, Thea. Vergiss nicht, ich habe dich gewarnt! Schieb es später nicht auf den Feuergott, wenn dir alles misslingt. Es war *deine* Entscheidung."

Abermals wandte er sich um. Doch er blieb noch einmal stehen, senkte den Kopf und sagte: „Welcher Gott, dem du nicht egal bist, würde dich auf diese Reise schicken? *Sie* wird es herausfinden. Hel wird erfahren, wer den Asen geholfen hat, sie zu hintergehen. Niemand, der sich um dich sorgt und deine inneren Gefühle kennt, würde zulassen, dass du Geirunn vielleicht nie mehr wieder siehst."

Ein Stich fuhr Thea durch den Körper und raubte ihr den Atem. Sie riss die Hand hoch, um Loki aufzuhalten, doch dieser war verschwunden, kaum dass sie die Bewegung ausgeführt hatte. Mehrmals rief sie seinen Namen, wirbelte um ihre Achse und versuchte Loki ausfindig zu machen, doch er blieb unauffindbar - anders als die Bilder an ihr altes Leben, die ihr unnachgiebig ins Bewusstsein drangen. Es waren die Erinnerungen von Fengur, dem Schmied, der einst Kyndill schuf und der ein langes und glückliches Leben mit Geirunn, seiner Frau, geführt hatte. Thea hieb sich gegen den Schädel, um die Gedanken zu verdrängen. Sie war nicht Fengur, sie war Thea, ein Mädchen, das kurz vor seinem achtzehnten Geburtstag stand, nicht dieser Schmied, dessen ganzes Dasein sich mehr und mehr vor ihr ausbreitete und mit Gefühlen an Menschen übermannte, die längst nicht mehr in Midgard weilten. Plötzlich verkrampfte sich ihr Magen. Wieso nur hatte sie vorher noch nicht daran gedacht? Sie befand sich in Hel! Geirunn musste ebenso wie Fengur den Strohtod gestorben sein. War Geirunn hier?

Hier in Hel? Wollte ihr Loki das sagen? Sie verstärkte den Druck, mit dem sie die Nuss umklammerte.

„Loki! Loki komm zurück!"

Sie rief seinen Namen so lange, bis sich von irgendwoher ein Schatten löste. Erschrocken drehte sich Thea um. Erst jetzt bemerkte sie, dass Kyndill noch immer in ihrer Faust loderte. Es musste einem Leuchtfeuer gleichen. Mit einem Blick auf Tom schob sie die Waffe zurück in die Scheide. Vergeblich versuchte sie durch das Zwielicht etwas zu erkennen, doch was sie auch zwischen den Bäumen wahrgenommen hatte, es war entweder verschwunden, oder versteckte sich. Beunruhigt kniete sie hinter Tom und legte seinen Kopf in ihre Hände.

„Tom", flüsterte sie. „Wach endlich auf!"

Als ihre Tränen auf Toms Stirn tropften, ächzte dieser. Langsam öffnete er die Augen.

„Thea", erkannte er.

„Tom! Bei allen Göttern! Wie geht es dir?"

Er nahm ihre Hand, die in seinem Gesicht ruhte und drückte sie. „Mein Schädel brummt. Was ist passiert?"

„Der Baum wollte wohl nicht, dass wir ihn als Treppe benutzen", antwortete Thea mit einem erzwungenen Lächeln. Gleich klang sie wieder besorgt. „Du bist sehr tief gefallen. Ist es wirklich nur der Kopf?"

Gestützt von Thea rappelte sich Tom auf. Sofort griff er sich an die Stirn. „Sollte noch irgendetwas anderes wehtun, so ist daran gerade nicht zu denken." Er blickte sich um. „Wo ist Juli?"

Thea öffnete die Hand und sah bekümmert auf das, was ihr von Juli geblieben war. „Das ist eine längere Geschichte", erwiderte sie schwermütig. Sie stand auf und verstaute die Nuss in ihrer Hosentasche. „Ich erzähle dir alles später. Wir müssen einen Unterschlupf finden. So kannst du auf keinen Fall weitergehen."

„Wenn du es sagst", stöhnte Tom. Er ließ sich von Thea aufhelfen, die Julis Quersack aufklaubte und unmittelbar darauf ihr Schwert zu Kyndill in den Gürtel steckte. Toms Arm über ihre Schulter geschlungen wählte sie einen Pfad zwischen den Bäumen. Sie bezweifelte, dass es einen sicheren Platz vor Loki gab, aber zumindest wollte sie vor anderen unheimlichen Begegnungen verschont bleiben. An einem Baum mit einer hohen Wurzel machte sie Halt und bettete Tom in deren Schutz.

„Es geht gleich wieder", versicherte Tom, doch Thea schüttelte den Kopf.

„Wir ruhen uns erst einmal aus. Ich kann versuchen, dir mit Laguz zu helfen. Nach dem Angriff des Grendels in Jötunheim hat es Wal-Freyas Schmerzen auch gelindert. Aber trotz allem ist mit so einem Stoß gegen den Schädel nicht zu spaßen. Ich brauche dich jetzt mehr als je zuvor."

Tom runzelte die Stirn. „Sagst du mir jetzt, wo Juli ist?"

Thea zog ihren Umhang aus, faltete ihn zusammen und stützte damit Toms Kopf. Während sie die Umgebung im Blick behielt, erzählte sie Tom von ihrer Begegnung mit Loki. Klopfenden Herzens holte sie zum Ende hin die Nuss aus der Tasche.

„Eine … Walnuss? Aber … wie ist das möglich? Kann er so was?"

„Wie du siehst ja. Wal-Freya lehrte ihm einst das Seidr. Sie bereut es bis heute."

Tom nahm die Frucht vorsichtig aus Theas Händen und drehte sie vor seinen Augen. „*Das* ist Juli?"

Thea nickte beklommen.

„Wenn die Lage nicht so erst wäre, würde ich sagen, sie hat sich kaum verändert."

Thea schlug ihm sacht auf den Arm. „Hör auf! Das hat Loki auch schon gesagt. Die Sache ist wirklich zu ernst, um darüber zu scherzen."

„Glaubst du, sie hört uns?"

„Wie sollte das gehen?"

„Kannst du versuchen sie zurückzuverwandeln?"

„Was? Ich?", rief Thea.

„Warum nicht?"

Mit einem Seufzen nahm Thea die Nuss zurück. „Ich denke, das ist eine Nummer zu groß für mich."

„Was machen wir jetzt? Ich meine, jetzt, wo Loki weiß, dass wir hier sind. Er wird es Hel verraten. Sollen wir auf Wal-Freya und Hermodr warten?"

Kopfschüttelnd kniete Thea zu Tom nieder. „Hätte er uns verpfiffen, wäre längst irgendetwas passiert."

„Was denn?"

„Keine Ahnung was. Hels Hund Garm auf uns losgegangen oder Schlimmeres."

Tom lachte. „Etwas Schrecklicheres als Garm?"

„Zurück können wir nicht. Selbst wenn wir einen anderen Weg über den Gjöll fänden, Juli hat Skidbladnir."

Tom riss die Augen auf. „Und alle Vorräte!"

Nickend stimmte Thea zu. „Ein Glück haben wir uns noch einmal Wasser genommen und die Beutel gefüllt." Sie seufzte. „Wir bleiben für einen Moment hier. Eigentlich solltest du ein paar Tage ruhen, doch das wird nicht gehen. Ist dir schlecht?"

Tom verneinte:. „Ich habe nur große Kopfschmerzen."

„Ich werde versuchen, dir deinen Brummschädel zu nehmen, aber ich kann dir nicht versprechen, dass es funktioniert."

„Das schaffst du schon", flüsterte Tom. Während er zustimmend die Augen schloss, legte Thea ihre Hand auf seine Stirn. Toms Vertrauen in sie und ihre Kräfte rührte sie. Nie war sie ihm dankbarer, dass er sie begleitete. Sie kannte die Formel nicht mehr, die ihr Wal-Freya in Jötunheim genannt hatte, sie hoffte, dass der Zauber mit ihren eigenen Worten ebenso funktionieren würde. Toms Haut unter ihren Fingern zu fühlen, bereitete ihr ein seltsames Kribbeln im Magen. Liebevoll strich sie ihm mit dem Daumen über die Augenbraue, dann malte sie Laguz in ihren Handrücken und konzentrierte sich auf das Seidr.

6. KAPITEL

Tatsächlich fand Thea die richtigen Worte für ihren Zauber. Kaum hatte sie den Befehl ausgesprochen, spürte sie die vertraute Hitze in ihre Fingerspitzen fahren, mit der sich die Magie bemerkbar machte. Ein wohliger Seufzer, ausgestoßen von Tom, zeigte ihr, dass der Zauber wirkte. Dankbar schloss er den Umhang enger um seinen Körper und legte den Kopf in Theas Schoß. Sie öffnete unbeholfen den Mund und widerstand dem Reflex, ihren Freund von sich zu stoßen. Behutsam nahm sie seinen Kopf in ihre Hände und verschaffte sich eine angenehme Sitzposition. Während Tom wie selbstverständlich auf ihren Beinen einschlief, spielte sie nachdenklich mit einer seiner Haarsträhnen. Sie kannte Tom seit langer Zeit, doch sie hatte seine Freundschaft verkannt. Ohne zu zögern war er ihr nach Jötunheim gefolgt. Er war bei ihr geblieben, obwohl Odin ihn zurück nach Hause hätte gehen lassen. Plötzlich entpuppte er sich zu mehr als nur einem Freund, mit dem man Computer spielte und einen Kaffee trank. Sie spürte, dass aus der zarten Freundschaft mehr wurde. Ein neues Gefühl entstand, das sie verunsicherte. Seine Nähe bereitete ihr Empfindungen, die angenehm schmerzten. Sie wischte die Gedanken beiseite. Es war ausgeschlossen, dass sie ihn liebte, sie durfte ihn nicht lieben. Sie liebte bereits … Beunruhigt löste sie den Umhang von ihrer Schulter, knüllte ihn zusammen und schob ihn unter Toms Nacken. Langsam rückte sie von ihm weg und legte seinen Kopf auf dem Stoff ab. Erst dann holte sie Juli aus ihrer Hosentasche und lehnte sich gegen den Baum. Tränen füllten ihre Augen, während sie die Nuss in ihren Fingern drehte.

„Komm zurück, Juli“, flüsterte sie mit gebrochener Stimme. „Ich brauche dich so sehr.“

Sie malte Nauthiz auf die Schale und platzierte ihre Fingerspitzen auf der Rune. Mehrmals flehte sie die Magie herbei, mit der sie ihre Freundin vielleicht zurückbrächte. Doch nichts geschah. Irgendwann schloss sie die Nuss in ihrer Faust ein, umfasste diese mit der anderen Hand und kauerte sich auf dem Boden zusammen. Sie fühlte sich elend. Unter ihren Tränen schlief sie schließlich ein.

Thea war nicht in der Lage, die Zeit zu messen, aber sie glaubte, dass etwa ein Tag verstrichen war, als Tom nach dem Essen seinen Quersack schulterte. Er erhob sich und streckte Thea die Hand entgegen, die stirnrunzelnd den Kopf schräg legte.

„Was wird das?“, fragte sie.

„Ich fühle mich gut“, erwiderte Tom.

„Bist du sicher?“

Tom lächelte. Er beugte sich zu Thea und nahm ihre Hand. „Völlig sicher.“ Er zog sie auf die Beine und lächelte noch immer.

„Ich weiß nicht, ob das eine gute Idee ist. Wir wissen nicht, was uns erwartet. Du solltest noch einen Tag ausruhen.“

„Ich sterbe vor Langeweile! Mach dir keine Gedanken. Ich glaube, dein Zauber war gut." Er griff sich an den Kopf und wuschelte seine Haare. „Keine Kopfschmerzen mehr. Ich bin geheilt." Zwinkernd setzte er den Helm auf und schloss ihn unter dem Kinn.

Thea hob ihren Quersack auf. „Dann los. Wollen wir hoffen, dass wir bald auf Wal-Freya treffen. Ich werde mich um einiges besser fühlen, wenn sie bei uns ist."

„Du meinst, wenn wir Juli zurückhaben", erkannte Tom.

Thea ließ ihre Hand in die Hosentasche fahren. Sie holte ihre Freundin heraus und betrachtete die Nuss eine Weile, ehe sie sie zurück in die Tasche steckte. „Ich werde erst dann beruhigt schlafen, wenn Juli wieder aus Fleisch und Blut ist und auf sich selbst aufpassen kann. Nicht auszudenken, wenn ich sie verlieren würde."

„Wir könnten sie irgendwo verbuddeln", raunte Tom und schüttelte sofort den Kopf. „Vergiss es, das ist eine extrem dumme Idee. Sie könnte von einem Tier ausgegraben werden und …"

„Sie bleibt in meiner Tasche", versicherte Thea.

„Hast du versucht, sie zurückzuverwandeln?"

„Die ganze Zeit", antwortete Thea seufzend.

„Sorge dich nicht! Wal-Freya schafft es. Bis dahin stellt sie wenigstens keinen Unsinn an."

„Dafür scheinst du aber auch ein Talent zu haben", erwiderte Thea trocken.

Tom knuffte sie liebevoll und richtete den Blick nach vorn. „Hast du eine Ahnung, wo es langgeht?"

Thea zuckte die Schultern. „Wir haben das Helgitter überwunden. Wir sind in der Totenwelt. Jetzt müssen wir die Halle finden, in der sich Balder und Nana aufhalten."

„Ein Königreich für ein Navigationsgerät", scherzte Tom.

„Ob es das mit einer Karte von Hel gibt, bezweifle ich." Thea lachte und lief voraus. Als sie das Geräusch eines Schwertes vernahm, das aus der Scheide gezogen wurde, drehte sie sich stirnrunzelnd zu Tom um. Weit und breit war keine Gefahr auszumachen. Das Wäldchen lag friedlich im nebligen Zwielicht. Nur von fern klang das Rauschen eines Flusses.

Ertappt hob Tom die Augenbrauen. „Ich fühle mich besser so", erklärte er, während er die Klingen schulterte.

Thea schmunzelte. „Wenn du meinst. Ich habe nichts dagegen."

„Danke! Sehr gnädig!", erwiderte Tom zwinkernd.

Für eine Weile verdrängte Thea das Wissen um den Ort, an dem sie sich befanden. Der Wald lag beinahe idyllisch vor ihnen. Anders als im Eisenwald schien hier nicht an jeder Ecke drohendes Unheil zu lauern. Vielleicht lag das aber auch daran, dass ihre Anwesenheit noch nicht entdeckt worden war. Derzeit gab es keinen Grund zur Furcht. Sie lächelte in der Erinnerung an ihre erste Reise. Ausgerechnet jetzt, da sie nur Tom an ihrer Seite hatte, fühlte sie sich sicher. Damals in Niflheim, in Thors und Wal-Freyas Gefolgschaft, begleitete sie die Angst wie der eisige Wind. Woran lag es nur, dass sie sich nicht mehr fürchtete, obwohl sie auf sich selbst gestellt war? Sie umfasste das Amulett an ihrem Hals. Sie irrte. Sie war nicht alleine. Sie wisperte Wal-Freyas Namen in der Gedankensprache und hoffte auf Antwort. Aber möglicherweise hörte Wal-Freya sie noch nicht. Die Walküre hatte vermutet, dass das passieren könnte, wenn sie in Hel zu weit voneinander entfernt waren.

„Tom?" Thea klang ernster, als sie beabsichtigt hatte.

Tom hob die Augenbrauen. „Ja?"

„Darf ich dich versuchen in der Gedankensprache anzusprechen?"

„Ähm … Warum fragst du?“

„Juli meckert immer, wenn ich das bei ihr mache. Sie sagt, es wäre ihr unangenehm, weil sie das Gefühl hat, dass jemand in ihrem Kopf rumwühle.“

Tom lachte. „Mach doch. Aber wozu soll es gut sein? Ich werde dir nicht antworten können.“

„Ich muss wissen, ob es bei dir funktioniert. Nur für den Notfall. Wal-Freya sagte, es klappt nur, sobald der andere seinen Geist dafür öffnet.“

„Wal-Freya hat bereits auf diese Weise mit mir gesprochen. Ich hoffe, dass ich für dich auch einen offenen Geist habe.“ Ein Grinsen erfüllte sein Gesicht, während er Thea erwartungsvoll ansah. Als sie ihm einen Gedanken schickte, weiteten sich seine Augen.

„Hat es geklappt?“, fragte sie.

„Ja. Waaah, aber ich weiß jetzt, was Juli daran so komisch findet.“ Mit dem Schwert in der Hand rieb er den Handballen an der Schläfe.

„Machst du Scherze? Ich denke, Wal-Freya hat schon in der Gedankensprache mit dir gesprochen? Ich finde das gar nicht so schlimm. Manchmal bemerke ich kaum den Unterschied“, erwiderte Thea.

„Bei dir ist das anders. Ich höre dich reden, aber du hast die Lippen geschlossen. Wal-Freya ist eine Göttin, da ist das irgendwie zu erwarten.“

Thea grinste herausfordernd. *„Ich finde das gar nicht so übel.“*

„Ich auch nicht“, gab Tom zu. „Aber du kannst es jetzt trotzdem lassen.“

Im gleichen Augenblick als Thea nickte, deutete Tom mit seinem Schwert in eine unbestimmte Richtung. „Ist das der Gjöll? Sind wir im Kreis gelaufen?“

Thea folgte der Klinge mit ihrem Blick und schüttelte den Kopf. Das Tosen hatte in den letzten Minuten beständig zugenommen. Unbewusst sprachen sie lauter. Einige hundert Meter vor ihnen rauschte ein Fluss. Seine Wellen schlugen so hoch, dass sie sogar von hier zu erkennen waren.

„Das ist ein anderer Fluss. Wäre es der Gjöll, hätten wir das Helgitter überqueren müssen."

„Wenn das schon wieder ein Fluss ist, wie sollen wir ihn ohne Skidbladnir überwinden?"

Thea biss sich auf die Unterlippe. „Keine Ahnung. Vielleicht gibt es eine Brücke."

Unwillkürlich lief sie schneller. Tom folgte ihr. Im Laufen nahm er die Schwerter von seinen Schultern. Als Thea stoppte, stand ihm der Mund offen.

Der Fluss rauschte zu ihren Füßen und übertönte alle Geräusche der Umgebung. An seinem Ufer verwehte der Nebel, der sie begleitet hatte, seit sie mit Skidbladnir auf den Gjöll getroffen waren. Dieser Fluss rauschte schmaler in seinem Bett als der Gjöll. Das gegenüberliegende Ufer mochte allenfalls zwanzig Meter entfernt liegen. Als braune Brühe toste er allerdings so unruhig und wild durch das Bett, als wären die Wassermassen eines tagelang andauernden Unwetters in ihn gespült worden. Selbst wenn Theas Zauber sie vor dem Ertrinken bewahren würde, so würden Thea und Tom niemals gegen die Strömung ankämpfen können.

Plötzlich blitzte etwas im Wasser. Thea runzelte die Stirn, fokussierte ihren Blick und traute ihren Augen kaum. Das Phänomen wiederholte sich an vielen Stellen gleichzeitig. Schwerter und Messer wälzten sich flussaufwärts gegen den Strom. Hier und da wurden sie zwischen den Wellen hochgespült. Thea versuchte in ihren Erinnerungen nach einer Erklärung zu graben, da fuhr ein Schreck durch ihren Körper. Über das Tosen hinweg glaubte sie Schreie zu hören. Dann entdeckte sie das Zerrbild eines Menschen, der für einen Augenblick aus der Brühe auftauchte. Er wurde so schnell aus ihrem Sichtfeld fortgerissen, dass Thea verunsichert zu Tom blickte. Der deutete mit dem Schwert in das Gewässer.

„Schau! Da treiben Menschen drin!“, schnaufte er.

Thea erkannte eine Hand, die flussabwärts vom Wasser mitgerissen wurde. Ihr Herz begann schneller zu pochen. „Wie fürchterlich!“

Erneut tauchte ein Kopf aus dem Wasser auf. Thea erkannte breite Schnitte in dem Gesicht, die vermutlich von den sich wälzenden Klingen verursacht worden waren. Angewidert wandte sie den Blick ab.

„Da können wir ohne Skidbladnir auf keinen Fall rüber.“

Tom nickte. „Lass uns flussaufwärts gehen und schauen, ob wir einen Übergang finden.“

Von dunklen Gefühlen überschattet, folgten sie dem Flussufer. Das Tosen übertönte jedes Geräusch, nur hier und da vernahmen sie Stimmen gequälter Seelen, die eine Hand oder einen Kopf aus dem Wasser streckten. Sofort verschwanden sie aber aus ihren Augen, da der Strom sie unerbittlich mit sich riss. Der Anblick war grauenvoll. Thea ließ den Blick abgewandt. Auch Tom atmete schwer. Mehrmals verharrte er mit aufgerissenen Augen, ehe er sich wieder an die Fersen seiner Freundin heftete.

Irgendwann blieb Thea stehen. Gegen das Tosen des Flusses rief sie Tom zu: „Das muss der Slidr sein! Ich verstehe nur nicht, was das zu bedeuten hat. Dass er Menschen mit sich reißt wurde nie erzählt.“

„Wie auch? Jemand müsste in der Totenwelt gewesen und zurückgekommen sein, um davon zu berichten.“

Thea nickte bestätigend. Sie lief weiter. Nach einer unbestimmten Zeit packte Tom sie am Arm. „Das hat keinen Zweck! Hier führt nirgendwo eine Brücke drüber. Diese bedauerlichen Menschen würden wohl kaum dort treiben, wenn es einen Übergang gäbe. Möglicherweise sind das Tote, die versucht haben, aus Hel zu fliehen."

Thea ließ ihren Blick über die Umgebung schweifen. Im Zwielicht der unterirdischen Höhle reichte er allenfalls fünfzig Meter weit. Auf diese Weise offenbarte sich immer nur ein Teil des Flusses. Er teilte das Waldgebiet diesseits von einem Feld dunklen Gerölls jenseits. Es war nicht zu erkennen, ob in den nächsten Minuten eine rettende Brücke aus dem Dunkel auftauchen würde, wenn sie dem Strom folgten. Tom lag mit seiner Vermutung wahrscheinlich richtig. Kein Wesen würde den Weg durch diesen Fluss wagen, wenn sich irgendwo ein Übergang befand. Oder waren sie absichtlich hineingestoßen worden, als Bestrafung, so, wie Nidhöggr an den Gebeinen der Toten nagte, die sich übler Verbrechen schuldig gemacht hatten?

„Wenn wir es schaffen einen Baum zu fällen, der groß genug ist, um über den Fluss zu reichen, könnten wir rüber kommen", rief Tom dicht neben ihrem Ohr.

Ein Hoffnungsschimmer huschte über Theas Gesicht. Ihre Augen wanderten zu einer der Baumkronen.

„Wahrscheinlich wären sie sogar groß genug. Aber wir haben keine Axt. Die ist auf Skidbladnir."

„Wir haben Schwerter", erinnerte Tom.

„Mit einem Schwert kannst du keine Bäume fällen. Vorher bricht die Klinge."

Tom nickte bestätigend. „Du könntest es aber mit Kyndill versuchen."

„Mit Kyndill?", schnappte Thea.

„Warum nicht? Ehrlich gesagt, habe ich das Schwert noch nie in Aktion gesehen. Die Jarnvidhja haben dich im Eisenwald nicht angegriffen und dein Kampf gegen die

Riesin in Utgard-Lokis Feste war kaum der Rede wert. Vielleicht kannst du den Stamm durchbrennen oder so."

„Kaum der Rede wert?", brauste Thea auf, dann hielt sie inne. Sie dachte an den Zeitpunkt in Nidhöggrs Höhle zurück. Es war eine Erinnerung aus ferner Zeit, aus einem anderen Leben. Kyndills magische Flamme brannte zum ersten Mal. Sie hatte den feierlichen Moment nicht begriffen, geglaubt Kyndill sei zerstört und das Flammenschwert in ihrer Enttäuschung weit von sich weggeworfen. Es war in der Felswand stecken geblieben, als sei sie aus Pudding.

„Du hast Recht", rief sie fröhlich. „Das könnte funktionieren!"

„Dann los! Hau das Ding durch!"

„Ganz so einfach geht es dann doch nicht", erwiderte Thea und zwinkerte ihm zu. Einmal mehr war sie dankbar dafür, dass Urd sie mit den Erinnerungen ihrer vergangenen Leben betraut hatte. Sie schätzte Höhe und Fallwinkel des Baumes ab und zog Kyndill aus der Scheide. Feierlich nahm sie neben dem Baum Aufstellung. Hinter den rauschenden Flammen Kyndills entdeckte sie Toms erwartungsvollen Blick. Dann setzte sie das Schwert am Stamm an und hieb eine Fallkerbe aus der Seite. Während Tom triumphierend jubelte, ging ein Knarren durch das Gehölz. Mit einem Mal gerieten die Äste über ihr in Bewegung. Thea, an das Ereignis am Helgitter erinnert, zögerte nicht. Sie wirbelte herum, führte Kyndill in einem weiten Bogen und schlug zu. Das Flammenschwert drang spielend durch den Stamm, der nach kurzem Zögern mit einem Krachen zur Erde donnerte.

Tom riss die Arme in die Höhe. „Du hast es geschafft! Ich werd' verrückt!" Er trat auf den Baumstumpf zu und tastete mit der Hand über die Jahresringe. Ein glatter Schnitt bildete sich auf dem Holz ab. „Wahnsinn! Da ist ja wirklich eine Teufelswaffe. Kein Wunder, dass die Asen sie fürchten."

Beeindruckt wog Thea das Schwert in den Händen. Tom hatte Recht. Eine Waffe, die in der Lage war, mit einem einzigen Hieb Bäume zu fällen, war beängstigend. Feierlich steckte sie Kyndill zurück in seine Scheide. Dann hob sie die Augenbrauen, da Tom sie noch immer anstrahlte. „Glaub' mir, es ist auch eine Last, eine so schwere Verantwortung zu tragen. Wie gerne wäre ich jetzt zu Hause. Ich vermisse meine Eltern und Mats." Sie schob die Hand in die Hosentasche. „Und Juli. Du kannst dir gar nicht vorstellen, wie sehr."

Tom presste die Lippen zusammen. „Es tut mir leid. Du hast Recht." Er lächelte. „Wir befreien Balder und alles wird gut. Wenn wir zu Hause sind, werden wir uns wünschen, die Reise hätte länger gedauert."

Thea stieg auf den Baumstamm. „Bevor oder nachdem dir deine Mutter den Kopf abgerissen hat?"

Schelmisch sah Tom zu ihr auf und folgte ihr. „Irgendwann danach. Ich habe schließlich den ersten Hausarrest meines Lebens zu erwarten. Dafür haben wir dann aber eine Menge Zeit, um unsere Avatare zu leveln. Wenn wir überhaupt noch Gildenmitglieder haben, bis wir zurück sind."

Thea rollte die Augen. „Dass du jetzt an dieses Spiel denken kannst."

Lachend sprang Tom hinter sie. „Immer!"

Sie schüttelte grinsend den Kopf. „Manchmal bist du so ein Spinner." Sie setzte einen Schritt vor. Obwohl die Wassermassen an das Holz schlugen und sich sprudelnd über dem Stamm brachen, lag er sicher auf dem gegenüberliegenden Ufer auf.

„Ich gehe zuerst!", hörte sie Tom sagen. Er packte sie am Handgelenk und drängelte sich an ihr vorbei.

Energisch streckte Thea den Arm aus, um ihn aufzuhalten. Dann zögerte sie. Ihr Freund plante offensichtlich sie zu beschützen. Sie war aber diejenige, die auf ihn aufpassen musste. Das würde nur funktionieren, wenn sie ihn im Blick behielt, um notfalls einen Zauber auf ihn wirken zu können. Sie ließ Tom passieren, der sich in einer gespielt gönnerhaften Geste bei ihr bedankte und sich auf den Weg machte. Thea spürte ihr Herz schneller schlagen, als Tom die Stelle über dem Fluss erreichte. Die Gischt spritzte bis an seine Knie. Sie schob die Hand in die Tasche und umschloss das Pulver mit der Faust.

„Pass auf, dass du nicht fällst!", warnte Thea ihn. Tom hob die Hand und lief weiter. Als er leicht strauchelte, warf Thea das Pulver und malte eine Rune hinein. Das Zeichen leuchtete auf, doch es bestand keine Notwendigkeit einen Zauber zu wirken. Tom schritt vor und tänzelte ohne Schwierigkeiten auf die andere Seite. Erst jetzt lief Thea los. Beunruhigt blickte sie auf die rechte Seite des Baumstammes, in die sich mit dumpfen Schlägen Schwerter und Dolche bohrten. Dort, wo das Wasser auf den Stamm traf, wurde der Untergrund glitschig, doch Thea fand genug Furchen, um gefahrlos voranzukommen. Ein Klatschen vor ihren Füßen ließ sie verharren. Zwei dunkle Hände gruben sich in die Rinde. Kurz darauf tauchte die blauschwarz verfärbte Fratze eines Mannes aus dem Fluss auf. Seine Augen lagen in tiefen Höhlen. Anscheinend trieb er schon lange im Wasser. Seine Haut war an Wangen und Stirn von breiten Schnitten gezeichnet, die weit aufklafften und Binde- und Fettgewebe freilegten. Feindselig blickte er Thea an, die abwartend ihre Hand an Kyndills Griff legte. Der Untote schlug die Fingernägel in die Baumrinde und versuchte sich

mehrmals vergeblich am Stamm hochzuziehen. Aus den Augenwinkeln machte Thea Tom aus, der beide Schwerter zog und zurück auf die Brücke sprang. Er rief Thea etwas zu, das sie über das Tosen des Flusses aber nicht verstand. Im gleichen Augenblick verlor der Untote den Halt und wurde unter dem Stamm hindurch fortgerissen.

Thea hob die Hand in Toms Richtung. *„Bleib in Sicherheit. Alles ist gut!“*, rief sie ihm zu. Im selben Moment packte etwas ihren Fuß. Der Untote hatte die Dolche auf der anderen Seite des Stammes zu fassen bekommen und zerrte mit einer freien Hand an ihr. Ehe es sich Thea versah, stürzte sie. Gerade noch rechtzeitig grub sie die Fingerspitzen in den Stamm und verhinderte so, von der Kraft des Wassers mitgerissen zu werden. Hektisch trat sie den Untoten von sich weg, der noch immer an ihr hing und sich versuchte über ihren Körper auf den Stamm zu ziehen. Da machte sich ein heftiges Brennen in ihrer Wade bemerkbar. Eine der treibenden Klingen bohrte sich durch ihre Haut. Vom Schmerz übermannt ließ sie los.

Unbarmherzig schlossen sich die Wassermassen über ihr. Hastig sprach sie den Zauber, den ihr Wal-Freya eingebläut hatte und erschuf die rettende Luftblase um ihren Kopf. Doch Thea hatte nur einen Atemzug getan, da zerplatzte der Ballon von einer der sich fortwälzenden Klingen getroffen. Panisch ruderte Thea mit den Armen, stemmte sich gegen die Kraft, die sie mit sich riss.

„Beweg dich!“, befahl sie dem Stamm in einer raschen Idee, ohne eine magische Rune zu zeichnen und nur, indem sie die linke Hand zur Beschwörung aus dem Wasser streckte. Sie fühlte eine Berührung und erneut machte sich ein Schmerz bemerkbar. Diesmal am Hals. Im nächsten Augenblick wurde sie von einer Hand gepackt und das unmenschliche Kreischen einer gequälten Kreatur dicht an ihrem Ohr ließ sie das Messer hinter ihrem Rücken ziehen. Wild schlug sie damit um sich.

„Beweg dich, verdammt“, knirschte sie mit einem Blick auf den von ihr geschaffenen Übergang. Doch der Stamm wollte nicht zur Hilfe eilen.

Wieder zerrte etwas an ihr. Sie drehte den Kopf und blickte in die entstellte Fratze des Mannes, der sie zuvor angegriffen hatte. Hektisch holte Thea mit dem Ellbogen aus und grub ihn so lange in die Seite des Untoten, bis dieser mit einem verzerrten Schrei von ihr abließ. Von einem Strudel erfasst, verschwand er aus ihren Augen. Abermals hob sie die Hand und beschwor den Baumstamm.

Am Flussufer sah sie Tom, der parallel zu ihr über den Kies rannte und ihr irgendetwas zurief. Ihm folgte ein Tier, katzengleich mit markanten, riesigen Ohren, deren Spitzen in dicken Pinseln endeten. Thea war sich zunächst nicht sicher, ob ihr ihre Einbildung einen Streich spielte, denn das Tier wirkte beinahe durchsichtig, gerade so, als sei es eine Projektion.

Ein klirrender Laut übertönte das Tosen des Flusses, als ein Schwert ihre Armschiene traf. Alarmiert versuchte Thea sich zu drehen, doch die Wogen trugen sie ebenso ungebremst durch das Wasser wie die bedauernswerten Kreaturen, die in den Fluss geraten waren.

„Stopp!“, schrie sie. Unbeholfen steckte sie ihr Messer in den Gürtel und versuchte Fehu in ihre Hand zu malen.

„Stopp! Stopp! Stopp!“, kreischte sie, aber ihr Körper wollte sich nicht gegen die Strömung stemmen, stattdessen schluckte sie einen Schwall Wasser und rang hustend nach Luft. Von einem Strudel herumgewirbelt, entdeckte sie, dass sich der Baumstamm gelöst hatte und in ihre Richtung trieb. Mehrere Untote umklammerten ihn wie einen rettenden Strohhalm. Ein anderer stand auf ihm und trat nach allem, was versuchte, ebenfalls auf ihn zu gelangen. In einer letzten verzweifelten Tat zog Thea Kyndill aus der Scheide.

„Stopp!“, wiederholte sie ihren Befehl, während sie das Schwert vor ihren Körper richtete. Das Wasser teilte sich an Kyndills Klinge, Thea trieb langsamer. Im gleichen Moment schnellte der Baumstamm heran. Sie schlug mit den Armen nach ihm, bekam ihn aber nicht zu fassen. Kurz bevor er an ihr vorbeirauschte, packte sie eine dunkle Hand am Kragen. Mit einem Ruck zog der Untote sie hinauf. Er ließ sie los und trat nach mehreren Kreaturen, die aus dem Wasser heraus nach dem Gehölz grabschten. Thea malte Fehu auf die Rinde, legte ihre linke Hand darüber und richtete Kyndill in Richtung des Ufers. „Beweg dich!“, rief sie.

Der Stamm geriet ins Trudeln und kreiste wild um seine eigene Achse. Thea fiel bäuchlings und presste sofort Arme und Beine an das Gehölz. Tote, kalte Hände rissen nach ihr. Während Thea diese mit dem Schwert von sich hielt, wurde die auf sie einwirkende Fliehkraft stärker. Ihr Magen drehte sich mit der schneller werdenden Bewegung. Übelkeit überfiel sie. Dann schlug der Stamm mit einem Ruck ans Ufer und der auf ihm stehende Untote flog meterweit durch die Luft. Leblos blieb er auf dem steinernen Untergrund liegen.

Thea hustete aus, sammelte rasch ihre Sinne und krabbelte auf allen vieren vor. Kraftlos richtete sie Kyndill auf den Stamm, über den sich eine Horde Untote mit gierigen Blicken in ihre Richtung aufmachte.

„Beweg dich!“, rief sie.

Der Stamm wirbelte zurück in den Fluss und riss die gequälten Geschöpfe mit sich. Am Ende ihrer Kräfte drehte sich Thea auf den Rücken und streckte die Arme von sich. Wieder einmal war sie nur knapp mit dem Leben davongekommen. Ihr Herz raste und pochte so wild, dass sie kaum Luft bekam. Während sie sich versuchte zu beruhigen, tauchte Tom über ihr auf. Er zog sie zu sich und erstickte sie in einer Umarmung. Theas nasse Gewänder bildeten rasch einen feuchten Kreis auf seiner Tunika.

„Mein Gott! Ich dachte, ich hätte dich verloren", schnaufte Tom.

Seine bebende Stimme erschreckte Thea. Für einen Augenblick ließ sie sich in seine Arme sinken. „Ich hasse Wasser! Wirklich! Entweder zwingt man mich zu fliegen, oder ich stehe kurz vor dem Ertrinken."

Er strich ihr einige Strähnen unter der Brillenmaske zurück. „Du scheinst es anzuziehen …" Ein dumpfes, durchdringendes Brüllen zu ihrer Linken ließ Tom herumfahren. Der Untote hatte sich aufgerichtet und wackelte in steifen, unbeholfenen Schritten auf sie zu. Tom sprang auf und zog seine Schwerter.

„Nicht!", rief Thea. Sie rappelte sich auf und steckte Kyndill zurück in die Scheide.

Wieder brüllte der Untote. Unter seinen Kleidern, die zerschnitten an seinem Körper schlotterten, trat die Haut schwarz und aufgequollen hervor. An einigen helleren Stellen zeichnete sich ein Venennetz ab. Hier und da hing ihm die Haut in Fetzen vom Leib. Tiefe Öffnungen an Beinen, Armen und im Gesicht erzählten von einem langen Höllentrip im Fluss.

Erschrocken fuhr sich Thea an den Hals, doch was immer ihr im Slidr diesen Schmerz bereitet hatte, es schien keine Klinge gewesen zu sein. Ihre Haut war frei von Wunden. Verblüfft schlug sie den Umhang zurück. Übersäht von Schnitten zeigte das Kleidungsstück auf, wie gefährlich nah sie mit dem Tod gerungen hatte. Sie untersuchte die Stelle an ihrem Bein, in die das Schwert gefahren war. Nur ein Loch im Stiefel kündete von dem Ereignis. Verwundert sah sie zu Tom, der mit der Übelkeit kämpfend, den Blick von dem Untoten abwandte und auf den Angriff des Geschöpfs wartete.

Der Untote öffnete den Mund zu einer verzerrten Grimasse und riss die tief liegenden Augen auf.

„Frööööönd!“, grunzte er.

Würgend wandte Thea die Augen ab und drückte Toms Schwertarm nieder.

„Lass ihn! Er hat mir das Leben gerettet. Er ist nicht gefährlich!“

Tom konnte das Geschöpf nur anblinzeln, so widerlich war sein Anblick. „Bist du sicher?“

Die Kreatur öffnete den Mund. „Oooooфeíuuuuu“, blökte sie.

Tom ergriff Theas Handgelenk und zog sie mit sich. „Lass uns gehen, ehe er komische Sachen anstellt.“

Der Untote quäkte protestierend und hinkte ihnen nach. Thea blieb stehen. Etwas anderes erregte ihre Aufmerksamkeit: Nicht nur der Untote plante, sich an ihre Fersen zu heften. Ein Tier sprang ihr nach. Es setzte sich in einiger Entfernung vor sie und betrachtete Thea wachsam. Sie erkannte es wieder. Es war Tom am Ufer gefolgt. Es schien keinen Körper zu besitzen, vielmehr erinnerte es an einen Geist. Es glich einem Luchs, und trotzdem auch einer gewöhnlichen Katze. Weinrotes Fell war von weißen Härchen durchsetzt. Grüne Augen leuchteten aus seinem Gesicht, in dem schwarze Linien Nase, Maul und Augen betonten. Auch die schwarzen Ohren waren von weißen Härchen durchsetzt, die sich um Augen und um Maul wiederfanden.

„Was ist das?“, staunte Tom.

„Ich bin mir nicht sicher … Es kam mit dir“, raunte Thea.

„Fölgaaaaa“, stieß der Untote aus.

Tom rümpfte die Nase und bedachte ihn mit einem geringschätzigen Blick. „Ich stoße ihn zurück in den Fluss!"

Thea schnappte nach Luft. „Das tust du nicht!"

„Fölgaaaaa", wiederholte der Untote und richtete seinen Arm wackelnd auf das Tier. „Fölgaaaaa."

„Ich will ihm nicht *folgen*, auch wenn er das noch so schreit", murmelte Tom.

Der ganze Körper des Geschöpfs wackelte, als es versuchte, den Kopf zu schütteln.

„Das meint er nicht ... Er ..." Thea betrachtete ihn näher. „Folgen ..." Sie sah noch einmal auf das Tier. Dann starrte sie den Untoten verblüfft an. „Fylgja?"

Die Kreatur lachte gedehnt und und wog den Körper vor und zurück, was wohl ein Nicken bedeuten sollte.

Thea wurde von Unruhe gepackt. Die Fylgjur waren weibliche Folgegeister – Schutzgeister, die einen Menschen von Geburt an begleiteten. Als sie Fengur war, hatte ihr ihre Mutter Geschichten über diese elfengleichen Geister erzählt. Angeblich besaß jeder Mensch einen Schutzgeist. Sie zeigten sich entweder in ihrer weiblichen Gestalt, oder in der Gestalt eines Tieres, das der Seele des Menschen, dem sie folgten, glich. Sie offenbarten sich diesem kurz vor dessen Tod.

„Ist das deine?", fragte sie den Untoten. Der wackelte hin und her. Er kreiste mit dem Arm vor Thea.

„Doooooin", erwiderte er.

Thea legte die Hand auf die Brust. „Mein?"

Wieder lachte der Untote, wohl froh darüber, dass Thea endlich begriffen hatte.

„Was ist es?", verlangte Tom zu wissen.

„Meine Fylgja. Aber ich verstehe es nicht. Was tut sie hier?"

„*Was* ist eine Fylgja?"

Thea ließ das Tier nicht aus den Augen. Es saß nun desinteressiert vor ihnen, leckte die Pfote und strich sie mehrmals über das Ohr.

„Es ist am ehesten vergleichbar mit einem Schutzengel“, murmelte sie, während ihre Gedanken Achterbahn fuhren.

„Cool! Dann kann jetzt nichts mehr schief gehen.“ Tom kniete nieder, legte die Arme auf die Oberschenkel und betrachtete das Tier in respektvollem Abstand.

Unheilvoll wanderte Theas Blick vom Untoten zu Tom und wieder zur Fylgja. „Sie offenbaren sich ihrem Schützling aber erst kurz vor dessen Tod“, raunte sie.

Tom riss den Kopf hoch. Misstrauisch kniff er ein Auge zu. Im Aufstehen rieb er sich die Hände an der Hose ab. „Das … hat bestimmt nichts zu bedeuten“, brummte er und deutete auf das Tier. „Wir sind in der Totenwelt. Wahrscheinlich ist es ganz normal, dass sie sich hier zeigen.“

„Wo ist dann deine?“, erwiderte Thea.

„Meine? Ich bin Christ!“, versetzte Tom.

Thea rümpfte die Nase. „Ja und? Ich bin auch getauft und sie ist trotzdem hier.“

„Das ist etwas anderes! Du hängst mit nordischen Göttern ab!“

Ein höhnisches Lächeln umspielte Theas Mund. „Ach ja? Und was machst du?“

Er verschränkte die Arme. „Ich begleite dich. Na komm, lass uns gehen!“

Nickend setzte sich Thea in Bewegung. Der Untote meldete sich mit einem verzerrten Laut zu Wort. Mühsam wackelte er ihnen hinterher.

„Wir müssen weiter“, erklärte Thea.

Die finstere Gestalt hob beide Arme vor den Körper und drehte sich leicht nach links. Er wiederholte die Geste mehrmals und brüllte immer wieder: „Daaaaa!“

„Was will er?", fragte Tom.

Thea zuckte die Schulter. „Vielleicht weiß er einen besseren Weg."

„Einen …? Er zeigt zum Fluss."

Der Untote setzte sich in Bewegung, lief einige Schritte, hob erneut die Arme und drehte sich nach links.

„Ich glaube, er will, dass wir ihm folgen", raunte Thea.

„Ihm folgen?", stieß Tom fassungslos aus. „Du spinnst! Lass uns gehen! Jeder Weg wird hilfreicher sein als dieser!"

Er packte Thea und zog sie mit sich. Der Untote protestierte und lief ihnen nach. Als Thea stehenblieb, deutete er in die andere Richtung und folgte seinem Fingerzeig ein paar Schritte.

„So wie es scheint, wird er uns nicht in Ruhe lassen. Er will sicher helfen." Sie lief ein Stück auf ihn zu. „Wir müssen in Hels Hallen", erklärte sie.

„Hast du zu viel Wasser geschluckt?", beschwerte sich Tom. „Der lockt uns mit sich und nagt anschließend an unserem Fleisch! Vielleicht werden wir genauso, wenn er uns beißt?"

„Das ist doch kein Vampir!", begehrte Thea auf.

„Nooooin", antwortete die Kreatur. Er schüttelte den Kopf.

„Kennst du den Weg zu Hels Hallen?", konkretisierte Thea ihre Frage.

Wieder wippte der Untote im Versuch zu Nicken mit dem Oberkörper.

„Mir ist nicht wohl dabei, mit einem Zombie durch die Unterwelt zu laufen. Wahrscheinlich gibt es einen Grund, dass er im Slidr geschwommen ist."

„Hör schon auf, Tom! Er hat mir geholfen. Bestimmt kennt er sich hier aus und zeigt uns den Weg."

„Oder er lockt uns in eine Falle und führt uns geradewegs zu seinen Zombiefreunden."

„Du hast zu viele Filme gesehen! Er ist … ich meine, er war einmal ein Mensch. Das sieht man doch!"

„Das waren Zombies auch", schnaufte Tom.

Die Fylgja streifte um Theas Beine und setzte sich vor ihr nieder. Thea betrachtete sie beunruhigt.

Zum wiederholten Male drehte sich der Untote und wackelte in seine gedeutete Richtung.

„Du bist wahnsinnig, wenn du dich auf ihn einlässt. Wahrscheinlich ist die Fylgja deswegen hier, weil er uns jeden Moment umbringt!", warnte Tom eindringlich.

„Ooooofeiguuuuu guuuuu", blökte der Untote, derweil er unaufhörlich dem Flusslauf entlang torkelte.

„Hörst du? Er ist gut", schmunzelte Thea.

„Ich trau diesem … Etwas nicht!", murrte Tom.

Schmunzelnd gab Thea ihrem Freund einen Knuff. „Er kann sich kaum bewegen. Er fällt eher um, als dass er uns ein Haar krümmt."

„Ja, weil er sich erst wieder damit vertraut machen muss, festen Boden unter den Füßen zu haben. Warte nur, bis er sich daran gewöhnt hat!"

„Wir werden vorsichtig sein."

„Worauf du dich verlassen kannst!", erwiderte Tom. Mürrisch folgte er Thea, die besorgt feststellte, dass sich auch die Fylgja an ihre Fersen heftete.

7. Kapitel

Dem Untoten folgend liefen sie über die weite, steinige Ebene, durch die sich der Slidr in Schlangenlinien grub. Der Fluss toste so laut, dass jede Unterhaltung im Keim erstickt wurde. Aber seit Tom sein Missfallen hinsichtlich Theas Entschluss zum Ausdruck gebracht hatte, dem Untoten zu folgen, schwieg er ohnehin. Nur einmal meldete er sich zu Wort, als er schwarzsehend anmerkte, dass es dem Zombie schon deutlich besser ginge. Auch Thea beobachtete, dass die Bewegungen des Mannes fließender wurden. Anscheinend war es, wie Tom vermutete: Der Untote gewöhnte sich daran, dass er nicht mehr im Wasser trieb. Sie beschloss, sich darum keine Sorgen zu machen und suchte stattdessen mehrmals den Kontakt zu Wal-Freya, doch die Göttin antwortete nicht. Seufzend gab Thea auf. Sie hoffte, dass Wal-Freya die Kommunikation zu ihr suchen würde, sobald sie und Hermodr Hel erreicht hatten. Die Fylgja blieb Theas ständiger Begleiter. Wann immer Thea ihren Schritt veränderte, passte sich ihr das Geistwesen an. Noch immer unschlüssig, was sie von der Nähe der Fylgja zu halten hatte, betrachtete sie das Wesen von Zeit zu Zeit mit gemischten

Gefühlen. Doch es verriet den Grund seiner Anwesenheit nicht.

Stunden zogen ins Land, dann zeichnete sich ein Bergmassiv aus dem Zwielicht ab. Mehrere hundert Meter hoch türmte es sich in faltigen, schwarzen Schichten am Horizont auf. Nicht nur Thea staunte über die Weite, mit der sich die Unterwelt offenbarte, auch Tom brachte seine Überraschung mit einem ächzenden Laut zum Ausdruck. Irgendwann klatschte der Untote ungelenk in die Hände und drehte sich um. Er brüllte etwas, das Thea über das Tosen des Slidr nicht entschlüsseln konnte. Tom glaubte, dass er sich darüber freute, bald seine Zombiefreunde zu treffen und schulterte seine Klingen.

Sie folgten dem Lauf des Flusses, bis dieser am Fuß des Bergmassivs in eine Höhle mündete. Tom blieb in einiger Entfernung stehen und meldete Protest an: „Wir werden nicht mit ihm dort hinein gehen!“

Thea spähte in den Höhleneingang. Auf der rechten Seite des Flusses schien ein Weg zu verlaufen. „Hey!“, rief sie dem Untoten zu, der sich behäbig nach ihr umdrehte. Sein verzerrtes Gesicht spiegelte Verwunderung wider.

„Wohin führst du uns?“, fragte sie.

„Naaaaadröööööd“, antwortete er unverständlich und hob seinen Arm schwerfällig in Richtung der Höhle.

„An welchen Ort führt der Pfad?“, konkretisierte Thea ihre Frage.

„Naaaaadröööööd“, wiederholte der Untote. Er machte eine winkende Handbewegung und lief weiter.

Widerstrebend äugte Thea in den Slidr. Noch immer riss der Fluss Körper mit sich. Über das Getöse des Gewässers hatte sie die Klagelaute der verlorenen Seelen schon lange ausgeblendet. Der Anblick überwältigte sie aber noch immer

- ebenso wie Tom. Es war nicht abzuschätzen, wann und wo der Fluss die Menschen mit sich gerissen hatte, von ihrem Aussehen her zu schließen, trieben sie jedoch sehr lange darin. Im Gegensatz zu Tom, glaubte Thea nicht, dass der Untote sich die Arbeit machen würde, sie aus dem Fluss zu ziehen, um sie irgendwann wieder hineinzustoßen. Trotzdem war auch ihr nicht wohl dabei, ihm auf einem Pfad zu folgen, der links von einem reißenden Gewässer mit tödlichen Klingen und rechts von einer Höhlenwand begrenzt wurde. Sollten sie in einen Kampf geraten, lagen alle Nachteile auf ihrer Seite. Dennoch sah sie wenig Alternativen.

Tom eilte heran und stellte sich vor sie. „Du bist völlig verrückt, wenn du mit ihm da hineingehen willst!"

„Schau dich um, Tom! Hier ist nichts! Um Balder zu finden, müssen wir in Hels Hallen, dahin, wo die Toten wohnen", erwiderte Thea.

„Was macht dich so sicher, dass er dich dorthin bringt und dass *das* der Weg ist?"

„Nichts", versetzte Thea ehrlich. „Aber alles ist besser, als herumzuirren und Zeit zu verlieren."

„Dir ist klar, dass ich es dir ein Leben lang vorhalten werde, wenn durch deine Halsstarrigkeit irgendetwas schiefgeht."

Thea lachte. „*Wenn* etwas schief geht, muss ich mir das also nicht lange anhören."

„Das ist nicht lustig!", schnaufte Tom und eilte Thea nach, da sie einfach losgelaufen war.

Hinter dem Untoten betraten beide den Pfad. Nur wenige Schritte später wurde es so dunkel, dass Thea Kyndill zur Hilfe nahm, um die Höhle auszuleuchten. Der Weg maß nur knapp einen Meter in der Breite. Er war feucht und rutschig, da die Wassermassen immer wieder über das Ufer schwappten. Mehrmals übertönte Tom das Tosen des Flusses mit Flüchen, doch Thea ignorierte ihn und konzentrierte sich auf den Untoten. Die Höhlenwand war glatt geschliffen, feine graue Linien schwangen sich auf dem dunklen Grund. Hier und da leuchteten sie in Kyndills Schein, als hätte man sie mit Glitter bestreut. Auch die Fylgja, die hinter Thea lief, glimmerte leicht. Ihr Licht tauchte den Felsen in tiefes Rot.

Lange Zeit später blieb der Untote stehen. Er richtete seine Hand nach vorne und brüllte etwas. Thea lugte an ihm vorbei und erkannte, dass der Weg an dieser Stelle so schmal wurde, dass ein Weiterkommen unmöglich war.

„Großartig!“, schimpfte Tom. „Ich werde auf deiner Entscheidung rumreiten, wenn wir wieder draußen sind.“

Sie spürte Tom im gleichen Augenblick hinter ihrem Rücken verschwinden, da der Untote abermals blökte und hektisch ins Dunkel deutete. Thea machte einen weiteren Schritt auf ihn zu und rümpfte die Nase. Der Untote sah nicht nur schrecklich aus, er roch außerdem fürchterlich. Sie hob Kyndill höher.

„Tom! Hier ist etwas!“, rief sie.

„Du brauchst nicht schreien. Ich bin noch da! Ohne ein Zauberschwert kommt hier kein normaler Mensch vom Fleck.“

Thea zeigte auf ein Gebilde, das sich am Ende des Pfades aus dem Schatten hob. „Sieh doch! Es ist eine Brücke!“

Plötzlich fuhr sie zurück. Ein Untoter hieb die Finger in den Grund vor ihren Füßen und versuchte sich aus dem Wasser zu ziehen. Kaum hatte er das Ufer um eine Armlänge erreicht, wurde er von einer Welle mitgerissen. Während sich seine Schreie entfernten, schlugen weitere Finger aus dem Wasser. Sie gehörten zu einer blauschwarzen Fratze. Vereinzelte Büschel neben ihren Ohren ließen erkennen, dass die Person einst lange Haare besessen hatte. Trotz ihres entstellten Gesichts erkannte Thea die Verzweiflung und Traurigkeit in ihren Augen. Auch sie wurde fortgespült, bevor sie sich aus dem Fluss hieven konnte. Mehrmals wiederholte sich der Vorgang und immer wieder nahm Thea Anteil am Leid der verlorenen Seelen.

„Pass auf, dass sie dich nicht zu fassen bekommen!“, warnte Tom.

„Es scheint so, als würden sie versuchen, die Brücke zu erreichen“, antwortete Thea.

Ihr untoter Begleiter brüllte etwas und machte eine kreisende Bewegung mit dem Arm. Dann verzog er das Gesicht zu einem Lachen und deutete die Brücke hinauf.

„Ich bin dagegen!“, protestierte Tom.

„Er hat gesagt, dass er uns in Hels Hallen führt. Ich glaube ihm“, beharrte Thea.

„Wozu haben wir den Fluss vorhin überquert, wenn wir jetzt wieder auf die andere Seite wechseln? Der Gjöll umgibt Hel, wir werden der falschen Richtung folgen. Sag deinem Freund, wir wollen nach Hel *hinein*, nicht heraus!“

Der Untote johlte und zeigte abermals auf die Brücke. Thea fasste sich ein Herz und schob sich an ihm vorbei. Der Pfad war an dieser Stelle allenfalls eine Elle breit, ebenso der Übergang. Trocken und rau bot er aber sicheren Stand. Kaum hatte Thea den Fuß auf den Steig gesetzt, sprang die Fylgja heran. Sie ging einige Schritte voraus und blieb erst stehen, als sie aus Kyndills Feuerschein trat. Sie drehte sich um und setzte sich erwartungsvoll nieder.

Thea spürte einen eisigen Schauer ihren Rücken hinauf und hinab jagen. Verunsichert zögerte sie und wischte ihre Zweifel dann genauso schnell beiseite. Wenn die Fylgja gekommen wäre, um sie in den Tod zu begleiten, hielt sie sich vermutlich schon zu lange in Theas Nähe auf.

Möglicherweise hatte Tom mit seiner Vermutung recht und allein der Umstand, dass sie die Totenwelt durchquerten, genügte, um das Geisterwesen an ihre Seite zu rufen. Aber warum erschien nur ihre eigene Fylgja? Der Ruf des Untoten riss sie aus ihren Gedanken. Rasch ging sie ein paar Schritte, worauf der Schutzgeist zufrieden aufstand und sich entfernte.

Tom schob den Untoten zur Seite und betrat vor ihm die Brücke.

„Diesmal werde ich verhindern, dass du fällst!“, rief er Thea zu, die sich lächelnd umdrehte.

„Verlass dich drauf, dass ich *nicht* vor habe zu fallen“, erwiderte sie. Das Wissen um die unangenehme Höhe, schärfte ihre Sinne. Inzwischen hatte sie die Mitte der Brücke erreicht. Sie neigte sich bereits. In der Dunkelheit konnte Thea die tatsächliche Entfernung nicht erkennen. Da das Tosen des Flusses aber nicht merklich abgenommen hatte, glaubte sie ihn in maximal zwanzig Meter Tiefe. Als der Weg steiler wurde, verlangsamte Thea ihren Schritt. Kyndill leuchtete den Pfad aus, doch die Flammen gestatteten ihr nur wenige Meter weit zu blicken. Irgendwann blieb die Fylgja stehen und wandte sich fauchend zu ihr um. Thea jagte ein Schreck durch die Glieder. Unwillkürlich hob sie Kyndill vor den Körper. Im gleichen Moment wandte sich die Fylgja wieder von ihr ab und sprang in die Dunkelheit. Ihre rötliche Aura glitt sanft hinab und blieb als leuchtendes Signal in der Tiefe erkennbar. Im Lichtkreis des Wesens war zu sehen, dass es auf steinernem Grund saß.

Verdutzt richtete Thea das Feuer auf den Weg. Die Fylgja hatte sie wohl warnen wollen, denn die Brücke endete mitten in der Luft! Zwar neigte sich ihr Ende über das Ufer, aber bis dahin maß es aber mindestens zehn Meter. Ratlos wandte sie sich an Tom und berichtete ihm von der Sackgasse.

„Das darf nicht wahr sein!“, stöhnte dieser.

„Immerhin hat die Fylgja nicht zugesehen, wie ich stürze, sondern mich vor der Gefahr gewarnt“, raunte Thea.

Sie blickte an Tom vorbei zum Untoten. „Gibt es noch einen anderen Weg in Hels Hallen?“

Der Tote wippte den Körper in einem Nein zur Seite.

„Der hat keine Ahnung, wohin er uns führt!“, knurrte Tom.

„Ich denke schon“, versetzte Thea.

„Was hilft uns das? Wir werden uns alle Knochen brechen, wenn wir versuchen, da runter zu springen.“

„Ich könnte den Entschleunigungszauber benutzen. Als wir vom Baum fielen, hat er gut funktioniert.“

„Ehe *du* springst, greift ein Clownfisch einen Hai an!“, unkte Tom.

Thea warf ihm einen vernichtenden Blick zu. Kurzerhand nahm sie auf dem Vorsprung Platz und ließ die Füße in die Tiefe baumeln.

„Was machst du?“, rief Tom.

„Mich vorbereiten!“, erwiderte sie trocken. Überzeugt davon, dass sie gerade eine der dümmsten Entscheidungen ihres Lebens traf, rutschte sie ein Stück vor. Sie war zuversichtlich, dass der Untote sie auf die richtigen Pfade leitete. Die Fylgja bereitete ihr hingegen Unbehagen. Erwartungsvoll sah sie zu ihr hoch. Thea hoffte inständig, dass das Geistwesen nicht in die Tiefe gesprungen war, um dort auf den Tod ihres Schützlings zu warten. Zitternd schob sie Kyndill zurück in seine Scheide. Nach einem Griff in ihre Rocktasche fluchte sie leise.

„Das Pulver ist nass.“

„Ohne geht's nicht?“

Thea schüttelte den Kopf. „Das traue ich mich nicht!"

„Als du am Helgitter vom Baum gefallen bist, hattest du auch kein Pulver und hast großartig gezaubert", brummte Tom.

„Ja, aber das war nicht so hoch."

Ihr Freund berührte sie an der Schulter und hielt ihr etwas vor die Nase. Sie betastete den Gegenstand. Es war ein Säckchen.

„Wal-Freya sagte, ich solle es dir im Notfall geben!"

Sie öffnete das Beutelchen und fühlte feinen Sand.

„Vielleicht haben ihr die Nornen gesagt, dass du zu Beginn deiner Reise erst mal baden gehst, oder sie kennt dich besser", scherzte Tom.

„Haha!", erwiderte Thea. „Du lässt dich im Gegenzug fast von einem Baum töten." Sie griff in das Säckchen, warf das Pulver und malte Fehu hinein. Die Rune leuchtete auf und bildete blaue Schemen auf ihren Gesichtern und Kleidern. Thea rutschte ein Stückchen vor. Als ein Kribbeln ihre Fußzehen erfasste, spürte sie ihren Mut sinken. Noch einmal sah sie in die Tiefe zur Fylgja, dann verlosch das Licht und sie saß wieder im Dunkeln.

„Was ist?", fragte Tom. Da eine Antwort ausblieb, fügte er an. „Ich habe es gleich gesagt, du springst niemals!"

„Quatsch! Ich bin mir nur unsicher, ob der Zauber funktioniert!"

Toms Tonfall wurde liebevoll. „Lass uns zurückgehen und wir tauschen die Plätze. Ich springe zuerst. Ich bin mir nämlich ganz sicher, dass dein Zauber klappt."

„Auf keinen Fall!", schnappte Thea. „Ich würde mir nie verzeihen, wenn das schief geht."

„Dann los! Es haut schon hin!"

Der Untote brüllte bestätigend.

Thea warf das Pulver erneut und malte Fehu hinein. Das magische Symbol leuchtete den Platz aus, ehe es allmählich verlosch.

Tom seufzte gequält. „Deine Höhenangst ist gerade völlig unangebracht."

„Ist ja gut", knirschte Thea. Ein weiteres Mal flog das Pulver und noch einmal glühte Fehu auf. Plötzlich spürte Thea einen Stoß in ihrem Rücken, der sie unerwartet vom Platz beförderte. Sie schrie den magischen Befehl, der mit einem Ruck Besitz von ihr ergriff und in der Luft fesselte. Erleichtert veränderte Thea den Zauber und beschwor die Rune, die sie langsam zur Erde senkte. Während das Kribbeln in ihrem Arm stärker wurde, landeten ihre Füße auf sicherem Grund. Von Zorn gepackt, fand Thea keine Zeit, sich an ihrem Erfolg zu erfreuen. Schnaubend richtete sie ihren Blick in die Höhe.

„Hast … Was … Hast du mich tatsächlich geschubst?", rief sie fassungslos.

„Das war fantastisch!", erwiderte Tom, der ihre Frage entweder bewusst überging, oder sie über das Tosen des Flusses nicht verstand. „Ich komme jetzt nach!"

„Warte!", schnappte Thea. Von Furcht gepackt, dass Tom springen würde, bevor sie in der Lage war den Zauber zu wirken, warf sie das Pulver. Sie malte Fehu hinein und sprach immer wieder den Befehl, der Tom sicher zum Boden bringen sollte. Sie fühlte am Kribbeln in ihrem Arm, dass ihre Bitte erhört wurde. Die Fylgja strich ihr um die Beine. Ihre Aura tauchte die Umgebung in ein sanftes Rot.

„Es klappt!", rief Tom. Schon stand er neben ihr.

Thea trommelte mit den Fäusten auf seine Brust. „Ich kann nicht glauben, was du da gerade getan hast", tobte sie.

Ihr Freund lachte und ergriff ihre Handgelenke. „Ich habe gewartet, bis die Rune da war. Du würdest jetzt noch oben sitzen und Wal-Freyas Pulver verschwenden, wenn ich nicht gehandelt hätte."

„Du bist so ein Arsch!", erwiderte Thea, während sie sich mit einem Ruck aus seinem Griff befreite.

Statt sich beleidigt zu fühlen, lachte Tom und steckte Thea damit an. Sie schlug ihm hart auf den Oberarm. „Ich hasse dich!"

Er schmunzelte und zog eine Grimasse. „Ich dich auch!"

„Schön, dass wir das geklärt haben", schloss Thea kichernd.

„Kooooomäääää!", ertönte es aus der Ferne.

Thea riss die Augen auf. „Den habe ich fast vergessen", schnappte sie. Rasch warf sie das Pulver und zeichnete die Rune. „Langsam! Langsam!", flüsterte sie.

Das magische Kribbeln kroch in ihre Finger, den Arm hinauf und wieder zurück. Sie spürte die Kraft, die sich über ihre Handfläche entlud. Doch jäh erstarb das Gefühl. Die magische Energie jagte aus ihren Fingern, dann krachte es, als der Untote zu Boden stürzte.

„Oh Gott!", sagte Thea mit starrem Blick. Sie legte die Hände über Nase und Mund und rannte zu ihm. Der Untote lag bäuchlings auf dem Grund.

„Geht es dir gut?", fragte sie, wagte aber nicht, ihn zu berühren.

Die Kreatur drehte sich, blickte Thea entsetzt an und brüllte etwas, das sehr vorwurfsvoll klang. Als sie sich aufrichtete, knackte es unangenehm.

„Tut mir leid", sagte Thea, die jetzt die Hände bestürzt auf die Wangen presste.

Der Untote ließ einen Schwall aus unverständlichen Worten ab, ehe er sich in Bewegung setzte. Mit schlechtem Gewissen stellte Thea fest, dass er ungelenker lief als jemals zuvor.

„Was ist passiert?“, fragte Tom.

„Ich habe keine Ahnung“, gestand Thea. „Auf einmal war die Magie weg.“

„Wahrscheinlich war es zu viel Zauberei für einen Tag.“

„Vielleicht“, raunte Thea. Sie ging ein paar Schritte, als ihr die Beine den Dienst versagten. Tom bekam sie gerade noch zu fassen.

„Wooooow! Alles in Ordnung?“

„Ja ja“, erwiderte Thea. „Lass uns ein paar Minuten ausruhen.“

Der Untote johlte protestierend und hob den Arm in Richtung des Slidr. Erst jetzt bemerkte Thea die kuppelförmige Höhle, die sich gegenüber des Flusses abzeichnete. Sie nahm ihren Anfang kurz nach der Brücke und hob sich etwa vierzig Meter hoch aus dem Fels. In einem unwirklichen Zwielicht spiegelten sich Wassertropfen, die von der Decke fielen. Eine unüberschaubare Anzahl von Menschen lief darunter hinweg. Thea brauchte einen Moment, um zu erkennen, dass es sich nicht um Wasser handelte, das auf die Geschöpfe traf. Tausende von Schlangen bildeten die Wände dieser Höhle. Ihre Häupter spien unaufhörlich Gift, das sich auf dem Boden zu starren Strömen sammelte, in denen die Menschen wateten. Über das Tosen des Slidr waren ihre Stimmen kaum zu vernehmen, doch ihre Münder verzerrten sich von den Qualen zu stummen Schreien, die ihnen das Gift auf der Haut bereitete. Thea sah dem Treiben fassungslos zu. Irgendwann rannte einer der Unglückseligen in Richtung des Flusses. Am Ufer machte er einen Hechtsprung und versuchte von der Höhle aus die nur wenig entfernte Brücke zu erreichen. Er verfehlte sie und die reißenden Wellen des Slidr verschlangen ihn und führten ihn mit sich davon. Kaum hatte der Erste sein Glück auf die Probe gestellt, sprang ihm ein Anderer hinterher. Aber auch dieser verpasste die Brücke und der Slidr nahm ihn gefangen.

„Sie versuchen der Halle zu entkommen, ächzte Thea noch immer von Tom gestützt.

„Und statt der Folter zu entfliehen, geraten sie in die nächste Qual“, bestätigte Tom, der ebenso fassungslos wie Thea in die Halle starrte.

„Naaaaadröööööd“, sagte der Untote.

„Bist du von dort?“, fragte Thea.

Ihr Wegbegleiter versuchte zu nicken. Ein Krachen, von seinem Nacken tönend, jagte Thea einen Schauer über den Rücken.

„Wie können Götter so etwas zulassen?“, wisperte Tom.

Thea warf dem Untoten einen Blick zu, den dieser vielsagend erwiderte. Thea wusste, dass sie vor einem Hort der Bestrafung standen, ähnlich der Höhle des Neiddrachen Nidhöggr, der sich vom Fleisch toter Verbrecher ernährt.

„Hast du nicht gesagt, Hel und die Hölle hätten nichts miteinander zu tun?“, wollte Tom wissen.

„Das ist so. Hier ist ein übler Ort, aber es ist nicht überall so.“

„Wie kannst du dir da sicher sein?“

„Bin ich nicht. Ich weiß es einfach“, versetzte Thea.

„Es ist furchtbar! Gott bewahre mich davor, dass ich jemals hier herkomme!“,

Thea betrachtete den Untoten eingehender. Irgendetwas hatte er im Leben verbrochen, das ihn nach seinem Tod an diesen Ort band. Plötzlich war sich Thea unsicher, ob sie ihm vertrauen durfte. Half er ihnen tatsächlich, oder hatte Tom Recht und er täuschte seine Freundlichkeit nur vor, um insgeheim auf eine Gelegenheit zu warten, sich auf sie zu stürzen? Der Untote begegnete ihrem Blick eine geraume

Zeit, dann drehte er sich mürrisch jaulend um und humpelte davon.

„Ich sage es nicht gern, aber wir sollten mit ihm gehen. Hier halte ich es keine Minute länger aus", knirschte Tom, als sich der nächste Körper in den Slidr stürzte.

Thea nickte zustimmend. Sie ging einen Schritt, stützte sich aber sofort wieder auf Toms Arm, da ihr die Beine erneut den Dienst versagten.

„Was ist mit dir?", fragte ihr Freund besorgt.

„Es scheint, als sei das Seidr nichts für mich", erwiderte sie bitter.

„Jetzt weißt du, warum Wal-Freya gesagt hat, dass du nur im Notfall zaubern darfst. Sollen wir eine Rast machen?"

Thea legte die Hände auf die Knie und versuchte ihre Kräfte zu sammeln. „Solange uns keine Horde Untoter an den Kragen will, ist alles gut." Sie folgte der Fylgja mit den Augen, die ihr erst um die Beine strich, dann vor ihr Platz nahm und sie aufmerksam betrachtete. Ein verzweifelter Schrei riss Thea aus den Gedanken und ließ sie in die Schlangenhalle blicken. Abermals hatte sich eine hoffnungslose Seele in den Slidr geworfen.

Thea richtete sich auf. „Lass uns gehen."

„Dann los. Unser Freund kann es kaum erwarten."

Der Untote wackelte ungeschickt in die Dunkelheit. Thea und Tom stolperten ihm nach, ehe sie ihn aus den Augen verloren. Er brüllte fröhlich, als er die beiden neben sich wahrnahm. Dann hob er angestrengt den Arm und folgte seinem Fingerzeig. Thea lief tapfer weiter, obwohl ihre Beine heftig protestierten. Ein bohrender Schmerz krabbelte von den Oberschenkeln ausgehend in ihre Knie und Schienbeine. Auch Arme und Hände meldeten sich quälend. Irgendwann blieb der Untote stehen. Mit einem Mal wirkte er aufgeregt. Thea kniff leicht die Augen zusammen, um zu entschlüsseln, was genau er tat, doch außer, dass er die Höhlenwand vor sich abtastete und dabei seltsam brummte, blieb nichts zu erkennen. Als er sich zu Boden sinken ließ und dort noch immer gegen den Fels hieb, zog Thea Kyndill aus der Scheide. Die Flammen tanzten um die Klinge und warfen ihr Licht auf den Fels. Im ersten Moment schien die Wand unauffällig, doch dann erkannte Thea die dicht aufeinanderliegenden Felsbrocken, die etwas verschlossen, das wohl einst ein Ausgang gewesen war. Von einem dunklen Gefühl gepackt suchte Thea den Blick des Untoten, der hilflos an einigen Steinen rüttelte. In einem verzerrten Schrei brachte er die Verzweiflung über die Nutzlosigkeit seines Vorhabens zum Ausdruck. Dann lief er die Wand ab, seine Hände nervös auf den Fels tastend.

„Was hat das zu bedeuten?", fragte Tom.

„Nichts Gutes, wie ich vermute", raunte Thea. Sie schob Kyndill zurück in seine Scheide und schloss sich dem Untoten an. Die Fylgja sprang wie ein tanzendes Licht vor ihr, als sei für sie alles ein Spiel, das sie fröhlich unterhielt. Als die Felswand wieder auf den Slidr traf, blieb der Untote stehen, ließ sich fallen und brüllte seinen Unmut über das Brausen des Flusses hinweg.

„Was ist?", fragte Tom in einer bösen Vorahnung.

„Wir sitzen fest", ächzte Thea, die nun auch auf die Knie ging. „Die Brücke ist kaputt, der Ausgang verschüttet. Vor uns ist nur der Slidr, der den sicheren Tod bedeutet, wenn wir in ihn hineingeraten. Ich habe uns geradewegs in eine Falle geführt."

Tom kniete sich zu ihr und legte einen Arm um sie. „Irgendeinen Ausweg werden wir finden."

Thea schwankte, als sie eine Welle der Erschöpfung erfasste. Sie setzte sich und lehnte den Rücken an den Fels.

„Wir ruhen aus“, beschloss Tom. „Später können wir nach einer Lösung suchen. Du hast zu viel gezaubert. Du wirst dich besser fühlen, wenn du ein wenig geschlafen hast.“ Er wollte sorglos klingen, doch Thea bemerkte den Seitenblick, den er der Fylgja zuwarf.

„Ja, lass uns einen Moment ausruhen“, stimmte sie zu. Die Mattigkeit, die nicht nur ihren Körper, sondern allmählich auch ihren Geist umfing, nahm sie stärker ein, kaum dass sie Platz genommen hatte. Sie schlug den Umhang um ihren Körper und kauerte sich an Ort und Stelle zusammen. Die Fylgja rollte sich neben ihr ein und beobachtete Thea, die ihre Hand kraftlos in die Hosentasche steckte, aus der sie Juli kramte. Während sie die Nuss liebevoll in den Fingern drehte, schloss sie die Augen und fühlte augenblicklich, wie sie der Welt entrückte. Dumpf rollte noch das Gurgeln des Untoten in ihre Ohren, dann schlief sie ein.

Irgendwann erwachte sie. Sofort kehrte der Gedanke an Juli zurück und sie fühlte sich von einem bodenlosen Schmerz gepackt. Der Verlust ihrer Freundin füllte sie mit einer Leere nie gekannten Ausmaßes. Sie vermisste Julis Nähe, ihre Tapferkeit und die Unbeschwertheit, mit der es ihr stets gelang, Thea auch in den schwersten Situationen ein Lächeln abzuringen.

Thea hob den Kopf. Der Untote lag hinter ihr und schnarchte leicht. Tom saß angelehnt an den Fels, seine Schwerter im Schoß. Wie es schien, war er bei dem Versuch, Wache zu halten, kläglich gescheitert. Sein Kinn war auf die Brust gesunken, sein ruhiger Atem verriet, dass er schlief. Seufzend wandte sich Thea wieder um und betrachtete die Nuss in ihrer Hand. Wie schon einmal, malte sie Nauthiz auf die Schale und flehte um Julis Rückkehr, doch sie stieß an die Grenzen ihrer Macht. Juli blieb in ihrer Gestalt gefangen.

„Es tut mir so leid", flüsterte Thea mit dünner Stimme. Sie presste die Nuss an ihre Brust, schloss die Augen und gab sich ihrer Verzweiflung mit stummen Tränen hin.

Tom musste ihr Schluchzen bemerkt haben, denn er ließ sich leise neben ihr nieder, hob ihren Kopf an und bettete ihn behutsam in seinem Schoß. Thea, die sich ihrer Tränen schämte, hielt die Augen geschlossen, hoffend, dass dieser Moment der Schwäche rasch vorüber ging. Sie spürte seine Fingerspitzen an ihrer Wange, als er ihr sanft die Haare aus dem Gesicht strich und die Hand auf ihrer Schulter ablegte. Seine Berührung war tröstend. Sie überwand sich, verschränkte ihre Finger mit seinen und ließ die Nähe zu. Irgendwann schlief sie ein und Julis Verlust wurde von einem traumlosen Schlaf davongetragen. Als Thea erneut erwachte, wusste sie nicht, wie viel Zeit vergangen war, doch sie fühlte sich besser. Die Mattigkeit war aus ihren Gliedern gewichen, eine lang vermisste Ruhe hatte ihre Seele erfasst. Sie öffnete die Augen und stellte fest, dass ihr Kopf noch immer auf Toms Beinen ruhte. Das Licht der Fylgja, die dicht neben ihr lag, ließ seine Hose rötlich scheinen, auch auf den schwarzen Stiefeln tanzte ein rötlicher Schimmer.

Thea runzelte die Stirn. Tom trug keine schwarzen Schuhe! Mit einem Satz sprang sie auf und ihre dunkle Vorahnung bewahrheitete sich. Loki schmunzelte und senkte mit geschlossenen Augen den Kopf zum Gruß.

„Was?", blies Thea aus. Verunsichert starrte sie auf den Feuergott, der, die Hände hinter den Rücken gestützt, vor ihr hockte und nun lässig ein Bein über das andere warf. Er drehte den Kopf zum Untoten und sah dann wieder zu ihr auf.

„Puh!", stieß er naserümpfend aus. „Deine Verzweiflung muss wirklich sehr groß sein, wenn du dich mit so einem Unrat umgibst."

Wütend kniff Thea die Augen zusammen. „Sagt mir der, dem es prophezeit ist, mit einer Armee aus Toten gegen die Asen zu ziehen!"

Er schmunzelte amüsiert. „Touché, liebe Thea. Touché."

„Bist du hier, um dich über mich lustig zu machen?" Ihr Blick wanderte verwirrt zu Tom, der noch immer schlafend am Fels lehnte. „Hast du mich noch nicht genug gequält?"

Loki folgte ihrem Blick. „Oh, ich gebe zu, ich habe mich königlich amüsiert über deine Lage. Aber was soll ich sagen, ich kann dich einfach nicht weinen sehen."

„Ach! Wirklich?"

Loki seufzte theatralisch. „Ehrlich gesagt, hätte ich dir mehr zugetraut." Sein Blick ruhte auf der Fylgja, während er sprach. „Aber du steckst in ernsteren Schwierigkeiten, als ich dachte."

Vorsichtig wanderten Theas Augen zu Tom, der, von ihrem Gespräch erwacht, endlich aufstand und eines seiner Schwerter langsam auf Lokis Nacken richtete.

„Sag ihm, er soll mich nicht reizen und sich setzen, bevor ich ihn in Schlimmeres verwandele als in eine Nuss."

„Tu, was er sagt!", erwiderte Thea rasch.

Tom gehorchte, trat zurück und nahm Platz, doch er behielt die Schwerter in der Hand.

Loki betrachtete die Höhlendecke. „Es gibt angenehmere Orte in Hel als Naströnd", sagte er leichthin. „Was hast du dir nur dabei gedacht, diesem … Etwas *hierhin* zu folgen?"

Tom hob tadelnd die Augenbrauen. Ehe er in der Lage war, Loki zuzustimmen, brachte Thea ihn mit einem bitteren Blick zum Schweigen.

„Er wollte uns helfen", entgegnete sie trotzig.

„Ich habe gleich gesagt, dass das eine schlechte Idee ist", versetzte Tom.

Loki antwortete, ohne Thea aus den Augen zu lassen. „Ich enttäusche dich nur ungern, mein Junge, aber um von diesem Teil der Unterwelt in Hels Hallen zu gelangen, ist es unumgänglich, durch Naströnd zu gehen. Leider ist euer Toter wohl zu lange durch den Slidr getrieben. Der Ausgang auf dieser Seite ist seit Jahrhunderten verschlossen. Naströnd ist einzig durch seine Tore im Norden zu überwinden und diese, liebe Thea, befinden sich auf der anderen Seite der Halle. Fies, nicht wahr? Diese Unglücklichen versuchen eine Brücke zu erreichen, die sie nirgendwo hinführen wird und dabei riskieren sie, den Rest ihres Daseins durch einen von Klingen wimmelnden Fluss gerissen zu werden. Kaum zu glauben, was man alles tut, um dem immerfort tropfenden Gift von Schlangen zu entkommen." Er blickte sie herausfordernd an.

„Du kennst dich gut aus", erwiderte Thea bissig, Lokis Anspielung auf sein eigenes Schicksal bewusst übergehend.

Der Feuergott schmunzelte. „Das hätte ich dir gleich erzählen können, aber du siehst ja gerne den bösen Loki."

Der Untote rührte sich. Umständlich drehte er den Kopf und schaffte sich dann auf die Füße. Als sein Blick auf Loki fiel, zog er eine entsetzte Fratze und warf sich auf die Knie.

„Was tut er?", fragte Tom.

„Mir Respekt zollen. Das, was ihr auch tun solltet", antwortete Loki.

Thea starrte auf den Untoten. „Er zollt dir keinen Respekt, er erniedrigt sich."

Ein herausforderndes Zucken umspielte die Mundwinkel des Feuergottes. „Erniedrigen …", wiederholte er scharf. „So siehst du das also." Er stand auf, trat an sie heran und beugte sich nah an ihr Ohr. „Sieh es dir ganz genau an. Es ist das, was du jetzt tun wirst. Danach helfe ich dir vielleicht aus diesem Schlamassel heraus, in den du dich getrieben hast."

Sein Atem strich Theas Hals und jagte ihr eine Gänsehaut über den Rücken. Die Kälte in seinen Worten stand im abnormen Gegenteil zur Nähe, die er ihr in den vergangenen Stunden geschenkt hatte. Er trat einen Schritt zurück und musterte sie spöttisch. Theas Herz klopfte schneller. Sein Wankelmut machte ihr Angst. Er scherzte nicht, sein eisiger Blick verriet es.

„Ich werde mich niemals vor dir erniedrigen", knirschte sie.

Lachend warf Loki den Kopf in den Nacken. Als ihre Blicke sich wieder trafen, war der Ausdruck in seinem Gesicht so gnadenlos, dass Thea das Blut in den Adern gefror. „Der Kontakt zu Freya bekommt dir nicht, Liebes." Seine nächsten Worte waren nicht mehr als ein bösartiges Flüstern. „Du bist mir nicht ebenbürtig, Thea. Den Göttern sollst du aufrecht begegnen, doch beleidigen solltest du sie nicht. Ich fordere Wiedergutmachung!"

Trotzig schob Thea die Unterlippe vor. „Ich verzichte auf deine Hilfe!"

Erneut lachte Loki. „Oh, ich glaube kaum, dass du hier ohne mich herauskommst. Falls du auf deine Wal-Freya wartest, so muss ich dich enttäuschen. Als ich das letzte Mal nach ihr gesehen habe, stand sie mit Hermodr auf der Gjallarbrú und hat mit Modgudr diskutiert, die sich weigerte, die beiden einzulassen. Ich denke, es wird noch sehr lange dauern, ehe sie passieren dürfen."

„Das ist dein Werk!", schnappte Thea.

Loki hob kichernd die Augenbrauen. „Mein Werk? Oh nein! Ich werde doch nicht eingreifen, ehe der ganze Spaß richtig begonnen hat." Er deutete mit dem Finger auf den

Boden vor ihren Füßen. „Mach schon, Liebes, du wirst meine Hilfe brauchen."

„Nicht zu diesem Preis!"

Loki zuckte mit den Schultern und seufzte im überspielt bedauernden Ton. „Ich habe dir so oft geholfen. Aber immer wieder hast du mich enttäuscht. Es ist an der Zeit, dass du mich darum bittest."

Thea äugte zum Untoten, der noch immer kniete und zurück zu Loki, der angriffslustig die Arme vor dem Körper verschränkte. Nachdem sie nicht reagierte, wedelte er leichthin mit der Hand. Er drehte sich einmal um seine Achse, dann hielt er eine Walnuss zwischen Daumen und Zeigefinger. Herausfordernd betrachtete er die Frucht, bevor er den Kopf zur Seite neigte und Thea zuzwinkerte.

Theas Hand rutschte in ihre Hosentasche. Flehentlich hob sie die Augenbrauen.

Tom fuhr auf. Drohend hob Loki den Finger. „Du bleibst, wo du bist!"

„Lass Juli aus dem Spiel, bitte! Sie hat damit nichts zu tun!", jammerte Thea.

„Oh, deine kleine Freundin wird die Erfüllung meiner Forderung erheblich beschleunigen." Er umschloss die Nuss in seiner Faust. Während er die Hände hinter den Rücken legte, schlenderte er langen Schrittes zum Ufer. Dort streckte er den Arm über den Fluss. „Hast du schon einmal ausprobiert, ob eine Walnuss schwimmt?", rief er Thea über das Tosen des Slidr zu – und öffnete die Faust.

Ein Stich fuhr Thea durch Herz und Magen und raubte ihr den Atem. Mit einem heiseren Schrei ging sie auf die Knie. Sie glaubte sich in einem bösen Traum gefangen. Doch zu ihrer Überraschung fiel nichts aus Lokis Hand, die Nuss steckte zwischen seinem Daumen und der Handinnenfläche. Überwältigt von ihren Gefühlen sackte

Thea zusammen und legte den Kopf auf ihre ausgestreckten Hände. Sie hörte Lokis Schritte nahen und blickte zu ihm auf. Die Tränen, die aus ihr herausbrachen, verwischten ihr die Sicht.

Loki kniete sich zu ihr nieder und hob ihr Kinn an. „Heute hast du eine wichtige Lektion gelernt. Deine Freunde sind deine Schwäche!“ Er verstärkte den Druck unter ihrem Kinn und stand mit ihr auf. Thea wich seinem Blick aus. Noch immer liefen die Tränen unkontrolliert über ihre Wangen.

„Warum tust du das?“, flüsterte sie mit dünner Stimme. „In einem Augenblick spielst du den Tröstenden, im anderen quälst du mich.“

„So wie du, Thea. Es scheint, als seien wir zwei uns gar nicht so unähnlich. Auch du zeigst mir immer wieder deine Zuneigung, um dich dann doch von Neuem auf die Seite der Asen zu schlagen.“

„Ich habe gar nichts mit dir gemeinsam!“

Loki lachte bitter. „Nein? Denkst du das wirklich?“

Von der Angst übermannt, fröstelte Thea. Sie behielt den Blick von Loki abgewandt und schlug den Umhang enger um sich. Sie hörte den Feuergott mit der Zunge schnalzen. Kurz darauf landete etwas mit einem Klacken vor ihren Füßen. Es war die Walnuss. Gerade, als sie sich hastig nach ihr bückte, ragte Juli in ihrer menschlichen Gestalt vor ihr auf. Die wollte ihren Augen nicht trauen. Für den Bruchteil einer Sekunde starrten sich die Freundinnen nur ungläubig an, dann fiel Thea Juli schluchzend um den Hals.

„Alles okay“, sagte Juli und klopfte ihrer Freundin leicht auf die Schulter.

Nun löste sich auch Tom aus seiner Erstarrung. Er schlang jeweils einen Arm um die beiden Mädchen und legte die Stirn auf ihren Köpfen ab. Thea konnte nicht aufhören zu weinen.

„Wie rührend“, spöttelte Loki.

Juli riss den Kopf herum. Nur kurz ruhte ihr Blick auf Loki, dann hob sie die Augen zur Decke und untersuchte die Umgebung. Als sie den Untoten entdeckte, löste sie sich mit einem angewiderten Ton aus der Umarmung und setzte zwei Schritte zurück.

„Sag ich doch! Er ist widerlich“, bestätigte Loki.

„Wo sind wir?“, staunte Juli.

Thea wischte sich die Tränen aus dem Gesicht und musterte sie verunsichert. „Kannst du dich an irgendetwas erinnern, was in den letzten Tagen passiert ist?“

„Tagen?“, staunte Juli. „Ich verstehe nicht.“

Loki fauchte ungeduldig. „Wo sollte sie? Sie war eine dumme Nuss, nicht mehr!“

Unheilvoll sah Juli zu Thea, die entschuldigend die Lippen aufeinanderpresste.

Loki wedelte mit der Hand. „Vielleicht könnt ihr das später erörtern. Ich beginne mich zu langweilen.“

„Ach!“, fauchte Juli. „Und wen interessiert das?“

Hastig zog Thea ihre aufbrausende Freundin vom Feuergott zurück. „Reize ihn nicht! Nicht noch einmal!“

„Hör auf sie! Wir erklären dir alles nachher“, pflichtete Tom bei.

„So ist es recht“, frohlockte Loki. „Allmählich begreift ihr, zu was ich im Stande bin.“

„Er hat dich bei unserem letzten Zusammentreffen verwandelt. Du hast die vergangenen Tage als Nuss zugebracht“, fasste Thea die Ereignisse rasch zusammen.

Während Juli empört nach Luft schnappte, lachte Loki. „Da wir das jetzt geklärt haben, bist du an der Reihe, Thea.

Meine Hilfe gibt es nicht umsonst." Seine Mundwinkel zuckten amüsiert, aus seinen Augen leuchtete feiner Spott.

„Was will er denn noch?", flüsterte Tom.

„Da bin ich mir nicht so sicher", erwiderte Thea, ohne den Feuergott aus dem Blick zu lassen.

„*Ich* will gar nichts, Thea. Aber du wirst etwas wollen, und zwar von mir. Alleine kommt ihr hier nicht weg. Zum wiederholten Male wirst du mich brauchen und ich fordere diesmal Bedingungen für meine Hilfe." Er grinste diabolisch. „Keine Sorge, gekniet hast du bereits." Er hob milde gestimmt die Brauen. „Es ist an der Zeit, dass wir einander wieder vertrauen, so wie einst. Fangen wir also mit Ehrlichkeit an. Warum bist du hier, Thea? Denke nicht, dass ich die Antwort nicht schon kennen würde!"

„Ich benötige deine Hilfe nicht, Loki. Ich habe Hilfe", erwiderte Thea, die das Geheimnis um keinen Preis offenbaren wollte. Loki spielte den Wissenden. Wenn er aber den Grund ihrer Anwesenheit kannte, warum sollte er dann so scharf darauf sein, es noch einmal aus ihrem Mund zu hören?

„Bei was sollte dir ein verurteilter Verbrecher helfen können?", höhnte Loki.

Tom runzelte die Stirn. „Ein verurteilter Verbrecher?"

Loki schnalzte mit der Zunge. „Oh, ich bin mir ziemlich sicher, dass Thea ahnte, was er ist, ehe sie ihm folgte." Er lief um die Gruppe herum und musterte sie amüsiert. „Vielleicht hat er ein Mädchen getötet!" Sein Gesicht kam nahe an das von Tom. „Oder einen Jungen!" Mit einem Blick auf Thea und die Fylgja wandte er sich ab. „Nun ja, ich werde beobachten, wohin das alles noch führt. Ihr erheitert mich! Ich hatte schon lange nicht mehr so viel Spaß!" Diebisch legte er die Fingerspitzen aufeinander. „Seht zu, wie ihr alleine hier rauskommt!" Er wandte er sich um und breitete die Arme aus. Ehe er die Gestalt wandeln konnte, hob Thea die Hand.

„Nein, Loki! Warte!“, beschwor sie ihn.

Der Feuergott drehte sich lächelnd um.

„Wir wollen in Hels Halle“, erklärte Thea rasch.

Juli stieß sie erbost an. „Bist du von Sinnen, ihm *das* zu verraten?“

Lokis Lächeln wandelte sich in einen Ausdruck der Freude. „Als ob das ein Geheimnis wäre, Liebes. Außerdem sprachen wir bereits darüber.“ Er sah sie lange an. „Nur ist Balder nicht in Hels Halle“, erwiderte er unerwartet und versetzte Thea einen Stich. Loki wusste also doch, warum sie hier waren! Er zwirbelte eine der Bartsträhnen an seinem Kinn. „Wann hörst du endlich damit auf, mich zu unterschätzen?“

Thea senkte den Kopf. „Ich unterschätze dich nicht. Ich verstehe nur nicht, warum du uns helfen solltest. Das liegt doch gar nicht in deinem Interesse!“

Loki grinste unheimlich. „Glaubst du? Vielleicht ja doch. Möglicherweise tue ich es aber auch nur um unserer alten Freundschaft willen.“ Er sah sie herausfordernd an. „Oder weil dieses wundervolle Spiel sonst ein zu jähes Ende nehmen würde. Vielleicht kann ich es nur nicht erwarten, dass du mich um Hilfe anflehst. Werweiß das schon?“ Seine dunklen Augen bohrten sich tief in ihre.

„Aber …“

Energisch stellte sich Juli zwischen Thea und Loki. „Vergiss es, Thea! Wir werden uns nicht auf ihn einlassen!“ Mit großen Augen formte sie ein Wort, das sie mehrmals wiederholte, ehe Thea in der Lage war, es von ihren Lippen zu lesen – *Skidbladnir.* Thea nickte unmerklich. Das Zauberschiff hatte sie in der Aufregung völlig vergessen. Mit Julis Rückkehr war es wieder da. Es würde ihnen eine sichere Brücke über den Slidr bauen. Doch was sollte sie tun, wenn Loki Juli aus Wut und Enttäuschung über eine Ablehnung erneut verwandelte?

Der Feuergott zuckte gleichgültig mit der Schulter. „Diese Unterhaltung langweilt mich. Seht zu, wie ihr in Hels Hallen kommt. Ich bin sehr gespannt!“ Er zwinkerte Thea zu und wandte sich um. Leichtfüßig betrat er den Slidr, blieb in seiner Mitte stehen und grinste. „Ekelhaft, dieser Fluss“, rief er auf seine Füße schauend. Dann drehte er sich um und noch in der Bewegung war er verschwunden. An seiner statt spannte ein Adler die Flügel. Mit einem Schrei verschwand Loki in der Dunkelheit.

„Der kommt wieder“, prophezeite Juli.

„Hast du gesehen, wie er einfach so über den Fluss gegangen ist?“, staunte Tom.

„Das sind seine Schuhe. Die sind von Zwergen gemacht“, erklärte Thea.

„Jesus hatte wohl den gleichen Schuster“, brummte Tom.

„So ein Quatsch. Ich kann auch übers Wasser laufen, wenn’s gefroren ist“, erwiderte Juli.

Hinter ihnen fiel der Untote zu Boden. Bis zu Lokis Verschwinden hatte er in seiner knienden Position verharrt. Nun schienen seine Beine steif. Bäuchlings liegend, rappelte er den Oberkörper auf und versuchte nach hinten zu schauen, wo seine Unterschenkel im 90 Grad Winkel zur Decke zeigten.

„Er ist hier sicher noch irgendwo“, raunte Thea mit einem unheilvollen Blick in die Dunkelheit.

„Meinst du wirklich?“ Julis Augen wanderten erst zur Decke, ehe sie in der Höhle gegenüber des Slidrs hängen blieben. Ihre Miene versteinerte sich. Mit offenem Mund beobachtete sie die klagenden Gestalten, die gekrümmt durch die Giftströme wateten, welche die Schlangen in einem fort auf sie herabspien. Schon wieder löste sich eine der gequälten Kreaturen und sprang in Richtung der Brücke. Auch sie verfehlte ihr Ziel. Schreiend riss sie der darunterliegende Fluss mit sich.

Thea sah verunsichert zu ihrer Freundin, die die Hände vor den Mund legte und sich mit großen Augen auf die Zehenspitzen stellte, um in den Slidr zu schauen. Sie kannte Julis Ängste vor paranormalen Phänomenen, schon in ihrem früheren Leben fürchtete sie sich vor bösen Elfen und Draugar. Nie ging sie damals ohne das Schutzamulett ihrer Sippe aus dem Haus. Als ihre Blicke sich trafen, fragte Juli schwer atmend: „Was ist das für ein schrecklicher Ort?"

„Naaaaadröööööd", antwortete der Untote unverständlich.

Julis Blick weitete sich. „Und wer ist er? Er ist grausig."

Umständlich drehte sich der Untote auf den Rücken. Seine Knie blieben angewinkelt. Er drückte die Handflächen auf die Oberschenkel und versuchte die Beine zu strecken.

Tom brummte abfällig. „Thea hat ihn aus dem Slidr gefischt, nachdem sie hineingestürzt war."

„Was? Du bist *da drin* gewesen?", schnappte Juli und deutete auf den Fluss.

„Nicht ich habe ihn herausgefischt, Tom. Es war genau anders herum", erwiderte Thea mit festem Blick. „Es ist eine längere Geschichte, Juli. Ich erzähle sie dir später. Ich habe beschlossen, ihm zu folgen, da er uns offensichtlich helfen wollte. So wie es sich darlegt, war es auch richtig. Nur hoffte er wohl ebenso wie all die anderen, die sich in den Fluss stürzen, dass auf dieser Seite ein Weg aus Naströnd führt."

Juli deutete auf die Fylgja, die nun um die Beine ihrer Freundin strich. „Und wer ist das?"

Thea biss sich auf die Unterlippe. „Meine Fylgja."

„Deine …" Juli stockte der Atem. „Fylgja?"

Thea nickte beschämt.

„Was hat das zu bedeuten?“, flüsterte Juli, den Schutzgeist nicht aus den Augen lassend.

Unerwartet milde antwortete Tom: „Mach’ dir keine Sorgen. Ich denke, dass sie nur da ist, um zu helfen. Im Slidr war Thea in großer Gefahr. Möglicherweise kam sie deshalb.“

„Eine Fylgja beschützt ihren Menschen zu jeder Zeit, aber sie zeigt sich ihm nicht! Erst wenn sein Tod …“ Die nächsten Worte wagte Juli nicht auszusprechen.

Thea legte eine Hand auf ihre Schulter. „Es war brenzlig. Doch es ist alles gut gegangen.“

„Wir kehren um! Das ist es nicht wert!“, erwiderte Juli von Eile gepackt. Schon fuhr ihre Hand in ihren Kragen, aus dem sie Skidbladnir zog.

Thea lächelte. „Ich glaube kaum, dass wir in einer Welt voller Kriege besser aufgehoben sind. Wenn Ragnarök kommt, sind wir nirgendwo sicher.“

Der Untote brüllte etwas, das Thea als Jubellaut deutete, denn er saß mit ausgestreckten Beinen da.

„Auf was haben wir uns da nur eingelassen?“, raunte Juli.

„Es ist zu spät. Ich habe dich eindringlich davor gewarnt“, erinnerte Thea.

„Als würde ich dich jemals im Stich lassen!“

Thea überging den Protest ihrer Freundin, stellte sich vor den Untoten und streckte ihm die Hand entgegen. Mit einem verblüfften Gesichtsausdruck nahm er ihre Geste an und ließ sich aufhelfen.

„Wenn wir hier nicht versauern wollen, müssen wir jetzt da rüber“, sagte Thea und zeigte auf die Schlangenhöhle.

Juli seufzte. „Irgendetwas tief in mir sagt mir, dass wir das bereuen werden.“

Thea zog ihren Helm aus dem Quersack und setzte ihn auf den Kopf. Während sie sorgfältig den Kinnriemen schloss, hob sie die Augenbrauen. „Vielleicht lassen sie uns ja in Ruhe."

„Auch wenn du es nicht glauben magst, aber diese Gestalten machen mir die geringsten Sorgen. Ist Naströnd nicht mit giftigen Gasen gefüllt? Hast du dir die Luft dort drüben angeschaut? Wenn das nun kein Nebel ist? Die da drin mögen schon tot sein, wir aber nicht! Ein Atemzug und alles ist vielleicht vorbei."

Thea warf den Quersack über ihre Schulter. „Loki sagte, es führt von hier aus kein Weg nach Hel, außer durch Naströnd." Sie hob den Blick, als könnte der Feuergott jeden Augenblick aus der Dunkelheit springen. „Also werden wir genau diesen Weg wählen."

„Und was, wenn er dir nur etwas vorgemacht hat? Um dich in eine Falle zu locken?"

„Es klang nicht nach einer List", erwiderte Tom.

„Du musst Skidbladnir über dem Fluss aufschlagen. Wir nutzen es als Brücke."

Der Untote brüllte auf und zeigte protestierend auf den verschütteten Ausgang.

„Da kommt niemand durch", erklärte Thea. „Du kannst mit uns kommen, oder bleiben. Aber hier wirst du nichts finden außer Einsamkeit."

Der Untote blickte leidend.

„Du hast uns hierhin zurückgeführt, weil du weißt, dass der Weg zu Hels Hallen durch Naströnd führt, oder?"

Nun nickte er.

„Glaubst du nicht, dass die längst alle geflohen wären, wenn es einen Weg auf der anderen Seite der Höhle gäbe?", ließ Juli nicht locker.

„Alle Türen sind nordwärts gekehrt. Hieß es nicht so?“, entgegnete Thea.

„Irgendwie so“, bestätigte Juli. „Aus irgendeinem Grund gehen diese Typen aber nicht durch, oder?“

Wieder sah Thea zu dem Untoten. „Gibt es diese Türen?“

Er nickte. „Tööööö“, grunzte er und patschte mehrmals die Hände zusammen.

„Siehst du! Sie sind zu!“, sagte Juli.

„Die kriegen wir schon irgendwie auf“, beharrte Thea.

„Wir nehmen Skidbladnir und fahren auf dem Fluss zurück. Wir werden einen anderen Weg finden!“, ließ Juli nicht locker.

Hilfesuchend sah Thea zu Tom. „Jetzt lass doch, Juli! Uns wird schon etwas einfallen, wenn wir dort sind.“ Er blickte Thea ernst an. „Wir müssen damit rechnen, dass sie versuchen werden, auf das Schiff zu kommen.“ Sein Blick hob sich zu den Toten. Wie auf Kommando sprang einer von ihnen gerade in Richtung der Brücke, verfehlte sie und wurde vom Slidr davongetragen.

„Wir beide werden sie davon abhalten.“ Entschlossen nickte sie Juli zu. „Wenn wir von Bord sind, musst du Skidbladnir so schnell wie möglich wieder zusammenfalten.“

Juli hob die Hände. „Schön und gut, aber was ist mit der Luft?“

Lächelnd streckte Thea die Hand vor die Stirn ihrer Freundin. „Loft kula lögun pér“, sprach sie mit geschlossenen Augen. Als sie aufblickte, stellte sie voller Stolz fest, dass der Zauber geglückt war. Eine Luftblase hatte sich um Julis Kopf geformt.

„Sehr lustig“, brummte Juli beleidigt.

Der Untote brüllte auf und zeigte protestierend auf den verschütteten Ausgang.

„Da kommt niemand durch“, erklärte Thea.

Er heulte leidend und Thea wiederholte den Zauber an Tom und sich selbst. Sie glaubte nicht, dass der Untote Luft brauchte, aber sie wirkte den Zauber auch an ihm. Dann wandte sie sich ihrer Freundin zu. „Los!“, forderte sie sie auf und seufzte aufgeregt. Durch eine Halle voller verzweifelter Toter zu laufen, würde alles überflügeln, was sie jemals an dummen Sachen angestellt hatten, aber ihnen blieb keine Wahl. Mit mulmigem Gefühl sah sie auf die Fylgja herab, die ihren Blick fröhlich erwiderte.

8. Kapitel

Während sie sich immer wieder vorwurfsvoll nach Thea umblickte, entfaltete Juli Skidbladnir und setzte das Schiff schließlich zwischen den Ufern des Slidr ab. Ihre Tat blieb nicht unbeobachtet. Viele der Toten, die sich teilnahmslos durch Naströnd bewegten, blieben stehen, wateten auf der Stelle und beäugten das Treiben auf der anderen Seite. Als Juli das Schiff absetzte, kam Bewegung in ihre Reihen. Die ersten stießen die Männer neben sich zu Boden und liefen los. Thea herrschte ihre Freunde an, sich zu beeilen, dann hangelte sie sich an Skidbladnir hinauf. Ohne darauf zu achten, ob Tom ihr folgte, querte sie das Deck und zog im Rennen Kyndill aus seiner Scheide. Am Bug angekommen trat sie gegen die Brust eines Toten, der es bereits auf die Reling geschafft hatte. Schreiend fiel er hinab und riss dabei drei andere zu Boden. Thea sprang von Bord und führte Kyndill in weiten, zornigen Bögen vor sich, um die Eindringlinge zurückzudrängen, nicht um sie zu verletzen. Für den Moment ging ihr Plan auf, doch dann eilten die Toten zahlreich voran. Frauen und Männer in unterschiedlichster Kleidung, welche die Epochen widerspiegelten, aus denen sie stammten, warfen sich ihnen entgegen. Ihre Mienen bildeten ihre Entschlossenheit ab. Sie kannten nur ein Ziel: das Schiff zu erreichen und auf die andere Seite zu kommen. Tom landete neben Thea und sah sich sofort einem Toten gegenüber, der auf sie zustürzte. Mit bloßen Händen wehrte er die Schläge ab und rang den Angreifer mit wenigen Bewegungen nieder, ehe er den Nächsten abfing und mit einem geschickten Wurf auf zwei nachdrängende Tote schleuderte. Thea hieb mit dem Schwertknauf nach einer Frau, die auf sie losging, und trat sie von sich weg. Dann brachen die Dämme und alle Toten preschten auf einmal vor. Thea schwang Kyndill vor sich, hieb und stach auf die gepeinigten Körper ein und streckte sie reihenweise nieder. Auch Tom hatte inzwischen seine Waffen gezogen und kämpfte gegen die Masse der auf ihn eindringenden Kreaturen. Gehetzt sah sich Thea nach Juli um. „Wo bleibst du, verdammt!“, gellte sie über das Brüllen der Angreifer und das Tosen des Slidr hinweg.

„Können vor Lachen!“, rief Juli zurück. Sie stand am Heck, den linken Fuß ihres untoten Begleiters über den Kopf stemmend, damit dieser irgendwie aufs Schiff kam.

Thea packte die Hände eines Angreifers, wirbelte ihn herum und stieß ihn in den Slidr. Müde und kraftlos legten die Toten nur wenig Entschlossenheit in ihren Angriff, dennoch stellte die Masse der auf sie vorpreschenden Körper allmählich ein Problem dar.

„Spring schon!“, hörte Thea ihre Freundin über sich. Als Thea den Kopf hob, entdeckte sie den Untoten, der zögernd auf der Reling stand und plötzlich unsanft von Juli von Bord gestoßen wurde. Er landete krachend auf dem Boden, dicht gefolgt Juli, die sich ohne zu zögern umdrehte, den Bug knickte und Skidbladnir rasch zusammenfaltete. Ein Aufschrei ging durch die Menge, dann wurde es ruhig. Als hätten sie eine Kerze vor einem Schwarm Falter gelöscht, liefen die Toten auseinander, kehrten zurück in die giftigen Rinnsale und folgten ihren Wegen, als sei nichts passiert. Nur vereinzelt hob sich ein Kopf in ihre Richtung.

Der Untote rappelte sich mit knackenden Knochen auf, was Thea einen Schauer über den Rücken jagte. Besorgt musternd legte sie eine Hand auf seine Schulter.

„Alles okay?"

Der Untote nickte. Das erste Mal bildete sich deutlich ein Lächeln in seinem Gesicht ab. Thea runzelte die Stirn. Sein Körper schien gekrümmter denn je, aber seine Augen lagen nicht mehr so tief in den Höhlen wie zu Beginn. Auch sein Mund hing weniger schlaff und schief. Die dunklen Schatten auf seiner Haut waren einer bläulichen Blässe gewichen, auch die Haut zwischen den zerfetzten Kleidern wirkte heller, die Schnitte kaum aufgequollen.

Plötzlich schrie Juli auf. Thea riss den Kopf herum und bemerkte die Bewegung, die sich in den niedergestreckten Körpern vor ihr ausbreitete. Schon stand die erste Kreatur auf, schlurfte in die Höhle und trat zurück ins Rinnsal. Nach und nach wiederholte sich das Schauspiel. Thea wandte sich angewidert um. Hier und da war Kyndill tief in die Körper der Toten eingedrungen. Den offenen, unblutigen Wunden zum Trotz erhoben sich alle nacheinander und gingen wieder an ihre Plätze.

Juli stand das Entsetzen ins Gesicht geschrieben. Auch Tom rang mit der Fassung.

„Erinnere mich daran, dass ich gegen Ende meines Lebens im Kampf falle. Egal wie, aber ich will nicht nach Hel. Irgendwo wird es schon eine Möglichkeit geben, ehrenvoll in einem Kampf zu sterben. Alles ist besser als das hier", ächzte Juli.

Der Untote brüllte bestätigend. Er deutete mit dem linken Arm ins Höhleninnere, der zweite hing schlaff an seinem Körper.

„Ihm nach!", befahl Thea und steckte Kyndill zurück in die Schwertscheide.

Tom schulterte seine Waffen, ein klares Indiz dafür, dass er dem Frieden nicht traute. Auch Thea konnte sich eines dunklen Gefühls nicht erwehren. Der Untote hob den Blick, schüttelte den Kopf und lief los. Thea und die anderen folgten. Sie waren kaum zwei Schritte gegangen, da schrie Juli auf und schlug mit ihrer flachen Hand hektisch auf ihre Schulter. Tom spiegelte die Geste nur einen Augenblick später.

„Verdammt! Das brennt!", fluchte Juli. Sie blinzelte zur Decke, von der das Schlangengift regnete.

„Es beißt wie Säure", pflichtete Tom bei, wild auf seinen Körper einschlagend, das Gesicht zu einer schmerzverzerrten Grimasse verzogen.

Auch auf Thea gingen die Tropfen nieder, doch sie spürte nichts davon. Möglicherweise bewahrte sie das Kettenhemd, oder der Stoff ihrer Kleider – oder die Fylgja? Der Schutzgeist stand neben Thea und schaute erwartungsvoll, als sich ihre Blicke trafen. Augenscheinlich bereitete ihm das Gift keine Probleme. Thea sah ihre Freunde mitleidig an. Auf der Luftblase um ihre Köpfe lief die ätzende Flüssigkeit in kleinen Rinnsalen herunter und suchte sich von dort den Weg auf ihre Körper. „Beeilen wir uns!", sagte sie und eilte zum Untoten.

„Aaaaau!", dröhnte er bestätigend.

„Ist das vom Schlangengift?", fragte Thea.

Er nickte.

„Wir müssen hier schleunigst weg. Ist das die nördliche Richtung?" Thea deutete geradeaus.

Erneut nickte der Untote. Thea wedelte mit der Hand und gab ihren Freunden Zeichen, ihr rasch zu folgen, dann rannte sie los. Ohne Rücksicht auf das Befinden der Toten stieß sie diese zur Seite und preschte durch die Rinnsale, die das Schlangengift auf dem Höhlenboden bildete. Zähflüssig lief es von der Luftblase um ihren Kopf hinab, bis sich die Umgebung nur noch verschwommen vor ihren Augen abzeichnete. Für einen Moment blieb Thea stehen und fuhr mit dem Handrücken über die schützende Hülle. Der magische Ballon hielt der Berührung stand, doch die Sicht verbesserte sich nicht, sie wurde sogar noch unklarer. Erst glaubte Thea, ihr Handschuh hätte dies verursacht, doch dann begriff sie, dass sich das Gift allmählich durch die Blasenwand fraß. Während die Toten wehklagend an ihr vorüber zogen, näherte sich Juli, die mehr stolperte als rannte.

„Verdammt, es tut so weh, ich werde wahnsinnig!", jaulte sie, kaum dass sie neben Thea angekommen war. Vom Schmerz gekrümmt riss sie an ihrer Tunika.

„Wir dürfen nicht stehen bleiben", raunte Thea.

Tom, seinen Umhang mit den Händen zu einem Baldachin über den Kopf ausgebreitet, vermochte nur noch zu krächzen. „Nimm den Umhang hoch. Es hilft ein bisschen."

Die Qualen trieben Juli Tränen in die Augen. Sie befolgte Toms Rat und blickte sich um. „Du hast deinen Freund vergessen", wimmerte sie an Thea gerichtet.

Thea folgte Julis Blick. Der Untote kämpfte sich weit abgeschlagen durch die Menge. Seine Schritte wirkten verkrampft, doch er wackelte tapfer voran. „Er kommt schon hinterher", wich Thea aus. Besorgt musterte sie Juli und Tom, dann rannte sie weiter. Sie hoffte inständig, dass sie das Ende der Halle erreichen würden, ehe sich die Blasen um ihre Köpfe vom Gift zersetzt hatten. Sie stolperte gegen einen Toten, der sie verdutzt ansah, bevor er seinen Weg fortsetzte. Erleichtert atmete Thea durch. Je länger sie sich in diesem Saal aufhielten, umso abstruser wurden Toms Horrorgeschichten. Diese ‚Zombies' waren nicht interessiert an ihren warmen Körpern. In ihren Qualen gefangen schlurften sie in den Rinnsalen, leer, hoffnungslos, gleichgültig. Das würde hoffentlich so bleiben, wenn die Freunde sich an den Türen des Saals zu schaffen machten. Dass die Teilnahmslosigkeit der gequälten Geschöpfe mit einem Schlag enden konnte, hatten die Toten mit Skidbladnirs Entfaltung bereits gezeigt.

Thea schob sich durch das Gedränge der Menschen. Viele von ihnen hatten sich die Oberteile vom Körper gerissen, vielleicht hatte das Gift sie im Laufe der Zeit aber auch zersetzt. Einmal entdeckte Thea ein Kind zwischen den Erwachsenen. Selbst die Kleinsten mussten sich also für ihre Taten verantworten, welche es auch gewesen sein mochten. In ihrer Verblüffung war Thea versucht, das Kind anzusprechen, doch in der sich bewegenden Menschenmasse verschwand es ebenso schnell, wie es aufgetaucht war. Noch immer spürte Thea die Wirkung des toxischen Regens nicht. Anders Juli, die irgendwann wehklagend hinter ihr zusammenbrach und großflächig ihren Oberkörper kratzte. Thea drehte um. Kurz bevor sie bei ihrer Freundin angelangt war, fingerte sie am Verschluss ihres Umhangs. „Nicht aufgeben! Wir haben es gleich geschafft."

Juli hob abwehrend die Hand. „Nein! Tu das nicht! Behalte ihn. Es reicht, wenn eine von uns das ertragen muss."

Thea kämpfte gegen Tränen. Juli war das Beste, das ihr je passiert war. Selbst jetzt dachte sie nicht an sich. Ihre Forderung ignorierend, kniete sich Thea nieder, warf ihren

Umhang um Julis Schultern und half ihr auf. Besorgt schob sie sie weiter, nicht ohne einen Blick zurück zu Tom zu werfen, der Handzeichen gab, nicht auf ihn zu achten.

Unbarmherzig fraß sich das Schlangengift durch die Luftblase. Die Umgebung vor Theas Augen verschwamm zunehmend. Sie drängte Juli zur Eile, die, von den Schmerzen überwältigt, immer wieder zusammensackte. Energisch schob sie die Toten von sich weg und kämpfte sich so lange vor, bis sie mehrere hundert Meter entfernt endlich das Ende der Halle entdeckte. Verwirrt versuchte Thea hinter der zerfließenden Luftblase das Areal zu entschleiern. Sie hatte eine Reihe von Türen erwartet, Tore oder einfach nur eine Öffnung zwischen den Schlangenkörpern. Stattdessen rauschten an den Wänden mehrere kleine Wasserfälle in die Tiefe. Sie drehte sich um, stellte sich auf die Zehenspitzen und reckte sich über die Köpfe der umherschleichenden Körper, bis sie den Untoten ausmachte. Er stakste unbeholfen vorwärts, kam aber langsam näher. Thea tätschelte Juli zuversichtlich und versicherte sich, dass Tom Anschluss hielt, dann schob sie Juli vorwärts. Durch die verschwimmende Sicht arbeitete sie sich bis zu einem der Wasserfälle vor. Ihre Einbildung hatte ihr keinen Streich gespielt. Inmitten der von Schlangenkörpern gebildeten Wand entsprangen in einigem Abstand etwa einen Meter breite und zwei Meter hohe Kaskaden. Sie verloren sich auf magische Weise im Boden. Thea zählte zwölf Stück. In das Rauschen mischte sich die Melodie einer Geige. Stirnrunzelnd folgte Thea dem Klang. Am ersten Wasserfall blieb sie stehen. Juli und Tom gesellten sich zu ihr.

„Das kommt aus diesem hier“, merkte Juli an. Sie presste die Worte angestrengt hervor. Von einer Welle des Schmerzes gepackt legte sie den Kopf in den Nacken. Also bildete sich Thea die Melodie nicht ein, ihre Freunde hörten es auch.

„Wie seltsam“, flüsterte Tom und streckte die Hand nach dem Gewässer aus. Gleichzeitig zu seiner Geste schlug Thea ihm die Hand herunter.

„Nicht“, rief sie, da zog Tom seinen Arm mit einem Schmerzenslaut zurück. Gerade als sie ihn für diese Dummheit rügen wollte, teilte sich das Gewässer und zwischen den Kaskaden erwuchs eine Gestalt. Es handelte sich um einen hageren jungen Mann mit kurzen lockigen Haaren, die ebenso dunkel waren wie seine schwarzumrandeten Augen. Um seinen nackten Oberkörper schmiegte sich ein schwarzer Umhang, der von einer silbernen Kette gehalten wurde. In seiner Hand hielt er eine Geige und den dazugehörigen Bogen. Er musterte die Freunde mit ausdruckslosem Blick und neigte dann unmerklich den Kopf zur Seite.

„Lebende in Naströnd? Hel beliebt zu scherzen.“ Seine Stimme war tief und von einer ungewöhnlichen Schwingung begleitet, beinahe wie die Melodie, die er zuvor gespielt hatte.

Mit ihrem nächsten Atemzug klaffte ein Loch in der Blase um Theas Kopf auf. Schneidend drang die Außenluft in ihre Lungen. Ein zäher, brennender Film breitete sich in ihrer Brust aus und ließ sie zusammenfahren. Nun war es Juli, die ihre Freundin stützte.

„Es ist der giftige Nebel. Das ist nichts für Lebende“, erklärte der Jüngling aus dem Wasserfall ungerührt.

Geistesgegenwärtig brachte Thea die Blase zum Platzen und sprach den Spruch, den ihr Wal-Freya eingebläut hatte. Eine neue Luftblase schloss sich um ihren Kopf. Erleichtert atmete Thea ein, aber noch immer brannten ihre Lungen, als hätte sie eine Chili verschluckt. Vorsorglich forderte sie Juli und Tom auf, Luft zu holen und erneuerte den Zauber auch bei ihnen.

Der Mann aus dem Wasserfall beobachtete die Gruppe interessiert. Für einen Moment hob er die Geige ans Kinn und spielte ein paar Töne, ehe er sie wieder runternahm. Mit dem Bogen wedelte er in Theas Richtung. „Eine gute Idee, Magierin."

„Ich … bin keine Magierin", erwiderte Thea zögernd.

„Oh!", erneut musizierte er auf seinem Instrument. „Dafür machst du das sehr gut. Es wird euch nur nicht lange von Nutzen sein."

Julis Mine versteinerte. „Danke für den Tipp. Darauf wären wir nicht gekommen."

„Wir dachten, wir finden hier einen Ausgang", erklärte Thea enttäuscht.

„Das sind alles Ausgänge", erklärte der Geigenspieler. Als er die Freude in den Gesichtern der Anwesenden erkannte, fügte er bedauernd hinzu: „Sie sind verschlossen. Naströnd ist ein Ort der Bestrafung. Hier kommt man nur hinein, nicht heraus."

„Aber wir sind nicht aus Naströnd, wir sind nur auf der Durchreise", erklärte Juli angestrengt. Die Schmerzen raubten ihr die Kraft.

Er sah zu Juli und wieder zu Thea. Sein Blick verschmolz mit ihrem. Unfähig, seinen dunklen Augen auszuweichen, blieb sie in ihnen gefangen.

„Braun, ehrlich und treu. Eine Seltenheit in Naströnd", beschrieb er ihre Augen. Er wog den Kopf, ohne den Blick von ihr zu lösen. „Und hübsch. Wie gerne würde ich hinter diesen Brillenhelm sehen."

„Ich kann ihn nicht ausziehen", flüsterte Thea.

Er streckte die Hand nach ihr aus. „Ich helfe dir, Naströnd zu entkommen. Folge mir!"

Im gleichen Moment, da Thea die Geste erwiderte, fauchte die Fylgja. Zeitgleich baute sich Juli vor Thea auf.

Energisch wedelte sie mit der Hand vor ihrem Gesicht. „Du wirst schön hierbleiben! Wir wissen nicht, wer oder was er ist. Wir werden ihm nirgendwohin folgen, solange wir nicht wissen, was er beabsichtigt."

„Er will uns behilflich sein", erwiderte Thea, Juli halb von sich wegschiebend. Sie wollte sich den Augen des Jungen nicht entziehen.

Juli warf einen Blick zurück und bemerkte, dass der seltsame Geigenspieler nun Tom ansprach. Auch ihn packte Juli am Arm und rüttelte ihn zur Besinnung. „Tom?"

„Er kann uns hier rausbringen", erklärte Tom mechanisch.

Während die Violine des Wassermusikanten in einer tiefen, traurigen Melodie ertönte, schlurfte der Untote heran. Brüllend hob er seinen Arm und wackelte dabei mit seinem Oberkörper.

„Nöööööök!", verkündete er noch weit entfernt.

Nun wurde Juli hektisch. „Ein Nökk!", übersetzte sie. Sie zog Tom mit sich und griff dann nach Thea, die sich schon wieder auf halbem Weg zu dem Geiger befand. Die Melodie zog Thea magisch an. Sie ahnte – nein – sie wusste, dass hinter dem Wasserfall alles gut werden würde. Julis Griff löste ein unangenehmes Gefühl der Beklemmung in ihr aus. Sie rüttelte sich frei, machte erneut einen Schritt in Richtung des Nökks und streckte die Hand nach ihm aus. Im nächsten Augenblick fand sie sich auf dem Boden wieder. Juli setzte sich auf Thea, hielt ihr die Hände über dem Kopf fest und schrie: „Komm zu dir, Thea! Er ist ein Nökk! Hörst du? Ein Nökk! Du wirst ertrinken, wenn du ihm folgst!"

Thea konnte die Worte ihrer Freundin nicht verstehen. Dumpf und blubbernd drangen sie in ihre Ohren, gerade so, als würde der Schall von Julis Luftblase zurückgeworfen. Aber es interessierte sie ohnehin nicht, was ihre Freundin zu sagen hatte. Sie bildete das Hindernis zwischen ihr und ihrer

Befreiung aus Naströnd. Energisch bäumte sie sich gegen das Gewicht und den unerbittlichen Griff auf und entlud ihre Wut schließlich in einem Schrei. Plötzlich fühlte Thea einen Schlag auf der rechten Wange, die Luftblase um ihren Kopf platzte – und mit ihr der Wunsch, dem Nökk in den Wasserfall zu folgen. Mit dem brennenden Atemzug lösten sich die Schwaden, die ihren Geist umnebelten.

„Geh runter von mir, Juli", hustete Thea. Sie setzte sich auf und sprach den Zauber, der ihr das Atmen erleichterte. Endlich erreichte der Untote den Platz. Er stellte sich Tom in den Weg und drängte ihn seinerseits zurück.

„Ich bin in Ordnung!", versicherte Thea ihrer Freundin. „Geh und hilf Tom."

Sie hob das Kinn in Richtung des Untoten, der seine rechte Mühe damit hatte, ihren Freund vom Nökk fernzuhalten.

Juli sprang auf, schubste Tom fort und hieb auch ihm unsanft auf die Wange, was die Blase um seinen Kopf zum Platzen brachte. Gleichzeitig zu seinem nächsten Atemzug hob Thea die Hand und ließ den Zauber ein weiteres Mal entstehen. Toms panischer Blick und die Hand, die er auf seine Brust legte, zeigten Thea, dass sie zu spät gehandelt hatte.

„Hör schon auf mit deinem Gefiedel!", grunzte Juli. „Wir wissen, dass du ein Nökk bist und wir werden dir nicht in deinen Wasserfall folgen."

„Nökk", wiederholte das Wesen abfällig. „Ich bevorzuge Grim."

„Mir ist es völlig egal, wie du dich nennst", erwiderte Juli.

Der Untote brüllte bestätigend, worauf der Grim seine Geige schulterte und amüsiert schmunzelte.

„Ófeigur! Ich dachte, du seist in den Slidr gefallen und lässt dich von Klingen quälen."

„Wiedaaaaa daaaaa", antwortete der Untote.

Thea stand auf. „Ófeigur? Ist das dein Name?"

Der Untote lächelte verzerrt und ließ ein langgezogenes „Ja" verlauten.

„Wo habt ihr ihn aufgegabelt? Ich habe ihn seit Jahren nicht mehr gesehen. Früher hat er ständig an meine Pforte geklopft."

„Wir haben ihn im Slidr gefunden", antwortete Thea leichthin. Als sich der Blick des Grim abermals in ihre Augen bohrte, wendete sie diese rasch ab.

„Und er hat euch hierher geführt", erkannte der Grim. Er betrachtete den Untoten eine Weile. „Bist du es nach all den Jahrhunderten nicht leid, es immer wieder zu versuchen, Ófeigur? Ich werde dich nicht durchlassen, auch nicht, wenn du Lebende mitbringst."

„Was müssen wir tun, damit du deine Meinung änderst?", fragte Tom.

Der Grim fiedelte gelangweilt auf seiner Geige. „Ihr könnt nichts tun."

„Nun, man wird wohl kaum Türen in eine Halle bauen, wenn es keinen Weg hindurch gibt, oder?", versetzte Juli. Sie versuchte sich nichts anmerken zu lassen, doch sie verzog gequält das Gesicht, da das Schlangengift noch immer auf ihrer Haut brannte.

Das Geigenspiel verstummte. Beeindruckt hob er die Augenbrauen. „Das ist wahr, doch werdet *ihr* sie nie passieren."

Juli verengte die Augen zu kleinen Schlitzen. „Warum nicht?"

„Ihr könnt die Prüfung nicht bestehen", erwiderte der Grim. Sein Blick ruhte wieder auf Thea.

„Prüfung? Welche Prüfung?", fragte Tom.

„Jede dieser neun Türen führt auf einen Pfad in Hels Hallen. Um diesen zu passieren, gilt es, neun Fragen zu beantworten. Doch nicht hinter jeder Tür warten Rätsel, hinter zwei von neun steckt der Tod. Wählt ihr die falsche, werdet ihr sterben."

Juli hob neun ihrer Finger vors Gesicht. „Zwei von neun. Das sollte doch zu schaffen sein."

„Bei unserem Glück nehmen wir sie gleich zuerst", raunte Thea.

Der Grim fiedelte eine dramatische Melodie. Als der letzte Ton verhallte, lächelte er herausfordernd. „Nun? Traut ihr euch?"

Thea betrachtete ihre Freunde. „Ófeigur, hast du jemals versucht, diese Türen zu passieren?"

Der Untote nickte mit dem ganzen Oberköper.

„Warum bist du gescheitert?"

„Fraaaaagn schwääääär", antwortete er.

„*Er* soll die Tür wählen", sagte Tom rasch. „Er kennt die Fragen, also hat er bereits eine der sieben Türen gefunden."

Eine schrill und hoch gespielte Melodie ließ alle zum Grim herumfahren. Das Wesen wedelte mit dem Bogen in ihre Richtung. „Ihr seid schlau! Aber die Aufgaben der Türen wechseln. Heute bringen sie Fragen, morgen bringen sie den Tod."

„Er soll trotzdem eine wählen. Er kann nicht mehr sterben, er ist schon tot", erwiderte Tom.

„Das ist auch schlau." Wieder fiedelte der Grim etwas Dramatisches. „Findet ihr jedoch eine Tür mit Fragen, hilft euch das auch nicht. Eine falsch beantwortete Aufgabe und ihr sterbt alle."

Juli verschränkte stirnrunzelnd die Arme. „Was ist das für ein blödes Spiel?"

Erneut schulterte der Grim die Geige. Mit dem Bogen deutete er auf die Wasserfälle. „Das sind Tore, die die Bestraften drinnen halten sollen, meine Gute. Also gebt auf, oder kommt mit mir.“ Er zwinkerte Juli zu und begann abermals eine Melodie zu spielen.

„Darauf kannst du lange warten“, grunzte Juli.

Tom beugte sich nah an Theas Ohr heran. „Gerade jetzt denke ich, dass es doch ganz gut war, dass du Ófeigur mitgenommen hast.“

„Aber die Fragen“, wisperte Thea.

„Wir sind zu dritt, das werden wir schaffen.“

„Zu viert“, verbesserte Thea.

„Zu viert“, bestätigte Tom.

Verunsichert schob sich Thea an Tom vorbei. „Was beinhalten diese Rätsel?“, fragte sie den Grim.

Kräuselnde Lippen zeigten ein böses Lächeln, ehe er antwortete: „Es sind Fragen, die euer Wissen um die Welt testen. Was sonst?“

Mit einem Blick auf die sich zersetzende Luftblase um seinen Kopf, wandte sich Tom an den Untoten. „Wähle eine Tür, Ófeigur. Ich bin nicht scharf darauf, noch einen Atemzug aus dieser Luft zu nehmen und wenn ich das Gift noch länger ertragen muss, stürze ich mich ohnehin in den Slidr.“

Der Untote sah zu Thea. Nickend erteilte sie ihre Zustimmung, worauf Ófeigur vor einen der Wasserfälle trat und hindurchging. Alle hielten gebannt den Atem an, doch nichts geschah.

Der Grim hob die Augenbrauen. „Er hatte Glück! Hinein mit euch, es geht los.“ Er kam nun ganz aus dem Wasserfall. Theas Augenmerk fiel auf seine nackten Füße. Blaue Schwimmhäute bildeten sich zwischen den Zehen. Als er durch die Kaskaden trat, durch die kurz zuvor Ófeigur gegangen war, besann sie sich. Sie schnaufte, sammelte ihren Mut und folgte dem Grim, noch vor Juli und Tom.

9. Kapitel

Hinter dem Wasserfall wölbte sich ein steinerner Gang. Nur wenige Schritte entfernt stand Ófeigur, gleich neben ihm der Grim. Lässig lehnte er an der Wand und fiedelte scheinbar gelangweilt ein paar Töne, derweil er auf Thea wartete. Diese runzelte verunsichert die Stirn, als das Rauschen eines reißenden Gewässers über das Geräusch des Wasserfalls an ihre Ohren drang. Sie schaute zurück auf Juli, die gerade mit der Fylgja durch die Kaskade trat. Auch Julis Augen wurden kleiner. Mit einem einzigen Blick erfasste sie die Umgebung. Obwohl der giftige Nebel des Naströnds aufgelöst war und die Schlangen verschwunden, versetzte sie das Tosen in Unruhe. Thea wagte es und ließ die Blase um ihren Kopf platzen. Frische Luft flutete in ihre Lungen. Im gleichen Moment trat Tom durch den Wasserfall.

„Oh mein Gott, endlich! Die Schmerzen, sie sind weg", ächzte er.

„Als wären sie vom Wasser fortgespült worden", erwiderte Juli nickend.

„Das ist wahrscheinlich der Grund dafür, dass die Ausgänge von Wasserfällen getrennt werden", vermutete Thea. „Die giftige Luft bleibt im Innern und für die, die es hinausschaffen, wird das Gift vom Körper gewaschen.“

Juli nickte. „So muss es sein. Ein Glück! Ich hätte es keine Minute länger ausgehalten.“

„Es tut mir so leid, Juli“, sagte Thea im ehrlichen Bedauern und umschloss ihre Freundin in einer Umarmung.

„Schon gut. Du kannst nichts dafür, dass es dir nicht durch die Kleider gedrungen ist. Warum eigentlich?“

Thea presste die Lippen zusammen. „Ich weiß nicht. Das kommt sicher vom Elfenkettenhemd.“

Tom fuhr sich mit der Hand über die Schulter, dann folgte er Theas Beispiel und ließ die Blase um seinen Kopf platzen, Juli tat es ihm gleich und atmete erleichtert ein.

„Wenn ihr nicht bald herantretet, werde ich die Aufgabe für ungelöst erachten“, murrte der Grim.

Tom drückte Theas Arm und nickte ihr aufmunternd zu. Thea presste die Lippen zusammen. Ihr Magen krampfte, als sie an der Felskante stehenblieb. Sie erkannte den Fluss, in dem sich Körper und Klingen wälzten. Doch da war noch mehr. Auf der anderen Seite des Gewässers zeichneten sich Laubbäume und Gräser ab, die sich zwischen einzelnen Findlingen erhoben. Die Landschaft lag im Licht, gerade so, als hätte sich über ihr ein Loch in der Höhlenwand aufgetan. Beinahe wirkte sie friedlich. Thea runzelte die Stirn. Um von diesem Platz aus hinüber zu gelangen, würden sie erst in den Slidr stürzen und an dessen Ufer schwimmen müssen.

„Was hat das zu bedeuten?“, ächzte Thea.

Der Grim fiedelte schneller und beendete seine Melodie mit hohen, dramatischen Tönen.

Juli rollte genervt die Augen, unterließ aber jeden Kommentar.

„Hier beginnt eure Prüfung“, verkündete der Grim.

„Bist du so in den Slidr geraten?“, fragte Thea Ófeigur in einer bösen Vorahnung.

Ófeigur nickte. „Jaaaaa.“

„Zum Umkehren ist es zu spät“, sagte der Grim bestimmt.

„Niemand will umkehren“, erwiderte Juli trotzig, was den Wassergeist zu amüsieren schien, denn er hob lächelnd den Bogen in ihre Richtung. „Es hat acht Beine, doch eine Spinne ist es nicht.“

Juli blickte erschrocken auf ihre Schulter und zog die Nase kraus, als sie wieder zum Grim sah. Der hob belustigt die Augenbrauen.

Brummend beobachtete Thea eine verlorene Seele, die gegen die Strömung des Slidr ankämpfte. „Ist das die erste Frage?“, raunte sie und wandte ihren Blick vom Fluss ab.

„Das ist sie“, bestätigte der Grim.

„Das ist keine Frage, sondern eine Feststellung“, empörte sich Juli. „Ich dachte, auf mir würde irgendetwas Ekeliges krabbeln.“

„Spricht er von Sleipnir?“, fragte Tom.

„Sleipnir? Das ist zu einfach. Das könnte jeder beantworten“, erwiderte Juli.

Nun stellte sich auch Tom an den Abgrund und beobachtete das Geschehen im Fluss. „Die ersten Fragen sind immer einfach. Es ist ganz bestimmt Sleipnir. Leider werden wir keinen Telefonjoker befragen können.“ Er trat zurück und sah Thea erwartungsvoll an.

„Sleipnir? Bist du sicher?“, erwiderte Juli.

Thea nickte. „Ziemlich sicher. Oder kennst du noch irgendetwas anderes, das acht Beine hat?“

„Vielleicht ist es eine Fangfrage und er redet von irgendeinem Tisch mit einem Stuhl“, brummte Juli.

„Oder einem Kraken“, stimmte Thea zu.

Ófeigur nickte heftig, während er undeutlich näselte: „Leipnir!"

„Es ist Sleipnir", antwortete Thea überraschend schnell.

Der Grim zuckte gelangweilt die Schulter. „Ich habe immer gesagt, dass es eine zu einfache Frage ist." Er nahm den Bogen und schlug ihn auf die Erde. Kaum hatte er den Grund berührt, erschienen hölzerne Planken, erst durchsichtig und unwirklich, dann klar und deutlich. Sie breiteten sich aus, bis sie an einen Pfeiler stießen, der sich aus dem Wasser erhoben hatte. Ranken schlangen sich von irgendwo darunter ineinander und bildeten einen Handlauf zu beiden Seiten. Fröhlich schlurfte Ófeigur voran. Der Grim sprang auf das Wurzelwerk und balancierte ihm leichtfüßig entlang. Am Ende der Brücke blieb er auf dem Geländer sitzen und spielte so lange auf seiner Geige, bis Thea, Juli und Tom angekommen waren. Thea äugte in die Tiefe. Ihr war nicht wohl dabei, auf einer Plattform inmitten des Slidr zu stehen. In einiger Entfernung entdeckte sie einen weiteren Pfeiler. Wie es schien, würde der Weg von hier aus nur mit der Beantwortung eines neuen Rätsels weitergehen.

Der Grim beugte sich leicht vor. „Mond heißt er bei den Menschen, Kugel bei den Göttern, als Eilender kennen ihn die Riesen, Glanz rufen ihn die Zwerge, die Alben Jahreszähler. Wie nennen sie ihn in Hel?"

Thea sah Juli mit großen Augen an. „Das ist aus dem Alwislied!"

Knirschend erwiderte Juli: „Ich kann mich kaum an etwas aus meiner letzten Mathearbeit erinnern, wie soll ich mir Texte aus meinen anderen Leben behalten?"

„Thor könnte helfen", brummte Tom.

„Nur ist der nicht hier", versetzte Juli bitter.

„Ooooolendeeeee Heeeeeibeeeee“, sagte Ófeigur. Sein schiefhängender Mund deutete ein Lächeln an, aufgeregt tippelte er auf der Stelle.

„Ich verstehe kein Wort“, gestand Tom.

„Ich auch nicht“, bestätigte Thea.

Ófeigur wandte sich an den Grim. „Ooooolendeeeee Heeeeeibeeeee“, wiederholte er.

Der Geigenspieler zuckte leidenschaftslos mit der Schulter. „Leider hat er Recht. Es geht weiter.“

Er drehte den Kopf in Richtung des nächsten Pfeilers, über den sich sofort eine Brücke erstreckte. Abermals tappte Ófeigur als erster darüber und wieder folgte ihm der Grim auf dem Seil balancierend.

„Und was war jetzt die Lösung?“, fragte Juli.

„Keine Ahnung. Zum Glück hat sich der Grim damit zufriedengegeben“, antwortete Thea.

„Warum lässt mich das Gefühl nicht los, dass das dicke Ende folgen wird?“, raunte Juli.

„Bisher ist alles gut gegangen“, erwiderte Tom.

Vier weitere Fragen folgten, die Thea, Juli, Tom und Ófeigur problemlos beantworteten. Der Grim wurde merklich ungeduldig, doch er stellte tapfer Frage um Frage, bis nur noch drei übrig waren. Ein bösartiges Lächeln umspielte seine Lippen, als er den Bogen auf Thea richtete. „Die verflixte siebte Frage. Ich lasse dir die Chance, sie zu verweigern. Ich nehme dich mit mir und niemand muss im Slidr treiben.“

Die Fylgja schlich um Theas Beine. Für einen Moment ließ sie sich von dem Schutzgeist ablenken, dann begegnete sie dem Blick des Grims und schüttelte den Kopf.

„Sag nicht, ich hätte dich nicht gewarnt“, brummte er. „Zwei Schlangen, die mit anderen Schlangen und Nidhöggr unter dem Weltenbaum leben, haben Namen. Sprich sie im Reim und die nächste Tür ist dein.“

„Was? Wer soll auf sowas eine Antwort wissen?“, fluchte Juli.

„Ich jedenfalls nicht“, zischelte Thea.

Der Grim spielte eine melancholische Melodie. Eindringlich sah er Thea an. „Komm mit mir! Ich habe eine Schwäche für hübsche Maiden.“ Seine Miene verfinsterte sich. „Oder versucht die Frage zu beantworten und stürzt in den Slidr.“

Thea drehte sich zu Ófeigur um. „Weißt du es?“

Der Untote schüttelte den Kopf. Sein Gesicht spiegelte ein Gemisch aus unterschiedlichen Gefühlen wider – Ratlosigkeit, Bedauern, Angst.

„Wir gehen zurück“, beschloss Tom. „Wir haben Skidbladnir. Mit dem Schiff gelangen wir ganz leicht auf den Weg, der uns aus der Höhle führt.“

„Zurück? Bist du bekloppt? Niemals setze ich mich wieder diesem Schlangengift aus!“

„Loki sagte, um von hier aus in Hels Hallen zu kommen, müssen wir durch Naströnd“, erinnerte Thea.

„Wir kehren um! Wir warten auf Wal-Freya und Hermodr. Ich bin nicht scharf darauf, in einem Fluss mit Schwertern zu enden. Die Schmerzen des Gifts ertrage ich gerne, aber nicht die Klingen des Slidr“, beharrte Tom.

Thea nickte seufzend.

Der Grim lachte. „Es gibt kein Zurück! Einmal den Pfad genommen, muss er gegangen werden. Ich nannte euch die Bedingungen.“

Wie auf Kommando verschwanden die Brücken hinter ihnen. „Die Frage nicht zu beantworten rettet euch nicht vor eurem Schicksal. Kommt mit mir oder wählt den Fluss. Den Tod findet ihr auf jeden Fall.“

Thea spürte etwas an ihrem Hals krabbeln. Erschrocken hob sie die Hand, widerstand aber dem Impuls auf die Stelle zu schlagen, da sie ein Stimmchen vernahm.

„Ich bin es! Wag es nicht, Hand an mich zu legen!"

Sie fühlte die Beinchen ihren Hals hinaufwandern, bis das Insekt an ihrem Ohr zum Stehen kam. Ein ungewolltes Gefühl der Freude erfüllte Thea. Loki war gekommen, um ihr zu helfen. Erneut zog er ihren Kopf aus der Schlinge und strafte alle Unheilverkünder Lügen.

„Es sind Goinn und Moinn, die bei Nidhöggr sitzen", wisperte die Fliege.

„Wieso bist du zurück? Warum hilfst du uns?", flüsterte Thea.

Juli drehte sich fragend zu ihr um. Sie hatte ihre Worte nicht verstanden, wohl aber gehört, dass Thea etwas gesprochen hatte.

„Ich überlasse dich doch nicht dem Slidr und erst recht keinem Grim! Ich sehe dich nie wieder, wenn er dich mit in sein Reich nimmt. Sollte dich einer zu sich holen, dann bin ich es", knirschte Loki.

„Die Zeit ist um!", triumphierte der Grim.

„Es sind Goinn und Moinn!", rief Thea aus.

Der Grim blickte finster. „Wie hast du das herausgefunden?"

Auch Juli und Tom stand der Mund offen, ehe Juli ihre Erleichterung mit kleinen Hüpfern und freudigem Glucksen zum Ausdruck brachte. Tom packte ihren Arm und mahnte sie, in Anbetracht ihres Standortes keine Dummheiten zu machen.

Der Grim verschränkte die Arme, Geige und Bogen wütend mit den Fäusten umschlossen. „Nun, es bleiben noch zwei Fragen." Er richtete den Bogen auf den Abstand zwischen den Pfeilern und schon streckte sich eine weitere Brücke über den Slidr.

Die Stimmung des Grims war hörbar gesunken, als er auf dem nächsten Übergang die achte Frage stellte: „Ein Tier springt in den Zweigen des Lärad und nährt die, die jeden Tag kämpfen. Sie hat einen Namen, kaum einem Menschen kam er je zu Ohr. Gebt ihn mir und öffnen will ich die folgende Tür."

„Heidrun ist ihr Name", flüsterte die Fliege. „Aus ihren Eutern nähren sich die Einherjer."

„Heidrun ist es, von der du sprichst", antwortete Thea.

Eine Ader trat am Hals des Grims hervor. Erzürnt biss er die Zähne zusammen und gab den Weg frei.

„Thea, du bist 'ne Wucht", lobte Juli sie staunend. Ófeigur bestätigte es mit einem langgezogenen „Jaaaaa" und ging als erster über die Brücke, die sich sofort bildete.

Der Grim sah Thea herausfordernd an. „Du wirst noch flehen, dass ich dich zu mir hole."

„Die letzte Frage!", forderte Thea, während sie die Brücke zum nächsten Podest nahm. Nur wenige Meter lagen zwischen ihnen und dem rettenden Ufer.

Der Grim sah sie lange an, dann lächelte er. „Zwerge fertigten Skidbladnir, Gungnir und Sifs Haar. Gib mir ihre Namen und der Pfad ist frei!"

Die Fliege pfiff und Thea musste sich eingestehen, dass sie ein solches Geräusch von einem Insekt nicht erwartet hätte, selbst nicht, wenn es Loki war. „Kaum jemand außerhalb Svartalfheims kennt ihre Namen. Er spielt ein unfaires Spiel!", knurrte Loki.

„Du weißt sie hoffentlich, du warst doch bei ihnen", wisperte Thea.

„Natürlich. Ich rätsele nur, was er mit dieser Frage bezweckt. Kein Mensch kann sie beantworten."

„Wahrscheinlich will er genau das", flüsterte Thea.

„Wenn er in Hels Auftrag handelt, darf er solche Aufgaben nicht stellen, eine Frage dieser Art ist unlauter."

„Glaubst du etwa, dass Hel das kümmert", erwiderte Thea.

„Oh, du kennst sie wirklich schlecht. Wobei es ihr in deinem Fall möglicherweise tatsächlich egal ist, denn du hintergehst sie, das wird ihr nicht schmecken."

„Nun?", drängelte der Grim.

Loki bewegte die Flügel. „Sag ihm, sie heißen Justin und Bieber."

Thea schnappte nach Luft. „Sicher nicht!"

Siegessicher reichte der Grim Thea die Hand. „Wähle nicht den Slidr."

„Er steht auf dich!", rief Loki.

Thea ignorierte den Feuergott. Stattdessen blickte sie dem Grim in die dunklen Augen. „Es ist unlauter, diese Frage zu stellen", wiederholte sie Lokis Vermutung. „Kein Mensch kann sie beantworten."

„Es ist mein Pfad, den du beschreitest. Ich frage, was ich will."

„Fili und Kili waren es. Ich denke aber, dass es ihm egal sein wird, was du ihm antwortest …", flüsterte die Fliege.

„Fili und Kili schmiedeten diese Gegenstände!", antwortete Thea.

Selbst die Fylgja starrte Thea erstaunt an. Der Grim runzelte die Stirn. „Das kannst du nicht wissen!"

Thea legte herausfordernd den Kopf zur Seite. „Und doch tue ich es!"

„Du bluffst!", erwiderte der Grim.

„Von wegen", sprang Juli für sie in die Bresche. „Thea besitzt das magische Flammenschwert der Götter. Natürlich kann sie diese Frage beantworten!" Sie zwinkerte ihrer

Freundin zu. Auch sie glaubte offensichtlich, dass Thea bluffte.

Enttäuschung spiegelte sich auf dem Gesicht des Grims wider, als er Thea fragte: „Du würdest mich doch nicht betrügen?"

„Niemals", antwortete sie ehrlich.

Der Grim seufzte tief. Dann machte er einen Satz von der Erhöhung und tippte ein letztes Mal auf den Pfeiler. Die magische Brücke streckte sich ans Ufer und endete auf dem Gras. Ófeigur lief voran, ohne einen Blick zurückzuwerfen.

„Willst du tatsächlich gehen? Mein Angebot gilt noch immer", sagte der Grim.

„Er steht wirklich auf dich!", rief Loki.

„Rasch!", drängelte Juli. Sie schob erst Tom an sich vorbei, ehe sie Thea dem traurigen Blick des Grims entriss. Er begleitete ihren Weggang mit einer melancholischen Melodie, bis sie das Ufer erreicht hatte. Dann sprang er von der Brücke in den Slidr. Lange starrte Thea auf die Stelle, an der er untergetaucht war, doch er blieb verschwunden.

„Er hat sich aus Liebeskummer in den Fluss gestürzt. Dir erliegen die Männer reihenweise", kommentierte Loki hämisch.

Thea spürte ihn an ihrem Hals hinablaufen. Sie setzte den Helm ab und lockerte ihr Haar, während sie die Umgebung prüfte. Ófeigur lag im Gras, Beine und Arme ausgestreckt. Sein Gesicht zeigte Züge völliger Entspannung, auch wenn seine Augen noch immer tief in ihren Höhlen lagen. Die blauen Flecken auf seiner Haut hingegen waren beinahe verblasst. Offenkundig hatten sie ihr Ziel erreicht. Naströnd lag hinter ihnen. Mit dem Slidr im Rücken war der schreckliche Anblick Hels verschwunden. Vor ihnen lag eine Landschaft aus jungem Gras und Laubbäumen. Sie war hell und lichtdurchflutet, obwohl sich weit über ihnen nichts anderes als dunkle Erde und Fels erstreckte. Weder Sonne noch Mond erreichten diesen Teil der Welt.

Die Fylgja strich Thea um die Beine. Thea blickte mit gemischten Gefühlen auf sie herab. Was hatte den Schutzgeist bloß zu ihr geführt? War es Wal-Freya gewesen? Rasch schickte sie der obersten Walküre einen Gedanken und wartete lauschend auf eine Antwort, doch Wal-Freya und Hermodr schienen zu weit entfernt zu sein.

„Haben wir es geschafft?“, fragte Tom in die Stille hinein, seinen Blick prüfend in das Wäldchen vor ihnen gerichtet.

Ófeigur drehte sich auf den Bauch, fühlte das Gras in seinen Händen und gab einen wohligen Ton von sich.

„Man könnte es zumindest annehmen“, brummte Juli, während sie den Untoten beobachtete.

Tom äugte zum Slidr. „Lasst uns ein Stück weiter Rast machen und erst einmal etwas essen. Der Ort scheint friedlich zu sein.“

„Das Zeug in den Quersäcken würde ich auf keinen Fall mehr anrühren. Ich bezweifele, dass der Wasserfall das ganze Gift aus den Lebensmitteln gespült hat“, knurrte Juli. Sie sah sich um. „Wenn wir einen Ort gefunden haben, an dem wir Skidbladnir entfalten können, nehmen wir neue Vorräte auf. Hier traue ich mich nicht, es wäre ein zu großes Wagnis. Wir holen sonst diese ganzen Toten aus dem Fluss.“

„Durch Naströnd reisen, um in Hels Hallen zu gelangen …“, grunzte die Fliege. „Entweder habt ihr unbändigen Mut, oder eure Dummheit ist grenzenlos.“

Das Insekt schwirrte davon. Im nächsten Augenblick richtete sich Loki in voller Größe neben Thea auf. Mit seiner Verwandlung trat sie schützend vor ihn, da Tom und Juli verblüfft ihre Schwerter zogen.

„Nicht! Er hat uns geholfen!“, rief Thea.

Juli rümpfte die Nase. „Geholfen? Wie meinst du das?“

„Ohne ihn hätten wir die Prüfungen nicht bestanden", erklärte Thea. „Er hat mir die Antworten zugeflüstert."

Ófeigur, noch immer bäuchlings auf dem Gras liegend, drehte sich halb. Als er Loki entdeckte, brummte er staunend und geriet in Hektik.

Der hob die Hand. „Nicht! Bleib liegen. Das gibt nur wieder Streit."

Theas Blick traf auf den des Feuergottes, der Milde und Belustigung zugleich spiegelte.

„*Er* hat die Fragen beantwortet? Nicht du?", schnappte Juli.

„So ist es!"

Juli öffnete den Mund und schloss ihn, nur um abermals Luft zu holen. Verwundert schaute sie auf, ehe sie sich kleinlaut bedankte.

Loki hob ebenso überrascht die Augenbrauen wie Thea. „Gern geschehen", erwiderte er.

„Ich verzeihe dir trotzdem nicht, dass du mich zu einer Nuss gemacht hast!", stellte Juli klar.

Der Feuergott gähnte gelangweilt. „Das ist mir, ehrlich gesagt, völlig gleich, Julchen."

Juli schob das Schwert zurück in seine Scheide und zog eine Schnute. „Nenn mich nicht so!"

Loki lächelte. Plötzlich fühlte Thea seine Hand auf ihrer Schulter. Ein Blitz fuhr ihr in den Magen, ihr Herz begann laut zu klopfen. Sie blickte sich zu ihm um. Lokis Augen ruhten auf ihr, derweil seine Hand fürsorglich ihren Arm entlangstrich.

„Ihr anderen seid mir ziemlich egal. Mir ging es nur um Thea", verkündete er erschreckend aufrichtig.

Juli schob den Unterkiefer vor. „Also daher weht der Wind. Kannst du sie nicht einfach mal in Ruhe lassen? Sie ist nicht auf deiner Seite!"

„Oh, ich glaube, sie weiß selbst nicht so recht, auf welcher Seite sie eigentlich steht“, erwiderte Loki herausfordernd.

Juli nahm Theas Hand und zog sie zu sich. „Das weiß sie sehr genau“, knirschte sie.

„Ich helfe dir, Thea“, sagte Loki unerwartet.

„Was?“, riefen Juli und Tom wie aus einem Mund.

Loki reckte das Kinn und spielte mit einer Bartsträhne. „So wie ihr euch hier anstellt, findet ihr nur den Tod. Irgendwie kann ich mich mit dem Gedanken nicht anfreunden, Thea schon wieder in Hel zu wissen.“ Er musterte sie. Sein Blick blieb auf ihrer Brust und dem Walkürensymbol haften. „Wenn Odin sie noch einmal nach Hel lässt.“

„Uns führst du nicht hinters Licht!“, begehrte Juli auf. „Du hast doch kein Interesse daran, *uns* zu unterstützen!“

„Ich habe das Für und Wider abgewogen. Nach einigen Überlegungen denke ich, dass es eine gute Idee ist.“

Abermals baute sich Juli vor Loki auf. „So wie du Thea in Niflheim geholfen hast, um ihr am Ende die Lampe abzunehmen? So wie du die ganze Riesenarmee gegen uns aufgebracht hast? So wie du zugelassen hast, dass die Jarnvidhja Thea im Eisenwald fast getötet haben oder in Jötunheim, als du amüsiert zugeschaut hast, während uns Utgard-Lokis Täuschungen auseinandergenommen haben?“

„Die Lampe nahm ich, weil Thor mich nicht in Ruhe gelassen hat. Wie du dich erinnern solltest, gab ich sie Thea zurück! Alvars Riesen habe nicht *ich* gegen euch aufgebracht, es war Thor, der trotz der Vereinbarung den Hammer an sich nahm und damit die Unglückskette über euch brachte! Dich und deinen Tom in Jötunheim zusammenkauernd hinter dem Phönixstein zu beobachten, war mir sehr wohl eine Freude. Du hattest die Hosen gestrichen voll, du Großmaul! Und die Jarnvidhja, liebe Juli, habe ich sogar von

Thea ferngehalten. Sie ist nur zu Schaden gekommen, weil sie sich vor ihren Geliebten geworfen hat. Dafür kann ich nichts."

Thea fuhr erschrocken herum, doch falls Juli Lokis Anspielung wahrgenommen hatte, verstand sie es, diese geschickt zu überspielen.

„Rede es nur schön! Aber versuche es bei jemandem, der es dir abnimmt! *Ich* glaube dir kein Stück und Thea auch nicht!"

Loki hob amüsiert die Brauen. „Du kennst also Theas Gedanken? Faszinierend! Du musst eine Göttin sein! Verzeih, dass ich dich unterschätzt habe!" Er machte einen Diener.

„Hört auf! Alle beide!" Mit gerunzelter Stirn und geballten Fäusten blickte Thea in die Runde. „Ich vertraue dir, Loki …"

„Was?" Julis Stimme überschlug sich. „Hat dir seine Nähe das Gehirn vernebelt? Du kannst ihm doch nicht trauen, er verfolgt uns nur, um unsere Pläne zu durchkreuzen!"

„Gerade eben war das nicht so. Wir würden alle im Slidr schwimmen, wäre er uns nicht zu Hilfe gekommen. Wir haben nichts zu verlieren! Im Gegenteil. Weder du noch ich kennen uns hier in Hel aus. Mit Loki an unserer Seite werden wir unseren Auftrag rasch erfüllen können."

Loki begleitete jedes ihrer Worte mit einem Nicken.

„Wir haben nichts zu verlieren", wiederholte Juli spöttisch. „Rein gar nichts, nur unser Leben! Er hat uns gerettet, damit der Grim ihm nicht den Sieg nimmt. Wach auf, Thea! Er spielt mit uns! Er führt uns geradewegs ins Verderben und dabei amüsiert er sich königlich! Tom, verdammt! Jetzt sag doch auch mal was!"

Tom hob überrascht die Augenbrauen.

Loki kicherte und legte ertappt die Hand auf die Brust, als die Blicke der Umstehenden ihn trafen. Mit aufgesetzter Unschuldsmiene hob er die Hände. Thea zerriss es innerlich. Juli hatte Recht. Sich auf Loki einzulassen glich dem Spiel mit einem Streichholz in einem Raum, angefüllt mit Sprengstoff. Aber immer wenn sie Loki ansah, glaubte sie hinter seiner gleichgültigen Fassade eine geplagte Seele zu entdecken, die nur auf ihre Chance lauerte, die Fehler der Vergangenheit wieder gut zu machen. Vielleicht suchte er als Verstoßener nur nach einer Möglichkeit, zurück in sein altes Leben zu finden. Er hatte ihnen schon einmal das Leben gerettet, in Niflheim, als sie von Jekuthiel überwältigt wurden. *Ihm* war es zu verdanken gewesen, dass sie dem Djinn entkamen, doch daran wollte sich anscheinend niemand außer ihr erinnern. Zudem hatte er Thea in Jötunheim vor dem Ertrinken bewahrt und ihr heute zum dritten Mal das Leben gerettet. Loki war unberechenbar, doch sie war sich völlig sicher, dass er nicht ihren Tod wollte.

„Du denkst doch nicht ernsthaft darüber nach, sein Angebot anzunehmen!“, begehrte Juli auf und riss Thea aus ihren Gedanken.

Thea ignorierte sie und wandte sich an Loki. „Du weißt, warum wir hier sind. Wenn du uns jetzt hilfst, waren all deine Anstrengungen, Balder nach Hel zu bringen, umsonst.“

Der Feuergott kräuselte verächtlich die Lippen. „Als hätte ich Balders Tod alleine zu verantworten, Thea! Die Wahrheit würdest du mir ohnehin nicht glauben, aber du wirst sie eines Tages selbst herausfinden, da bin ich mir sicher.“

Vorwurfsvoll deutete Juli in Lokis Richtung. „Siehst du? Er tut es schon wieder! Er versucht dich zu manipulieren!“

„Tut er nicht!“, knurrte Thea. Sie schob sich an ihrer Freundin vorbei. „Loki, wir wollen Balder befreien! Wenn wir erfolgreich sind, kommt er aus Hel frei.“

„Ich weiß! Und der böse Loki hat ihn hierhergebracht. Es langweilt mich, Thea. Wenn deiner Wal-Freya und deinem Odin plötzlich so viel daran liegt, ihn zurückzubringen, mag mir das Recht sein. Es gab Zeiten, da wollte Odin es anders. Ich bin es leid, der Sündenbock für seine Taten zu sein. Ich helfe dir, aber sollten die Asen mich dann nicht in Ruhe lassen, wird meine Rache fürchterlich sein.“

„Da! Schon wieder!“, warnte Juli. „Lass uns auf Wal-Freya und Hermodr warten. Alles ist besser, als sich auf ihn einzulassen!“

Loki betrachtete seine Fingernägel. „Auf Wal-Freya und Hermodr könnt ihr lange warten. Ich schätze, sie sind noch immer auf der Gjallarbrú und diskutieren mit Modgudr.“ Er sah Juli herausfordernd an. „Ich glaube, ihr habt alle großes Interesse daran, nicht mehr Zeit in Hel zu vertrödeln als nötig.“

„Ach, mach dir keine Sorgen. Uns drängt nichts“, versetzte Tom.

Loki lachte verächtlich. „Das bestreite ich nicht. *Ihr* habt jede Menge Zeit.“

Juli zuckte misstrauisch mit den Augen. „Was sollen diese Andeutungen? Raus damit!“ Sie blickte zu Thea. „Wie lange sind wir überhaupt schon hier?“

„Wie lange?“ Loki lachte finster.

„Was ist so lustig?“, grunzte Juli.

Mit einem herablassenden Blick auf Juli erwiderte der Feuergott. „Hier lässt sich nichts in Stunden und Minuten messen. Den Toten zuliebe vergeht die Zeit in Hel schneller, du Intelligenzbestie …“

„Du wirst es abschätzen können. Du bist doch so ein toller Trickser!“, versetzte Juli bissig.

Ein Lächeln huschte über Lokis Gesicht. „Du hast wie immer nichts verstanden, oder?“

Thea bedachte den Feuergott mit einem unheilvollen Blick. Etwas, das Loki so köstlich amüsierte, bedeutete Ärger. In einer dunklen Vorahnung fragte sie: „Was soll das heißen, die Zeit läuft für die Toten schneller?“

Loki drehte sich zu ihr um und lief rückwärts, während er mit einer Handbewegung die Umgebung umschloss. „Tote warten auf ihre Angehörigen und Hel erleichtert ihnen das Warten, indem sie die Zeit für sie zügiger vergehen lässt. Zwei Monate in Hel sind vielleicht drei oder vier Jahre in Midgard. Möglicherweise sind es auch mehr, was weiß ich! Es interessiert mich nicht. Ich bin nicht tot.“

„Dann läuft die Zeit hier doch langsamer und nicht schneller“, begehrte Juli auf.

„Die Wirklichkeit liegt wohl irgendwo dazwischen“, brummte er.

Thea blieb stehen. Sie wurde kreideweiß. Ihre Gedanken drehten sich um ihre Eltern und Mats. Wenn Loki die Wahrheit sprach, würden sie noch länger auf sie warten, als sie ohnehin geglaubt hatte.

Der Feuergott musterte sie mitleidig. „Ich nehme an, auch das haben dir deine herzensguten Asen nicht erzählt, ehe sie dich hier runter geschickt haben, oder?“

„Nein“, stieß Thea aus. Ihre Beine drohten ihr jeden Augenblick den Dienst zu versagen. Tom schien es zu bemerken, denn er fasste sie am Arm und stützte sie.

Loki lächelte überheblich. Die Hände auf dem Rücken umfasst, stolzierte er auf sie zu. „Verwunderlich, wo sie es doch so gut mit dir meinen“, hauchte er ihr ins Ohr.

„Ist uns völlig egal, ob es hier eine Zeit gibt, die länger oder schneller rennt!“, erwiderte Tom.

„So schaut es aus! Damit kannst du uns nicht beeindrucken“, stimmte Juli zu.

„Juli versteh doch. Wenn die Zeit für uns langsamer läuft, dann werden unsere Eltern früher alt.“ Sie schluckte, als ihr ein Kloß die Kehle zuschnürte. „Mats …“

Loki kicherte und führte Theas Gedanken fort. „Wird bald in die Schule kommen, solltest du Mist bauen. Vielleicht ist er auch verheiratet, wenn du zurück in Midgard bist, und hat eigene Kinder, oder er ist bereits …“

Juli sprang zwischen ihn und Thea. „Wag es nicht, das laut auszusprechen!“, drohte sie und fuchtelte mit dem Zeigefinger vor seinem Gesicht. „Ob du aus mir eine Nuss machst oder nicht, ich trete dir gegen das Schienbein, wenn du weitersprichst!“

„Altern wir dann auch schneller?“, raunte Tom, ohne den Streit zu beachten.

Loki zuckte mit der Schulter. „Keine Ahnung. Im Allgemeinen halten sich Lebende nicht in Hel auf. Aber es wird interessant sein, *das* heraus zu finden.“

„Weißt du es nicht, oder willst du es nicht sagen?“, knirschte Juli.

„Mir ist es offen gestanden völlig egal, wer hier wie altert“, erwiderte der Feuergott bissig.

„Das sollte dir weniger egal sein, jetzt wo du bei den Asen ausgestoßen worden bist und nicht mehr von Iduns goldenen Äpfeln futtern kannst!“, zischte Juli.

Loki grinste triumphierend. „Oh, ich habe mehr als reichlich von diesen Äpfeln, meine Gute. Ich habe sie gefunden und im Gegensatz zu dieser hirnlosen Idun habe *ich* nicht vergessen, wo es sie gibt.“

Thea blieb in ihren Gedanken gefangen, die sich um Mats und ihre Familie drehten. „Ich hätte mich nie darauf einlassen dürfen“, wisperte sie.

Loki zog eine Augenbraue hoch.

Tröstend legte Tom eine Hand auf Theas Schulter. „Du hattest doch ohnehin keine Wahl.“

Thea wich seiner Berührung aus und trat auf den Feuergott zu. *Sie* trug die Verantwortung, das hatte ihr Wal-Freya eingebläut. Ob es Thea gefiel oder nicht, Loki hatte Recht, bislang waren ihre Bemühungen, Balder zu befreien, ein Desaster gewesen.

„Wir erledigen den Auftrag gemeinsam“, beschloss sie.

„Thea!“, schnappte Juli.

Thea drehte sich zu ihr um und sah Juli tief in die Augen. „Willst du noch mehr Zeit verschwenden? Unsere Freunde könnten erwachsen sein, bis wir zurückkommen.“

„Er blufft doch nur!“, zischte Juli.

„Und was, wenn nicht? Ich will zurück zu meiner Familie. Ich will Mats die große Schwester sein, die er so sehr liebt. *Ich* habe die Verantwortung, Juli, und ich sage, wir lassen uns von Loki helfen.“

Juli zog eine Schnute. „Du hast Recht, du bist verantwortlich. Aber ich weiß genau, dass du dich nur auf ihn einlässt, weil du dich von ihm in die Irre führen lässt. Sei dir sicher, dass ich ihn im Auge behalte. Sobald er auch nur eine verdächtige Geste macht, werde ich mir etwas einfallen lassen. Ich werde auf deinen Hintern aufpassen, denn du kannst es offensichtlich nicht.“

Thea lächelte und nahm ihre Freundin in den Arm. „Danke!“

Juli löste sich brummend. „Danke mir nicht, ich bin anscheinend verrückter als du!“

„Wir gehen zusammen“, bekräftigte Thea ihre Entscheidung.

Loki streckte den Finger in einer kreisenden Bewegung zur Decke. „Dann los! Team Loki bricht auf, die Welt zu retten!“

„Das glaubt er doch selbst nicht“, knurrte Juli.

10. Kapitel

Juli murrte noch immer still in sich hinein, während sie Thea und Loki folgte, die die Gruppe anführten. Loki hatte mehrmals versichert, dass ihn seine Tochter Hel nie zu Balder vorgelassen habe und er deshalb nicht wisse, wo genau sich dieser aufhielt. Eine Lüge, wie Juli vermutete, auch wenn Thea sie versuchte vom Gegenteil zu überzeugen. So betraten sie einen Pfad ohne bestimmtes Ziel, auf der Suche nach irgendjemandem, der ihnen weiterhelfen konnte. Hin und wieder steckten Juli und Tom die Köpfe zusammen, doch Thea beobachtete es mit Nachsicht. Möglicherweise war Julis Misstrauen nicht unbegründet, trotzdem wollte Thea fest daran glauben, dass Loki plante, die Dinge wieder geradezubiegen. In Niflheim hatte er es schon einmal gewagt. Dort war er an Thors Wut gescheitert. Thea fragte sich, wie ihr Leben verlaufen wäre, wenn Thor ihm in Ingvars Feste die Hand gereicht hätte, statt Loki durch sein Misstrauen zur Flucht zu zwingen. Ófeigur folgte der Gruppe noch immer. Für Thea sprach nichts dagegen, dennoch wunderte sie sich darüber. Der Untote war dem

Slidr und schlussendlich Naströnd entkommen. Es gab keinen Grund mehr für ihn zu bleiben. Oder doch?

Nach einer unbestimmten Zeit, die Freunde hatten Naströnd lange hinter sich gelassen und die Halle schrumpfte allmählich zu einer dunklen Erinnerung, öffnete sich der Wald und gab den Blick auf eine weite Lichtung frei. Erstaunt blieb Thea stehen. Der Platz schien einem Traum entsprungen. Licht flutete von irgendwo her, und beleuchtete Moose, Blumen und Farne, die sich dicht zwischen hohen Bäumen drängten. Aus deren Kronen kündete leises Zwitschern von zahlreichen Bewohnern. Ein sanfter Windhauch blies vereinzelte Blütenblätter durch die Luft, die in dem goldgelben Licht funkelten wie kleine Sterne. Thea legte gleichzeitig mit Juli und Tom den Kopf in den Nacken. Noch immer schloss sich die Felswand dunkel und undurchdringlich über ihren Köpfen, doch dieser Ort machte den Anschein, als würden sie durch einen sonnendurchfluteten Frühlingswald schreiten.

„Es ist taghell. Wie geht das?", staunte Thea.

Loki lächelte. „Was? Hast du gedacht, Hel sei dieser finstere, feuchte Ort, den euch eure Schriften weismachen wollen? Hel hat zwei Seiten, Liebes. Erinnerst du dich denn gar nicht daran?"

Thea wich einer Wurzel aus. „Nein, ehrlich gesagt nicht."

„Wie schade, ich dachte, in Hel kämen sie zurück. Schließlich hast du hier lange …", er unterbrach sich und schmunzelte, als er Gänsefüßchen in die Luft zeichnend hinzufügte: „*Gelebt.*"

Thea runzelte die Stirn. In einer aufkeimenden Idee blieb ihr der Mund offen stehen. „Ist sie hier?", fragte sie mit klopfendem Herzen.

Loki zuckte mit einer Augenbraue. „Geirunn? Natürlich. Hakon ebenso, Amma, sogar dein biestiger Köter. Wie hieß er gleich?“

Thea hatte das Gefühl, ihr Magen würde von einer eisigen Klaue umschlossen. „Vegard.“

„Ja, Vegard. Knurrt mich immer an, dieses Vieh.“

Nun schien die Klaue ihren Magen zu kneten. Thea wankte und suchte Halt an einem Baum. „Woher … Warst du bei ihnen?“

Loki zuckte gleichgültig mit der Schulter. „Öfter mal.“

„Du führst mich an der Nase rum!“, ächzte sie.

Er lächelte herausfordernd. „Wieso sollte ich?“

Gerade als Thea eine Antwort geben wollte, wurde sie von Juli unterbrochen. Ihre Freundin deutete nach vorn. Am Ende der Lichtung tauchte eine Holzhütte auf. Unter den Zweigen der Bäume streckte sich die linke Dachseite, ungleich der anderen, bis zum Boden. Sträucher und Gräser wuchsen ungehindert bis vor ihre Tür und umhegten den Platz. Überrascht legte Thea an Tempo zu und blieb ein paar hundert Meter vor dem Gebäude stehen. Angestrengt wühlte sie in ihrem Kopf nach Erinnerungen, doch sie wollten nicht kommen.

„Ein Haus?“, stellte sie stattdessen die Frage an Loki.

Loki verschränkte die Arme und schaute sie belustigt an. „Jaaaaa?“

„Ein Haus! Ich meine … hier in Hel?“

Er lachte. „Riesen, Asen, Wanen, Elfen, sie alle wohnen in allen Welten in Gebäuden. Hast du gedacht, Menschen in Hel machen das anders?“

„Irgendwie schon …“, flüsterte Thea. „Meinst du, wir können hier nach Balder fragen?“

„In einer verlassenen Holzhütte? Wohl kaum“, erwiderte Loki.

Thea vergewisserte sich, dass Juli und Tom hinter ihr standen, dann löste sie sich und folgte einem Pfad entlang der Lichtung.

„Ich sagte: *Wohl kaum*“, brummte Loki, folgte Thea aber widerstandslos.

Wenige Meter von dem Haus entfernt blieb Thea stehen. Ein Mann in einem altmodischen Anzug rückte in den Fokus ihrer Beobachtung. Er bekritzelte eine überdimensionale Tafel, die fast die ganze Wand einnahm. Zeichen, Striche und Klammern reihten sich zu einem riesigen Gebilde zusammen. Thea fühlte sich an ihren Physikunterricht erinnert, gleichzeitig spürte sie eine tiefe Erleichterung, dass das Whiteboard ihres Klassenzimmers niemals so vollgeschrieben worden war. Tom schien es ähnlich zu gehen. Mit leicht geöffnetem Mund stellte er sich neben den Mann und verfolgte staunend die rasch gezeichneten Brüche, die er an Buchstaben reihte, hier und da in Klammern setzte, Wurzelzeichen über Zahlen malte und sie zwischendurch mit dem Ärmel fortwischte, um neue Zeichen an deren Position zu stellen.

„Ich bekomme schon vom Zusehen Knoten im Hirn“, flüsterte Juli.

Der Untote nickte mit dem ganzen Körper und brüllte zustimmend.

Thea stellte sich vor die Tafel und sah dem Treiben des Mannes eine Weile zu, bevor sie sich mit einem Räuspern bemerkbar machte.

„Entschuldigen Sie?“

Als wäre Thea aus Luft, folgte der Wissenschaftler seinem Tun und ignorierte sie.

„Entschuldigung!“ Thea wurde lauter. Endlich sah der Mann auf. Er hatte dunkle, wellige Haare. Über seinen schmalen Lippen wuchs ein dicker Schnäuzer.

„Wir sind auf der Suche nach zwei Personen. Vielleicht können Sie uns helfen? Sie heißen Balder und Nanna."

Ihre Frage ignorierend lenkte der Kauz seine Aufmerksamkeit wieder auf die Hauswand und malte weitere Zeichen. Noch einmal wischte er etliche Symbole fort, ehe er die Wand abschätzend betrachtete und neue Formeln darauf platzierte.

„Ich habe dir gleich gesagt, dass das nichts bringt", flüsterte Loki ihr zu. Gelangweilt nahm er in einem Stuhl Platz, der in der Nähe stand und beobachtete das Schauspiel aus der Entfernung. Thea zog eine Grimasse in Richtung des Feuergottes, der ihr mit einem Handzeichen belustigt zu verstehen gab, nicht aufzugeben.

„Was machen Sie da?", fragte Thea.

„Ich versuche eine einheitliche Feldtheorie in Räumen mit mehr als vier Dimensionen zu finden", erklärte der Mann leichthin.

„Ich flipp aus", erwiderte Juli baff.

„Sie sind ein Wissenschaftler!", rief Tom.

„Natürlich, Junge." Er lächelte kurz.

„Und das ist gut für was?", fragte Thea mit angestrengtem Blick.

Der Mann sah über die Schulter und musterte sie abfällig. „Das wird eine Walküre wohl kaum interessieren."

Theas Blick wanderte zur Stickerei auf ihrer Brust. „Ich bin keine Walküre!", schnappte sie überrascht.

Der Mann schob die Kreide hinters Ohr und begutachtete erst sein Werk, ehe er Thea abschätzend ansah. „Was bist du also? Und was ist so wichtig, dass du mich bei meiner Arbeit unterbrichst?"

Arglos zuckte sie die Schultern. „Ich bin ein Mensch."

Der Mann äugte auf die Fylgja, zu Tom, Juli und dem Untoten. „Menschen sind wir hier alle. Aber wir haben weder Waffen, noch verkehren wir mit solchen da. Wo hast du ihn hergeholt? Aus Naströnd?"

„Richtig", erwiderte Thea zögernd.

Der Mann schnaubte verächtlich. „Ihr solltet wählerischer mit eurer Begleitung sein. Man gelangt nicht ohne Grund nach Naströnd."

„Ich denke, niemand hat es verdient, an einen solchen Ort zu kommen, ganz gleich, was er getan hat", entgegnete Thea.

„Oh, ich kenne sehr viele Menschen, die noch viel schrecklichere Orte als diesen verdient hätten. Was hat er angestellt?"

„Keine Ahnung, er kann kaum reden", antwortete Juli.

„Also bringt ihr nicht nur Waffen an einen Ort des Friedens, sondern auch einen Verbrecher. Ich glaube nicht, dass ich mich weiter mit euch unterhalten sollte."

„Er ist in Ordnung. Er hat uns geholfen", erklärte Juli.

„Na dann", brummte der Mann wenig überzeugt. „Waffen führt ihr trotzdem mit euch."

Tom lachte spöttisch. „Wir kommen aus *Naströnd.* Von Hel als einen friedlichen Ort zu sprechen, scheint mir unangebracht."

„Glaube mir, Junge, ich bin sehr froh, dass es solche Orte gibt. Zu wissen, dass unrechte Menschen nicht mit ihren grauenhaften Taten davonkommen, macht einiges erträglicher." Er musterte Ófeigur abschätzend. „Wie konnte er überhaupt aus Naströnd entkommen?"

„Er nahm die Tür, so wie wir", stand Juli für ihn ein.

Thea seufzte. Dann lenkte sie das Gespräch zurück auf Balder. Sie erzählte dem Mann die ganze Geschichte, angefangen von ihrer Begegnung mit Thor, ihrer Suche nach dem Schwert und Ragnarök, das die Asen verhindern wollten, um so die Welt vor dem Untergang zu bewahren.

Die Züge des Mannes entspannten sich, je länger Thea sprach. Nachdem sie endete, seufzte auch er.

„Es klingt danach, als hättest du schon mehr als ein großes Abenteuer hinter dich gebracht." Er sah sie eindringlich an. „Ich bin leidenschaftlich neugierig. Was bewegt dich dazu, dich in den Streit von Göttern einzumischen. Was glaubst du, kannst du bewirken?"

Aus dem Stuhl hinter dem Mann machte Thea eine Bewegung aus. Loki setzte sich auf, um der Unterhaltung mit einem spitzbübischen Lächeln zu lauschen.

„Ich weiß nicht", gestand Thea mit einem Blick auf den Feuergott. „Sie kamen auf mich zu, mir blieb nichts anderes übrig, als ihnen zu folgen."

„Interessant!", brummte der Mann.

„Dass Götter Menschen um Hilfe ersuchen ist nicht ungewöhnlich. Odin und Wal-Freya sammeln eine ganze Armee von Menschen um sich, um Ragnarök abzuwenden", ergänzte Tom.

„Ja, ich hörte davon", erwiderte der Wissenschaftler in einem Ton, der seine Abscheu deutlich machte.

„Wenn Ragnarök kommt, wird die Erde ebenfalls zerstört", rechtfertigte Tom ihr Tun.

Der Mann holte tief Luft. „Sehr oft habe ich das Gefühl, dass es nicht die Götter sind, die den Weltuntergang verantworten werden." Er blickte zu jedem von ihnen. „Ihr wollt dieses Ragnarök also verhindern. Deshalb sucht ihr Balder. Ich bin verwundert. Wie glaubst du, willst du in der Gegenwart, eine Zukunft ändern, die schon geschrieben steht?"

„Ich verstehe nicht", erwiderte Thea stirnrunzelnd.

„Meint ihr nicht, um eine Prophezeiung umzuschreiben, müsste man die Zukunft und nicht die Gegenwart korrigieren?"

„Wir verändern doch die Zukunft. Deswegen holen wir Balder zurück. Mit seinem Tod begann Ragnarök. Wenn er wieder unter den Lebenden ist, kann es Ragnarök nicht geben“, erklärte Juli.

„Das mag ein guter Plan sein. Doch seid ihr mit all euren Taten, diese Prophezeiung zu verhindern, dieser in Wirklichkeit nicht näher gekommen? Wer sagt euch, dass alles, was ihr tut, nicht genau der Grund ist, weshalb die Zukunft so geschrieben steht?“

Juli winkte ab. „Das ist völliger Unsinn!“

Tom schüttelte den Kopf. „Um die Zukunft zu ändern, müsste man im Grunde genommen die Vergangenheit ändern.“

„In die Vergangenheit zu reisen ist viel schwieriger, falls es überhaupt möglich ist. Wo sind denn die ganzen Zeitreisenden, wenn es diese Wege gäbe? Sicher hätten wir schon einige von ihnen kennengelernt.“ Er zwinkerte in einem Moment der Erheiterung. „Außerdem finde ich die Vorstellung, dass jemand die Vergangenheit beeinflussen kann, sehr beängstigend. Stellt euch vor, jeder hätte die Möglichkeit dazu. Wie würde die Welt heute aussehen, wenn Diktatoren ihr Scheitern gesehen hätten? In der Zukunft liegt unser Glück!“

Thea schmunzelte. Der Mann wirkte verschroben, obwohl sie ihn allenfalls auf dreißig Jahre schätzte. Vielleicht waren alle Wissenschaftler ein wenig verrückt, selbst in diesem Alter. Sie lenkte das Thema zurück: „Da wir auch nicht in die Zukunft reisen können, können Sie uns eventuell sagen, wo wir Balder finden?“

Der Mann lächelte. „Oh, Zukunftsreisen sind durchaus möglich.“ Er brummte abwehrend, nachdem er prüfend in ihre Gesichter gesehen hatte. „Aber darüber wollt ihr wohl nicht philosophieren. Gerne würde ich euch helfen. Leider weiß ich nichts über diesen Balder. Auch höre ich nicht viel über die Dinge, die in Hels Hallen vor sich gehen. Ich habe mich hierher zurückgezogen, um ungestört an meiner Theorie zu arbeiten." Er deutete mit dem Daumen über seine Schulter. „Allerdings gibt es eine Wikingersiedlung gar nicht weit von hier. Dort kann man euch vielleicht weiterhelfen."

In seinem Stuhl warf Loki den Kopf zurück und stieß ein langes, amüsiertes Lachen aus. Alle Augen richteten sich auf ihn. Er zog ein Knie an seine Brust und legte den Arm darauf ab. Um seine Mundwinkel zeichnete sich feiner Spott ab, während er den Kopf senkte und zu Thea blickte.

„Die Wikingersiedlung", schnarrte er. „Was für eine großartige Idee!"

Juli kniff misstrauisch die Augen zusammen. „Was willst du damit wieder sagen?"

„Gar nichts! *Ich* hätte euch nie dort hingeführt", erwiderte Loki. „Die Idee ist großartig, sie gefällt mir."

Juli betrachtete den Feuergott argwöhnisch. „Ich bin mir nicht sicher, ob *mir* das jetzt gefallen soll."

Loki grinste diabolisch. „Oh, es wird gewiss ein großer Spaß."

Nun runzelte auch Thea die Stirn. „Wieso?"

Als Antwort zuckte er nur abwehrend mit der Schulter.

Juli stellte sich vor Thea und schirmte sie von Loki ab. „Er tut es erneut", knurrte sie. „Er spielt mit uns! Er versucht uns zu lenken."

Thea presste die Lippen zusammen. „Aber in welche Richtung? Ist es jetzt gut, in die Wikingersiedlung zu gehen, oder schlecht?"

Raunend deutete der Mann auf Ófeigur. „Vielleicht habe ich mich geirrt und der da ist nicht die größte Gefahr, die ihr mit euch führt. Geht nur zur Wikingersiedlung. Es sind gute Menschen. Sie werden euch helfen, sie sind den nordischen Göttern wohlgesinnt."

„Danke", antwortete Thea.

Mit einem Lächeln zog der Mann die Kreide hinter dem Ohr hervor und widmete sich wieder seinen Formeln. „Gern geschehen. Viel Glück!"

Sie hatten den Platz kaum verlassen, da hörten sie eine Stimme in ihren Rücken. Als sie sich umdrehten, trat eine Frau aus dem Haus, die dem Mann etwas zurief.

„Nur noch ein paar Minuten, Elsa!", erwiderte der Mann und beschrieb die Tafel schneller.

Juli lachte. „Die Sportshow eines Wissenschaftlers ist wohl eine Schieferwand."

Nach Theas Empfinden folgten sie dem Fingerzeig des Mannes bereits mehrere Stunden. Die Landschaft hatte sich seither nicht verändert. Im Schattenspiel der Laubbäume streckten sich Moose und Farne über kleine Hügelketten, umgaben Findlinge und Baumriesen. Der Wald war friedlich, von Tieren bevölkert und von einem magischen Licht erfüllt, das der Sonne glich. Doch von einer Wikingersiedlung war weit und breit nichts zu sehen. Irgendwann beschlich Thea das mulmige Gefühl, dass sie dem falschen Pfad folgten. Sie sah zu Loki, der wortlos neben ihr lief.

Ihren Blick bemerkend hob er die Augenbrauen und drehte den Kopf in ihre Richtung. „Ja?", fragte er langgezogen, noch ehe Thea eine Frage stellte.

„Sind wir auf dem richtigen Weg?"

„Wie meinst du das?"

„Hätten wir nicht schon längst da sein sollen?", konkretisierte Thea ihre Frage.

Loki lachte. In einer Unschuldsgeste legte er eine Hand auf die Brust. „Das fragst du mich? Ich laufe doch *dir* hinterher!“

Thea schnappte nach Luft. „Was?“

„Ich habe gesagt, ich helfe dir, nicht, dass ich deine Arbeit erledige.“

Juli schnaufte: „Willst du etwa sagen, wir irren völlig umsonst durch den Wald? Macht es dir Freude, wenn wir noch mehr Zeit in Hel vergeuden?“

„Ich habe gesagt, ich *begleite* Thea, damit sie nicht in Schwierigkeiten gerät. Niemand hat mich darum gebeten, euch zu führen.“

„Oooooh, verzeih, großer Loki! Bitte! Bitte! Führe uns!“, rief Juli theatralisch und machte dabei eine ausschweifende Handbewegung, die eine Huldigung suggerieren sollte. Als sie Loki böse schmunzeln sah, nahm sie ihre gespielte Bitte rasch zurück.

„Sind wir weit vom Ziel abgekommen?“, fragte Thea, den Streit der beiden ignorierend.

Loki schüttelte den Kopf und zeigte schräg hinter sich. „Nein. Wenn wir dort langlaufen, sollten wir bald da sein.“

„Sollten?“, wiederholte Tom misstrauisch.

„Denkst du, dass ich jemals dorthin *gelaufen* bin?“, schnarrte Loki.

Thea rollte die Augen und lief an der Gruppe vorbei, ohne den Feuergott eines weiteren Blickes zu würdigen. Die anderen schlossen sich ihr an. Loki sah sich erst nach allen Seiten um, ehe auch er folgte. Mit langen Schritten begab er sich zurück an Theas Seite. Diese schenkte ihm wenig Beachtung. So gut es auf einer Seite tat, Loki neben sich zu wissen, so sehr beängstigte es sie. Erneut hatte der Feuergott gezeigt, dass er ein Spieler blieb. Wenn es wirklich so war, dass die Zeit in Hel anders verging und er es gut mit ihr meinte, würde er nicht tatenlos dabei zuschauen, wie sie wertvolle Zeit verschwendete.

„Hier lang“, sagte Loki irgendwann in die Stille hinein und strafte Theas Gedanken lügen. Sie blieb so plötzlich stehen, dass ihr Juli in den Rücken rempelte. Misstrauisch blickte Thea zum Feuergott. Wieder schaffte er es mit nur zwei Worten, sie zu verunsichern. Er schmunzelte und deutete abermals in die Richtung. „Hier lang“, wiederholte er. „Ich sollte euch doch führen!“

Eine unbekannte Stimme mischte sich ein. „Wärklösch?“

Thea drehte sich staunend zu Ófeigur um und auch Tom und Juli hoben überrascht die Augenbrauen.

„Du sprichst viel besser“, sprach Thea aus, was alle dachten.

Der Untote nickte. Das erste Mal seit ihrer Begegnung schwang dabei nicht der ganze Oberkörper mit.

„Ja“, sagte er stolz.

„Wie das?“

„Er ist in Hel. Hier vergeht jede Wunde“, antwortete Loki gelangweilt. „Können wir jetzt weiter?“

Einen Seitenblick auf den Untoten werfend, bemerkte Thea, dass dieser gleichmäßigere Bewegungen machte, das Blau auf seiner Haut war komplett gewichen.

„Soll das heißen, ihm geht es bald besser?“

Loki lachte. „Wenn er sich zwischendurch nicht wieder verletzt, schon.“

„Ich wusste doch, dass er sich erholt“, murrte Tom.

„Du hast gesagt, er wird sich erholen, um uns unsere Körper zu nehmen, oder sowas Ähnliches.“

Loki lachte.

„Was ist so witzig?“, empörte sich Tom.

„Nichts", erwiderte Loki. „Rein gar nichts. Können wir weiter? Oder wollt ihr noch ein wenig Zeit mit unnützen Unterhaltungen verschwenden?"

Thea seufzte und lief los. Juli eilte an ihre Seite, ehe Loki es konnte. „Wir sollten ihn doch lieber wegschicken", flüsterte sie ihr zu.

„Wen? Ófeigur?", fragte Thea.

„Nein! Loki!", zischelte Juli.

„Wieso? Er hat Recht", entgegnete Thea. „Wir haben ihn nicht darum gebeten, dass er uns führt. Er hätte uns gewarnt, wenn wir in Gefahr geraten wären."

„Klar", versetzte Juli.

„Gib ihm eine Chance."

Juli schnaubte. „Das mache ich, wenn du aufhörst, ihm blindlings zu vertrauen."

„Tu ich nicht", versicherte Thea.

Etwa eine halbe Stunde später öffnete sich der Wald und gab den Blick auf eine Siedlung frei, die geradewegs einem Geschichtsbuch entsprungen zu sein schien. Dutzende Langhäuser, teils mit angebauten Schuppen, reihten sich kreuz und quer auf einer Wiese. Links der Siedlung erstreckte sich ein Feld, auf dem goldene Ären wuchsen. Zwischen den Häusern bewegten sich Männer und Frauen in traditionellen Kleidern. Viele von ihnen saßen fröhlich zusammen. Auf einem freien Platz in der Mitte spielte eine Gruppe eine Art Brennball. Thea beobachtete das Treiben mit aufkeimendem Schmerz. Es waren mehr Häuser und Menschen, als in ihrem Dorf, in dem sie als Fengur gelebt hatte, aber der Anblick machte die alten Erinnerungen lebendig. Sie holten sie aus ihrer eigenen Zeit in ein Leben zurück, das keine Bedeutung mehr für sie haben sollte. Loki legte die Hand auf ihre Schulter – warm und tröstend.

„Wird es gehen?“, fragte er ehrlich besorgt.

Thea nickte, aber ein Kloß, so groß wie ein Fußball, schien ihr ihm Hals zu stecken.

„Wir können noch immer umdrehen. Oder wir schicken Juli und Tom vor.“

Thea schüttelte den Kopf. Halb im Gehen erwiderte sie: „Wir werden die Gruppe nicht trennen.“

Seufzend setzt Loki ihr nach.

Sie hatten den Fuß der Siedlung kaum erreicht, da folgten ihnen alle Augen. Ein Mann, in einem hölzernen Lehnstuhl dösend, richtete sich auf und sah sie staunend an.

„Hei!“, begrüßte Thea ihn. „Wir suchen Rat bei euch. Wo ist euer Jarl, bei dem wir uns vorstellen dürfen?“

Der Mann runzelte die Stirn, die schmalen Lippen in seinem Vollbart zeigten Erheiterung. „Ein Jarl? Hier gibt es keinen Jarl. Alle sind gleich. Wo kommt ihr her?“

„Aus Midgard. Wir reisen im Auftrag der Götter“, erklärte Thea.

„Im Auftrag der Götter! Welche Freude!“ Der Mann erhob sich und reichte ihr die Hand zur Begrüßung. Er nickte allen zu, nur vor Loki verbeugte er sich leicht. „Sei auch du willkommen, Freund der Götter. Es ist lange her.“

„Freund“, wiederholte Juli abfällig und erntete dafür einen Knuff von Thea.

Ohne Julis Einwand zu beachten, wandte der Mann sich wieder Thea zu. „Wie können wir euch helfen?“

„Wir suchen Balder. Weißt du, wo wir ihn finden?“

Die Augenbrauen des Nordmanns hoben sich staunend. „Balder? Puh! Er ist irgendwo in Hel. Soweit ich hörte, hat er einen eigenen Saal. Lasst uns zu Freydis gehen. Sie ist eine weise Frau. Sie wird wissen, wie ihr ihn findet.“

Er setzte sich in Bewegung, ohne darauf zu achten, ob sie ihm folgten. Ihre Gegenwart erregte Aufmerksamkeit. Je mehr Personen sie auf ihrem Weg begegneten, umso mehr schlossen sich ihnen an. Als der Mann schließlich an einem Langhaus stehen blieb und an die Tür klopfte, hatte sich eine Traube Menschen hinter der Gruppe versammelt. Eine junge Frau von allenfalls fünfundzwanzig Jahren öffnete die Tür. Ihre Miene spiegelte Verblüffung. Auch Thea reagierte überrascht. Sie hatte eine Frau gehobenen Alters erwartet. Thea drehte sich zu den Menschen um. Nicht einer von ihnen schien über dreißig Jahre zu zählen. Freydis Worte lenkten ihre Konzentration zurück zu der Frau.

„Was ist das für ein Auflauf? Havar? Was hat das zu bedeuten? Und wer seid ihr?“ Nicht eines ihrer Worte war von Zorn begleitet, nur von Staunen. Ihr Blick ruhte auf Loki. „Einen von euch kenne ich.“

Der Feuergott senkte schmunzelnd den Blick. „Sei gegrüßt, Freydis.“

„Es ist lange her, Loki. Irgendetwas sagt mir, dass meine ruhigen Tage in Gefahr sind.“

Er lachte. „Mitnichten, Freydis. Ich brauche weder Rat noch einen Zaubertrank. Ich begleite nur diese drei“, er räusperte sich, „diese *vier* Helden auf ihrer Irrfahrt durch Hel.“

„Interessant! Und das völlig selbstlos?“, erwiderte Freydis spitzfindig.

„Mal ehrlich?“, ergriff Juli plötzlich das Wort. „Müssen wir das vor deiner Haustür besprechen? Ich vergehe gleich vor Hunger!“

Die Umstehenden lachten.

„Verzeih! Wo bleibt mein Sinn für Gastfreundschaft? Hunger ist uns etwas Unbekanntes geworden.“ Sie lächelte und gab die Tür frei.

Thea, Juli, Tom und Ófeigur traten nach Loki ein, ihnen folgte ein Teil der Menschen, die sich hinter ihnen versammelt hatten. Thea stand der Mund offen. Das Langhaus war riesig. Auch wenn Havar behauptet hatte, es gäbe keinen Jarl, so sehr war dieses Gebäude eines Jarls würdig. Nur ein Herrschersitz fehlte. Auf beiden Seiten, erhöht auf Podesten, reihten sich mehrere hölzerne Tische mit dazugehörigen Bänken. Freydis machte eine einladende Geste und verschwand hinter einem Vorhang an der Stirnseite des Raumes. Ihr folgten einige Personen, die daraufhin mit Bechern, Krügen und Tellern zurückkamen. Loki setzte sich an einen der Tische und klopfte auffordernd auf den Platz neben sich. Thea nahm die Einladung an. Die Fylgja sprang ihr nach und rollte sich rechts von ihr auf der Bank zusammen. Erwartungsvoll hockte sich Juli auf die gegenüberliegende Seite. Mit jedem Gedeck, das auf den Tisch gestellt wurde, strahlten ihre Augen fröhlicher. Die Speisen kamen nicht aus dem Nebenraum, sie wurden von Menschen gebracht, die zahlreich in das Langhaus drängten. So wie sich die Bänke mit Menschen füllten, bogen sich bald auch die Tische unter den Speisen. Juli versuchte zu naschen, aber Thea schlug ihr immer wieder unsanft auf die Finger, wenn sie nach einem goldenen Pfannkuchen griff.

Irgendwann setzte sich Freydis zu ihnen. Besorgt musterte sie jeden Einzelnen. „Ist nichts Passendes für euch dabei? Warum greift ihr nicht zu?“

„Ich durfte nicht, Thea meinte, wir sollten auf dich warten“, murrte Juli.

„Sehr anständig“, lobte Freydis. „Nur wird niemand hier beginnen, ehe die Gäste nicht anfangen.“ Sie machte eine auffordernde Handbewegung. „Also bitte! Bedient euch!“

Das ließ sich Juli nicht zweimal sagen. Ebenso Tom und Ófeigur. Sie langten schneller zu, als Thea die Hand ausstrecken konnte. Die restlichen Anwesenden folgten ihrem Beispiel. Bald war die Halle erfüllt von fröhlichen Stimmen und Gelächter. Thea wunderte sich nur für einen Augenblick darüber, dass Tote aßen, dann besann sie sich darauf, dass auch in Sessrumnir und Walhall gern und viel gespeist wurde. Dennoch staunte sie über die Fülle der dargebotenen Köstlichkeiten, lag doch Hel weit in den Untiefen Niflheims.

„Bist du nicht genug herumgekommen, um solche Fragen nicht mehr stellen zu müssen“, schmunzelte Loki, als Thea ihrer Verblüffung Luft machte. „Hier in Hel bestellen sich die Felder selbst. Du findest überall etwas zu essen.“

Thea verschränkte die Arme. „Frey hat uns Skidbladnir mit Nahrungsvorräten vollgestopft, in der Angst, wir könnten hier verhungern und verdursten.“

Loki lächelte bitter und griff nach einem Pfannkuchen. „Alles Taktik. Je fürchterlicher man Hel an die Lebenden verkauft, umso mehr von ihnen wollen nach Walhall!“

„Hel hat auch andere Seiten.“

„Ja, für bestimmte Menschen. *Du* brauchst dir keine Sorgen zu machen, später einmal dorthin zu gelangen. Zumindest jetzt nicht.“

Thea runzelte die Stirn. „Jetzt nicht? Was soll das wieder heißen.“

Loki lachte. „So, wie ich es sagte. Zurzeit besteht keine Gefahr für dich. Aber wer weiß, zu wem du dich noch entwickelst.“

Endlich nahm auch Thea von den Speisen. Während sie ein Nussbrot mit Butter bestrich, musterte sie Ófeigur. „Was ist mit ihm? Er ist Naströnd entkommen.“

Der Feuergott zuckte gleichgültig die Schultern. „Keine Ahnung. Ich weiß von niemandem, der je aus Naströnd herausgekommen ist.“

„Woher kennst du dich hier eigentlich so gut aus, wenn es noch nicht einmal die Asen tun?"

Loki breitete die Arme aus. „Siehst du irgendeinen Asen in Hel? Ich glaube, außer Hermodr war nie jemand von ihnen an diesem Ort und Hel hat ihn nicht in ihrer goldenen Halle empfangen. Sie hat so einen Spleen für Erde und Wurzelwerk, weißt du. Sie sagt, das sei so *natürlich*." Er schnalzte ablehnend mit der Zunge. „Von mir hat sie das in jedem Fall nicht!"

Theas Herz klopfte schneller. Ihr Gewissen war geweckt. Loki hatte sie vor Hel gewarnt. Irgendwann würde sie sterben – wieder einmal. Doch was, wenn Loki Recht behielt und Hel herausbekommen würde, wer den Asen bei der Flucht Balders aus Hel geholfen hatte. Wäre die Totengöttin so grausam, Thea in Naströnd einsperren – oder an einem noch viel schlimmeren Ort? Verunsichert blickte Thea zu Loki. Der schaute erst staunend, dann durchtrieben, gerade so, als hätte er ihre Gedanken gelesen. Als er Luft holte, um etwas zu erwidern, ergriff Freydis das Wort: „Nun …", sagte sie mit einem Lächeln. „Was ist es also, wobei ich euch helfen kann?"

Thea wollte ihre Frage stellen, da wurde die Tür des Langhauses aufgestoßen. Das Poltern sorgte für überraschtes Schweigen. Eine Frau mit langen, braunen Haaren trat ein. Auf einen Stab gestützt verharrte sie. Dann richteten sich ihre grünen, klaren Augen auf den Tisch der Freunde, ebenso wie ihr Finger. Eilenden Schrittes trat sie näher heran, ohne den Arm dabei zu senken. Hinter Juli blieb sie stehen und deutete auf Loki.

„Die Kinder des Chaosbringers werden die Welt in Schutt und Asche legen!", rief sie aus.

Loki rollte die Augen, stützte den Ellenbogen auf den Tisch und vergrub die Stirn in der Hand.

„Gudrid", seufzte Freydis entschuldigend. Sie erhob sich und griff beruhigend nach dem Arm der Frau. „Gudrid, bitte! Sei nett zu unseren Gästen."

„Die Kinder des Chaosbringers werden die Welt in Schutt und Asche legen!", wiederholte Gudrid. Diesmal klang ihre Stimme tief und ein Grollen mischte sich darunter.

Juli rümpfte die Nase. „Chaosbringer", echote sie. Herausfordernd betrachtete sie Loki.

„Meint sie *dich* damit?", fragte Thea.

„Das hat sie mir schon vor hundert Jahren an den Kopf geworfen", seufzte der Feuergott.

„Gudrid, rede nicht so! Hel ist ebenso ein Kind Lokis!"

„Und auch sie wird ihren Teil zum Untergang der Welt beisteuern!", sprach die Frau, mit dem Finger noch immer auf Loki zeigend.

„Bist du eine Völva?", fragte Tom.

„So ist es", erwiderte die Frau bedeutungsvoll.

„Vielleicht solltest du das nicht alles so schwarzmalen", versetzte Thea.

Nun deutete Gudrid auf Thea. Ihr zorniger Blick wandelte sich verwundert, dann wechselte er hektisch zwischen Thea und Loki. „Du … Du wirst doch nicht etwa?", rief sie, da war Freydis schon aufgesprungen und stellte sich vor die Völva. „Gudrid, ich möchte, dass du gehst", sagte Freydis mit Nachdruck.

„Aber … aber sie wird …", schnappte Gudrid.

„Als Völva tätest du gut daran, Odins Gattin Frigg zu folgen, sie weiß von den zukünftigen Dingen, aber sie schweigt. Ihrer Weisheit solltest du nacheifern! Odin handelte falsch, als er die Völva vor dem Helgitter erweckte und die Zukunft von ihr forderte. Unruhe hat ihre Weissagung über die Welten gebracht."

Gudrid begehrte auf. Sie setzte noch einmal dazu an, etwas zu sagen, doch Freydis hob in einer drohenden Geste den Finger. „Ich möchte, dass du mein Haus verlässt."

Mit versteinertem Blick sah die Völva an Freydis vorbei zu Thea. „Wenn Svartrs Sohn eure Welt entzündet, werdet ihr euch alle an diesen Tag zurückerinnern. Sagt nicht, ihr wäret nicht gewarnt worden!"

„Wer ist das nun wieder?", brummte Juli.

Auf ein Nicken Freydis' erhoben sich zwei Frauen und führten Gudrid sanft, aber bestimmt, zum Ausgang. Donnernd ließ die Völva die Tür hinter sich ins Schloss fallen.

Eine Weile herrschte betroffenes Schweigen, dann hoben die Stimmen langsam an, bis die ausgelassene Stimmung wieder vorherrschte.

„Sie wollte etwas über mich sagen", sprach Thea Freydis an.

„Mach dir keine Gedanken. Es ist besser, seine Zukunft nicht zu kennen." Sie warf Loki einen vielsagenden Blick zu, der die Lippen zusammenpresste und kommentarlos vom gebackenen Gemüse nahm.

„Woher ist euer Freund? Er sieht so mitgenommen aus", lenkte Freydis vom Thema ab und musterte Ófeigur.

„Naströööööönd", erwiderte der Untote daraufhin. „Äääääch boin aus Naströööööönd."

„Er spricht immer besser", bemerkte Juli.

Freydis hob die Augenbrauen. „Naströnd? Was hast du angestellt?"

Ófeigur klatschte in die Hände. „Gatze!", wiederholte er mehrere Male.

Tom rümpfte die Nase. „Katze?"

Ófeigur nickte heftig. Dann fuhr er mit dem Finger an seinem Hals entlang.

Die Anwesenden wechselten verblüffte Blicke.

„Du hast eine Katze getötet?“, fragte Freydis.

Ófeigur bestätigte: „Sagg ssu, Wassa“, erklärte er.

„Du hast sie ertränkt“, stellte Freydis sachlich fest.

Wieder nickte Ófeigur.

„Er ist nach Naströnd gekommen, weil er eine Katze ertränkt hat?“, fragte Tom fassungslos.

Loki zuckte gleichgültig die Schulter. „Warum nicht? Hel hasst Tierquälerei, geschieht ihm ganz Recht.“

„Seid froh, dass es kein Mensch war“, raunte Freydis. „Ist es erlaubt, die Verdammten aus Naströnd zu befreien?“

Loki winkte ab. „Er nahm brav die Tür und hat die Prüfungen geschafft. Obwohl … Ohne Theas Hilfe hätte er sie nie geschafft.“ Er sah Ófeigur herausfordernd an. „Vielleicht überlegt es sich Hel noch anders.“

Ófeigur holte hörbar Luft. Loki kicherte. „Du bist draußen, du bist ein Glückspilz.“

Freydis hob die Augenbrauen. „Wenn du das sagst, Loki, wird es seine Richtigkeit haben. Aber deshalb habt ihr nicht meine Hilfe gesucht. Was ist es also, das euch zu mir führt?“, nahm Freydis das Gespräch wieder auf.

Thea war sich nicht sicher, ob Freydis ihren Plan gutheißen würde, so vehement, wie sie sich gerade gegen das Wissen um die Zukunft ausgesprochen hatte, dennoch wagte sie, nach Balder zu fragen.

Die Frau legte die Stirn in Falten. „Balder“, wiederholte sie, während ihre Augen auf Loki trafen.

Der Feuergott zuckte mit den Schultern und hob die Augenbrauen. „Das ist nicht meine Idee, ich schaue dem Drama nur zu.“

Freydis lehnte sich vor. Im Stimmengewirr der Halle war ihr Flüstern kaum zu verstehen. „Ihr plant nicht etwa, Balder gegen Hels Willen zurück nach Asgard zu bringen?“

Thea verzog das Gesicht. „Doch …“

Freydis zischte entsetzt: „Das könnt ihr nicht machen!“

„Warum nicht?“, erwiderte Juli leichthin.

Plötzlich donnerte es und erneut wurde die Haustür aufgeworfen.

Murrend erhob sich Freydis. „Kann denn niemand normal mit dieser Tür umgehen? So fällt sie bald aus den Angeln!“ Ihre Worte klangen hörbar für alle in die Stille, die sich mit dem wiederholten Aufschwingen des Zugangs über die Halle gelegt hatte.

„Die Ereignisse überschlagen sich“, kommentierte Loki trocken.

Thea stand so hastig auf, dass die Fylgja überrumpelt von der Bank stürzte. Sie sah kurz zu Thea und leckte sich dann die Pfote, als sei nichts geschehen.

In der Tür stand Wal-Freya!

11. Kapitel

Wal-Freyas Blick jagte durch die Reihen der Anwesenden. Erleichterung spiegelte sich in ihren Gesichtszügen, als sie Thea ausmachte, dann entdeckte sie Loki und ihre Miene versteinerte. Sie setzte sich in Bewegung und streckte den Arm. Loki sprang von seinem Stuhl und wedelte abwehrend mit der Hand.

„Ohohoh!“, rief er aus. Im gleichen Moment raste etwas Blaues durch die Luft - ein Ball, geformt aus einer Nebelwolke. Er raste so schnell auf den Feuergott zu, dass dieser keine Möglichkeit mehr hatte auszuweichen. Als das Geschoss seine Brust traf, holte es den Feuergott von den Füßen. Unsanft stürzte Loki über die Bank und landete prustend auf seinem Rücken. Genervt blickte er auf die Fylgja und stand auf. Wütend rauschte Wal-Freya heran. Ihr Umhang wehte wild um ihre Schultern, die Tritte der Walküre hallten bedrohlich vom Holzboden wider. Noch einmal streckte sie den Arm, doch diesmal spiegelte Loki die Geste. Ehe Wal-Freya einen Zauber wirken konnte, sendete Loki seinerseits einen magischen Angriff aus. Ein Ball, rot wie Feuer, hielt auf die Walküre zu. Sie legte den Oberkörper schräg und das Geschoss verrauchte in kleinen Schwaden an der Wand hinter ihr.

„Verflucht sei jeder Moment, in dem ich dir das Zaubern lehrte!“, knurrte Wal-Freya.

„Handele nicht unbedacht, Freya! Setz dich hin und versuche weniger wie Thor zu reagieren!“, grunzte Loki. „*Noch* weiß Hel nichts davon, dass ihr euch unerlaubt in ihrer Welt herumtreibt, aber das lässt sich ändern.“

Hermodr, hinter Wal-Freya durch die Tür getreten, ballte die Fäuste. „Loki! Du elender Hund!“

Bevor Wal-Freya erneut einen Angriff starten konnte, waren es Juli und Tom, die aufsprangen und den Feuergott abschirmten. „Warte, Wal-Freya! Er hat uns geholfen!“, rief Juli. „Erst hat er mich in eine Nuss verwandelt, aber wir würden jetzt alle im Slidr treiben, wenn er nicht gewesen wäre.“

„Das stimmt. Der Grim spielte ein unfaires Spiel!“, bestätigte Tom.

Wal-Freya runzelte die Stirn. „Nuss?“, wiederholte sie ungläubig, dann war sie am Tisch angekommen. Ihre Augen fixierten den Feuergott mit eisiger Kälte. „Was tust du hier?“, zischte sie.

Loki lachte abwehrend. „Du fragst *mich*, was ich hier mache? Sollte ich die Frage nicht besser *dir* stellen?“

„Wal-Freya“, flüsterte Thea. Erleichterung breitete sich in ihrem Herzen aus, die Last der Verantwortung fiel tonnenschwer von ihr ab. Als der Blick der Wanin auf den von Thea traf, besänftigten sich ihre Gesichtszüge und ein Lächeln huschte über ihre Lippen. Doch nur für einen Augenblick, dann legten sich Zornesfalten über ihre Stirn. „Was bei allen neun Welten hast du dir dabei gedacht, *ihm* zu folgen?“, herrschte sie Thea an.

„Was hätte ich tun sollen? Seit wir uns getrennt haben, habe ich von dir nichts mehr gehört. Warum hast du mir keinen Gedanken geschickt, dass du auf dem Weg bist? Du hast gesagt, wenn du die Gjallarbrú überquerst, sollte es möglich sein."

„Habe ich, es hat nicht funktioniert", erwiderte Wal-Freya. Das Misstrauen, welches in ihrer Stimme mitschwang, gefiel Thea nicht.

„Er hat uns geholfen! In Naströnd passierten wir die Türen und stellten uns den Fragen des Grims. Doch sie waren kaum zu beantworten. Wäre Loki nicht gewesen, hätte uns der Grim entweder mit sich genommen, oder er hätte uns in den Slidr stürzen lassen", rechtfertigte sich Thea.

Ruckartig riss Wal-Freya den Kopf zu Loki. „Und nach ihrer Rettung, hast du nichts Besseres zu tun, als sie *hierher* zu führen? In eine Wikingersiedlung?"

Der Feuergott legte die Hand auf die Brust. „Nichts dergleichen habe ich getan! Sie ließen sich nicht davon abbringen!"

Stirnrunzelnd sah Thea erst zu Loki, dann zu Wal-Freya. Wieso sollte es so schlimm daran sein, dass sie hier aufhielten? Die Menschen begegneten ihnen aufgeschlossen und freundlich. Fürchtete Wal-Freya Verrat? War es ein Fehler gewesen, Freydis auf Balder anzusprechen? Wohl eher nicht, denn die offene Diskussion, die Wal-Freya nun mit dem Feuergott führte, ließ nicht darauf schließen, dass die Walküre etwas zu verbergen suchte: „Was in aller Welt, hast du vor?" Die behandschuhten Hände Wal-Freyas donnerten auf die Tischplatte. Eine Welle ging durch den Raum, als alle Anwesenden zusammenzuckten. Nur Loki ließ sich nicht beeindrucken. Mit undurchschaubarer Ruhe, begegnete er Wal-Freyas Blick.

„Ich weiß, weshalb ihr hier seid“, sagte er nach einer endlos erscheinenden Pause.

Nur ein leichtes Zucken um ihre Augen zeigte, dass seine Worte Wal-Freya erreicht hatten. Ihr Unterkiefer bewegte sich leicht, während sie den Feuergott in ihrem Blick gefangen hielt. „So, weißt du das?“, sagte sie endlich.

„Ich will mich nicht mehr verstecken müssen, Wal-Freya. Es ist mir egal, ob ihr Balder befreit. Ich helfe euch, aber ich will, dass ihr mich danach in Ruhe lasst.“

Ein dunkles Brummen ertönte hinter Wal-Freyas Rücken: „Das hättest du dir überlegen sollen, ehe du Fenrir zur Flucht verholfen hast. Du bist nur Dreck, Loki!“

Der Feuergott lachte erheitert. „Oh, ich wünschte, ich wäre es gewesen, der Fenrir aus seinen Fesseln knotete, doch ihr irrt gewaltig, wenn ihr mich wieder einmal dafür verantwortlich macht!“

„Mit deinen Reden beeindruckst du vielleicht diese Kinder und dieses Dorf, aber uns nicht“, knurrte Hermodr.

„Dann erzähle mir mal, wie ich das gemacht haben soll. *Wie* bin ich am Wächter Asgards vorbeigekommen, der sogar die Wolle auf den Schafen wachsen hört, der Lokis Flügelschläge von jeder gewöhnlichen Fliege unterscheiden kann? Wie bin *ich* nach Lyngwe gekommen? War es nicht doch ein Ase, der Fenrir befreite, oder vielleicht sogar ein *Wane*?“ Er sah Hermodr herausfordernd an.

„Du willst Vergebung, Loki, doch wann immer du dein schändliches Maul aufreißt, kommt nur Hohn und Spott für die heraus, die dich einst aufnahmen. Statt deine gerechte Strafe für dein Benehmen in Ägirs Halle hinzunehmen, bist du geflohen wie ein Feigling. Und auch jetzt windest du dich, wie ein Jämmerling!“

Loki lehnte sich ein Stück vor. Thea spürte seinen Atem an ihrem Ohr, während er hörbar für alle flüsterte: „Nun höre genau hin, liebe Thea, und erfahre den wirklichen Grund, weshalb die Asen planten mich an den Felsen zu binden.“

„Das weiß ich. Du hast sie in Ägirs Halle beleidigt, einen nach dem anderen“, erwiderte Thea.

Hermodr knurrte: „Nicht nur *das*! Zuvor hat er einen von Ägirs Dienern erschlagen. Trotz dieser Tat luden wir ihn zu Tisch. Statt es zu danken, säte er Unfrieden.“

Mürrisch verschränkte Loki die Arme. „Vidar lud mich ein, ihr anderen habt euch alle in Schweigen gehüllt! Mich auszustoßen, nach allem, was ich für euch getan hatte. Wo wärt ihr heute ohne mich?“ Sein Fingerzeig wanderte auf Wal-Freya. „Du, oberste der Walküren, Liebesgöttin. Was wäre mit dir, wenn ich nicht geholfen hätte, als sich Thor hat Mjölnir stehlen lassen? Thor zögerte damals nicht eine Sekunde, auf die Forderung Thryms einzugehen und dich gegen den Hammer zu tauschen. Wäre es nach ihm gegangen, hätte er dich mit Thrym vermählt, einem Riesen, grob und kaum von anmutender Gestalt, nur damit er seine Waffe zurückbekommt. *Ich* bin mit Thor nach Jötunheim gegangen, *ich* habe dafür gesorgt, dass der Hammer nach Asgard zurückkam. *Dich* habe ich vor einer Heirat mit diesem Scheusal bewahrt! Dein Dank? Du jagst mich durch alle neun Welten, nur weil ich dir den Spiegel vor’s Gesicht gehalten habe, wie ruchlos du an dein Brisingamen kamst!“

Wal-Freya schien erst besänftigt, doch als die Sprache auf das Brisingamen kam, runzelte sie erneut die Stirn. „Es geht dich nichts an, wie ich zu meinem Halsschmuck gekommen bin!“

„Aber dich gehen meine Taten an? Misst du da nicht mit zweierlei Maß?“

„Erst hast du den Frieden in Ägirs Halle durch einen Mord gebrochen und dann mit deinem Gezänke!“, erinnerte Wal-Freya.

Loki biss sich auf die Unterlippe. „Was macht Bragi auch das Maul so weit auf.“

Mit einer Handbewegung wischte die Wanin Lokis Ausflüchte beiseite. „Alle, die für dich eingestanden sind, hast du beleidigt, mein Guter!“

„Ich war wütend und berauscht vom Met. Deswegen fesselt man doch niemanden unter eine Schlange!“, versetzte Loki weinerlich.

„Irgendwann läuft das Fass über!“, erwiderte Wal-Freya kühl.

Hermodr trat vor. „Und wie du uns allen zeigst, wäre es das Beste für die Welt gewesen, wenn du auf diesem Felsen lägest! Odin verschwieg all die Jahre, was die Völva ihm über dich verriet, er ließ dich weiter unter uns wohnen, obwohl er wusste, was passieren würde. Und was tust du? Du verführst Skuld, um von ihr die Zukunft zu erfahren – *deine* Zukunft. Statt gewarnt zu sein und deine Taten umzukehren, treibst du Ragnarök voran, suchst dir einen Jungen, schmiedest ein Schwert gegen uns, das selbst Mjölnir nicht zerstören kann, befreist Fenrir und du …“

„Ja, ja, ja. Der böse Loki!“ Der Feuergott wedelte gelangweilt ab. „Mit dieser Leier kommt ihr mir immer, wenn euch nichts Besseres einfällt. Odin wusste, dass das Schicksal unumgänglich ist. Trotzdem schritt er eines Tages zuerst in den Lauf der Dinge ein. Soll ich *eure* Taten aufzählen, die uns zu Ragnarök führen? Wie lange wollen wir darüber diskutieren, wer wann die Schuld dafür trägt? Nun seid ihr hier. Odin plant, Balder gegen alle Vernunft zu befreien. Hat er eben seine Meinung geändert, es spielt keine

Rolle für mich! Ich bin des Weglaufens müde. Ich will von eurer Rache verschont bleiben, ich will eine faire Chance!"

„Ich schlage ihm einfach gleich hier den Kopf ein", knurrte Hermodr.

Thea riss erschrocken die Augen auf. Derweil hob Freydis drohend den Finger. „Hel ist eine geheiligte Stätte, ebenso wie Ägirs Halle. Nichts dergleichen wirst du tun, Hermodr!"

Während Hermodr den Feuergott mit seinem Blick fixierte, zuckte sein Kiefer unaufhörlich. „Du willst eine Chance? Du könntest damit beginnen, uns zu sagen, wo du Fenrir versteckt hast!"

„Alles zu seiner Zeit, denke ich. Jetzt sind wir hier, in Hel", schnarrte Loki.

Hermodr schnaubte verächtlich. „Natürlich!"

Loki sah Wal-Freya flehentlich an. „Denk doch zurück wie schön wir es hatten, damals auf den Wiesen Asgards, als wir zauberten und lachten und die Tage vergingen, als seien sie Augenblicke voller Glück. Wir waren Freunde!"

Hinter der starren Maske der Walküre war nicht zu erkennen, was sie fühlte. Ihr Blick ruhte eine gefühlte Ewigkeit auf dem Feuergott.

„Verzeih, aber vergiss nicht", sagte Thea ungewollt laut. Es war ein plötzlich aufkommender Gedanke, Wal-Freya hatte ihr diesen Rat einst erteilt. Plötzlich fand sie sich in den Augen der Walküre gefangen. Betroffen senkte Thea den Blick, sie hatte Wal-Freya nicht verärgern wollen.

„Verdammt will ich sein, Loki", sagte Wal-Freya und sah den Feuergott eindringlich an. „*Einmal* noch – ein allerletztes Mal, einer Freundschaft zuliebe, die so lange vorüber scheint wie die Zeit, in der die ersten Menschen nach Midgard kamen – möchte ich dir die Gelegenheit geben, dich zu beweisen. In Gegenwart aller Anwesenden schwöre ich dir aber, dass ich dich persönlich bis in den letzten Winkel aller bekannten Welten verfolgen werde, wenn du mich erneut betrügst. Ich werde dich jagen, finden und dich deiner Strafe zuführen und es wird nicht Skadi sein, die dir zu guter Letzt die Schlange über das Haupt hängt!"

Thea wollte ihren Ohren nicht trauen. Ebenso schien es den anderen zu gehen. Hermodr holte bereits Luft zum Widerspruch, da hob Wal-Freya gebietend die Hand. „Es bleibt uns ohnehin nichts anderes übrig, Hermodr", sprach sie in Lokis Richtung. „Wir lassen uns entweder auf ihn ein, oder er arbeitet gegen uns."

Loki lächelte verschmitzt. „Ich werde dich nicht enttäuschen!", versprach er.

Thea musste sich eingestehen, dass ihr sein Lächeln Unbehagen bereitete.

Schnaubend ließ Wal-Freya durchblicken, dass sie kaum daran glaubte. Sie legte eine Hand auf Julis Schulter. „Auf ein Wort", sprach sie sanft.

Juli wechselte einen überraschten Blick mit Thea, dann schnappte sie sich einen Pfannkuchen, kletterte umständlich über die Bank und folgte Wal-Freya einige Schritte. Während sie die Köpfe zusammensteckten, versuchte Thea der Walküre einen Gedanken zu schicken, doch schien dieser ins Leere gesprochen, denn die Wanin reagierte nicht.

Loki schwang sein Bein über die Bank und nahm wieder Platz. „Jetzt bekommt also deine Freundin stellvertretend den Kopf gewaschen", spöttelte er. „Oder du bist endlich in Ungnade gefallen?"

Thea sah ihn böse an. „Hör auf damit! Du hast jetzt, was du wolltest. Versau es nicht wieder."

Er lachte und zog sich einen Topf mit Suppe heran. Hermodr setzte sich auf den freien Platz, den Juli hinterlassen hatte, und fixierte den Feuergott mit den

Augen. Loki ignorierte es und löffelte scheinbar gelangweilt seine Brühe. Die Fylgja sprang zurück auf die Bank und rollte sich zusammen. Schweren Herzens nahm Thea wieder Platz. Sie beobachtete Juli und Wal-Freya mit gemischten Gefühlen. Was konnte es sein, was die beiden besprachen und das offenkundig nicht für ihre Ohren bestimmt war? Traurig blickte sie zu Tom, der sich schulterzuckend setzte. Thea seufzte. Sie hatte versucht alles richtig zu machen, die Walküre aber trotzdem enttäuscht. Thea fühlte sich schrecklich.

Als Juli zurück an den Tisch kam, wich sie Theas Blicken aus. Entschuldigend presste sie die Lippen zusammen und hockte sich neben Freydis. Wal-Freya folgte ihr dicht auf. Sie schlug ihren Umhang zurück, um sich zu setzen, da fiel ihr Blick auf die Fylgja. Die gerade geglätteten Gesichtszüge der Walküre wichen blankem Entsetzen. Entgeistert deutete sie auf die Fylgja. „Was ist das?"

„Das ist meine Fylgja", erklärte Thea kleinlaut und senkte den Kopf. Sie wollte einfach nur in einem Loch verschwinden, das sich hoffentlich bald im Boden auftat.

„Das sehe ich!", rief Wal-Freya. Sie hob die Arme in die Höhe. „Ihre Fylgja! Falls irgendwer ein paar Nerven findet, das sind meine!"

Als ihre Augen Loki suchten, hob dieser unschuldig die Hände. „Sieh nicht mich an! Ich habe keine Ahnung, wie sie zu ihr gekommen ist."

„Ihre Fylgja", wiederholte Wal-Freya. Sie scheuchte das Geistwesen von der Bank, nahm im Hinsetzen einen Becher und leerte ihn mit einem Zug, noch ehe sie Platz genommen hatte. Als sie den Becher abstellte, drehte sie sich zu Thea um, die ihren Blick angestrengt auf ihren Teller gerichtet hielt. Theas Herz klopfte bis zum Hals. Am liebsten hätte sie einfach losgeweint. Unerwartet spürte sie Wal-Freyas

Hand über ihren Arm fahren, dann zog die Walküre sie zu sich und schloss sie in einer Umarmung ein. Nun konnte Thea die Tränen nicht mehr zurückhalten.

„Ich wollte dich nicht enttäuschen", schluchzte sie.

„Du hast mich nicht enttäuscht. Ich hasse es nur, mich um dich zu sorgen."

Loki hustete überspitzt und hieb sich in einem gespielten Anfall auf die Brust.

Wal-Freya löste die Umarmung und schaute vorwurfsvoll über Theas Schulter. Thea wischte sich rasch die Tränen aus dem Gesicht.

„Was hat es mit der Fylgja auf sich? Loki meinte, ich sei in größeren Schwierigkeiten, als er dachte. Muss ich sterben?"

Wal-Freyas Augen bohrten sich in ihre. „Nein! Nein, auf gar keinen Fall."

Der Feuergott lachte leise und beschwor Hermords Zorn herauf. „Du kannst es nicht lassen, oder?"

„Entschuldige! Aber sterben werden wir alle einmal", erwiderte Loki.

„Lass uns später darüber sprechen", raunte Wal-Freya.

Thea schüttelte vehement den Kopf. „Nein! Jetzt!"

Die Wanin faltete ihre Hände auf dem Tisch. „Ich weiß damit gerade selbst nichts anzufangen. Eine Fylgja zeigt sich ihrem Schützling erst kurz vor seinem Tod. Aber du bist wohlauf und du machst mir nicht den Eindruck, als würdest du bald sterben."

Thea schluckte erleichtert.

Wal-Freya holte tief Luft und wechselte kurzerhand das Thema: „Was also habt ihr rausbekommen über Balders Aufenthaltsort?"

„Noch nichts. Aber wir wollten Freydis gerade danach fragen", erklärte Tom.

Wissend nickte die Walküre ihm zu, ehe sie zu Freydis sah. „Kannst du helfen?“

„Eher nein – und ehrlich gesagt, bin ich ganz froh darum. Ich wäre ungern ein Teil eures Komplotts. Ihr solltet Hel nicht hintergehen. Fragt sie noch einmal, ob sie Balder freilässt. Nach all der Zeit hat sie vielleicht keine Einwände mehr.“

„Wir kommen von Hel und ihre Antwort lautet nein“, erwiderte Wal-Freya.

„Das tut mir leid“, seufzte Freydis.

„Sag uns nur, was du über Balders Aufenthaltsort weißt. Es soll dein Schaden nicht sein.“

Freydis seufzte tief. „Na gut, aber nur, weil auch ihr meine Götter seid und weil ich darauf vertraue, dass ihr wisst, was ihr tut.“ Sie machte eine Pause, schenkte sich Wasser in den Becher und nahm einen Schluck. „Wir hörten davon, dass Balder und Nanna einen eigenen Saal von Hel bekommen haben.“ Sie blickte zu Hermodr. „Du bist doch bei ihnen gewesen, eine ganze Nacht.“

„Ja, aber da war Balder kaum ein paar Tage hier. Damals fand ich ihn auf einem Thron sitzend in Hels Halle vor. Sie behandelte ihn gut. Es wundert mich nicht, dass sie ihm eine eigene Halle errichtet hat.“

„Balder ist ein Gott und Hel ist gerecht.“ Freydis lächelte.

Ófeigur, der ihre Meinung offensichtlich nicht teilte, wiederholte schnaubend: „Göröcht!“

Wal-Freya runzelte die Stirn. „Wer bist *du* überhaupt?“

„Ófőiguuuuu.“

„Ófeigur?“, deutete Wal-Freya richtig. „Und was genau machst du an unserem Tisch?“

Loki kicherte und antwortete, ehe Thea dazu in der Lage war: „Thea hat ihn mitgebracht. Oh, ich verstehe dein Entsetzen. Auch ich hätte ihr einen besseren Geschmack zugetraut. Eigentlich dachte ich, sie steht auf den da. Als Thea dachte, ich sei er, hat sie liebevoll mit mir gekuschelt. So kann man sich irren."

Loki deutete auf Tom, der verlegen den Blick senkte. In einer übereilten Reaktion schlug Thea Lokis Arm weg. Sie entschuldigte sich sofort, dann sah sie schuldbewusst zu Juli. Diese versuchte, gefasst zu wirken, doch Thea kannte ihre Freundin besser. Juli schwärmte für Tom, seit sie ihn das erste Mal getroffen hatte. Damals hatte er noch lange Haare gehabt und Thea fand, dass er aussah, wie ein typischer Computerfreak, der den ganzen Tag nichts anderes tat, als hinter seinem Monitor zu hocken. Es war Julis Übereifer zu verdanken, dass Thea mit in das Onlinespiel eingestiegen war, welches sie seit drei Jahren spielten. Juli hatte Tom nie gestanden, wie sie fühlte, doch Thea wusste es.

„Er hat's verdient", brummte Hermodr. „Lass sie in Ruhe, Loki."

„Wie meint Loki das, du hast ihn mitgebracht?", fragte Wal-Freya. Ihr Blick ruhte auf Thea, die ertappt zu ihr aufsah. „Er ist aus Naströnd …?", formulierte Thea eine Antwort, die mehr wie eine Frage klang.

Wal-Freya holte Luft und schüttelte leicht den Kopf. „Ich sage dazu nichts mehr. Gibt es sonst noch etwas, das du mir erzählen solltest?"

Thea wollte erwidern, dass Ófeigur „nur" eine Katze getötet hatte, doch im gleichen Moment kam ihr in den Sinn, dass Wal-Freya genau die falsche Göttin wäre, die für diese Gräueltat Verständnis zeigen würde. Auch Thea empfand tiefes Mitleid für das Tier, obgleich es sie beruhigte, dass es kein Mensch gewesen war. Sie versuchte Ófeigurs Anwesenheit mit ihrer Rettung zu entschuldigen: „Er hat mich aus dem Slidr gezogen."

Nun vergrub Wal-Freya den Kopf in beiden Handflächen. „Aus dem Slidr“, klang es dumpf.

„Sei nicht so“, mischte sich Tom ein. „Sie hätte echt sterben können. Ohne Ófeigur … Ich wage nicht daran zu denken!“

„Wenn sie einen Gedanken …“ Jäh riss Wal-Freya die Hände aus dem Gesicht. Hektisch fummelte sie an Theas Kragen. „Die Triskele? Wo hast du sie?“

Alle Farbe wich aus Theas Gesicht. Sie legte die Hand an die Stelle, an der das Amulett seit so langer Zeit ruhte. Es war verschwunden! Erschrocken sprang sie auf und tastete ihren Oberkörper ab.

„Das kannst du dir sparen!“, knirschte Wal-Freya. „Es ist weg! Wie konntest du es verlieren?“

„Mach doch nicht so einen Wind!“, rügte Loki sie.

„Es war ein Stück Brisingamens!“, rief Wal-Freya.

Zuerst hob Loki staunend die Brauen, dann schwangen sich diese zu einer düsteren Linie. „So etwas Kostbares vertraust du einem Menschen an?“ Sein Kopf senkte sich in einem diebischen Lächeln. „Ich darf mich doch sehr wundern.“

Wal-Freya ballte die Fäuste. „Sei still, Loki!“

„Oh gewiss! Kein Wort mehr darüber“, sagte er wegwerfend. Dann lachte er Tränen. „Sei nicht traurig“, gluckste er. „Ich bin mir sicher, dass die Zwerge Thea ein neues Amulett schmieden.“ Er wischte sich eine Träne fort. „Sie sind bestimmt ganz scharf auf die Gefälligkeit, die das beinhaltet.“

Wal-Freya gab der Bank einen so gewaltigen Tritt, dass sich Loki kurzerhand auf dem Boden sitzend wiederfand. Er streckte sich aus und lachte inbrünstig. „Einen Krieg hast du angezettelt, um das Brisingamen zurückzubekommen und dann verschenkst du ein Stück davon!“

Thea senkte den Kopf. Der Boden weigerte sich hartnäckig, sich aufzutun und doch konnte sie an nichts anderes denken, als dass sie einfach verschwinden wollte. Schlimmer konnte es nicht kommen.

Freydis erhob sich. „Vielleicht ruht ihr euch erst einmal aus“, schlug sie diplomatisch vor. „Nicht nur eure Helden wirken erschöpft. Im Nebenzimmer ist genug Platz für alle.“

„Das ist eine gute Idee“, pflichtete Hermodr bei. Er stand auf und zerrte dabei auch Juli und Tom auf die Füße.

„Ich brauche frische Luft“, verkündete Wal-Freya, stapfte von Lokis Gelächter begleitet und unter den Augen aller Anwesenden zur Tür, schleuderte diese unsanft auf und verließ die Halle.

Seufzend verzog Freydis das Gesicht. „Ihr werdet sie noch kaputt bekommen“, raunte sie.

„Wal-Freya kommt zurück, sobald sie sich Luft gemacht hat. Ich sehe schwarz für deine Tür“, kicherte Loki.

„Ich gehe ihn suchen!“, entschied Thea und setzte Wal-Freya nach.

Juli packte sie am Arm, ehe Thea in der Lage war zu entwischen. „Wen willst du suchen? Den Anhänger? Den findest du niemals!“

„Ich muss es versuchen“, erwiderte sie. Ihre Stimme versank in ihren aufkommenden Tränen.

Loki legte die Ellenbogen auf den Tisch und zog sich langsam an ihnen hinauf. „Du kleine Wahnsinnige. Am besten fängst du in Naströnd an oder besser gleich im Slidr.“ Er beschloss scheinbar doch noch einmal den Boden aufzusuchen und gab sich dort seinem Gelächter hin.

Juli umschloss Thea in einer Umarmung. „Sei nicht traurig. Irgendwas wird Wal-Freya einfallen.“

„Ich habe alles falsch gemacht“, schluchzte Thea.

Hermodr legte seine Hand auf ihre Schulter. „Nur Mut, Mädchen. Das wird sich wieder richten. Nehmt sie mit rüber. Ich passe derweil auf, dass *der* hier keinen Unfug macht."

Loki tauchte über der Tischplatte auf. „Dabei wäre das so ein Spaß", erwiderte er ohne Gegenwehr.

„Los, komm!" Juli löste die Umarmung und nahm ihre Freundin mit sich. Tom folgte ihnen zusammen mit der Fylgja und Freydis, die einen Schritt vor Thea und Juli setzte, den schweren Vorhang lupfte und die Öffnung in den Nebenraum freigab. Auf Podesten links und rechts des Raumes lagen Felle und Decken. Die Fylgja sprang an ihnen vorbei und rollte sich sofort auf einem der Plätze zusammen.

Thea setzte sich zu ihr und faltete die Hände in den Schoß. „Ich kann nicht schlafen."

„Es gibt sicher passendere Momente. Ruh dich einfach aus", sagte Freydis. „Ich würde gerne sagen, morgen sieht die Welt wieder besser aus, aber hier gibt es keinen Tag und keine Nacht." Sie lächelte. „Ich gehe nach Wal-Freya schauen, bevor sie mir die Tür aus den Angeln schlägt."

Mit diesen Worten verabschiedete sich Freydis. Tom setzte sich Thea gegenüber und betrachtete sie mitfühlend.

„Hey!", sagte Juli und gab Thea einen Knuff. „Davon wirst du dich doch jetzt nicht unterkriegen lassen, du hast schon ganz andere Sachen überstanden."

„Genau!", bestätigte Tom. „Wer den Slidr überwindet, sollte nichts mehr fürchten."

„Ihr versteht mich nicht …", flüsterte Thea.

Juli seufzte. „Oh doch, *ich* verstehe dich. Sicher tut es dir so weh, Wal-Freya enttäuscht zu haben, dass du dir am liebsten das Herz aus dem Leib reißen würdest. Wal-Freya scheint mit den Nerven am Ende zu sein und dann kommst du ihr erst mit Loki, dann mit deiner Fylgja und schlussendlich mit dem Verlust des Anhängers. Sie wird nicht lange so sein. Schau, wie froh sie vorhin war, dass es dir gut geht. Das Teil taucht schon irgendwo wieder auf und wenn nicht, lässt es sich bestimmt ersetzen."

„Du weißt, was sie auf sich nahm, um das Brisingamen zu bekommen", seufzte Thea.

„Ja, aber ich weiß auch, was du ihr wert sein musst, damit sie dir ein Stück davon anvertraut …"

„Und ich verliere es!", unterbrach Thea sie.

Juli lachte. „Ich bin froh, dass du das Ding verloren hast und nicht mich", scherzte sie.

Thea schmunzelte leicht. Ihre Freundin verstand es, Dinge immer ins positive Licht zu rücken und Thea aufzuheitern. Trotzdem konnte sie ihr diesmal das miese Gefühl nicht nehmen.

„Versuche Wal-Freyas Situation zu verstehen. Für sie steht viel auf dem Spiel", raunte Juli.

„Was hat Wal-Freya gesagt, als sie mit dir geredet hat?", fragte Thea.

„Sie traut Loki nicht", antwortete Juli offenherzig.

„Das sollte niemand von uns tun", pflichtete Tom bei.

Plötzlich wurde der Behang des Eingangs zurückgeschlagen und Ófeigur trat ein.

„Schaaaaafen", verkündete er, suchte sich eine freie Stelle, kroch unter eines der Felle und schloss die Augen.

„Der hat die Ruhe weg", kommentierte Tom.

„Er macht es richtig", sagte Juli. Sie lächelte Thea aufmunternd zu. „Versuche auch zu schlafen, wer weiß, was in den nächsten Tagen noch auf uns zukommt."

„Es gibt keine Tage in Hel", erwiderte Tom grinsend.

Juli streckte ihm die Zunge raus und machte es sich unter der Decke bequem. Nachdem Tom ihrem Beispiel gefolgt war, blieb Thea noch lange sitzen. Als sie die Müdigkeit übermannte, legte sie sich hin. Die Fylgja erhob sich kurz und rollte sich auf der anderen Seite zusammen. Thea beobachtete den Schutzgeist, bis sie darüber einschlief.

Von einer Bewegung neben sich geweckt, blickte Thea auf. Wal-Freya hatte die Fylgja von ihrem Platz gejagt und hockte an ihrer statt auf der Schlafstätte. Verlegen setzte sich Thea auf. Sie entdeckte, dass Juli die Augen öffnete, sie aber gleich darauf wieder schloss.

„Es tut mir leid, dass ich so wütend reagiert habe. Es liegt nicht an dir", flüsterte Wal-Freya.

Schweigend starrte Thea zu Tom, da sie nichts zu erwidern wusste.

Wal-Freya seufzte. „Die Triskele zu verlieren ist bei Weitem nicht so schlimm wie dich zu verlieren." Sie strich Thea eine Haarsträhne aus dem Gesicht. „Mir ist es ein Rätsel, wie es passieren konnte, die Kette war aus dem besten Zwergengold, sie hätte niemals reißen dürfen. Wie auch immer, ohne die Triskele wirst du nicht in der Lage sein, mit mir in der Gedankensprache zu sprechen, geschweige denn zu zaubern. Ich bin nicht zornig auf dich, ich bin wütend auf mich. Ich hätte dich nicht alleine lassen sollen. Die Sache gerät außer Kontrolle und dass Loki hier ist, trägt nicht zu meiner Beruhigung bei."

„Es zeichnete sich doch schon in Ingvars Feste ab, dass er früher oder später auftauchen würde", raunte Thea.

Wal-Freya nickte. „Er wird uns belauscht haben, als wir in Jötunheim über unser weiteres Vorgehen berieten. Mir ist nur schleierhaft, wie er euch gefunden hat, denn er muss geglaubt haben, dass wir über die Gjallarbrú kommen. Hel sagte, sie habe uns bereits erwartet. Er hatte sie gewarnt."

Nun mischte sich auch Juli ein. Sie blieb liegen, hob aber den Kopf in Theas und Wal-Freyas Richtung. „Vielleicht wurde er misstrauisch, weil wir nicht bei euch waren."

„Womöglich", seufzte Wal-Freya. Sie sah Thea eindringlich an. „Versprich mir, dass du dich nicht von ihm bequatschen lässt. Sei auf der Hut!"

„Wieso nimmst du ihn mit, wenn du ihm nicht traust?", fragte Thea.

„Weil wir ihn so unter Beobachtung haben. Möglicherweise hilft er uns tatsächlich. Mir vorzustellen, dass er seine Interessen den unseren unterordnet, fällt mir schwer, aber wer weiß bei Loki schon, was gerade in seinem Interesse liegt. Gib mir dein Wort, dass du vorsichtig ihm gegenüber bist!"

„Ich verspreche es."

Wal-Freya nahm Theas Hand. „Ich will nicht, dass dir etwas passiert. Das könnte ich nicht ertragen."

„Es tut mir leid", wisperte Thea.

Ein trauriges Lächeln huschte über Wal-Freyas Lippen. „Ich sollte langsam daran gewöhnt sein, dass du dazu neigst, dich kaputtzumachen. Aber es fällt mir noch immer schwer." Sie ließ Theas zerrissenen Umhang durch ihre Finger fließen.

Thea strich über Kyndills Schwertknauf. „Nicht alles ist kaputt."

Abermals lächelte Wal-Freya. „Lass dich von meiner Laune nicht entmutigen. Ich neige dazu, aus der Haut zu fahren, wenn ich mich sorge."

Juli richtete sich auf. „Mich würde Thors Gegenwart ebenfalls beruhigen."

Wal-Freya lachte erheitert. „Thor? Mein Gott! Der würde mir gerade noch fehlen zu meinem Glück." Sie tätschelte Theas Oberschenkel und stand auf. Auch Tom rührte sich daraufhin, schlug die Decke zurück und stellte gähnend die Füße auf den Boden. Als er die Blicke aller Anwesenden auf sich spürte, wuschelte er sich in den Haaren und legte sie hier und da zurecht. „Wie geht es jetzt weiter?“, fragte er.

„Freydis glaubt, dass Hel Balders Halle unweit ihrer eigenen errichtet hat. Sie zeigte uns die Richtung, in die wir gehen müssen. Wir brechen nach dem Frühstück auf.“

„Frühstück!“, rief Juli glücklich.

Sie brachten die Schlafstatt in Ordnung. Ófeigur lag noch immer reglos da.

„Wenn es nicht unangebracht wäre, würde ich sagen, er schläft wie ein Toter“, kommentierte Juli.

„Lass ihn“, erwiderte Wal-Freya. Sie hob den Vorhang an und gab den Blick in die Halle frei. Außer Freydis, Hermodr und Loki war niemand da. Auf dem Tisch, an dem sie saßen, war das Essen angerichtet.

„Seid ihr die ganze Zeit hier draußen gewesen?“, begrüßte Thea sie.

Loki nippte an einem Becher. „Wir hatten ein anregendes Gespräch, Hermodr und ich.“

„Ja, Loki redete und ich habe zugehört“, brummte Hermodr abfällig.

„Klingt spannend“, kommentierte Juli.

„War es nicht“, murrte Hermodr.

Schwungvoll warf Juli die Beine über die Bank und schnappte sich ein Brot, noch ehe sie Platz genommen hatte.

„Wir hatten einen Streit darüber, wie viel Zeit eure beiden Götterfreunde noch ungenutzt verstreichen lassen wollen, während ihr hier seid. Du weißt doch, weil die Zeit in Hel schneller vergeht als auf Midgard – oder langsamer. Wie immer man das sehen mag“, schnarrte Loki.

„Ich denke, Frühstück ist in jedem Fall drin“, erwiderte Juli unbekümmert.

Thea sah unheilvoll in die Runde und bewegte den Feuergott zu einem Lächeln, als sie erklärte: „Ich würde aber gerne so wenig Zeit wie nötig verschwenden.“

Loki holte Luft, doch Wal-Freya hob die Hand, ehe ein Wort über seine Lippen kam. „Sei einfach still. Wir werden die Gruppe nicht schon wieder trennen.“

Wie auf Kommando trat Ófeigur aus dem Nebenraum, zumindest glaubte Thea, dass es sich um Ófeigur handelte. Juli und Tom mussten ebenso davon überzeugt sein, denn beide betrachteten den jungen Mann, der da aus dem Zimmer kam, mit offenem Mund. Er hatte sich neu eingekleidet, statt der Lumpen trug er eine braune Tunika und eine grüne Hose, die an den Waden von braunen Wickeln umschlossen wurde. Lange, gelockte Haare schlossen sich in seinem Nacken zu einem Zopf. Der Tod war aus seinem Gesicht gewichen, seine Haut war hell, weder Adern noch blaue Flecken bildeten sich mehr ab. Seine Augen lagen nicht mehr in tiefen Höhlen, sie wirkten lebendig und fröhlich. Dankbar lächelte er Freydis an. „Die Kleider passen ausgezeichnet. Danke.“

„Nichts zu danken, Ófeigur“, erwiderte Freydis und lächelte ebenfalls.

„Aber …“, staunte Juli. „Wie ist das möglich?“

Loki schnaubte. „Ich sagte es euch bereits: In Hel heilen alle Wunden.“

„Da bekommt das Wort Schönheitsschlaf eine ganz neue Bedeutung“, grinste Juli. „Wer hätte gedacht, dass du da so eine Sahneschnitte aus dem Fluss gezogen hast.“ Sie hieb mit dem Ellenbogen nach Thea.

„Er hat *mich* aus dem Fluss gefischt“, erinnerte diese.

„Uns beide“, verkündete Ófeigur. „Ich bin ein Glückskind!“

„Ja, man könnte meinen, du hast neun Leben – wie eine Katze“, erwiderte Loki in Anspielung an Ófeigurs Tat und blickte dabei herausfordernd zu Wal-Freya.

Nachdem die letzten Krumen von den Tellern gepickt und die Becher bis auf den letzten Tropfen geleert waren, brachen die Freunde auf. Wie selbstverständlich trat Ófeigur mit ihnen vor die Tür.

Dort verabschiedete sich Wal-Freya von Freydis; „Ich danke dir für deine Gastfreundschaft und deinen Rat.“

„Gerne. Ihr seid immer willkommen. Aber ich glaube, dass wir uns wohl nicht wiedersehen werden“, erwiderte Freydis, milde lächelnd.

„Wahrscheinlich nicht“, stimmte die Walküre zu.

„Na dann los!“, verkündete Ófeigur und weckte damit Wal-Freyas Unverständnis. Sie sah keine Notwendigkeit darin, dass er sie begleitete. Höflich bedankte sie sich für seine Hilfe und wollte sich von ihm verabschieden, aber Ófeigur blieb hartnäckig.

„Nimm ihn mit, das sind wir ihm schuldig“, brummte Hermodr.

„Er kam durch Thea aus Naströnd frei, ich denke, wir sind ihm nichts mehr schuldig“, erwiderte Wal-Freya.

Ófeigur hob flehend die Augenbrauen. „Ich muss meine Leute suchen. Ob ich jetzt alleine gehe, oder noch ein Stück mit euch, was spielt das für eine Rolle?“

„Komm mit“, brummelte Hermodr und schlug ihm sacht auf den Arm. „Du kannst mir helfen auf Loki aufzupassen.“

Während Wal-Freya nach einem Einwand suchte, setzten sich Hermodr und Ófeigur in Bewegung.

„Du wurdest überstimmt", quakte Loki und folgte den beiden. Schnaubend heftete sich die Wanin an seine Fersen.

Ihr Weg führte sie an Langhäusern vorbei, von denen ihnen Personen zuwinkten und ihnen die besten Wünsche auf die Reise mitgaben. Die Siedlung war größer als gedacht. Ein langer Pfad schlängelte sich zwischen den Bauten entlang und verlor sich irgendwo in einem angrenzenden Wald. Wie aus dem Nichts tauchte plötzlich ein Hund in ihrer Mitte auf. Überschwänglich sprang er an Thea hoch und versuchte ihr Gesicht zu lecken. „Vegard?", flüsterte sie verdutzt.

Der Hund löste sich von ihr, wirbelte mehrmals um seine eigene Achse und lief zurück in die Richtung, aus der er gekommen war. Thea folgte ihm mit den Augen bis zu einem Langhaus, das sie kurz zuvor hinter sich gelassen hatten. Ein Stich fuhr Thea durch den Körper, jagte ihr in Schulter, Magen, Hände und Beine und schnürte ihr die Luft ab. Alle Farbe wich jäh aus ihrem Gesicht. Fassungslos starrte sie auf die Person, die vor die Hütte trat, ein Wäschestück vor sich ausschlagend. Als ihr Blick auf Thea traf, glitt ihr der Stoff aus den Fingern. Wie angewurzelt blieb sie stehen, dann legte sie beide Hände über den Mund. Die Frau hatte das lange blonde Haar in ihrer gewohnten Art über die linke Schulter gelegt. Ein rotes Überkleid bedeckte das weiße darunter. Zwischen den Fibeln auf ihrer Brust hingen drei übereinander angeordnete Kettenreihen aus Bernstein.

„Geirunn", hörte sich Thea flüstern.

Sie löste sich aus der Gruppe, rannte auf die Frau zu, zögerte auf dem Weg und lief dann doch zu ihr hin. Kaum auf gleicher Höhe angelangt, fühlte sie Geirunns Hände in ihrem Gesicht, die Theas Konturen zitternd mit den Fingerspitzen ertastete. Thea sah Tränen in den blauen

Augen ihrer einstigen Gefährtin aufsteigen. Sie fühlte ihre Hände auf ihren Wangen und im nächsten Augenblick ihre warmen vertrauten Lippen auf den ihren.

12. Kapitel

Juli bemerkte zu spät, dass sich Thea von der Gruppe entfernt hatte. Sie drehte sich erst zur linken, dann zur rechten Seite um und entdeckte ihre Freundin vor einer Frau stehend. Unerwartet beugte diese sich vor und küsste Thea lange und zärtlich.

Juli klappte der Mund auf. Ohne die Szene aus den Augen zu lassen, tastete sie nach Tom. „Was … machen die da?“

„Und schon wird es wieder lustig“, frohlockte Loki.

„Was tut sie? Wer ist das?“, ächzte Tom.

„Geirunn“, antwortete Loki knapp.

„Geirunn? Hier?“, rief Wal-Freya.

Der Feuergott nickte. „Deshalb hatte ich euch den Vorschlag gemacht, die Gruppe zu trennen. Wenn du mit Thea und mir vorausgeflogen wärst, dann wäre das nicht passiert.“

„Hättest du uns nicht vorwarnen können, dass Theas … Fengurs Frau hier ist?“, schnappte Wal-Freya.

„Du hast nicht gefragt“, erwiderte Loki gleichgültig.

„Das hätte nicht passieren dürfen!“, raunte die Walküre.

„Geirunn?“, echote Tom.

„Ihre Frau … Fengurs Frau, aus ihrem ersten Leben“, erklärte Wal-Freya und setzte sich in Bewegung.

„Fengurs … Frau“, wiederholte Juli. „Aber …“ Juli heftete sich an die Fersen der Göttin. „Thea ist jetzt ein Mädchen!“

„Es spielt keine Rolle, was sie jetzt ist. Es spielt eine Rolle, was es mit ihr anstellen wird, Geirunn begegnet zu sein“, versetzte Wal-Freya. Mit wehendem Umhang und schweren Schritten kam sie auf Thea zu. Als sie ihre Hand die Schulter des Mädchens legte, lösten sich die Liebenden voneinander. Wal-Freyas Blick wurde weich, als sich Thea zu ihr drehte und sie ihre Tränen entdeckte.

„Es tut mir leid“, flüsterte die Walküre.

Theas Hand blieb fest umschlungen von der Hand der Frau. Juli runzelte die Stirn. Irgendwann während ihres Abenteuers in Niflheim hatte ihr Thea einmal von Geirunn und deren Schönheit erzählt und dabei keinesfalls übertrieben. Geirunn war hübsch. Sanfte blaue Augen lagen in einem ebenmäßigen, freundlichen Gesicht, das von langen, welligen Haaren umrahmt wurde. Auch Juli sah die Tränen in den Augen ihrer Freundin. Der Anblick verwirrte sie. Juli hatte ebenfalls Erinnerungen an eines ihrer vergangenen Leben. Als Trym war sie von Kindesbeinen an mit Thea befreundet gewesen. Diese hieß damals Njal. Sie teilten gute und schlechte Zeiten miteinander und Juli war bis zum Ende an seiner Seite geblieben. Njal war ein guter Mann gewesen, aber der Liebe immer nüchtern begegnet. Er willigte früh in eine arrangierte Ehe ein, die seine Sippe ausgehandelt hatte. Njal war seiner Frau stets treu geblieben und behandelte sie gut, aber verliebt war er nie gewesen. Seit Juli ihre Erinnerungen an ihr altes Leben zurückerlangte, quälte sie oft der Gedanke, ob Thea auch in diesem Leben nicht zur Liebe fähig war. Während Juli zuerst für Gregor und dann für Tom schwärmte, hatte Thea diese Leidenschaften immer nur müde belächelt. Juli glaubte, dass sich dieses Verhalten seit ihrem Aufenthalt in Niflheim sogar noch verstärkt hatte. Lag es daran, dass Thea tief in ihrem Herzen wusste, an welchem Ort ihre wahre Liebe auf sie wartete? Der Gedanke schien ihr so weit hergeholt, dass sie ihn sofort verwarf. Plötzlich kamen ihr Lokis Worte in den Sinn, der Thea und Tom eine Romanze anzudichten versuchte. Die Vorstellung daran versetzte ihr einen kleinen Stich. Ihre Freundin würde ihr nie in den Rücken fallen! Sie verbannte den Gedanken und warf Loki gleichzeitig einen bitteren Blick zu. Er wollte die beiden entzweien, doch das würde ihm nicht gelingen. Juli hatte schon einmal ein Leben mit Thea bis zu ihrem Tode geteilt, sie würde es noch einmal tun. Nichts würde daran etwas ändern.

„Es ist Geirunn“, erklärte Thea überflüssigerweise, als Wal-Freya an sie herantrat. Ihre Stimme brach beinahe unter ihren Tränen.

„Ich weiß“, flüsterte Wal-Freya. „Du musst dich jetzt verabschieden. Wir müssen weiter.“

Der Griff zwischen Thea und ihrer einstigen Gefährtin wurde fester, während Loki, Ófeigur und Hermodr den Platz betraten. Vegard hatte sich vor Thea und Geirunn gelegt. Gleich neben ihm saß die Fylgja und leckte sich eine Tatze, die sie dann über ihr Ohr fahren ließ.

Geirunn schnappte nach Luft. „Gehen? Ich dachte, Fengur ist zurückgekommen.“

Wal-Freya schüttelte den Kopf. „Er hat noch eine Aufgabe zu erledigen“, erklärte sie sanft.

Unerwartet zog Thea Kyndill aus der Scheide. Ihre Augen leuchteten nicht nur von der Flamme des Schwertes, als sie es Geirunn zeigte. „Schau nur, ich habe es gefunden. Ich habe niemandem einen Bären aufgebunden. Alles ist wahr.“

Geirunn lächelte und drückte Theas Hand. „Das weiß ich doch, ich habe es immer gewusst“, sagte sie. „Wenn du das Schwert gefunden hast, warum bist du nicht zurückgekommen?“

„Weil Fengurs Leben als Thea noch nicht zu Ende ist“, antwortete Wal-Freya. „Und wenn du nicht willst, dass sie dieses Leben immer in Gedanken an dich verbringt, musst du sie jetzt gehen lassen … *ihn*.“

„Aber … die Fylgja!“, erwiderte Geirunn und deutete auf den Folgegeist, der erwartungsvoll zu ihr aufblickte.

„Zufällig aufgelesen“, brummte Loki.

Geirunn runzelte ungläubig die Stirn. „Was soll das heißen, *zufällig aufgelesen*? Ist es nicht langsam an der Zeit, dass du mir Fengur zurückbringst, Loki? Vier lange Leben vertröstest du mich nun schon.“

Vier, dachte Juli erschrocken. Konnte das sein? Sie sah überrascht zu ihrer Freundin, die Kyndill kraftlos zu Boden sinken ließ. Vengard, der dem Feuer nicht zu trauen schien, robbte ein Stück vor und legte den Kopf wieder zwischen den Pfoten ab. „Ich … verstehe das nicht …“, flüsterte Thea fassungslos.

„Das sind Dinge, die du nicht hören solltest“, sagte Wal-Freya mit Nachdruck. Sie beugte sich zu Thea hinab, um ihr in die Augen zu blicken. „Thea, wenn du ein langes und glückliches Leben geführt hast, wirst du zu Geirunn zurückkehren. Dann wirst du dich an alles erinnern und ihr werdet Jahre damit verbringen, alle Erfahrungen auszutauschen. Doch jetzt musst du dich verabschieden. Du darfst nicht zulassen, dass dein altes Leben dein jetziges bestimmt. Sollte das geschehen, wirst du nie glücklich werden. Denk an deine Eltern und an Mats. Sie warten!“

Thea steckte Kyndill zurück in seine Scheide. „Hakon? Amma? Sind sie hier?“, fragte sie. Juli hatte nicht den

Eindruck, dass Thea der Walküre zugehört hatte. Vielleicht war sie nicht in der Lage dazu.

„Thea, nicht!“, beschwor Wal-Freya sie.

„Sie kommen bald nach Hause. Sie sind bei Freunden“, erklärte Geirunn fröhlich. „Ich kann sie holen!“

Nun wandte sich Wal-Freya direkt an Geirunn: „Das darfst du nicht, es ist noch nicht soweit! Die Erinnerungen an dich und eure Familie verwirren sie ohnehin schon. Wenn du Fengur wirklich liebst, dann musst du ihn gehen lassen. Alte Erlebnisse mit Begegnungen zu vertiefen, wird ihn sein ganzes Leben lang verfolgen. Fengur hat dich von Herzen geliebt, über jede Wiedergeburt hinaus, aber jetzt ist er Thea. Für ihn wird die Zeit in Midgard viel langsamer vergehen, als für dich. Du darfst nicht zulassen, dass er sein restliches Leben damit zubringt, an euch zu denken.“

„Und wenn er nicht zurückkommt, so wie die letzten Male? Wenn er immer und immer wieder ein neues Leben beginnt … oder sich in jemand anderes verliebt?“, erwiderte Geirunn. Ihre letzten Worte hatte sie leise und bekümmert hinzugefügt.

Loki seufzte in einer mitfühlenden Geste, die Juli überraschte. Seine Gesichtszüge waren von so viel Warmherzigkeit begleitet, dass Juli ungewollt staunte. „Fengur ging, um das Schwert zu finden. Es ist ihm gelungen. Er hat keinen Grund mehr in Midgard zu verweilen.“

Finster blickte Geirunn den Feuergott an. „Es dauert nicht lange, hast du gesagt. Er ist bald wieder zurück, hast du versprochen.“

„Die Aufgabe ist erledigt, Geirunn“, wiederholte Loki geduldig. „Nach diesem Leben wird Fengur nicht weiter rastlos sein. Er wird nach Hause kommen.“

Unwillkürlich runzelte Juli die Stirn. Beinahe schien es, als hege Loki freundschaftliche Gefühle zu Geirunn. Er war so ein guter Schauspieler!

Wal-Freya fesselte Loki mit ihrem Blick. „Wieso kennst du dich darin eigentlich so gut aus? Und was meint Geirunn damit, *du* sollst sie … ich meine *ihn* zurückbringen?"

Der Feuergott grinste erheitert. „Das macht einen ganz wuschig, diese Geschlechtertauscherei, nicht wahr?"

„Loki?", setzte Wal-Freya harsch nach.

„Ich habe mir Fengur ausgeliehen, um das Schwert zu finden, das weißt du doch."

„Dass du dafür verantwortlich bist, dass er Hel verlassen hat, wusste ich nicht."

Während sich Lokis Augenbrauen senkten, umspielte ein zynisches Lächeln seinen Mund. „Mal etwas, für das ihr mir nicht die Schuld gegeben habt und ich enttäusche euch erneut."

„Wolltest du, dass wir vorausfliegen, damit Thea Geirunn nicht begegnet, oder damit deine Geheimniskrämerei nicht auffliegt?"

„Ich kann ihn nicht wieder gehen lassen", beharrte Geirunn.

Nun trat Hermodr vor. Auch seine Gesichtszüge zeigten nur Verständnis. „Es muss so sein. Hel ist nicht für die Lebenden bestimmt. Wenn es soweit ist, wird Fengur über die Gjallarbrú zu dir zurückkommen. *Jetzt* aber musst du loslassen. Fengur lebt ein anderes Leben. Thea würde nicht glücklich sein. Sie hat eine Familie in Midgard, Eltern, die sie vermissen - einen kleinen Bruder." Er wandte sich direkt an Thea. „Denke an deine Familie, in die Zukunft, nicht in die Vergangenheit!"

Thea seufzte bekümmert. Im Gegensatz zu Wal-Freya, schien Hermodr sie mit seinen Worten erreicht zu haben.

Ihre Gesichtszüge glätteten sich für einen Augenblick, ehe sie traurig zu Geirunn blickte. „Es stimmt. Meine Eltern warten. Ich habe einen Bruder. Er heißt Mats ..."

„Wir warten auch auf dich", rief Geirunn.

„Ich weiß", erwiderte Thea unglücklich.

„Thea, mach' es kurz. Es ist besser so", sagte die Walküre sanft, aber bestimmt. Sie legte ihre Hand auf die Schulter ihres Schützlings und versuchte sie mit leichtem Druck von Geirunn wegzubewegen. Geirunn verstärkte den Griff um Theas Hand.

„Macht es euch nicht noch schwerer", sagte Wal-Freya mitfühlend.

Loki suchte den Blick der Wanin und zog eine Grimasse. „Nuss?"

Bekümmert schaute Wal-Freya zu Loki. Dann nickte sie. Juli beschlich eine böse Vorahnung. Sie hob bremsend die Hand, wollte das Vorhaben stoppen, doch es war zu spät. Der Feuergott tippte ihrer Freundin mit der Fingerspitze auf die Schulter und dort, wo Thea gestanden hatte, kullerte eine Walnuss.

In dem Moment, als Thea ihr aus den Fingern glitt, quietschte Geirunn auf. Vengard begleitete den Laut mit einem Knurren und blickte sich verwundert um. Verzweifelt fiel Geirunn auf die Knie und blinzelte Loki unter Tränen an. „Das kannst du mir nicht antun! Du darfst ihn mir nicht erneut nehmen!"

Wal-Freya kniete sich nieder und klaubte die Frucht vom Boden auf. Doch sie hatte nicht bedacht, dass der Zauber auf Kyndill keine Wirkung zeigte. Das Schwert rauschte blank gezogen vor die Füße der Umstehenden.

„Glaube mir, Geirunn, für Thea ist es das Beste. Wenn eure Liebe stark genug ist, wirst du Fengur eines Tages wiedersehen“, sagte Loki. Er deutete auf Kyndill und hob die Augenbrauen. „Was ist damit?“

„Das ist ein Problem“, knurrte Hermodr.

„Wir bekommen Thea nicht von Geirunn weg und wir können nicht gehen, ohne das Schwert hier zu lassen“, raunte Wal-Freya mit leichtem Zorn.

„Der Zauber hätte darauf wirken müssen“, staunte Loki.

„Das gleiche Problem hatten wir schon in Jötunheim“, seufzte Wal-Freya. „Als wir Thea aus deinem Gefängnis befreiten. Es schlüpfte auch nicht unter das Falkengewand.“

Loki blickte sehr zufrieden. „Es lässt sich also nicht gerne verzaubern!“

In Juli kochte Wut auf. Drei Götter, die es besser wissen mussten, unterhielten sich in Seelenruhe über ein Schwert, während sie zwei Liebende gewaltsam voneinander trennten. Geirunn hatte inzwischen das Gesicht in den Händen vergraben, doch niemand schien sich mehr um die schluchzende Frau kümmern zu wollen. Juli tauschte einen Blick mit Tom, der unglücklich die Augenbrauen hob. Ófeigur war nicht anzumerken, was ihm gerade durch den Kopf ging. Seine Augen waren auf Loki gerichtet. Die Fylgja beobachtete das Geschehen aufmerksam.

„Lasst uns nicht noch mehr Zeit verschwenden“, sagte der Feuergott und hob Kyndill einfach auf.

Gleichzeitig mit Juli und Tom schnappten Hermodr und Wal-Freya nach Luft, sahen ihn erschrocken an. Die Walküre hatte bereits warnend die Arme erhoben, aber Kyndill lag ruhig und leblos in seiner Hand, als sei es das Natürlichste der Welt.

Nachdem er alle Blicke auf sich ruhen sah, hob Loki die Schultern. „Was?“

„Nur Thea kann es berühren“, ächzte Tom.

Breit grinsend legte Loki Kyndill über die Schulter. „Wohl doch nicht!"

Jäh zog Hermodr sein Schwert und richtete es auf den Feuergott. „Leg es wieder hin!"

„Bist du von Sinnen? Wir verfolgen das gleiche Ziel. Hast du das vergessen?"

„Auf eine Gelegenheit wie diese hast du doch nur gewartet!", knurrte Hermodr.

Loki lachte. „Ich? Du scherzt! Ich hatte schon mehr als eine Gelegenheit dazu, Kyndill an mich zu nehmen. Jetzt steck das Ding weg." Hermodr ignorierend kniete er zu Geirunn nieder und berührte sanft ihren Arm. „Fengur wird zu dir zurückkommen. Gut oder schlecht, Loki hält immer seine Versprechen."

Mit diesen Worten stand er auf, bugsierte sich an Hermodrs Klinge vorbei und stakste voran – weiter auf dem Weg, der sie aus der Siedlung hinaus in den Wald führte. Hermodr eilte ihm nach und steckte im Laufen sein Schwert zurück in die Scheide.

Juli beobachtete, wie sich einer nach dem anderen von Geirunn löste und ihm folgte. Seufzend kniete sie zu Geirunn nieder. „Ich werde auf sie aufpassen … also auf deinen Fengur. Das verspreche ich! Ich habe es schon einmal getan."

Übermannt von ihren Gefühlen blieb Geirunns Gesicht in ihren Händen vergraben. Juli, die keine Idee mehr hatte, wie sie den Schmerz der Frau lindern konnte, wandte sich mit einem letzten bedauernden Blick ab und schloss sich der Gruppe an.

Als sie Wal-Freya eingeholt hatte, passte Juli ihren Schritt dem der Wanin an. Kurz drehte diese den Kopf und bedeutete Juli damit, dass sie ihre Anwesenheit wahrgenommen hatte – ihr Schritt schien sich jedoch zu beschleunigen, statt zu verlangsamen, ein eindeutiges Indiz dafür, dass der Walküre nicht nach einem Gespräch zumute war.

„Wir müssen darüber reden", forderte Juli nach einem Moment des Schweigens.

Wal-Freya seufzte. „Für dich ist es schwer zu verstehen, aber ich habe das einzig Richtige getan."

„Meinst du nicht, dass Thea ein Recht darauf hätte, das selbst zu entscheiden? Gerade nach alledem, was sie für euch auf sich genommen hat?"

Wal-Freya nickte. „Ich weiß, Juli. Nur hätte sich Thea nie von Geirunn trennen können."

„Was ist das für ein Liebesding zwischen ihr und … ihr?"

Wal-Freyas Blick war weit in die Ferne gerichtet. „Es ist eine sehr alte, eine sehr ehrliche Liebe. Als ich die beiden miteinander erlebte, fühlte ich sie so deutlich, dass es mir beinahe das Herz zerriss. Ich war mir über den Grund, warum Fengur Hel verlassen hat, nie im Klaren. Jetzt weiß ich, dass Loki dahintersteckt und vieles erklärt sich. Das Band zwischen Fengur und Geirunn ist so stark, er wäre nie gegangen. Thea mag ihre Erinnerungen nicht mitgenommen haben, die Liebe aber schon – tief verborgen in ihrem Herzen. Ein kleiner Schmerz, dem sie ohne die Nornen nie auf die Spur gekommen wäre. Ich fühle mich schuldig, dass ich ihr das antat, doch wer hätte ahnen können, dass sie so verwurzelt mit einem ihrer alten Leben ist."

„Bei mir ist das anders", raunte Juli.

Abermals seufzte Wal-Freya. „Allerdings."

„Wie kommt das überhaupt, dieses Wiedergeburtendings. Hat so was denn im nordischen Glauben je eine Rolle gespielt?"

Wal-Freya schüttelte unmerklich den Kopf. Jäh streckte sie den Arm zur Seite und bremste Julis Schritt. Als sie davon überzeugt war, außer Hörweite der anderen zu sein, lief sie langsamer. „Was ich dir jetzt sage, darf Thea nie erfahren." Sie blieb stehen und sah Juli fest an. „Niemals, hörst du?"

Stirnrunzelnd legte Juli den Kopf schief. „Du machst mir Angst, Wal-Freya!"

Die Walküre presste die Lippen zusammen, richtete den Blick kurz zur Felsendecke und setzte ihren Weg fort. „Eigentlich ist das auch nichts für *deine* Ohren, aber ich glaube, es ist wichtig, dass du es weißt. Als wir erfuhren, dass Loki nach einem Menschen sucht, mit dessen Hilfe er ein Zauberschwert aufzuspüren hoffte, wussten nur Odin und wenige Eingeweihte davon, dass es Loki gelungen war, sein vorherbestimmtes Schicksal abzuwenden. Odin hatte über die Weissagungen Ragnaröks lange geschwiegen. Zurecht, denn *niemand* auf dieser Welt sollte sein Schicksal kennen. Leider zwang ihn Loki dazu. Nachdem Odin es uns erklärte, setzten wir alles daran, diesen Menschen vor Loki zu entdecken. Mithilfe der Nornen fand Odin heraus, dass dieser Mensch Fengur war, ein wiedergeborener Schmied, mit dessen Hilfe Loki jenes Zauberschwert einst geschaffen hatte. Manchmal kehren Wesen zurück aus den Totenreichen, wenn sie eine Sache quält, wenn sie etwas unvollendet gelassen haben. Loki muss es gelungen sein, Fengur mit der Geschichte Kyndills so in Unruhe zu versetzen, dass dieser Geirunn verlassen hat. Aus keinem anderen Grund hätte er das getan, da bin ich mir ziemlich sicher. Wir haben Loki gehört und auch du hast Theas Gesicht gesehen, als sie Geirunn Kyndill zeigte. Wir beide kennen Fengurs Geschichten, die Bitterkeit seinen Meister enttäuscht zu haben, die Last, die er sein ganzes Leben trug, da ihm niemand die Geschichte von dem Verlust des Schwertes glaubte. Mit dem Auffinden Kyndills hätte Fengur seinen Namen reingewaschen. Es muss ein stiller, ein sehr alter Wunsch gewesen sein. Was Loki aber nicht bedachte, als er Fengur zur Wiedergeburt brachte, war, dass dem neuen Leben alle Erinnerungen der alten Leben verloren gehen. Die erste Wiedergeburt von Fengur haben wir nie kennengelernt, wir brauchten zu lange, bis wir Lokis Treiben auf die Schliche kamen. Die zweite Wiedergeburt von Thea kennst du. Es ist Njal. Du hast das Bild bei der Geschichtenweberin gesehen. Auch hier suchte Loki Kontakt zu Fengur. Das war der Augenblick, in dem wir auf seine Aktivitäten aufmerksam wurden. Es passte nicht zu Loki, die Nähe von Menschen aufzusuchen. Er hatte sich ihnen gegenüber stets gleichgültig gezeigt und Thor oft dafür aufgezogen, dass er sie so emsig beschützte. Nachdem wir herausfanden, was hinter seinem Tun steckte, versuchten wir Kontakt zu Njal aufzunehmen. Wäre Thea in der Höhle der Geschichtenweberin den Rest des Teppichs abgelaufen, hätte sie wahrscheinlich ein Bild von Njal, Thor und mir gefunden. Leider gehörte Njal dem Christengott an und tat uns ebenso als Spinner ab, wie Thea, als wir das erste Mal auf sie trafen."

„Deshalb hast du Thea so hektisch von diesem Teppich fortgezogen? Aber warum? Das ist doch nicht schlimm."

„Nein, wahrscheinlich nicht, allerdings hätte es Fragen aufgeworfen. Fragen, die uns zu dem Punkt geführt hätten, an dem wir beide uns nun befinden. Odin hegte stets die Hoffnung, dass Njal während einer Schlacht fallen würde und er ihn nach Walhall holen könne, aber Njal kämpfte gut, nicht zuletzt dank seines Freundes Trym."

Juli huschte ein Lächeln über die Lippen, ebenso Wal-Freya, ehe sie fortfuhr: „So kam Fengur ein drittes Mal zurück. Es war eine Zeit der Irrungen und Wirrungen in Midgard. Nach eurer heutigen Zeitrechnung circa das Jahr 1520, eine Epoche, in der wir bei den Menschen fast vergessen waren. Dennoch kämpfte Thor unermüdlich gegen die Riesen, welche nach Midgard drängten. Loki suchte indessen das Schwert und den Menschen, der ihm dazu verhelfen würde, Ragnarök voranzutreiben – und wir suchten ihn auch. Tatsächlich fand ich Fengurs dritte Wiedergeburt noch vor Loki. Einen verängstigten Jungen, nur ein paar Jahre jünger als Thea. Das Leben hatte ihm übel mitgespielt, von Njal, dem mutigen Krieger, war keine Spur mehr in ihm zu finden. Zu meinem Glück ließ er mich aber diesmal an sich heran. Dummerweise reiste ich damals nicht mit Bygul und Trjegul nach Midgard, sondern auf Hildisvini, meinem Kampfschwein. Auf ihm konnte ich ihn nicht mit nach Asgard nehmen. So ritt ich zurück, um meinen Wagen zu holen. Als ich in Midgard ankam, war Loki bei ihm …"

„Warum bist du nicht über die Regenbogenbrücke gegangen? Das hat Thor bei unserer ersten Begegnung doch auch gemacht."

„Ich fürchtete, dass er mir auf diesem Weg nicht folgen würde. Du kannst dir nicht vorstellen, in welcher Verfassung er sich befand. Er war eine mittellose Waise, in einer Zeit voller Unruhen, Hunger und Angst vor der Kirche. Magie und Glaube an alte Götter waren gefährlich." Unerwartet suchte Wal-Freya nach Worten. Tief in einer Erinnerung versunken, kaute sie auf ihrer Unterlippe. „Scheinbar hatte Loki sein Vertrauen ebenso gewonnen wie ich. Er war nicht erfreut darüber, als ich auftauchte. Tatsächlich hatte er den Jungen so verunsichert, dass ich große Überredungskünste aufbringen musste, damit er mit mir kam. Ich hatte meinen Wagen weit ab seines Dorfes abgestellt, an einer Stelle, an der ich ungesehen landen konnte. Auf dem Weg dorthin … stieß Loki ihn von einer Klippe hinab."

Abrupt blieb Juli stehen. Ein stechender Schmerz fuhr ihr in den Magen, der sie von den Füßen zu holen drohte. „Was?", japste sie.

„Aus diesem Grund waren Thor und ich so vorsichtig, nachdem wir fast fünfhundert Jahre später Thea fanden. Wir wollten sie nicht verschrecken und wir durften nicht riskieren, dass uns Loki auf die Schliche kam und so etwas erneut geschah."

„Er würde Thea doch nicht …", keuchte Juli. „Ich meine er …" Sie hatte das Gefühl, zu ersticken.

„Er hat", sagte Wal-Freya fest. „Und ich bin mir sicher, er hätte es wieder getan, nur damit wir keinen Einfluss auf sie nehmen."

„Aber er hat sie gerettet. Mehrmals."

„Lokis Pläne wechseln wie das Wetter in einem Gebirge. Niemand kann sich sicher sein, was er in den nächsten zehn Minuten tut", schnaubte Wal-Freya.

„Du musst es ihr sagen! Sie glaubt noch immer, dass in ihm etwas Gutes zu finden ist!"

„Ich weiß. Nur was denkst du, würde geschehen, wenn sie es herausfände? Sie würde keine Nacht mehr ruhig schlafen. Thea ist nicht nur Thea, sie ist die Summe all ihrer Erfahrungen – aus allen Leben. So, wie sie die Liebe zu Geirunn tief in ihrem Herzen bewahrt, so ist auch dieser ängstliche Junge, dem so viel Schlechtes widerfahren ist, in ihr. Wir brauchen sie stark." Nun seufzte Wal-Freya. Sie blieb stehen und legte eine Hand auf Julis Schulter. „Das ist der Grund, weshalb *du* bei ihr bist. Wir erfuhren von dem einen Freund, den Njal damals an seiner Seite hatte. Wir beauftragten einen sterbenden Asentreuen nach seinem Übertritt nach Hel Trym aufzusuchen und ihm die

Geschichte seines rastlosen Freundes zu erzählen. Die Nornen sagten uns, dass dein und Njals Schicksal eng miteinander verknüpft ist. Wir vertrauten darauf, dass du ihn in deinem neuen Leben finden wirst. Du bist nicht zufällig mit Thea befreundet, Juli. Du hast eine Bestimmung, du bist ihre Stärke."

„Was?", rief Juli aus. Dann runzelte sie die Stirn. Sie hatte sich noch nie Gedanken darüber gemacht, warum sie an Theas Seite wiedergeboren wurde. Bisher dachte sie, dass das einfach so passiert sei, so wie viele Dinge einfach so geschahen. „Das hört sich alles nach einem schlechten Film mit so einem Auserwählten-Gequatsche an", brummte Juli.

Wal-Freya lachte herzhaft und erregte damit die Aufmerksamkeit der Gruppe vor ihr. Mit sanftem Druck schob sie Juli weiter. „Nun, die Nornen waren schon immer sehr knausrig mit ihren Erklärungen. Du weißt, dass sie das Schicksal eines Menschen mit dessen Geburt festlegen und du weißt auch, dass sie davon überzeugt sind, dass dieses nicht zu ändern ist. Ich würde also nicht behaupten, dass du eine Auserwählte bist, nur ein gewöhnlicher Mensch mit einem etwas anderen Schicksal."

Juli rümpfte die Nase. „Warum denke ich plötzlich, dass mir der Auserwählten-Quatsch doch lieber wäre?"

Abermals lachte Wal-Freya. „Es würde mich sehr beängstigen, wenn du die Auserwählte von irgendetwas bist, das mit meinem Schicksal zu tun hat."

„Jetzt komm schon, Wal-Freya!", begehrte Juli auf und entlockte der Walküre erneut ein Lachen.

„Entschuldige Juli. Ich will dich mit meinem Gerede nicht verunsichern. Leider zwingen mich die Ereignisse dazu. Es ist wichtig, dass du an Theas Seite stehst, vor allem jetzt, wo Loki ihr so nah ist." Sie machte eine Pause und seufzte zum wiederholten Male. „Da gibt es noch etwas, das du wissen solltest. Der Grund, warum ich dich darum gebeten habe, auf Loki und Thea ein besonderes Augenmerk zu haben, ist, weil uns eine Völva vor der Verbindung, die zwischen den beiden herrscht, warnte."

„Eine Verbindung? Was für eine Verbindung?", stutzte Juli.

Wal-Freya hob die Schultern. „Keine Ahnung. Aber diese Warnung ist der Grund dafür, weshalb ich immer sehr misstrauisch bin, wenn Loki mit Thea in Kontakt tritt. Jetzt verstehst du vielleicht ein wenig besser, dass ich dich darum bat, auf sie und Loki zu achten."

„Hast du mir deshalb verraten, dass Loki sie - also ein anderes Ich von ihr - umgebracht hat, damit ich ihr das im rechten Moment unter die Nase reibe?"

Wal-Freya hob warnend den Finger. „Juli, ich sagte, das dürfe Thea *nie* erfahren. Vor allem nicht, dass wir dich an ihre Seite geschickt haben, um auf sie aufzupassen."

„Warum nicht? Ist doch eine nette Sache."

„Weil es für solche Offenbarungen selten einen guten Zeitpunkt gibt und es Vertrauen zerstören kann", brummte Wal-Freya.

„Wenn du meinst", versetzte Juli wenig überzeugt.

„Lokis Einflussnahme ist nicht zu unterschätzen. Die Warnung der Völva ist nicht alt. Odin bekam sie erst, nachdem er Thea Kyndill überlassen hat. Darum sind wir um so glücklicher, dass wir dich an ihrer Seite wissen."

Juli nickte, während sie das Gehörte versuchte zu verstehen. „Trotzdem musst du mir noch eine Frage gestatten. Ich denke, Tote können nicht einfach so aus Hel zurück. Du erzählst das gerade so, als hättet ihr ein gemütliches Kaffeekränzchen zwischen alten Freunden organisiert."

„Es lag nicht in unserer Macht, dich zurückzuholen. Nur Hel kann die Toten freilassen. Wir hofften, dich mit der Nachricht über deinen alten Freund so in Aufregung zu versetzen, dass auch du ruhelos wirst."

„Na das hat ja geklappt", erwiderte Juli trocken. „Aber um auf das eigentliche Thema unseres Gesprächs zurückzukommen. Thea? Nuss? Wie lange willst du sie in diesem Zustand lassen?"

„Nur solange, bis wir genug Abstand zwischen ihr und Geirunn geschaffen haben", erwiderte Wal-Freya.

„Ich hoffe inständig, dass sie dir das verzeihen wird", seufzte Juli.

„Ich war zum Glück nicht alleine daran beteiligt", entgegnete die Walküre. „Sie wird es irgendwann verstehen."

Als Wal-Freya glaubte, dass die Entfernung zur Wikingersiedlung groß genug war, blieb sie stehen und holte die Walnuss aus der Tasche. Seufzend platzierte sie diese vor ihre Füße und blickte schuldbewusst in die Runde, ehe sie Loki dazu aufforderte, Thea zurückzuverwandeln. Der Feuergott trat vor, legte Kyndill neben der Nuss ab und tippte sie an. Noch während er zurücktrat, stand Thea wieder vor ihnen. Sie riss den Kopf zur Seite, starrte an die Stelle, wo ihrer Meinung nach Geirunn stehen sollte und sah gehetzt zu allen Anwesenden. Juli wusste, dass Thea ahnte, was mit ihr passiert war. Als ihre Blicke sich trafen und sie in die leeren Augen ihrer Freundin sah, jagte Juli ein Stich durchs Herz. Sie stürzte vor und schloss Thea in die Arme, die sich fest an sie drückte.

„Was haben sie getan?"

„Das, was sie für das Richtige gehalten haben", antwortete Juli ehrlich.

Thea verharrte starr in Julis Armen. Sie spürte Theas schweren Atem und die unendliche Traurigkeit, die ihn begleitete. „Du musst jetzt tapfer sein, für Mats und deine Eltern. Wenn wir das hier über die Bühne gebracht haben und wir in unser Leben zurückfinden, wird alles besser."

Thea löste die Umarmung, schaute zu ihren Füßen und hob Kyndill vom Boden auf. „Unser Leben wird nie wieder sein, wie es einmal war", flüsterte sie, während sie das Schwert zurück in seine Scheide schob. Sie hatte versucht, es ohne Groll zu äußern, doch Juli entging der bittere Unterton in den Worten nicht. Leider hatte ihre Freundin Recht. Sie war in ein Spiel der Götter geraten. Nach Wal-Freyas Erzählungen wurde Juli das bewusster als jemals zuvor. Auch wenn sie der Walküre vertraute, so beschloss sie, fortan nicht nur darauf zu achten, wohin Loki ihre Freundin drängte. Sie würde gleichwohl die andere Seite beobachten. Kyndill war den Asen wichtig. So wie die Sache aussah, konnte tatsächlich nur Thea es beherrschen, in den Händen des Feuergottes blieb es kalt wie ein Eiszapfen. Thea und das Schwert waren eins. Juli bezweifelte, dass Odin Thea jemals von ihrer Aufgabe Kyndill zu hüten, befreien würde, es war zu mächtig, um es zu verlieren. Sie wollte nicht dabei zusehen, wie ihre Freundin zu einem Werkzeug wurde, das man beliebig benutzte.

Mit versteinerter Miene legte Thea die Hand über den Schwertknauf und wich den Blicken der anderen aus.

„In Anbetracht der neuen Situation möchte ich noch einmal auf meinen Vorschlag zurückkommen, dass Thea, Wal-Freya und ich vorausfliegen. Wir erklären Balder die Situation und treffen uns auf halbem Weg wieder. Die Zeitersparnis würde euren Gehilfen so einige Unannehmlichkeiten in Midgard ersparen", sprach Loki in die Stille.

Hermodr ballte die Fäuste. „Das haben wir bereits geklärt, Loki. Wir werden die Gruppe nicht trennen!“

„Was meinst du damit, es würde mir Unannehmlichkeiten ersparen?“, fragte Thea.

Juli beobachtete Thea mit wachsender Unruhe. Selten hatte sie ihre Freundin so abgeklärt erlebt, kein Muskel bewegte sich in ihrem Gesicht, während sie die Frage stellte.

„Die Zeit in Hel und die Zeit in Midgard, Thea. Wir haben darüber gesprochen. Ich finde, du hast genug durchgemacht. Wir sollten nicht länger in der Totenwelt verweilen als nötig“, säuselte Loki.

„Sei still!“, befahl Wal-Freya.

Unbeeindruckt griff der Feuergott unter seinen Klappenrock und zog ein Gewand hervor. Es war von schwarzbefleckten weißen Federn durchsetzt. „Es ist ungewiss, wo Balder sich aufhält. Wir können Zeit verschwenden und zu Fuß durch Hel irren, oder die Halle aus der Luft suchen und wesentlich schneller in Erfahrung bringen, was wir wissen wollen. Wal-Freya kann Hermodr einen Gedanken schicken, sobald wir unser Ziel erreicht haben und dann treffen wir wieder zusammen.“ Er sah abwechselnd zu Wal-Freya und Hermodr. „Wie wollt ihr Hel überhaupt verlassen? Über das gleiche Loch, das euch ausgespuckt hat? Das wird interessant werden.“

„Das lass mal ganz unsere Sorge sein“, knurrte Hermodr.

Mit starrer Miene sah Thea zu Wal-Freya. Da der Anhänger verloren war, wusste Juli, dass sie der Walküre keinen Gedanken schickte, dennoch schien Wal-Freya die Frage hinter Theas Blick zu deuten. „Ich habe kein gutes Gefühl dabei, wenn wir beide mit Loki alleine unterwegs sind, Thea.“ Kurz wandte sie sich zum Feuergott um. „Er behauptet, er sei auf unserer Seite, aber das muss er erst noch beweisen.“

Mit rollenden Augen steckte Loki das Eulengewand zurück unter den Klappenrock. „Dann lasst uns mal Zeit verschwenden gehen“, raunte er und setzte sich in Bewegung.

13. Kapitel

Mehrere Stunden war die Gruppe gelaufen, ehe sie einen Rastplatz an zwei Felssäulen aufsuchte. Einige hundert Meter schraubten sich die Formationen über ihnen in die Höhe und verschmolzen dort mit der steinernen Höhlendecke. Müde hockten sich die Reisenden in einen Kreis und streckten ihre Glieder aus. In ihrer Mitte schütteten sie die Vorräte auf den Boden und bedienten sich. Still beobachtete Thea Juli, die mit leuchtenden Augen zulangte und dabei mit Ófeigur sprach. Er berichtete aus seiner Zeit in Midgard, von der ihre Freundin nicht genug hören konnte. Schon auf dem Weg hierher hatten sie und Tom ihn über das Leben im 18. Jahrhundert ausgequetscht. Schweigend war Thea ihnen gefolgt und zu ihrem Glück akzeptierte jeder, dass ihr nicht nach Reden zumute war. Auch jetzt wich sie beharrlich allen Blicken aus und folgte nur ihren Gedanken. Geirunn wiederzusehen und sie im nächsten Moment zu verlieren, erfüllte sie mit einer nie gekannten Leere. Sie konnte Wal-Freyas Beweggründe verstehen, ihr Handeln nachvollziehen, trotzdem überschattete das Ereignis ihre freundschaftlichen Gefühle zur Walküre. Zunehmend verunsicherte sie, welche

Seite es wirklich gut mit ihr meinte. Loki schien ehrlich besorgt darum, dass sie zu viel Zeit in Hel verbrachte. Wal-Freya hingegen ignorierte offensichtlich die weitreichenden Konsequenzen, die der Aufenthalt hier unten mit sich brachte. Waren der Wanin die Gefühle der Menschen so egal? Ihr? Der Liebesgöttin? Wal-Freya hatte geschworen, dass die Liebe sie nicht verbittert habe, aber manchmal war die Walküre so kalt, dass Thea nur schwer daran glauben konnte, dass es anders war. Und doch zeigte der mitfühlende Blick Wal-Freyas, als Thea ihrer einstigen Gefährtin in die Arme fiel, dass die Begegnung mit Geirunn sie rührte. Niemand, dem sein Gegenüber nicht kümmerte, wäre in der Lage, so zu schauen. Ungewollt trafen Theas Augen auf Lokis. Der Feuergott schien sie zu studieren, denn wann immer sie zu ihm sah, starrte er unverändert auf sie. Irgendwann hüllte sich Thea in ihren Umhang, legte sich der Gruppe mit dem Rücken zu und vermied weitere Blicke. Bilder von Geirunn, Hakon und Amma geisterten in ihrem Kopf herum, mischten sich mit Gedanken an ihre Eltern und Mats und mündeten schließlich in einem wirren Traum, aus dem sie jäh von Loki gerüttelt wurde. Beschienen von der roten Aura der Fylgja, die sich neben Thea gebettet hatte, legte der Feuergott einen Finger auf den Mund und blickte sich vorsichtig um, ehe er flüsterte: „Mein Angebot steht noch. Wir beide können die Suche nach Balder beschleunigen.“ Er lupfte den Klappenrock an seiner Brust und gab den Blick auf das Eulengewand frei.

Als Thea zum Widerspruch ansetzte, hob Loki die Hand. „Jaja, Wal-Freya ist dagegen“, wisperte er. „Aber ihr Bruder wird nicht älter und älter, während sie hier in Hel Zeit verschwendet, deiner schon.“

„Das kann ich nicht tun, Loki. Sie glaubt ohnehin, dass ich kaum etwas richtig mache“, raunte Thea.

„Siehst du! Umso mehr kannst du ihr damit beweisen, dass du ganz gut auf eigenen Beinen stehen kannst. Hör auf, ihr gefallen zu wollen. Hier geht es um dich und dein Leben."

„Wohl wahr! Sie wird mich nämlich umbringen, wenn ich mich mit dir davonschleiche."

Ein stummes Lachen zierte Lokis Gesicht. „So wärst du schneller zurück bei Geirunn."

„Sehr witzig."

Der Feuergott streckte ihr die Hand entgegen. „Falls Freydis Recht hat und Balders Halle unweit von Hels Halle liegt, werden wir zu Fuß fast zwei Wochen unterwegs sein. Wenn wir fliegen, schaffen wir es in einigen Stunden."

„Das ist doch Quatsch!", wehrte Thea ab, während ihr Blick von Lokis ausgestreckter Hand zu seinen Augen wechselte.

„Glaubst du? Wir sind fast einen halben Tag gelaufen. Wären wir geflogen, hätten wir die Strecke in weniger als einer Stunde zurückgelegt. Was ist, wenn Freydis sich irrt und Balder gar keine eigene Halle hat? Dann irren wir Tage und Wochen umsonst durch Hel. Jeder Tag, den deine Eltern und dein Bruder länger ohne dich verbringen müssen, ist unrecht. Denk nicht an Wal-Freya. Denk an deine Familie!"

„Sie traut dir nicht", schnarrte Thea.

„Du schon", erwiderte Loki.

Thea zuckte mit den Augenbrauen. Wie kam er darauf, dass sie ihm vertraute? Meinte er, wenn er es ihr nur in den Mund legte, würde sie es tun?

Loki schmunzelte, als könne er ihre Gedanken lesen. Im gleichen Moment rührte sich Hermodr auf seiner Schlafstatt. Erschrocken wich der Feuergott in der Hocke bleibend zurück, machte den Schritt aber gleich wieder auf Thea zu, da Hermodr noch immer fest zu schlafen schien.

„Auf all deinen Abenteuern, die du seit deinem Zusammentreffen mit Thor erlebt hast, habe ich da je etwas gemacht, das dir geschadet hat?“, wisperte Loki.

„Du hast mich von Geirunn fortgerissen“, antwortete ihm Thea rasch.

Loki rollte die Augen. „Das musste jetzt kommen. Wer sagt, dass *dir* das geschadet hat, hm? Du bist Thea Helmken. Eigentlich solltest du dich gar nicht an Geirunn erinnern. Ausnahmsweise gebe ich Wal-Freya Recht. Du darfst dich nicht an dein altes Leben binden. Es wird dir nur schaden.“

„Du wolltest mir Kyndill nehmen“, trotzte Thea.

Loki prustete leise. „Wollte ich das? Wann?“

„Als ich aus Nidhöggrs Höhle zurückkam. Du wolltest es mir stehlen. Wäre Thor nicht dazwischen gekommen, dann wärst du damit verschwunden. Hättest du mich in Niflheim stehen lassen?“

„Das legst du dir mit deinen Erinnerungsfetzen zurecht“, wehrte Loki ab.

„Ach ja? Als ich Kyndill mit Thor und Wal-Freya suchte, da hast du alles dafür getan, dass ich es nicht bekomme. *Das* sind keine Erinnerungsfetzen. Es ist nicht lange her. Ich besinne mich genau daran.“

Der Feuergott wedelte mit dem Finger. „Ah ah! Nun werde nicht ungerecht. Kannst du dich denn an gar nichts erinnern? Ich meine, nicht an die Zeit, als du lebendig warst, sondern an die Zeit, als du in Hel gewesen bist?“

Staunen machte sich in Theas Gesicht breit. In der Tat hatte sie keine Erinnerungen an ihr Leben nach dem Tod.

„Das mit Kyndill hast du mir schon vor sehr vielen Jahren verziehen. Hier in Hel.“ Loki lächelte.

Theas Miene verfinsterte sich. „Glaubst du, ich lasse mir das von dir einreden?"

Loki seufzte. „Wieso versuche ich es eigentlich? Nichts möchtest du von mir hören. Das ist der schlechte Einfluss deiner neuen Freunde. Sei's drum! Glaub mir oder nicht. Als du Kyndill in der Person von Thea gesucht hast, gehörte es dir noch gar nicht. Es war ein Wettlauf zwischen uns. Du hast gewonnen. Solange du es hast, trachte ich nicht danach. Ich will dir nicht schaden, Thea. Wenn ich dein Schwert wollte, hätte ich es längst. Denkst du, es wäre vor mir sicher, wenn du es in Midgard nachts neben dich in dein Bettchen legst?" Leichter Spott umspielte seine Lippen, der verschwand, als er erneut die Hand nach ihr ausstreckte. „Komm! Lass deine Mutter nicht warten. Wenn Balder frei ist, wird dich Odin aus seinen Diensten entlassen. Ebenso wird er aufhören mich zu verfolgen. Wir haben beide ein Interesse daran, dass dieser Plan gelingt."

„Ich kann nicht! Ich kann Wal-Freya nicht noch einmal enttäuschen."

„So, wie ich das sehe, hast du eher etwas gutzumachen. Ich helfe dir dabei."

Thea schüttelte den Kopf. „Nein, Loki. Es geht nicht."

Seufzend zuckte der Feuergott die Schulter. „Dann nicht." Er zog das Eulengewand unter dem Klappenrock hervor und legte es neben sie. „Aber ich werde mir nicht nutzlos die Füße platttreten." Mit diesen Worten verwandelte er sich in seine Adlergestalt. Verschmitzt zwinkerte der Vogel, dann breitete er die Flügel aus, hob ab und verschwand irgendwo zwischen den Bäumen.

Thea sah Loki eine Weile nach, dann wechselte sie den Blick zwischen dem Eulengewand und der Gruppe. Alle schliefen. Juli lag ihr zugewandt, den Umhang fest um den Oberkörper geschlungen. Gleich neben ihr ruhte Wal-Freya.

Zum ersten Mal, seit sie wieder aufeinandergetroffen waren, wirkte die Göttin entspannt, ihre Gesichtszüge spiegelten Weichheit und einen Frieden wider, den Thea von ihr nur aus der Zeit in Asgard kannte. Thea atmete tief. Es lag ihr fern, Wal-Freya zu hintergehen. In den vergangenen Monaten war ihr die Walküre zu einer guten Freundin geworden, aber Loki hatte Recht: Es ging um Theas Leben und es verrann die Zeit mit ihrer Familie, wenn sie sich nicht beeilten. Außerdem – und einmal mehr stimmte sie Loki zu – musste sie etwas gutmachen. Mit dem Verlust des Amuletts hatte sie Wal-Freya schwer enttäuscht, auch wenn die Walküre es später versuchte, in ein anderes Licht zu rücken. Wieder starrte Thea auf das Eulengewand. Sollte sie mit Loki gehen, würde sie gegen Wal-Freyas Entschluss handeln und die Walküre vor den Kopf stoßen. Dabei wollte Thea nie etwas anderes, als Wal-Freyas Erwartungen zu entsprechen. Leise fluchend packte sie das Eulengewand und schlich sich an die Göttin heran. Sie hatte kaum ihre Schulter berührt, da hob Wal-Freya den Kopf.

„Loki ist fort“, erklärte Thea ohne Umschweife.

„Was?“, rief die Walküre und löste damit eine Welle der Bewegung auf dem Platz aus. Einer nach dem anderen richtete sich fragend auf.

Thea präsentierte der Wanin das Eulengewand. „Er ist davongeflogen.“

„Um Balder vor uns zu finden!“

Bestätigend und zugleich ratlos presste Thea die Lippen zusammen.

„Dieser verdammte Sturkopf“, fluchte Wal-Freya. Im Aufstehen zog sie das Falkengewand hervor und legte es um ihre Schultern. „Wir müssen ihm nach, ehe er eine Dummheit anstellt und den ganzen Auftrag gefährdet.“

„Ihr? Du meinst Thea und du?“ Empört sprang Hermodr auf. „Das ist doch genau das, was er will!“

„Da gebe ich dir Recht. Ich bin offen für Alternativen“, versetzte Wal-Freya.

„Ihr könnt ihn nicht einfach so gehen lassen“, sagte Juli schnell.

Wütend stapfte Hermodr auf und trieb seinen bestiefelten Fuß dabei so tief in den Grund, dass er Mühe hatte, ihn wieder herauszuziehen. „Dieser raffinierte Hund!“

„Brecht auf und lauft weiter. Wir treffen zusammen, sobald wir Loki gefunden haben“, befahl Wal-Freya. Aufmunternd nickte sie Thea zu.

„Meint ihr, er lässt sich finden?“, unkte Tom.

„Ich denke, es ist genau das, was er will“, erwiderte die Walküre. Sie nahm Thea das Eulengewand aus der Hand und warf es ihr über die Schultern. „Du wirst ihn überreden, seinen törichten Plan aufzugeben.“

Thea nickte. Im nächsten Moment knöpfte Wal-Freya das Gewand zu und Thea wurde vom Schmerz der Verwandlung umfangen. Als sie die Augen öffnete, war ihr Blick verändert. Kyndill lag vor ihren weiß gefiederten Vogelklauen. Sie sah zu Wal-Freya, die nun wie ein Riese vor ihr aufragte.

„Nimm es mit“, sagte diese nur, schloss das Gewand und schon stand sie als Falke neben der Eule. Mit einem Nicken spannte sie die Flügel und flog davon. Thea packte Kyndill, das sofort zu lodern begann, und folgte der Walküre ungelenk hinterher. Schwerfällig erhob sie sich über die Bäume bis nahe an die Höhlendecke. Kyndill leuchtete den Platz aus wie ein Signalfeuer.

„Ich schaffe nicht, dass es aufhört“, bedauerte Thea.

Kaum hatte sie es ausgesprochen, da sprang die Fylgja heran und trug das ihre dazu bei, das Federkleid ihres Schützlings in der Dunkelheit erstrahlen zu lassen.

„Das ist gut so“, erwiderte Wal-Freya. „Wir wollen gesehen werden.“

„Wollen wir das?“

Der Falke nickte und flog voran. Thea folgte in böser Vorahnung. Sie riskierten, ihre Anwesenheit in Hel bekannt werden zu lassen. Wieso nur wagte Wal-Freya das? Sie flogen einige Zeit, da bekam Thea eine Ahnung, weshalb.

„Ich weiß ja, dass deine Flugkünste erbärmlich sind und dass man andere Wesen dringend davor warnen sollte, aber ist diese Positionslampe wirklich nötig?“, hörte Thea eine vertraute Stimme neben sich.

Als sie den Kopf drehte, entdeckte sie einen Adler mit vier markanten Bartsträhnen. Zwei von ihnen verliefen unter dem Kinn, die anderen wuchsen rechts und links seines Schnabels. Ehe Thea vermochte zu antworten, tauchte Wal-Freya ab und setzte sich neben die andere Seite des Adlers.

„Verdammt, Loki! Hör auf mit deinen Spielereien. Die Gruppe muss zusammenbleiben.“

„Warum? Was soll geschehen? Wir sind in Hel, einem Ort des Friedens!“, erwiderte er herausfordernd.

„Du weißt genau, was ich meine!“, knurrte Wal-Freya.

„Ich versuche nur, Thea zu helfen, damit sie ihren Mats nicht erwachsen vorfindet, bis sie von hier zurück ist.“

„Hör auf, ihre Gedanken mit Worten zu vergiften! Nichts dergleichen wird passieren“, knirschte Wal-Freya.

Loki schaffte es, selbst in die Miene des Adlergesichts feinen Spott zu zeichnen. „Du sagst doch immer, dass du es gut mit ihr meinst. Warum verschwendest du also mehr Zeit als nötig?“

„Weil die Gruppe zusammenbleiben muss, Loki. Wir werden Balder befreien. Falls unser Plan auffliegt, brauche ich die anderen.“

„Sollte euer Vorhaben missglücken, seid ihr verloren, da hilft auch kein Hermodr", erwiderte Loki trocken. „Es ist in jedem Fall besser, in Balders Halle zu fliegen. Drei Vögel sind unauffälliger als sieben Personen." Er sah auf Theas Füße. „Naja … wenn Thea ihre Fackel ausmacht."

„Das kann sie nicht", antwortete Wal-Freya. „Wir kehren um. Das ist nicht nur mein Wunsch."

Wieder zeichnete sich Spott im Gesicht des Adlers ab. „Tatsächlich? Nun, ihr könnt gerne zurückfliegen. Ich habe keine Einwände."

„Loki!", fluchte Wal-Freya.

„Ja, Wal-Freya?", säuselte der Feuergott.

„Wir haben das gemeinsam entschieden. Du bist überstimmt!"

Nun lachte Loki. „Überstimmt? Thea, Juli und Tom habt ihr bei diesem Votum völlig ausgelassen. Fragen wir eine davon. Was möchtest du, Thea?"

Thea war sich bewusst, dass sie Loki zur Vernunft bringen sollte. Je mehr sie aber darüber nachdachte, umso mehr wünschte sie sich, so schnell wie möglich zu ihrer Familie zurückzukommen. Im Grunde ihres Herzens würde sie gegen Wal-Freya stimmen. Wusste Loki das auch?

„Ich …", druckste sie.

Loki schien keine Antwort zu erwarten, denn er unterbrach sie, kaum dass sie den Schnabel öffnete. „Wal-Freya, es war kein Scherz, als ich sagte, die Zeit in Hel vergeht anders. Ihre Mutter wartet auf sie. Ist dir das völlig egal?"

„Du willst mich manipulieren", warf ihm Wal-Freya vor.

Der Feuergott lachte. „Da siehst du es, Thea. Ich versuche sie zu überzeugen und sie wirft mir Manipulation vor. Ich kann machen, was ich will. *Acht Stunden*, Wal-Freya, mehr brauchen wir nicht. Weitere acht Stunden werden vergehen, um Hermodr und die anderen wieder zu treffen. Selbst mit

Pausen und einer Mütze Schlaf, zieht nur ein Tag ins Land, ehe wir zurück sind. Was ist, wenn Freydis sich irrt und Balder an einem ganz anderen Ort zu finden ist? Zu Fuß benötigen wir mindestens zwei Wochen, um die Wahrheit herauszufinden. Eine kleine Gruppe kann sich viel unauffälliger bewegen – vor allem, wenn es Vögel sind."

Er kicherte amüsiert.

„Ich kann daran nichts lustig finden", erwiderte die Wanin. „Ich schicke Hermodr einen Gedanken und erkläre ihm, dass wir vorausfliegen. Thea, du kehrst zurück. Kyndill ist zu auffällig."

Thea öffnete ihren Eulenschnabel zum Widerspruch, da zwinkerte ihr Loki zu. „Gib es mir. Bei mir brennt es nicht."

Thea umklammerte das Schwert fester und entlockte dem Adler ein Grinsen. „Ich habe es auch getragen, als du eine Nuss gewesen bist. Lass es los, ich fange es auf."

Thea tat wie ihr geheißen wurde, ehe Wal-Freya protestieren konnte. Kaum hatte sie Kyndill aus ihren Klauen gelassen, verloschen die Flammen. Loki stürzte dem Schwert nach, fing es auf und flog nur wenige Augenblicke später wieder neben ihr. Die Fylgja war jetzt das einzige Licht, das sie begleitete.

„Siehst du, alles kein Problem", schmunzelte Loki. „Aber du sollest lernen, es nicht immer losflammen zu lassen."

„Das haben wir versucht. Es lässt sich nicht beherrschen", erklärte Thea.

Der Feuergott lachte. „Es *beherrschen*. So etwas kann auch nur von Wal-Freya kommen."

„Du vergisst, wer dich das Zaubern lehrte", brummte die Walküre verschnupft.

„Das würde ich niemals, Wal-Freya", erwiderte Loki. Er lachte, drehte einen Bogen um sie und Thea und setzte seinen Weg fort.

Eine Stunde später drängte Thea zu einer Pause, da sie das Gefühl hatte, dass ihr jeden Augenblick die Kräfte versagten. Am Horizont klaffte eine steinige Hügellandschaft auf und bildete einen dunklen Kontrast zum Rest der Landschaft. Zum ersten Mal, seit sie Naströnd verlassen hatten, wirkte Hel wieder lebensfeindlich. Bis zu diesem Platz waren sie über zahlreiche Siedlungen, Wälder und Wiesen geflogen. Dabei hatte Thea Menschen beobachtet, die sich fröhlich auf Plätzen tummelten, spielten, ritten, tanzten. Das alles fand tief im Erdreich statt und doch waren die Plätze stets in helles Licht getaucht. So feindlich sich Hel zu Beginn ihrer Reise zeigte, so friedlich bildete sich die Welt hinter Naströnd vor ihrem Auge ab. Manchmal wirkte die Szenerie nahezu unwirklich, wie aus einem Schnulzenfilm oder einer Waschmittelwerbung. Wal-Freya ließ sich am Rande eines Sees nieder. Kaum war sie gelandet, ragte sie in ihrer vollen Gestalt auf, so auch Loki. Nur Thea wusste nicht, wie sie das Gewand geöffnet bekam.

„Kopf runter und mit dem Schnabel unter das Gefieder greifen“, erklärte Loki.

Thea folgte der Anweisung und fand tatsächlich einen Knopf. Hilflos knabberte sie an ihm herum, war aber nicht in der Lage, ihn zu öffnen. Die Fylgja setzte sich interessiert vor sie und beobachtete ihre ungeschickten Versuche. Schließlich erbarmte sich Wal-Freya und öffnete den Knopf. Erleichtert hockte sich Thea neben die Walküre. Loki streckte die Zunge raus und ließ das Kinn dabei auf die Brust sinken. Unverständlich erklärte er: „Du muscht den Knopf mit der Pfunge durch die Pflaufe schieben. Ef geht ganf leicht.“

Thea nickte nur und knetete abwechselnd ihre Arme. Sie kribbelten, wie Beine nach einer langen Wanderung.

Wal-Freya ließ das Falkengewand von ihrer Schulter gleiten, zog den Quersack über den Kopf, öffnete ihn und stellte ihn in die Mitte.

„Asgards Speisen habe ich sehr vermisst“, sagte Loki und griff nach einem Stück gepökeltem Fleisch.

„Selbst schuld“, versetzte Wal-Freya. Ihre Blicke begegneten sich, doch der Feuergott ließ den Kommentar unerwidert.

Thea nahm auf dem felsige Boden Platz und griff nach Kyndill, das Loki neben sich gelegt hatte. Es loderte auf, bis sie es in die Schwertscheide schob und es darin gänzlich verschwand. Während die Fylgja an ihre Seite kam und sich zusammenrollte, sah Loki sie nachdenklich an.

„Was?“, fragte Thea, als sie seinen Blick nicht mehr ertragen konnte.

„Ich überlege, woran es liegt, dass du diese Flamme immer wieder hervorbringst.“

„Sie lernt es noch, sie zu kontrollieren“, sagte Wal-Freya.

„Mir scheint es eher, dass dein Schützling lernen muss, sich zu kontrollieren. Kyndill ist kein gewöhnliches Schwert, Wal-Freya. Es ist eine magische Waffe mit einem Drachenfeuer. Feuer lässt sich nicht so einfach beherrschen, man muss eins damit sein.“

Wal-Freya runzelte die Stirn. „Baba Jaga hat so etwas auch schon angedeutet. Wie meinst du das?“

„Ich weiß es nicht genau. Ich denke darüber nach“, raunte Loki, ohne Thea aus den Augen zu lassen.

Verlegen strich sich Thea eine Strähne unter den Helm und sah zu Boden.

„Das ist nichts, wofür du dich schämen musst“, sagte Loki liebevoll. Er legte sich auf den bemoosten Boden und streckte sich aus.

„Macht es euch nicht zu gemütlich. Wir brechen gleich wieder auf", sagte Wal-Freya, einen Schluck aus ihrem Trinkschlauch nehmend.

Loki fixierte Thea mit seinem Blick. „Hol es noch einmal raus."

Ungläubig runzelte Thea die Stirn. Dann begriff sie und zog Kyndill aus der Scheide. Sofort lag der Platz im Schein der Flammen.

„Was fühlst du?"

Noch während sie sich fragte, was der Feuergott mit seiner Frage bezweckte, konkretisierte dieser: „Fühlst du die Macht, die in dem Schwert innewohnt?"

„Ich sehe sie", erwiderte Thea zögernd und entlockte Loki ein Lächeln.

„Schließe deine Augen."

Nach einem zustimmenden Blick von Wal-Freya, die die Situation schweigend beobachtete, tat Thea wie befohlen.

„Jetzt siehst du es nicht mehr. Was nimmst du wahr?"

„Ich höre das Schlagen der Flammen und spüre die Wärme des Feuers", erklärte sie.

„Fühle das Schwert. Was spürst in der Hand? In den Fingern?"

Unwillkürlich öffnete Thea die Augen. „Nichts."

Loki setzte sich auf und rückte ein Stück näher an sie heran. Er nahm ihre freie Hand. „Mach die Augen zu, konzentriere dich auf deine Schwerthand."

Die zärtliche Berührung des Feuergottes verwirrte Thea. Sie schloss die Lider und versuchte seine Nähe zu ignorieren, nur um gleich darauf verblüfft aufzuschauen. Eine schwache Hitze loderte unter der Haut ihres rechten Arms, sie weckte ein angenehmes Gefühl in ihr, das geradezu aus dem Bauch zu kommen schien. Die Fylgja blickte interessiert auf. Ob sie Theas Gefühle lesen konnte?

Loki ließ ihre Hand los und beobachtete Thea zufrieden. Ein Lächeln zuckte um seine Mundwinkel.

Thea starrte in die Flammen, folgte deren Ausgangspunkt am Heft und drehte das Handgelenk. Es fühlte sich an, als käme die Wärme aus ihrem eigenen Innern und gleichzeitig strahlte sie aus Kyndill ihren Arm hinauf. Es kribbelte leicht, ähnlich des Gefühls, wenn sie einen Zauber wirkte, nur sehr viel schwächer.

„Spürst du die Verbundenheit zwischen dir und dem magischen Feuer?"

„Ja", antwortete Thea zögernd, da sie sich nicht sicher war, ob es stimmte.

„Kyndill und Nidhöggrs Flamme sind eins, sie haben sich ineinandergefügt, so wie sich Kyndill mit dir verbunden hat. Ein Drachenfeuer ist nicht beherrschbar. Wenn du ihm befiehlst, wird es nicht folgen. Es ist so unbändig wie der Drache selbst, von dem es stammt. Kyndill vertraut dir, es zeigt seine Macht, es beschützt dich. Aber ihr seid noch keine Einheit, es weiß nicht, was du fühlst. Um ihm das zu zeigen, musst du lernen, seine Sprache zu sprechen. Kyndill und mit ihm die Drachenflamme werden dir folgen, sobald du das gelernt hast."

„Ich verstehe nicht …"

Loki sah auf seine Füße und schlug die Stiefel dabei aneinander. „Keine Sorge. Ich denke, du wirst es rasch begreifen. Höre einfach damit auf, Kyndill als eine gewöhnliche, magische Waffe zu sehen, die du beherrschen könntest. Lausche den Flammen, fühle sie, nehme es als den magischen Gegenstand an, der dich gesucht hat und der zu dir gehören will. Fürchte es nicht, betrachte es nicht als Bürde, sondern als das, was es ist: ein Geschenk. Der Rest kommt von allein."

Thea betrachtete das Farbenspiel der Flammen. Sie hatte Kyndill nie als einen gewöhnlichen, magischen Gegenstand gesehen. Wie könnte sie? Die Worte *Magie* und *gewöhnlich* in einem Satz zu verwenden war etwas, das wohl nur einem Gott einfiel.

Wal-Freya stand auf. „Es würde mir missfallen, wenn ich Loki Recht geben muss, deswegen brechen wir jetzt auf."

Leise kichernd sprang der Feuergott auf die Füße. Im nächsten Augenblick stand er in seiner Adlergestalt vor Thea. „Das wollen wir nicht riskieren", erwiderte er.

Sie überflogen den See in Richtung eines Waldgebiets. Thea musste an ihre Freunde denken, die das alles zu Fuß zurücklegen würden. Ihr Misstrauen Loki gegenüber schmolz mit jedem Flügelschlag. Ohne zu fliegen hätten sie für diesen Weg eine Ewigkeit gebraucht. Obwohl sie sich tief unter der Erde befanden, erstreckte sich Hel weit und schier endlos vor ihnen. Sie hielten auf die neblige Felslandschaft im Norden zu, die sich völlig gegensätzlich von den malerischen Orten absetzte, die ihm zu Füßen lag. Die Landschaft war durchsetzt mit Siedlungen und Dörfern unterschiedlicher Holzbauten. Hier und da schlängelten sich Flüsse, wechselten sich Weizenfelder mit Obstwiesen und Wäldern ab. Auch Stunden nach ihrem Aufbruch war von dem dunklen Ort, als der Hel in den meisten Erzählungen dargestellt wurde, wenig zu erkennen. Erst jetzt, da Hels Halle in ihren Blick rückte, änderte sich das Bild. Sie überflogen die steinige, unbewachsene Ebene aus gezackten Hügeln. Schon seit geraumer Zeit schlug sich über ihnen ein Geflecht aus zartem Wurzelwerk durch die Decke und erschwerte den Weg. Die Luft war neblig und kalt geworden. Zu Beginn flogen sie tiefer, doch der Abstand zwischen Boden und Höhlendecke schrumpfte mit jedem Flügelschlag.

Als Loki auf ein Langhaus in Sichtweite hinwies, vergaß Thea beinahe die Flügel zu benutzen. Es war auf dem Kamm der steinernen Hügel errichtet und erstreckte sich über den gesamten Horizont. Eingewebt in einen Nebelschleier klammerte sich das Wurzelwerk der Höhlendecke um das Gebäude und bildete ein Geflecht über den drei Reihen der dachtragenden Stützen. In der Mitte des Hauses sprang Thea ein Eingang ins Auge, der von einem Spitzdach geschützt an der Stirnseite hervorragte.

„Das ist Hels Halle", erklärte Loki.

„Wir sollten ihr nicht zu nahe kommen", raunte Wal-Freya.

„Keine Sorge", erwiderte Loki, nach rechts abdrehend.

In einem weiten Bogen führte er die Gruppe um das imposante Bauwerk herum. Das Bild, das sich ihnen hinter dem Hügel bot, verwirrte Thea gleichermaßen wie Wal-Freya. Aus der Luft zeichnete sich eine Aneinanderreihung einzelner Häuser ab, die einen unüberschaubaren Verbund aus rechtwinklig angeordneten Hallen bildeten. Soweit das Auge reichte, erstreckten sich diese über das karge Gebiet und schmiegten sich an die felsige Landschaft.

„Das ist nicht nur eine Halle, das ist eine verdammte Stadt!", fluchte Wal-Freya.

„Es ist der natürliche Drang der Menschen, sich in der Nähe ihrer Führer anzusiedeln", erwiderte Loki gleichgültig. „Dort drüben! Das könnte Balders Halle sein!"

„Wir werden auf keinen Fall alleine da runtergehen. Wir holen erst die anderen", widersprach die Walküre.

„Bist du der Meinung, dass jede Halle mit einem goldenen Dach sofort die Balders sein muss? Wir schauen nach, ob er dort wohnt", beharrte Loki.

„Zuerst beobachten wir den Ort", knurrte Wal-Freya, die offensichtlich wusste, dass jeder Widerspruch nur dazu führen würde, dass der Feuergott im Alleingang handeln würde.

„Wenn du meinst“, erwiderte Loki gelangweilt. Er flog einen Bogen und steuerte auf einen Hain nahe der goldbeziegelten Halle zu. Im höchsten Baum ließ er sich auf einem Ast nieder.

„Da kann ich nicht landen!“, rief Thea, während Wal-Freya bereits die Füße vor den Körper streckte und einen Platz neben Loki ansteuerte.

„Das schaffst du“, meinte Wal-Freya ungerührt, tauchte geschickt zwischen den Blättern durch und hockte sich neben den Adler.

Thea sah den Hain auf sich zukommen. Erfolglos versuchte sie Geschwindigkeit aus ihrem Sinkflug zu nehmen, dann brach sie in das Blätterdach ein. Sie schlug mit der Brust hart an einen Ast, verlor die Orientierung und purzelte schmerzhaft zwischen den Zweigen hindurch, ehe sie in einer Gabelung stecken blieb. Dort blickte sie in die Augen eines Adlers und in die ihrer Fylgja, die gerade neben Loki Platz nahm. Im seidenen Nebelschleier leuchtete ihre Aura noch größer.

„Ihre Flugkünste sind so erbärmlich. Eines Tages wird sie sich dabei den Hals brechen“, kommentierte Loki trocken.

Wal-Freyas Falkenaugen ruhten auf Thea, während sie nickte.

Thea strampelte hilflos mit den Füßen, bevor sie Halt fand und sich mühsam mit dem Schnabel aus der Gabelung zog. Sie schüttelte ihr Gefieder und streckte kurz die Flügel, ehe sie missmutig aufblickte. Loki löste sich von seinem Platz und sprang zu ihr hinab. Kyndill, noch immer in seinen Klauen, gab einen protestierenden Singsang von sich, während der Ast unter Thea so heftig zu wippen begann, dass sie ins Straucheln geriet. Kaum hatte sie zu ihrer

Balance gefunden, schwankte der Ausläufer abermals, da Wal-Freya ebenfalls zu ihnen wechselte. Nur die Fylgja landete sanft und unbemerkt.

„*Wenn* ich mir eines Tages den Hals breche, dann seid ihr daran sicher nicht unbeteiligt“, murrte Thea, die Flügel wie eine Balancierstange von ihrem Körper gestreckt.

„Ssssch!“, wisperte Wal-Freya. „Schau!“ Mit einem Kopfnicken bedeutete sie ihr, den Blick in die Tiefe zu richten.

Thea spähte zwischen den dunklen Blättern in Richtung der Halle. Neben dem Dach waren auch die Seitenwände aus goldenem Baumaterial gefertigt. Ein Anblick, der sie stark an die Gebäude Asgards erinnerte. Das große Tor war verschlossen, nichts regte sich. Plötzlich machte sie eine Bewegung weiter links aus. Zwei Menschen schritten auf einem Pfad entlang, der sich in einem Gemisch aus Steinen und niedergetrampelter Erde um die Halle wandte. Verdutzt verengte Thea die gelben Augen und streckte unwillkürlich den Kopf vor, als könne sie die Gestalten so besser erkennen. Sie trugen schwere Mäntel und Brillenhelme. Beide ließen ihre rechte Hand auf ihrem Schwertknauf ruhen, während sie sich still fortbewegten.

„Ich denke, in Hel gibt es keine Waffen“, wisperte Thea.

Wal-Freya nickte leicht. „Was hat das zu bedeuten?“, fragte sie Loki, als sich die Beiden weit genug entfernt hatten.

„Das sind sicher Wachen“, erwiderte dieser unbekümmert.

„Wachen?“, schnappte Thea.

„Würdest du so eine wertvolle Person wie Balder etwa unbewacht lassen?“, antwortete Loki.

„Das gefällt mir ganz und gar nicht“, raunte Wal-Freya.

„Ach was, du Schwarzseherin!“, versetzte Loki. „Komm schon, sie sind weg!“ Ohne eine Antwort abzuwarten, sprang er vom Ast und landete zwischen einigen zarten Gräsern auf dem Boden, die sich entlang des Hains ausbreiteten. Arglos ließ er Kyndill neben sich liegen und verwandelte sich zurück in seine menschliche Gestalt. Im Schatten des Baumes strich er seinen Klappenrock glatt. Schnaubend folgte Wal-Freya seinem Beispiel. Behutsam faltete sie das Falkengewand zusammen und versteckte es irgendwo unter ihrem Brustpanzer. Loki hob Kyndill an der Klinge auf und streckte es Thea entgegen. Sie zögerte einen Moment, dann sprang auch sie von dem Ast. Obwohl sie sich bemühte, diesmal alles richtig zu machen, fand sie sich bäuchlings auf dem Boden wieder. Lokis bemitleidenden Blick ignorierend richtete sie sich auf und suchte den Knopf des Eulengewands. Geschickt drückte sie ihn mit der Zunge durch das Loch, so wie es ihr der Feuergott geraten hatte.

„Es scheint noch Hoffnung zu geben, dass du in der Lage bist, etwas zu lernen“, bemerkte Loki spitz.

Zurück in ihre menschliche Gestalt verwandelt, nahm Thea ihm Kyndill aus der Hand und steckte es zurück in die Scheide, ehe sie sich das Eulengewand vom Rücken streifte und es Loki reichte.

„Behalte es. Du wirst es später brauchen“, winkte Loki ab. Er wollte gerade aus dem Schatten des Baumes treten, da zog ihn Wal-Freya zurück. Hufgeklapper tönte durch die Stille und näherte sich. Doch etwas stimmte nicht, es klang seltsam. Das Fell der Fylgja sträubte sich in einem langen Kamm. Mit einem leisen Fauchen machte sie einen Buckel und richtete ihren Blick nach vorn.

Thea drückte sich an den Baumstamm und spähte vorsichtig aus dem Hain. „Was ist das?“, zischte sie erschrocken.

14. Kapitel

Ein graues Pferd mit langer, weißer Mähne und Augen, die in einem unnatürlichen Grün aus dem Halbdunkel leuchteten, näherte sich. Statt der beiden Vorderbeine befand sich unter seiner Brust nur ein einziges Bein. Es trat an den Hain heran und blieb stehen, als es die ersten Grashalme erreicht hatte. Zufrieden knabberte es den Platz ab. Thea presste sich klopfenden Herzens an den Baumstamm und starrte Wal-Freya an.

„Was ist das?“, wisperte sie.

Die Wanin äugte in Richtung des Tieres und raunte unheilvoll: „Ich kenne nur ein Pferd mit drei Beinen. Das bedeutet nichts Gutes.“

„Die Wahrscheinlichkeit, in der Unterwelt Helhestr zu treffen, ist genauso hoch, wie Fische im Meer zu sehen“, schmetterte Loki ihre Bedenken ab.

„Ist das nicht Hels Pferd?“, fragte Wal-Freya in einer bösen Vorahnung.

„Was? Nein! Sie hasst reiten“, erwiderte Loki. „Warum sollte sie auch? Sie ist keine Walküre, die die Verstorbenen einsammelt. Alle Toten kommen über die Gjallarbrú zu ihr.“

„Was ist das für ein Geschöpf?“, flüsterte Thea, der es mit einem Mal kalt wurde.

„Es ist ein Todesbote. Solltest du ihm jemals in Midgard begegnen, fürchte den nahenden Tod eines Freundes, eines Familienmitgliedes oder deinen eigenen“, schnarrte der Feuergott.

„Seine Hufschläge sind ein Warnsignal. Wenn du es triffst, tritt bald der Tod in dein Leben“, ergänzte Wal-Freya.

„Mir wird schlecht“, sagte Thea.

„Wir befinden uns im Totenreich“, erinnerte Loki. „Wir sind umgeben von Verstorbenen. Helhestr dürfte dein kleinstes Problem sein. Mach dir lieber Gedanken um deine Fylgja.“

Wal-Freya gab dem Feuergott einen so heftigen Stoß, dass der gegen einen Baum krachte und Helhestr mit einem schnaubenden Laut den Kopf hob.

„Großartig gemacht!“, knirschte Loki. Unerwartet stand er in Pferdegestalt vor ihnen – als Fuchs mit langer schwarzer Mähne und einem schwarzen Schweif. Er bäumte sich wiehernd auf, preschte aus dem Hain heraus und galoppierte davon. Helhestr schnaubte fragend und hastete ihm nach.

„Warum tut er das? Ich denke, Helhestr ist nicht gefährlich.“

„Wahrscheinlich will er verhindern, dass wir Aufsehen erregen“, raunte Wal-Freya. Sie trat einen Schritt vor und spähte aus dem Hain in die Umgebung. „Los! Bevor wir doch entdeckt werden.“ Leicht gebeugt eilte sie aus der Deckung zur Halle. Kaum hatte sie den Griff des Tores umfasst, ließ sie ihn wieder los. Warnend stolperte sie zurück und riss ihr Schwert unter dem Umhang hervor. Zeitgleich schälten sich menschliche Silhouetten aus den Torflügeln und aus den Außenwänden. Vor Schreck wie gelähmt, konnte Thea nicht erkennen, ob die Krieger nur goldene Rüstungen trugen, oder ob sie selbst aus dem Edelmetall bestanden. Als der Erste mit gezücktem Beil auf Wal-Freya zustürzte, schlussfolgerte Thea, dass es Letzteres war, denn es gab keinen Unterschied zwischen Kleidern und Haut, auch die Umhänge wehten golden schimmernd um ihre Schultern. Endgültige Gewissheit lieferte Wal-Freyas Verteidigung. Sie führte ihr Schwert hart auf einen Angreifer, von dem es mehrmals mit protestierendem Klirren abprallte, ehe die Walküre die Hand hob und ihn mit einem magischen Befehl zum Taumeln brachte.

Thea zog Kyndill hervor und sprang auf einen Gegner zu, der einen Speer über den Kopf reckte, um ihn in Wal-Freyas Rücken zu bohren. Das Flammenschwert fuhr unter dem Oberarm in seinen Körper und durchdrang ihn wie ein Stück Butter. Geschmolzenes Gold floss auf den Platz, auf dem sich die beiden Körperhälften verflüssigten. Von blinder Wut erfüllt, stürzten drei weitere Krieger auf Thea zu. Eine der goldenen Waffen traf auf Kyndill und brach an dem Feuerschwert. Der obere Teil der Klinge fiel zu Boden, während der andere in der Hand des Wächters zerfloss und auf den Rest seines Armes überging. Kreischend stemmte er die Hand in die Höhe und Thea stieß ihm Kyndill die Brust, ehe sie unter dem Schlag des nächsten Kriegers abtauchte und auch dessen Leben ein Ende setzte. Wal-Freya kämpfte mit Schwert und Magie gegen ihre Angreifer, vermochte die Gegner aber kaum zu überwinden. Gewandt und mit geordneter Schnelligkeit arbeitete Thea die metallischen Kämpfer ab, wich Attacken aus und führte Kyndill geschickt durch ihre Reihen, ehe sie der Walküre zur Hilfe kam. Als der Angriff abgeschlagen war, lagen dreizehn goldene Körper tot vor der Halle.

„Verdammt!“, fluchte Wal-Freya, den Platz überblickend.

„Was war das?“, keuchte Thea.

„Magische Wächter. Ich habe ihre Präsenz nicht rechtzeitig bemerkt!“ Sie nickte Thea dankend zu. „Ohne Kyndill hätten wir keine Chance gehabt. Du hast großartig gekämpft.“

Ein Adler flog kreischend heran. Kaum war er gelandet, stand Loki neben Wal-Freya. Vorwurfsvoll rollte er die Augen. „Was habt ihr angestellt? Wolltest du nicht abwarten und genau beobachten?“

„Zu spät!“, knurrte Wal-Freya. „Lasst uns Balder holen, bevor dieses Chaos hier entdeckt wird.“

„Kannst du sie nicht wegräumen, wie es jeder vernünftige Gott erst einmal tun würde?“, erwiderte Loki.

„Die Wächter sind aus Gold! Hast du eine Ahnung, wie schwer sie sind?“

Loki trat gegen einen Körper und unterdrückte ein Stöhnen. „Vielleicht lassen wir sie auch einfach, wo sie sind“, brummte er.

„Meint ihr nicht, dass der Lärm uns längst verraten hat?“, erwiderte Thea.

Loki schüttelte den Kopf. „Das ist Hel, Liebes. Im Allgemeinen ist das ein sehr friedlicher Ort. Hier gibt es nicht an allen Ecken Wachen.“

Aus einer inneren Idee heraus berührte Thea einen der Leiber mit Kyndill. Während sich die Spitze des Flammenschwerts in die Brust des leblosen Wächters bohrte, schmolz das Gold um die Klinge und warf blubbernd Blasen, ehe der Körper in einer dünnen Lache über den Boden floss.

„Nicht schlecht“, kommentierte Loki. „Aber ob du mit ihnen den Weg pflasterst, oder sie liegen lässt, wird keinen Unterschied machen.“

„Wir werfen Erde darüber! Mach weiter, Thea.“, rief Wal-Freya verzückt. Sie lief in den Hain, klaubte mit den Händen Erde zusammen und verteilte sie über die zerflossenen Krieger.

„Was für eine Zeitverschwendung“, murrte Loki. Er kratze mit dem Fuß über den Boden und schob etwas von dem Untergrund auf das Gold, während Thea einen Wächter nach dem anderen mit Kyndill berührte und zerfließen ließ. Erst als sie den letzten Rumpf beseitigt hatte, bemerkte sie Lokis Blick auf sich ruhen.

„Ich kann sehen, wie dich Kyndill mit Stolz und Freude erfüllt. Gerade warst du eins mit dem Schwert und der Drachenflamme. Du musst es fühlen, sie ist noch immer in dir. Jetzt kannst du lernen, sie zu lenken.“

„Du bist verrückt, wenn du glaubst, dass ich eben einen Gedanken an mich oder Kyndill verschwendet habe.“ Sie schob das Schwert zurück in seine Scheide und half Wal-Freya dabei, den Weg mit Erde zu bedecken. „Hilf uns lieber!“

Gelangweilt kratzte Loki mit dem Schuh über den Platz. „Das ist es doch, du Närrin! Du hast an *nichts* gedacht. Du hast dich von der Drachenflamme leiten lassen.“

Thea schnaubte abwehrend, derweil Wal-Freya die Sinnlosigkeit ihres Handelns erkannte und einen Zauber sprach. Mit einem Mal sammelte sich die Erde aus der Umgebung und breitete sich in einem Teppich über den goldenen Grund aus.

Thea betrachtete Loki. Er war im Recht. Als Wal-Freyas Waffe wirkungslos blieb, war sie der Walküre ohne zu zögern zur Hilfe geeilt und vertraute dabei blind auf Kyndills Macht. Im Augenblick des Kampfes hatte sie nichts gefühlt. Jetzt nahm sie einen eigentümlichen Geschmack auf der Zunge wahr. Es war ein Gemisch aus bitterem Schwefel und der süßen Essenz von Honig.

Der Feuergott beobachtete stirnrunzelnd, wie Wal-Freya den Boden auf Festigkeit prüfte. „Warum nicht gleich so?"

„Weil ich meine Kräfte sparen wollte, ehe noch mehr von diesen Dingern auftauchen", knurrte die Wanin.

„Hast du wirklich geglaubt, das mit den Händen zu schaffen?", sagte Loki vorwurfsvoll.

Thea versuchte den Geschmack von ihrer Zunge zu bringen, aber im Moment, da sie ihn schmeckte, wurde er intensiver. Sie fühlte ihr Herz schneller schlagen und war plötzlich wie berauscht. Wankend griff sie sich an die Stirn und stützte sich an der Hallenwand ab, was wiederum Lokis Aufmerksamkeit weckte. Er schmunzelte und warf die Tür auf.

„Trunken von der Flamme eines Drachen?", flüsterte er Thea provozierend zu und trat ein.

Wal-Freya und Thea betraten nur einen Schritt hinter Loki die Halle. Auch die Fylgja huschte durch die Tür. Der süßbittere Geschmack verschwand von Theas Zunge und mit ihm das wackelige Gefühl in den Beinen. Gemurmel vieler Stimmen drang an ihre Ohren, begleitet vom Geruch warmer Speisen. Thea schaute an zwei voll besetzten Tafeln links und rechts des Saals vorbei, auf ein Podest entlang der Hallenstirnseite. Eine Tafel thronte darauf, an dem ein Mann und eine Frau in schweren Stühlen hockten. Als sie die Eintretenden entdeckten, erhoben sie sich. Mit ihrer Geste verstummten die Anwesenden. Alle Augen verfolgten die Fremden, einige steckten fragend die Köpfe zusammen. Der Mann auf dem Podest rückte seinen Stuhl zur Seite. Er war schlank und hochgewachsen. Seine blauen Augen blickten staunend, bevor sich sein Gesicht mit einem

Lächeln füllte. Er nahm die Stufen der Erhöhung und lief mit langen Schritten auf Loki zu. Kaum hatte er ihn erreicht, schloss er ihn in die Arme und klopfte ihm auf den Rücken. Als Wal-Freya ihren Helm abnahm, wurde das Lächeln um seinen schmalen Bart größer. Er entließ Loki aus der Umarmung, trat auf Wal-Freya zu und begrüßte sie auf die gleiche Weise. Er hielt sie ein Stück von sich weg und musterte sie fröhlich. Thea betrachtete den Mann. Lange blonde Haare wallten bis auf die Schultern. Sie waren fast weiß, ebenso wie seine Haut. Seine hellen Kleider waren von silbernen Fäden durchwebt, die an Kragen und Saum von Knotenmustern umspielt wurden. Für Thea bestand kein Zweifel daran, dass sie Balder gefunden hatten. Die Frau, die zu seiner Rechten gesessen hatte, erhob sich ebenfalls und lief auf die Gruppe zu. Sie musste Nanna sein. Wie Balder wirkte sie sehr jung. Ihre blonden Haare, von kunstvollen Zöpfen gebändigt, umrahmten ein ebenmäßiges Gesicht, aus dem blaue Augen lachten. Sie begrüßte Loki und Wal-Freya auf die gleiche herzliche Weise, stellte sich neben Balder und legte ihre Hand in seine. Sie hießen Thea mit einem huldvollen Nicken willkommen, das diese gerne erwiderte.

„Was macht ihr hier?", fragte Balder fröhlich und ergriff Wal-Freyas Hand. „Es ist so wundervoll, euch nach all der Zeit wiederzusehen!"

Ohne Umschweife fuhr die Walküre in eine ihrer Taschen und holte Odins Ring Draupnir hervor. Balders Gesichtszüge veränderten sich, ebenso der von Nanna.

„Odin schickt uns. Wir werden euch mitnehmen", erklärte Wal-Freya.

Balder runzelte die Stirn. „Mitnehmen? Was soll das heißen?" Er sah zu Loki, der unschuldig die Schultern hob.

„Es ist Odins Wille. Wir sollen euch zurückholen."

Balder nahm den Ring entgegen und wog ihn nachdenklich in der Hand. „Das solltet ihr mir genauer erklären."

Ihren Blick über die Anwesenden schweifend erwiderte Wal-Freya: „Später. Es bleibt nicht viel Zeit. Wir haben die Wächter vor den Toren erweckt."

Argwöhnisch sah Balder auf. „Ihr handelt nicht etwa gegen Hels Urteil!"

Loki verschränkte die Arme und spitzte amüsiert die Lippen. „Nicht doch!"

„Wal-Freya?"

„Denkst du, sie würde dich nach all den Jahren einfach so gehen lassen?", versetzte Wal-Freya.

„Habt ihr euch nach Hel eingeschlichen?", fragte Balder in einer aufkeimenden Vermutung. „Ohne Hels Wissen? Das kann Odin nicht gewollt haben! Er würde niemals gegen Hels Willen handeln. Niemand darf das!"

„Deswegen sendet er dir Draupnir, damit du uns glaubst. Er hat uns ausgeschickt, um dich zurückzuholen", antwortete die Walküre nachdrücklich.

Balder sah zu Loki, der abwehrend die Augenbrauen hob. „Sieh nicht *mich* an! Ich habe damit nichts zu schaffen."

„Loki, mein Freund, das kann er nicht wollen, nicht nach alledem, was wir auf uns genommen haben."

Überrascht sah Thea zu Loki. Hatte Balder ihn tatsächlich Freund genannt?

„Er macht so viele seltsame Dinge", erwiderte Loki schulterzuckend.

„Du musst ihn zur Vernunft bringen. Wenn er auf jemanden hört, dann auf dich!"

„Auf mich hört in Asgard niemand mehr. Erst wurde ich davongejagt und schließlich … zum Gejagten."

„Was? Warum?“, fragte Balder, abwechselnd zu Loki und Wal-Freya schauend.

„Warum? Weil er uns in Ägirs Halle alle beleidigt hat“, schnappte die Wanin.

Balder lachte. „Ihr scherzt! Loki hat eine Zunge so scharf wie sein Verstand. Das war schon immer so. Es hat uns stets erheitert. In seiner Nähe wurde es nie langweilig.“

Wal-Freya verschränkte die Arme. „Zuvor hat er einen Diener ermordet. Wir hatten endgültig genug. Erst tötete er dich und verhinderte, dass du aus Hel zurückkommen konntest und zu guter Letzt störte er das Gebot einer Friedensstätte.“

Balders Gesicht war mit jedem Wort länger geworden. „Loki hat mich nicht getötet, es war Hödur.“

„Du kannst nicht deinen blinden Bruder dafür verantwortlich machen. Er hatte keine Ahnung was geschehen würde, als Loki ihm den Mistelpfeil auflegte.“

„Das stimmt. *Er* wusste es nicht.“ Balder lächelte. „Und du weißt auch nicht alles. Ich war eingeweiht in das, was passieren würde. Odin wollte, dass seine Söhne sich im Schutz der Hel befinden, wenn Ragnarök kommt. Es ist unser Schicksal. Nur er, Loki, Gefjon und ich kennen das Geheimnis, das Odin von der Seherin erfuhr.“

„Von Ragnarök wissen inzwischen alle“, warf Loki ein.

Balder nickte wissend. Dann blickte er mit Bedauern zu Wal-Freya und Thea. „Odin erzählte mir damals von der Weissagung der Völva und von dem Opfer, das ich bringen müsse. Odin wollte sichergehen, dass seine Söhne eines Tages seinen Platz in der Neuen Welt einnehmen würden. Wir schworen heilige Eide darauf, dass wir nie einem Wesen davon erzählen würden. Als Loki Hödur den Pfeil auflegte, wusste mein Bruder nicht, was geschehen würde, niemand wusste es, außer Odin, Loki und mir.“

Es gab nicht viele Momente, in denen Wal-Freya die Worte fehlten. Jetzt stand sie da, den Mund im stummen Widerspruch geöffnet.

Nanna machte einen Schritt auf sie zu und nahm ihre Hände. „Es ist gut, wie es ist, Wal-Freya. Hel lässt es uns an nichts fehlen. Wir sind unter Freunden. Hödur hat uns schon lange verziehen. Er hat eine eigene Halle nicht weit von hier und ist oft unser Gast."

„Aber Odin setzt alles daran, Ragnarök zu verhindern!", japste Wal-Freya.

Nanna sah zu ihrem Mann. „Er bereut es. Er vermisst dich."

„Wir wussten, dass es so kommen könnte. Wir müssen stark bleiben. Eines fernen Tages werden wir uns wiedersehen, doch nicht jetzt."

„Balder, bitte!"

Balder gab Wal-Freya Draupnir zurück. „Ich werde mich nicht gegen Hel stellen. Sie hat gerecht entschieden, als sie euren Wunsch verwehrte. Die Toten haben ihren Platz in Hel. Niemand darf aus dem Totenreich wiederkehren."

Nanna ergriff die Hand ihres Mannes und nickte zustimmend.

„Du bist doch nur noch hier, weil *er* dafür gesorgt hat. Hel war damals bereit, dich freizugeben!", schnappte Wal-Freya auf Loki deutend.

„Schon das erste Ansinnen, mich aus Hel zurückzuholen, war falsch. Frigg handelte, wie man es von einer Mutter erwartet. Ihre Liebe erfüllt mich mit Freude. Aber ich muss hierbleiben. Wer soll über die Neue Welt und die Menschen wachen, wenn die Götter vergangen sind? Von Gimle aus wird nicht einmal mehr Thor die Menschen schützen können. Wenn Loki verhindert hat, dass ich zurückkehren konnte, dann nur, weil es das Richtige war. Wir wussten, dass uns der Abschied schwerfallen würde. Loki hat sein Versprechen eingelöst und uns vom Abweichen des Plans gehindert."

Ein triumphales Lächeln umspielte Lokis Lippen. „Endlich hört ihr es aus einem anderen Mund! *Ich* bin in diesem Spiel nicht der Böse!"

Thea blickte verwirrt von einem zum anderen. Mit einem Male rückte der Feuergott in ein anderes Licht. All die widersprüchlichen Gefühle, die sie ihm gegenüber hatte, ergaben plötzlich einen Sinn. „Willst du damit sagen, dass dein Tod ein Komplott zwischen dir, Loki und *Odin* gewesen ist? *Ihr* habt das geplant?", sprach sie Balder an.

Der Lichtgott öffnete den Mund, doch ein heftiges Poltern ließ ihn über die Köpfe der Freunde zur Tür hinwegschauen. Im nächsten Augenblick schlugen die Torflügel auf und zwei Dutzend Krieger stürzten in die Halle. Von Balder gepackt, stolperte Thea in die Hallenmitte. Sie rempelte gegen Wal-Freya, die ihre Hand schon am Schwert hatte.

Schützend baute sich Balder zwischen ihnen und den Kriegern auf. „Bring sie raus!", rief er Nanna zu. „Freunde! Zu Hilfe!"

Nanna ergriff erst Thea, dann Wal-Freya und zog sie mit sich, während alle Anwesenden gleichzeitig von ihren Stühlen sprangen und sich hinter Balder versammelten. Dort hakten sie die Arme beim anderen ein und bildeten eine menschliche Mauer zwischen den Eindringenden und Nanna, die die Freunde zur gegenüberliegenden Seite des Saales schob.

„Wir müssen ihm helfen", protestierte Wal-Freya.

„Sie werden ihm nichts tun, euch aber schon!", erwiderte Nanna. Beharrlich drängte sie die Walküre zur Tür.

„Ich werde nicht ohne euch gehen!“, beharrte Wal-Freya den Kopf zurück auf das Geschehen gewandt. Ein Handgemenge war zwischen den Kriegern und Balders Gefolgschaft entstanden. Noch hielt der menschliche Wall, aber sie würden sich der Übermacht nicht lange erwehren können. Balders Stimme drang über alle anderen. Er versuchte die Situation zu deeskalieren, indem er eine Erklärung von den Kriegern forderte, doch diese waren nicht zu einem Gespräch bereit und forderten lautstark die Auslieferung der Eindringlinge.

Nanna öffnete die Tür, packte Wal-Freya am Handgelenk und zog sie mit sich heraus. Sie standen auf der Rückseite der Halle, auf einem kargen Platz niedergetrampelter Erde. Schräg gegenüber, vor einem hölzernen Gebäude, hatte der Lärm einige Schaulustige auf den Plan gerufen. In Scharen versammelten sie sich und beobachteten die Szenerie. Nanna sah sich ruhelos um, da näherten sich schwere Tritte aus östlicher Richtung und kündigten weiteren Ärger an.

„Flieht! Wenn Hel euch entdeckt, wird ihr Zorn grenzenlos sein!“, warnte Nanna.

„Ich gehe nicht ohne euch!“, beharrte Wal-Freya. Sie zog ihr Schwert und schickte sich an, in die Halle zurückzukehren, doch Loki stellte sich ihr in den Weg.

„Sei nicht töricht! Du hast ihn gehört. Balder wird nicht mit uns kommen! Wir verschwinden besser.“ Unerwartet wedelte er mit dem Falkengewand vor ihren Augen. Verblüfft riss sie das Federkleid an sich.

„Es war immer leicht, dich zu bestehlen“, sagte Loki leichthin.

Im gleichen Augenblick rückte eine Wikingerschar in Theas Blick, die zum Haupteingang von Balders Halle stürmte. Die Fylgja fauchte warnend, als einer der Männer jäh stehen blieb, einen Schrei ausstieß und mit hocherhobener Axt auf die Freunde zurannte.

Schon flatterte der Feuergott in seiner Adlergestalt vor ihnen auf. „Beeilt euch!“, rief er vom Dach. Dem feindlichen Krieger hatten sich inzwischen alle anderen angeschlossen. Nur noch wenige Meter trennten sie von Wal-Freya und Thea. Die Fylgja tanzte nervös um die Beine ihres Schützlings.

Hektisch kramte Thea das Eulengewand unter ihrer Tunika vor.

„Wir kommen zurück, Nanna“, versprach Wal-Freya, einen gehetzten Blick zur Seite richtend. Sie warf das Falkengewand über ihre Schultern. „Los!“, herrschte sie Thea an, dann folgte sie Lokis Beispiel und flog hinauf aufs Dach. Rasch schloss Thea das Eulenkleid. Gerade setzte das zerreißende Gefühl der Verwandlung ein, da fuhr die Axt des vorderen Kämpfers auf ihren Kopf nieder. Rauschend durchschnitt die Waffe die Luft und traf ins Leere. Es folgte ein Knurren, als der Krieger nach der Schneeeule vor seinen Füßen grabschte. Thea packte Kyndill und flatterte hastig auf. Ihre Füße hoben sich vom Boden ab, da spürte sie einen heftigen Schmerz durch ihren Körper fahren. Der Krieger hatte sie an der Schwanzspitze zu fassen bekommen und ihr eine Feder ausgerissen. Im Nachgreifen schnappte er Thea am Flügel und zog sie zu sich. Sie verlor Kyndill, das sich vor den Füßen des Kriegers in die Erde bohrte. Panisch versuchte Thea den Knopf an ihrem Hals zu öffnen, um das Eulengewand abzustreifen, da umschlossen die groben Hände des Mannes sie ganz. Mit einem triumphierenden Lachen drückte er ihr die Luft ab. Kreischend ließ sich der Falke zu Boden gleiten. Die zurückverwandelte Wal-Freya schlug dem Wikinger so hart ins Gesicht, dass dieser zurücktaumelte und ihm Thea aus den Händen glitt. Sofort zog die Walküre ihr Schwert, wirbelte herum und wehrte zwei Angreifer ab. Loki, noch immer in Adlergestalt, sprang vom Dach, packte Kyndill und flog zurück auf den First.

„Glotz nicht, komm!“, befahl er Thea. Im gleichen Moment streckte Wal-Freya den Arm aus. Die Luft um ihre Hand begann zu flimmern, kurz darauf wurden die Krieger von einer Druckwelle erfasst, die sie wie Dominosteine zu Fall brachte. Thea flog zu Loki und beobachtete die sich aufrappelnden Krieger. Erneut in den Falken gewandelt, hob Wal-Freya ab. Gerade als sie die Dachtraufe erreichte, warf ein Wikinger seinen Schild nach ihr, der die Wanin zunächst knapp verfehlte, sie aber im Zurückfallen mit sich riss. Thea kreischte erschrocken, dann sprang sie auf Loki zu, zog ihm Kyndill aus den Krallen und schlitterte mitsamt der lodernden Waffe die goldenen Ziegel hinab. Bevor sie über die Traufe purzelte, gelang es ihr, das Eulengewand zu öffnen. Sie landete dicht neben Wal-Freya, hob das Schwert über den Kopf und parierte einen Schlag, der auf den Falken gerichtet war. Kyndill teilte die gegnerische Waffe in zwei Hälften und bewies jedem Umstehenden seine Macht. Im Schatten der tanzenden Flammen, blickte der Krieger fassungslos auf den Stumpf in seinen Händen, ebenso wie der Trupp, der sich um ihn versammelt hatte. Eisiges Entsetzen spiegelte sich in ihren Gesichtern, dann stürzten sie alle gleichzeitig auf Thea zu. Sie wirbelte Kyndill in einem weiten Bogen über ihrem Kopf, doch was bedrohlich wirken sollte, schien die Krieger nur zu ermutigen. Der erste stürmte brüllend auf sie zu, schlitterte, kurz bevor er Thea erreicht hatte, mit den Füßen voraus in ihre Richtung und schwang dabei die Waffe auf ihren Unterleib. Wie in Zeitlupe beobachtete Thea den Angriff, dann wurde der Mann von einer flimmernden Druckwelle erfasst und rollte zurück in die Reihen seiner Kumpanen. Sie richtete ihren Blick zur Seite und entdeckte Wal-Freya mit ausgestreckter Hand auf den Boden knieend. Im Aufstehen nickte sie Thea zu und wirkte den Zauber ein weiteres Mal. Wie zuvor wurden die Krieger von der unsichtbaren Macht ergriffen und zurückgeworfen.

„Jetzt sind wir quitt“, bemerkte Wal-Freya und streckte beide Hände, als sich die Kriegerschar wieder aufrappelte.

Zwei Angreifer, Äxte und Schild zum Kampf bereit, lösten sich aus der Menge, ehe ihnen die restlichen folgten. Thea wehrte ihre Schläge geschickt ab und ein weiteres Mal machte Kyndill ihre Waffen unbrauchbar. Wütend ließen die Männer die hölzernen Stiele fallen und gingen mit bloßen Fäusten auf Thea los, da wurden sie und alle anderen erneut von Wal-Freyas Zauber fortgetrieben.

„Hör auf zu spielen, Wal-Freya!“, rief Loki. Er saß in seiner menschlichen Gestalt am Rand der Traufe, ein Bein an den Körper gezogen, das zweite zur Erde baumelnd. Ehe die Walküre etwas zu entgegnen vermochte, streckte er den Finger aus und malte einen Kreis in die Luft. Mit der Bewegung richtete sich eine Flammenwand um Wal-Freya und Thea auf. Zum Adler zurückverwandelt, gleitete Loki zu ihnen hinab.

„Beeilt euch. Das wird sie nicht lange aufhalten“, schnarrte er.

Kaum hatte Wal-Freya ihr Falkengewand geschlossen, da hechtete ein Krieger durch den Feuerring. Von den Flammen erfasst rollte er sich zunächst auf den Boden und erstickte den Brand. Weitere Männer folgten seinem Beispiel und sprangen durch die Barriere. Thea schloss das Eulengewand. Der Verwandlungsschmerz lähmte sie für einen Moment, dann flog sie zu Loki und Wal-Freya aufs Dach.

Gerade als ihre Krallen den First berührten, erhob sich eine Frauenstimme über den Platz.

„Wir dürfen keine Zeit verlieren“, mahnte Loki. Mit Kyndill im Griff eilte er davon.

Als Wal-Freya aus Theas Blick rückte und Loki mit kräftigen Flügelschlägen nacheilte, entdeckte Thea eine barfüßige Frau in einem weißen Gewand und hellen, langen Haaren, die sich den Kriegern mit großen Schritten näherte. Eine ihrer Gesichtshälften war dunkel, die andere hell. Selbst vom Dach aus konnte Thea die gerunzelte Stirn der Frau erkennen. Theas Herz begann wild zu schlagen. Sie hätte diese Person unter tausend anderen erkannt. Es war Hel, die Göttin der Totenwelt. Sie hob eine dunkle Hand, während sie herrisch fragte: „Wo sind sie?“

Mit einem Mal lag der Platz in Düsternis. Thea wusste nicht, ob Hel den Flammenzauber aufgehoben, oder sich Lokis Magie von selbst verflüchtigt hatte. Ihr war nie zu Ohren gekommen, dass Hel der Zauberei mächtig war, aber wenn sie an Hels Mutter und Vater dachte, erschien die Theorie nicht abwegig. Plötzlich trafen sich ihr und Hel Blick. Ein Stich fuhr Thea durch den Magen, als sich die kühlen blauen Augen der Totengöttin in ihre bohrten. Begleitet vom warnenden Fauchen ihrer Fylgja stolperte Thea einen Schritt zurück. Sie verlor den Halt, schlitterte das Dach herab und purzelte über die Traufe. Irgendwie gelang es ihr, sich im Fallen in die richtige Lage zu drehen und mit hektischen Flügelschlägen, Loki und Wal-Freya zu folgen, die sie in einiger Entfernung entdeckte.

15. KAPITEL

Wal-Freya, Thea und Loki flogen ohne Pause. Zunächst war die Welt unter ihnen still und unauffällig geblieben, doch je weiter sie sich von Balders Halle entfernten, umso häufiger machten sie Gruppen kleinerer und größerer Stoßtrupps aus, die sich durch Wälder, Dörfer und Felder bewegten. Offensichtlich waren diese Horden auf der Suche nach ihnen. Im Licht der Siedlungen konnte Thea hier und da Waffen blitzen sehen. Es war ihr jedoch unbegreiflich, woher diese Krieger plötzlich kamen. Ganz Hel wurde jäh von ihnen durchsetzt. Seit sie Naströnd entkommen waren, war Hel ein vollkommen friedlicher Ort gewesen, doch ihr Eindringen in Balders Halle hatte das mit einem Schlag beendet. Thea fühlte sich an Horrorfilme erinnert, in denen Tote reihenweise aus den Gräbern stiegen, um Lebende heimzusuchen. Das Bild, das sich unter ihr abzeichnete, ähnelte dieser Theorie. Dort, wo vor einigen Stunden Felder still vor den Dörfern lagen, pflügten sich nun Massen wilder Krieger hindurch. Über ein Dorf gellten Schreie, von Suchtrupps ausgelöst, die gewaltsam in die Häuser der dort Wohnenden eindrangen.

„Hels Wardonen“, raunte Loki. „Sie hat mir nicht geglaubt, als ich sie vor euch warnte. Nun weiß sie es und wie man sieht, ist sie nicht erfreut.“

„Hels Wardonen?“, wiederholte Thea unheilvoll.

„Mit denen ist nicht zu spaßen. Hast du Hermodr und die anderen gewarnt, Wal-Freya?“, fragte Loki.

„Natürlich. Ich hoffe, sie sehen sich vor.“

Sie flogen, bis Thea die Kräfte verließen. An einem Platz, der Wal-Freya und Loki sicher schien, ließen sie sich nieder, tranken und aßen. Übermüdet lehnte sich Thea an einen Baum.

„Wir können nicht lange bleiben“, sagte Loki mitfühlend. „Die Wardonen werden leichtes Spiel haben, uns zu finden, wenn wir länger an einem Ort verweilen.“

„Wir können in die Vogelgestalt zurückkehren und auf dem Baum schlafen“, schlug Wal-Freya vor.

„Und du pflückst sie dann vom Boden auf, wenn sie herunter gefallen ist“, erwiderte der Feuergott spöttisch.

Wal-Freya seufzte tief. „Ich halte Wache.“

„Ich kann das auch tun“, bot sich Loki an.

Energisch schüttelte die Wanin den Kopf. „Nein. Ich mache das. Legt euch hin, schlaft. Ich wecke euch später.“

Thea schloss dankbar die Augen, da stieß sie Loki an. Mit ungewohnt ernstem Blick streckte er ihr Kyndill entgegen. „Nimm es. Falls Wal-Freya einschläft, ist es gut, wenn es nicht hier rumliegt.” Er grinste die Walküre herausfordernd an.

Für einen Moment wurde der Platz hell erleuchtet, da Thea Kyndill ergriff, um es einzustecken.

„Warum legst du nicht gleich einen Feuerkreis um den Platz? Das erregt bestimmt genauso viel Aufmerksamkeit“, knirschte Wal-Freya.

„Reg dich nicht auf, das kurze Feuer wird uns wohl kaum enttarnen. Ihre Fylgja leuchtet die ganze Zeit. Wenn überhaupt, dann mach dir lieber darum Sorgen“, wehrte Loki ab und betrachtete den Schutzgeist, der sich neben Thea niedergelassen hatte.

Wal-Freya rollte die Augen.

„Du solltest Kyndill davon überzeugen, dass der Zauber des Eulengewands ihm nicht schadet“, überlegte Loki.

„Ach ja“, erwiderte Thea. „Und wie soll das gehen?“

Loki runzelte angestrengt die Stirn. „Die Drachenflamme ist misstrauisch, das liegt in der Natur der Sache. Wenn du das Eulengewand später schließt, musst du den Kontakt mit Kyndill halten. Nimm der Flamme den Argwohn, dann bleibt Kyndill auch in der Eulengestalt bei dir.“

„Der Flamme den Argwohn nehmen. Das sagst du so leichthin. Ich bin kein Feuergott.“

Loki hob die Augenbrauen. „Ich auch nicht.“

„Ha ha!“, versetzte Thea langgezogen.

Loki legte sich hin und faltete die Hände hinter seinem Kopf. „Es ist faszinierend, was man mir so zuschreibt. Ich bin ein Luftgott, ein Wassergott, ein Trickser, ein Elf, ein *Dämon*“, er hauchte das letzte Wort bösartig und richtete sich dabei leicht auf. „Sogar mit Utgard-Loki und Logi werde ich in Verbindung gebracht – und mit dem Teufel.“

„Und was ist jetzt richtig?“, fragte Thea.

Loki lachte herzhaft. „Nichts von allem. Ich werde mich nicht auf eine Sache festlegen lassen, das wäre überaus … langweilig.“

Wal-Freya holte genervt Luft. „Wollt ihr zwei das ausdiskutieren? Für den Fall könnte *ich* nämlich schlafen.“

Gähnend schüttelte Loki den Kopf. „Nein, wollen wir nicht. Danke.“

„Aber …“, stammelte Thea.

„Tu nicht so, Loki. Du gefällst dir doch in der Rolle des Feuergottes. Und auch wenn du dich nicht gerne in eine Schublade stecken lässt, es passt zu dir“, erwiderte Wal-Freya. „Du zündelst gerne – mit dem Feuer und mit deinen Handlungen. Es ist ein Wunder, dass du noch in einem Stück bist.“

Loki kicherte. „Ja, so ist das.“

„Und jetzt schlaft!“, befahl Wal-Freya.

Thea nickte und schloss die Augen. Zuerst glaubte sie, dass sie niemals in der Lage wäre, auch nur eine Minute zu schlafen, irgendwann wurde sie jedoch von Wal-Freya wachgerüttelt und aus einem tiefen Traum geholt. Übermüdet rappelte sie sich auf, begegnete Lokis Blick und lachte. Mit kleinen Augen sortierte der Feuergott seine Haare. Missmutig brummte er. „Was gibt es zu lachen?“

„Du siehst müde aus“, erklärte Thea.

Loki schmunzelte herausfordernd. „Schau dich mal an! Pass lieber auf, dass du diesmal dein Schwert bei dir behältst.“ Mit diesen Worten verwandelte er sich in seine Adlergestalt. „Halte Kyndill fest und nimm Kontakt zu ihm auf.“

Seufzend legte Thea die Hand über den Schwertknauf. Dann schloss sie das Eulengewand. Der Schmerz, der sie mit der Verwandlung überkam, raubte ihr den Atem. Als sich ihr Blick geklärt hatte, entdeckte sie Kyndill vor ihren Füßen liegend.

„Du solltest es noch einmal ausprobieren“, schlug Loki vor.

„Was?“, rief Thea aus.

„Wie du siehst, hat es nicht funktioniert. Es war ein erbärmlicher Versuch.“

„Wir haben keine Zeit für sowas“, raunte Wal-Freya und deutete mit dem Kopf zur Seite.

Thea folgte der Richtung und erspähte eine Horde Wikingerkrieger, die mit blank gezogenen Schwertern durch das Dickicht schlich.

Loki sprang vor, packte Kyndill und erhob sich auf den Baum. Dort wartete er, bis Thea und Wal-Freya folgten. Unbemerkt von Hels Wardonen flogen sie weiter. Eine gefühlte Ewigkeit später senkte sich Wal-Freya langsam nieder. Nachdem sie durch das Blattwerk drangen, sah Thea Juli und den Rest ihrer Freunde, die um einen Baum versammelt hockten, die Waffen kampfbereit in den Händen. Als sie, Loki und Wal-Freya landeten, standen alle auf. Zurück in ihre menschliche Gestalt gewandelt, streckte Thea Loki das Eulengewand entgegen, doch der schüttelte den Kopf.

„Behalte es“, flüsterte er mit einem Blick auf Hermodr, der gerade auf sie zulief. „Mir ist wohler dabei, wenn du es noch eine Weile hast.“

„Ein Glück, da seid ihr endlich!“, hieß sie Hermodr willkommen. Er begrüßte Wal-Freya mit einer Umarmung, nickte Thea zu und ballte die Fäuste, als er den Feuergott erblickte. Seine Kiefermuskulatur zuckte unaufhörlich.

Juli warf sich ihrer Freundin in die Arme. „Gut, dass du wieder hier bist. Ich habe mir solche Sorgen gemacht.“

„Seid ihr auf Hels Wardonen getroffen?“, fragte Wal-Freya auf die blanken Schwerter deutend.

„Nein, wir hatten Glück, aber ein paar Mal war es sehr knapp. Hat *er* damit zu tun?“, brummte Hermodr und hob das Kinn in Lokis Richtung.

„Nicht im geringsten“, antwortete Loki noch vor der Walküre.

„Von wegen“, knurrte Hermodr.

„Tatsächlich haben Wal-Freya und ich die Wachen vor Balders Halle ganz alleine aufgeschreckt“, gestand Thea.

„Das wäre alles nicht passiert, wenn er sich an den Plan gehalten hätte“, erwiderte Hermodr.

„Ich habe euch Wochen der unnötigen Suche erspart. Sei lieber dankbar!“

„Dankbar? Ich soll Dankbarkeit zeigen? Weshalb? Weil du Balder mitgebracht hast? Wo ist er?“

„Er will nicht mit“, sprang Thea für Loki in die Bresche.

„Ich weiß. Wal-Freya hat mir nach eurer Flucht einen Gedanken geschickt, nur schlau bin ich daraus nicht geworden.“ Stirnrunzelnd schob Hermodr sein Schwert zurück in die Scheide. „Was soll das heißen, er will nicht mit?“

„Er sagte etwas von Schicksal, dass Odin seinen Tod geplant habe, und dass wir jetzt von diesem Plan nicht abweichen dürfen - so schwer es uns auch fiele.“

„Odin soll *was* geplant haben? Hat Balder seinen Verstand am Helgitter abgegeben?“ Er packte Loki am Kragen. „Hast du ihm diesen Mist eingeredet?“

Energisch wand sich Loki in Hermodrs Griff, doch der Ase ließ ihn nicht entwischen.

„Ich habe ihm gar nichts eingeredet! Lass mich los!“

„Ich schlage dir hier und jetzt den Schädel ein, du falsche Zunge!“, brauste Hermodr auf.

Bösartig verengten sich Lokis Augen zu Schlitzen. „Mach dir lieber Gedanken, wie ihr aus Hel herauskommt. Sie ist sehr wütend, wenn sie euch ihre Wardonen auf den Hals hetzt. Sollte sie euch in die Finger bekommen, wird niemand von euch jemals wieder einen Fuß aus Hel setzen.“

„Wir gehen nicht ohne Balder. Im Notfall zerre ich ihn mit Gewalt aus seiner Halle“, knurrte Hermodr.

„Das ist verrückt! Sie wird auf uns warten. Hels Hallen bilden eine kleine Stadt. Wir werden da nie ohne Kampf rauskommen", warf Thea ein.

„Odin sagte, wir sollen bis zum Äußersten gehen und das werden wir tun", erwiderte Wal-Freya kühl.

„Ihr könnt nicht gegen eine Armee von Toten kämpfen. Nicht hier! Nicht ohne Hilfe! Ihr seid wahnsinnig, wenn ihr es doch versucht!", knirschte Loki. „Hels Wardonen bestehen aus Kriegern, die du und deine Walküren auf dem Schlachtfeld haben liegen lassen. Ihre Wut auf dich wird grenzenlos sein. Viele von ihnen haben ein Leben lang davon geträumt, nach ihrem Tod in Walhall zu sein."

„Wir können Hel das Angebot unterbreiten, ihrem Vater das Leben zu schenken, wenn sie uns Balder aushändigt. Ein Dasein gegen das andere. Ich denke, das ist ein fairer Handel. Sollte sie sich weigern …", Hermods Blick bohrte sich tief in Lokis Augen, „wird es mir ein Vergnügen sein, dich in Einzelteilen vor ihre Füße zu werfen."

Thea schnappte nach Luft. In ihrem Schreck versuchte sie Wal-Freya einen Gedanken zu schicken, da ging ihre Hand zum Hals. Der Anhänger war nicht mehr da, das hatte sie in der Aufregung völlig vergessen. Hilflos sah sie zu Juli, die tief seufzte und Thea zu Hilfe eilte. „So wie ihr erzählt, ist Hel gewarnt und die ganzen Horden ihrer Wardonen zeigen uns doch, dass mit ihr nicht zu spaßen ist. Wahrscheinlich hat sie Balder längst an einen anderen Ort gebracht."

„Das werden wir herausfinden", erwiderte Hermodr knurrend. Er packte Loki fester. „Juli, suche einen Ort, an dem du Skidbladnir auseinanderfalten kannst. Dann hole ein Tau. Ich kümmere mich inzwischen um diesen falschen Hund."

„Das ist einfach, nicht wahr? Wenn etwas schief geht, macht Loki dafür verantwortlich! Warum solltet ihr die

Fehler bei euch suchen? Eines Tages werden auch eure Menschenkinder erkennen, dass nicht ich es bin, der ihnen schadet. Dich schert es doch einen Dreck, dass ihnen die Zeit in Hel davonläuft."

„Versuche erst gar nicht bei ihnen Stimmung gegen uns zu machen."

Fassungslos beobachtete Thea die Szene zwischen Loki und Hermodr. Die plötzliche Aggression wider den Feuergott schien ihr falsch und mit dem Wissen, das Balder ihnen vermittelt hatte, auch völlig unbegründet.

„Keine Sorge, das machst du ganz allein", flüsterte Loki.

Wal-Freya trat auf Hermodr zu und legte ihm die Hand auf die Schulter. „Lass gut sein. Ich kann keine Arglist hinter seinem Handeln erkennen."

„Was sagst du da?"

Mit zusammengepressten Lippen schüttelte die Walküre den Kopf. „Ob es uns gefällt oder nicht, er hat es nur gut gemeint", wiederholte sie. „Lass ihn los. Wir müssen beraten, was zu tun ist."

Verblüfft hob Hermodr die Augenbrauen. „Wir liefern ihn aus, was soll sonst zu tun sein?"

„Das funktioniert doch nicht, das weißt du genau", seufzte Wal-Freya.

Hermodr stieß Loki so heftig von sich fort, dass der Feuergott rückwärts fiel. Er bedachte den Asen mit einem Blick, der nichts Gutes verhieß, stand auf und klopfte sich missmutig den Staub von den Kleidern.

„Ich behalte ihn im Auge", verkündete Hermodr.

„Mach das", erwiderte Wal-Freya gelangweilt.

„Ich weiß überhaupt nicht, was es da zu überlegen gibt. Wir müssen fliehen, solange es noch möglich ist!", beharrte Loki.

„Nicht ohne Balder!", knirschte Hermodr.

„Es ist völlig aussichtslos, mit dir zu diskutieren.“

Hermodr hob den Finger. „Zum ersten Mal hast du Recht!“

Resigniert schüttelte der Feuergott den Kopf. „Macht doch, was ihr wollt.“

„Wir haben ein paar Minuten entfernt einen Fluss entdeckt, der laut Aussagen einiger Dorfbewohner zu Hels Halle führt“, erklärte Hermodr. Sein Blick fiel vorwurfsvoll auf Loki. „Hätten wir ein wenig abgewartet, wären wir alle zusammen bei Balder angekommen.“

Loki lächelte herausfordernd. „Genau! In einer kleinen Gruppe, bestehend aus drei Göttern, drei Lebenden, einer Fylgja und einem … was auch immer. Wir wären sicher nicht aufgefallen.“

Tom wippte verlegen von einem Fuß auf den anderen. „Meint ihr nicht, dass es jetzt zu auffällig ist, mit einem Schiff auf einem Fluss zu reisen?“

Ein schnaubender Laut, ausgestoßen von Loki, ließ Hermodr missbilligend die Stirn runzeln. Der Feuergott hob die Hände und wandte sich ab.

„Ich glaube auch, dass sie Balder jetzt noch schärfer bewachen werden“, stimmte Thea zu.

„Wir werden nicht ohne ihn zurück nach Asgard gehen. Wir können entweder hier warten, bis Gras über die Sache gewachsen ist, oder bis uns die Wardonen aufspüren. In jedem Fall verlieren wir Zeit. Zeit, die ihr mit eurer dummen Aktion einsparen wolltet.“

Ófeigur hob die Brauen. „Das sind keine Alternativen.“

„So ist es. Also los!“ Hermodr nickte Wal-Freya zu, schob sich an Juli und Tom vorbei und betrat einen kleinen Pfad niedergetrampelter schwarzgrüner Farne.

„Wir sind gerade mehrere Stunden geflogen. Wie wäre es zuerst mit einer Pause?“, fragte Thea, während sie sich dem Gott anschloss.

„Ihr könnt auf dem Schiff ausruhen“, erwiderte er einsilbig.

Thea wandte sich zu ihren Freunden um, die widerspruchslos folgten. In großem Abstand stakste Loki der Gruppe nach. Thea sah oft zu Wal-Freya, doch sie war nicht in der Lage, die Gefühle der Göttin zu ergründen. Die Augen starr nach vorn gerichtet, ignorierte Wal-Freya Theas Blicke. Warum wusste nur die Walküre.

Minuten später teilte sich das Wäldchen und gab die Sicht auf ein ruhig dahinfließendes Gewässer frei. Nach ihren Erlebnissen mit dem reißenden Gjöll und dem tödlichen Slidr weckte der Fluss Theas Argwohn. Ihre Fylgja setzte sich neben sie. Während Juli Skidbladnir entfaltete, wirkte der Schutzgeist entspannt. Ganz anders Thea. Ein tonnenschwerer Stein schien auf ihrer Brust zu liegen. Irgendetwas an dem Vorhaben gefiel ihr nicht. War es der Fluss? War es die Rückkehr zu Balders Halle? Thea konnte nicht umhin zu glauben, dass dieses Gewässer ebenso wie die anderen ein gefährliches Geheimnis barg. Plötzlich fühlte sie eine Hand auf ihrer Schulter. Als sie sich umdrehte, blickte sie in Hermodrs Augen. Er lächelte.

„Keine Sorge, er ist friedlich“, schmunzelte er.

„Ich habe ein schlechtes Gefühl“, erklärte sie.

„Wir schaffen das. Hab nur keine Angst.“

Prüfend sah Thea zu ihren Freunden. Tom sprang bereits auf Skidbladnir, Ófeigur folgte ihm. Nur Juli zögerte, dann aber hob sie ratlos die Achseln und kraxelte ebenfalls hinterdrein. Mit dem leidenschaftslosen Gesichtsausdruck, der sie seit ihrem Aufbruch begleitete, schloss Wal-Freya auf. Ihr dicht auf den Fersen betrat Loki das Schiff. Er wählte den gegengesetzten Weg zur Gruppe und hockte sich an Skidbladnirs Heck.

„Komm schon“, forderte Hermodr Thea auf und schlug ihr dabei leicht auf die Schulter. Er half ihr hinauf und lief zum Ruder. Während er Loki missbilligend musterte, teilte er Skidbladnir das Fahrtziel mit. Daraufhin stellte er sich an den Bug und gab Tom, Ófeigur und Juli den Befehl, das Ufer im Blick zu behalten.

Thea nahm neben Wal-Freya Platz, die eng in ihren Umhang geschlungen an einer Ruderbank lehnte.

„Ich habe kein gutes Gefühl“, wisperte Thea.

Die Göttin antwortete leise: „Ich auch nicht.“

„Warum setzt du dich dann nicht durch? Balder wird nicht mitkommen, das weißt du ebenso wie ich.“

Die Walküre hob eine Schulter. „Vielleicht lässt er sich von Hermodr überzeugen. Wenn wir es nicht versuchen, werden wir uns später immer fragen, ob wir mehr hätten tun können.“ Sie schloss die Augen. „Schlaf ein wenig. Wir werden all unsere Sinne brauchen.“

„Du weißt, dass ich dir folge, was immer du entscheidest. Dennoch verstehe ich nicht, dass du dich darauf einlässt. Wir begeben uns unnötig in Gefahr.“

„Ich habe Odin das Versprechen gegeben, *alles* zu unternehmen, um Balder nach Asgard zu bringen. Ich könnte mir selbst nicht mehr in die Augen schauen, wenn ich jetzt nach Hause ginge.“

„Entbindet dich Odins Lüge nicht von diesem Schwur? Nun, nachdem Balder dir die Wahrheit erzählt hat? Wenn Odin mir, Tom und Juli die Tatsachen verschwiegen hat, okay. Aber dir? Er hat euch alle getäuscht, sollte er wirklich gewusst haben, dass Balder den Tod bei eurem Spielchen finden würde.“

„*Unser* Spielchen? Ich habe keine Waffen auf Balder geworfen“, erwiderte Wal-Freya mit einem Lächeln. „Ich weiß, was du meinst. Nur musst du eines verstehen, Thea: Was auch immer Odin dazu antrieb, ich bin nicht die Person, die über ihn urteilen sollte und du ebenfalls nicht. Frigg ist diejenige, die ihm verzeihen muss. Es war ihr Sohn, den Odin hinter ihrem Rücken opferte. Sie hat alles daran gesetzt, Balders Tod zu verhindern. Odin hätte sie einweihen müssen, stattdessen hat er sie in dem Gefühl zurückgelassen, dass sie nicht genug getan hat.“

„Was ich nicht begreife: Sie kann doch in die Zukunft sehen. Sie muss gewusst haben, dass sie die Mistel vergessen hat …“

Wal-Freya lächelte müde. „Frigg kann in die Zukunft sehen, weigert sich jedoch, diese vorauszusagen. Vielleicht kann sie es nur ein Stück weit und zu dem Zeitpunkt, da sie Balders Tod gesehen hat, war es vermutlich zu spät, um zu handeln. Gegebenenfalls wusste sie aber auch, dass sie das Schicksal nicht mehr aufhalten kann. Und jetzt schlaf!“

Thea schlug den Umhang um ihren Körper und legte sich nieder. „Ihr seid schon ein kompliziertes Völkchen, ihr Götter aus Asgard“, murmelte sie und schloss die Augen.

16. Kapitel

Als Wal-Freya sie weckte, ragten hohe, dunkle Bäume in Theas Blickfeld auf. Der Fluss, auf dem Skidbladnir dahinglitt, schlängelte sich durch ein Waldgebiet, das sie vermutlich erst wenige Stunden zuvor überflogen hatten. Thea richtete sich auf, blieb jedoch in der Hocke, als Wal-Freya den Finger auf den Mund legte und mit der anderen Hand auf die Uferböschung deutete. Thea folgte ihrem Fingerzeig und entdeckte etwa zwölf Wikinger, die sich durch Farn und Gestrüpp kämpften und dem Schiff nachjagten. Der Schnelligkeit des Zauberschiffs gegenüber hatten sie aber das Nachsehen. So verschwanden sie kurz darauf wieder aus ihrem Blickfeld. Fragend sah Thea die Walküre an, die entschuldigend die Brauen hob.

„Wir sind nicht unentdeckt geblieben“, raunte sie.

„Wie überraschend“, erwiderte Loki bissig. Noch immer saß er am Heck des Schiffes. Er hatte einen Arm über das angezogene Bein gelegt und fixierte Thea mit den Augen.

„Es war die erste Horde, die wir seit unserem Aufbruch gesehen haben“, versetzte Hermodr.

„Und sicher nicht die letzte“, knirschte Loki.

„Wie lange sind wir schon unterwegs?“, fragte Thea.

„Ich schätze etwas mehr als acht Stunden.“

„Acht Stunden?“, rief Thea.

Wal-Freya lächelte. „Du hast geschlafen wie ein Stein.“

Juli verließ ihren Aussichtspunkt. „Allerdings! Deswegen sind jetzt mal andere dran mit ausruhen.“ Sie knuffte ihre Freundin liebevoll und nahm Platz. Wie selbstverständlich zog sie eine der Ruderkisten vor und packte die Vorräte aus.

„Dass du in dieser Situation ans Essen denken kannst“, sagte Thea, ohne die Spur eines Vorwurfs.

„Wie du nur *nicht* daran denken kannst“, erwiderte Juli grinsend. Sie breitete ein Tuch auf den Planken aus und drapierte eine Auswahl Speisen darauf.

„Nein, ehrlich. Ich bewundere dich dafür“, antwortete Thea.

Breit schmunzelnd gab Juli zur Antwort: „Ich weiß!“

Tom wechselte einen Blick mit Hermodr. Nachdem der Ase ihm aufmunternd zunickte und sich dann zu den anderen gesellte, verließ auch Tom seinen Posten und setzte sich neben Juli. Traurig sah Thea zu Loki, der ausgeschlossen am Heck blieb. Sie konnte seinen Unmut Hermodr gegenüber nachfühlen.

„Komm schon, Loki“, sagte Wal-Freya, ohne sich nach dem Feuergott umzudrehen.

„Ich ziehe meine eigene Gesellschaft vor“, erwiderte dieser.

Seufzend stand Wal-Freya auf, lief auf die andere Seite und kniete sich zu Loki nieder. Thea konnte nicht verstehen, was die Walküre zu ihm sprach, aber wenige Augenblicke später teilte der Feuergott ihre Gemeinschaft. Sie saßen lange schweigend zusammen, derweil Skidbladnir seinen Weg über den Fluss nahm.

„Was ist, wenn sie uns erwarten?“, fragte Tom irgendwann.

„Davon können wir ausgehen“, brummte Hermodr. „Odin hat weise entschieden, dich mit auf diese Reise zu schicken, Thea. Wir werden Kyndill bald brauchen.“

Still zog Loki eine Grimasse. Dann erhob er sich, umfasste die Hände hinter dem Rücken und schlenderte zum Bug, als begutachte er die Auslage eines Schaufensters.

„Er kann weiter tun, als sei es die falsche Entscheidung, aber es ist die einzig richtige“, knurrte Hermodr.

„Niemand widerspricht dir“, sagte Wal-Freya.

Innerlich seufzend gestand sich Thea ein, dass sie gerne widersprochen hätte.

Sie aßen, bis keiner mehr in der Lage dazu war, noch einen Bissen zu nehmen, dann lehnten sich alle außer Hermodr zurück und ließen sich in einen Dämmerschlaf fallen.

Irgendwann wurde Skidbladnir von einem Ruck erschüttert. Als Thea die Augen öffnete, begegnete sie zuerst den Blicken ihrer Freunde. Wal-Freya suchte sie dabei vergebens. Sie stand zusammen mit Hermodr am Bug. Fragend richteten sich alle gleichzeitig auf und stellten sich an die Reling. Skidbladnir war an einem dunklen, steinigen Ufer aufgesetzt. Die Luft war von feinem Nebel erfüllt. Einige hundert Meter weiter ragte eine karge Hügelkette auf. Hoch oben auf dem vorderen Hügelkamm entdeckte Thea ein Langhaus von ungewöhnlicher Größe. Wurzelwerk, das von der Höhlendecke herabhing, griff nach dem Gebäude und bildete ein wirres Geflecht über drei Reihen dachtragender Stützen. An der Front des Hauses sprang Thea ein Eingang ins Auge, der, von einem Spitzdach geschützt, aus an der

Stirnseite des Langhauses sprang. Unwillkürlich tauchte sie ab und lehnte sich an die Schiffseite.

Ausdruckslos sah Loki zu ihr herab. „Was wird das?“

„Es ist *ihre* Halle!“, schnaufte Thea.

„Ihre?“, fragte Tom.

„Hel! Skidbladnir hat uns geradewegs an den Fuß zu Hels Halle geführt!“

Plötzlich saß Ófeigur neben Thea. Seine Augen spiegelten ihre Furcht um ein Vielfaches wider.

Rasch legte Juli eine Hand an ihre Stirn. Den Blick senkend, drehte sie sich um. „Hels Halle?“, wiederholte sie.

Loki lächelte süffisant. „Seid ihr Helden noch immer davon überzeugt, dass das eine gute Idee war?“

Seufzend streckte Tom die Hand nach Thea aus und holte erst sie und dann Juli zurück auf die Füße. „Lasst uns hören, was Hermodr und Wal-Freya dazu sagen.“

Loki zuckte die Schulter. „Ich bin sicher, im Gegensatz zu Hermodr hat Wal-Freya die Lage bereits erkannt.“

Die Walküre stand aufrecht am Bug, die Arme verschränkt, den Blick auf die Halle der Totengöttin gerichtet. „Was hast du Skidbladnir gesagt?“, raunte sie.

„Dass es uns zu Balder bringen soll“, brummte Hermodr.

Überraschenderweise drehte sich Wal-Freya zu Loki um. „Glaubst du, sie hat ihn zu sich geholt?“

Der Feuergott hob die Hände. „Denkbar ist es.“

„Wir können unmöglich in Hels Halle!“, schnappte Juli. Zu ihrem Staunen erntete sie einvernehmliches Nicken.

„Aber was sollen wir tun? Hier können wir auf keinen Fall bleiben“, sagte Wal-Freya.

Loki hob eine Augenbraue. „Lasst uns in Balders Halle Unterschlupf suchen.“ Er kicherte, als sich alle Augen auf ihn richteten. „Glotzt nicht so dämlich! Wenn Hel Balder zu sich bestellt hat, dann nur zu einer Unterredung. Sie würde

Balder niemals gefangen setzen, sie respektiert ihn und ganz gewiss weiß sie, dass dieser Unsinn nicht auf seinem Mist gewachsen ist."

„Gute Idee! Schmeißen wir doch einfach eine Überraschungsparty mit den Wardonen in Balders Halle", höhnte Juli.

„Kein Wardon wird seinen Saal betreten ..."

Hermodr ballte die Fäuste. „Nein, stattdessen werden sie davor auf uns warten."

Schnaubend verschränkte Loki die Arme. „So? Und wo hast du dir gedacht, würdest du mit Balder reden können, wenn nicht dort?"

„Lass dein Geschwätz!", knurrte Hermodr und winkte ab.

Nun blickte Loki zu Wal-Freya. „Sie werden nicht noch einmal in Balders Halle eindringen. Nicht, solange sie uns woanders vermuten."

„Und wie willst du ungesehen hinein gelangen?", zischelte Wal-Freya.

Selbstgefällig hob Loki die Brauen. „*Ich* habe damit das kleinste Problem." Er reckte das Kinn in Theas Richtung. „Sie hat ein Eulengewand, du hast ein Falkengewand. Wenn wir fliegen, ist Balders Halle nur wenige Minuten entfernt. Du fliegst mit Thea vor, dann lässt du sie zurück und bringst das Eulengewand wieder her. So kannst du nach und nach alle in den Hain bringen."

„Zu auffällig", erwiderte Wal-Freya kopfschüttelnd.

Loki zog einen Mundwinkel hoch. „Dann schicken wir Ófeigur zuerst. Niemand wird Verdacht bei dem Jungen schöpfen. Er kann euch Vögel unter seinen Umhang stecken und dafür sorgen, dass ihr unentdeckt hinein gelangt. Dort warten wir, bis Balder zurückkommt."

Mit einem Satz sprang Hermodr von Bord. „Es klingt völlig verrückt. Aber wenn eines immer funktioniert hat, dann waren es Lokis Pläne." Er winkte zur Eile. „Los! Bevor wir aufgespürt werden!"

Juli kehrte zur Mitte des Schiffs zurück, nahm die Decke mit den Vorräten an den Ecken und packte sie in die Kiste unter der Ruderbank. Dann hob sie Theas Helm auf und warf ihn ihr zu, ehe sie den eigenen aufsetze. Als alle von Bord gegangen waren, faltete Juli Skidbladnir zusammen und ließ das Schiff wieder unter ihrer Tunika verschwinden.

Thea holte unterdessen das Eulengewand hervor und streckte es Ófeigur entgegen.

„Nein, danke. Ich lasse dir gerne den Vortritt", erwiderte er.

„Du fliegst zuerst", bestimmte Wal-Freya.

„Ich? Niemals! Was, wenn sie mich entdecken? Sie wird mich zurück in den Slidr stoßen, oder Schlimmeres tun. Ich habe keine Waffe, mit der ich mich zur Wehr setzen kann. Thea besitzt ein Zauberschwert!"

„Du bist ein Bewohner dieser Welt. Kein Wardone wird sich etwas dabei denken, wenn du im Hain wartest", erinnerte Hermodr.

„Thea wird nicht im Hain zurückbleiben", sagte Wal-Freya mit Nachdruck.

„Ich kann bei ihr bleiben", schlug Loki vor.

Ehe Hermodr einen Widerspruch geltend machen konnte, hob Wal-Freya die Hand. „Es ist ausgeschlossen, dass wir die vier alleine lassen, Loki. Sollten die Wardonen sie finden, brauchen sie Schutz."

Loki lachte. „Was ist der Plan? Willst du Thea stattdessen als Letzte zurücklassen?"

„Nein, ich will, dass du mit mir fliegst. Während ich mit dem Eulengewand zurückkehre, wirst du auf Ófeigur aufpassen."

Loki riss die Augen auf und legte theatralisch die Hand auf die Brust. Gedehnt erwiderte er: „Ich?"
Vorwurfsvoll starrte Wal-Freya den Feuergott an. Ebenso langgezogen entgegnete sie: „Loki!"

„Waaas?"

„Wolltest du uns nicht helfen? Uns beweisen, dass …"

„Und wer nimmt Kyndill auf, wenn Thea es wieder einmal nicht schafft, es in den Zauber einzubinden?"

„Dann trägt sie es selbst. Ob sie die Fylgja hinter sich herzieht oder diese Fackel, macht auch keinen Unterschied mehr."

„Wal-Freya, bitte! Natürlich helfe ich euch. Aber auf kleine Jungen aufpassen ist unter meiner Würde!"

Die Wanin verschränkte die Arme, Zornesfalten furchten ihre Stirn.

Loki hob glucksend die Hände, ehe er ruhig versetzte: „Ist gut! Ist gut! Ich werde alle Gefahren von diesem Bengel abwehren. Doch du solltest die Gruppe nicht ohne Magie zurücklassen und bis zum Schluss bleiben. Ich nehme Hermodr mit, er kann euch nach und nach hier wegbringen. Ich hoffe, er hat Grips genug, um sich den Weg zu merken?"

„Machst du Witze?", knurrte Hermodr. Er nahm Wal-Freya das Falkenkleid aus der Hand. „Ich habe den Himmel besucht, da hast du noch an der Brust deiner Riesenmutter gelegen."

Loki schnalzte mit der Zunge. „Wohl eher nicht. Aber bleib nur bei deiner Meinung, wenn es dir damit besser geht." Schon tänzelte er in seiner Adlergestalt vor ihren Füßen. „Jetzt los! Thea, gib ihm das Gewand! Wir halten uns hier bereits zu lange auf."

Ófeigur wich vor Thea zurück, die ihm erneut das Eulengewand reichte. „Ich will nicht!"

Der Adler warf ihm einen finsteren Blick zu. „Mach dich nützlich, Junge, oder verschwinde. Ich weiß ohnehin nicht, was du noch immer bei uns zu suchen hast. Wolltest du nicht deine Sippe finden?" Er breitete die Flügel auseinander, schraubte sich in die Luft und zog einen weiten Kreis über den Freunden.

„Er hat Recht", brummte Hermodr. „Hilf uns, oder geh deiner Wege!"

Missmutig nahm Ófeigur das Eulengewand an sich und warf es über seine Schultern. „Das ist Erpressung."

Wal-Freya trat auf ihn zu. „Wir beide wissen genau, dass du aus Angst davor zurück nach Naströnd geschickt zu werden bei uns geblieben bist", erwiderte sie mit liebevoller Eindringlichkeit. „Möglicherweise ist deine Angst nicht unbegründet. Wenn wir dir also helfen sollen, ist es nur fair, uns eine Gegenleistung dafür zu geben." Sie lächelte gezwungen und schloss das Federkleid um Ófeigur Schultern.

Mitfühlend verzog Thea das Gesicht. Die Verwandlung dauerte nur wenige Sekunden, dennoch fühlte sie den endlosen Schmerz, der über Ófeigur kam. Als er zur Schneeeule gewandelt vor ihren Füßen saß, hatte er den Schnabel weit aufgerissen und rang nach Luft.

„Komm!", sprach Hermodr zum ihm. Er schloss das Falkengewand und schraubte sich zu Loki in die Luft.

Unbeholfen schlug Ófeigur mit den Flügeln. Prompt landete er auf dem Bauch, fluchte und versuchte es erneut. Von unterschiedlichen Gefühlen begleitet, beobachtete Thea seine Flugversuche. Tief in ihrem Innern war sie froh darüber, dass Ófeigur sich ebenso ungelenk anstellte, wie sie zu Beginn, gleichzeitig plagte sie ihr Gewissen, weil es sie erfreute. Nach dem vierten Versuch pflückte sie die Eule vom Boden und warf sie unter lautem Protest Ófeigurs hoch in die Luft. Zuerst flatterte er hektisch, dann flog er einen Bogen und stieg mit kräftigen, ruhigen Flügelschlägen zu Hermodr und Loki auf.

Entzückt blickte Juli den Vögeln nach, die zusammen in der Ferne verschwanden. „Ich kann kaum erwarten, bis ich dran bin."

„Es wird nicht lange dauern, bis sie zurück sind. Du darfst gerne als Nächstes", erwiderte Wal-Freya.

„Um nichts in der Welt möchte ich das verpassen", frohlockte Tom und erntete dafür einen Knuff von Juli.

„Ich werde euch zeigen, wie das geht. Schade, dass ich dann *deine* Flugversuche nicht sehen kann, aber ich werde mir von Thea alles genau berichten lassen."

Schmunzelnd nickte Tom ihr zu. Dann richtete er den Blick auf die Stelle, an die Hermodr, Loki und Ófeigur verschwunden waren. Thea behielt Hels Halle im Auge. Deckungslos am Fuße des Wohnsitzes derjenigen zu sitzen, der man aus dem Weg gehen wollte, bereitete ihr Bauchschmerzen.

Nach einer Weile machte Tom auf einen Falken aufmerksam, der sich rasch näherte. Hermodr landete und verwandelte sich nur gerade so lange in seine menschliche Gestalt zurück, um Juli das Eulengewand zu geben.

„Teufel, ist das fürchterlich!", ächzte Juli, nachdem sie die Verwandlung überstanden hatte. Dann zwinkerte sie Tom zu, breitete die Flügel aus und als hätte sie ein Leben lang nichts anderes getan, hob sie vom Boden ab und flog in Hermodrs Begleitung davon.

„Ich hasse sie", scherzte Tom, kaum dass er sie aus den Augen verlor.

Schmunzelnd nickte Thea. „Sie hat ein leichtes Gemüt, das sie überall hinträgt."

Herausfordernd hob Wal-Freya die Brauen. „Da ist nicht viel, das du besser machen könntest, Tom. Jetzt kannst du nur noch scheitern."

Tom lachte und wuschelte die Haare an seinem Hinterkopf. „Das stimmt. Aber ich vertraue auf dich und Thea, dass ihr Juli kein Wort erzählen werdet, wenn ich mich blamieren sollte."

Sie lachten und warteten, bis Hermodr wiederkam. Aufgeregt griff Tom nach dem Zaubergewand und legte es sich um die Schultern. Als er zur Schneeeule gewandelt war, stieß er einen erwartungsvollen Schrei aus, öffnete die Flügel und startete durch. Sein erster Flugversuch endete auf dem Schnabel. Thea legte die Hand vor den Mund und kicherte. Auch in der Gestalt der Schneeeule verstand es Tom, mit seiner Mimik zu spielen. Die gelben Augen des Tieres blinzelten einige Male, dann breitete es die Flügel aus und machte eine anmutige Verbeugung. Wieder kicherte Thea und spiegelte die Geste. Beschwingt drehte sich Tom um und wagte einen neuen Versuch. Diesmal klappte es. Mit einem von Julis üblichen „Wooohuuus" erhob er sich über die Landschaft.

„Ich mag ihn. Du solltest mit Juli reden und euch eine Chance geben", raunte Wal-Freya.

Thea richtete ihr Augenmerk auf die beiden Vögel und beobachtete, wie sie langsam aus ihrer Sicht verschwanden. „Juli hätte es ebenso verdient, dass er sie ein wenig beachtet", seufzte sie.

Der Blick der Walküre ruhte auf Thea. Lange versuchte Thea diesem auszuweichen und begegnete ihm schließlich doch. Wal-Freyas Augen spiegelten mütterliche Sorge voller Traurigkeit wider. „Du darfst dich nicht vor seiner Liebe verschließen, nur, weil du Julis Gefühle für ihn kennst. Tom wird diese niemals erwidern. Seine Gefühle für dich sind so tief und ehrlich, dass sie selbst mich schmerzen, wenn ich in seiner Nähe bin."

Thea lächelte gezwungen. „Es ist lieb, dass du mir helfen willst, doch wie kannst du nur glauben, dass ich jemals für jemand anderen mein Herz öffnen könnte? Es ist bereits vergeben." Schwermütig dachte sie an Geirunn und der Gedanke an ihre einstige Gefährtin zerriss sie schier.

„Tu das nicht, Thea. Liebe eine Frau, einen Mann, ganz gleich. Aber verliebe dich! Ein Leben ohne Liebe ist ein verlorenes Leben."

„Ich liebe doch", erwiderte Thea.

„Es ist die Liebe eines anderen. Du bist nicht Fengur!"

Thea seufzte erschöpft. „Das ist nicht so einfach zu trennen, wenn man alle Erinnerungen und Gefühle des anderen Lebens in sich hat. Ich kann mich nicht vor ihnen verschließen."

Sanft legte Wal-Freya ihre Hand an den Hals ihres Schützlings.

Thea fühlte eine wohltuende Wärme in sich aufsteigen. „Ich verspreche dir, wir kümmern uns darum, wenn wir das hier erledigt haben."

Thea lächelte, dann drehte sie sich ab und schlenderte, begleitet von ihrer Fylgja, so lange auf ihre Füße starrend über den Platz, bis Hermodr wiederkam. Kaum trafen seine Falkenfüße auf den Boden, stand er in seiner menschlichen Gestalt vor ihnen.

„Ófeigur macht seine Sache gut. Jeder ist problemlos in Balders Halle gelangt. Ich mag gar nicht glauben, dass sie nicht in Erwägung gezogen haben, dass wir zurückkommen könnten. Es ist alles ruhig", erklärte er. Mit einem Nicken reichte er Thea das Eulengewand.

„Wie lange wird das so bleiben? Die Wardonen haben uns auf dem Fluss entdeckt. Sie werden es melden“, versetzte Wal-Freya.

Hermodr zuckte die Schultern. „Wenn sie keine Möglichkeit haben, Hel rasch zu informieren, nur wenige Stunden.“

„Lasst uns nicht trödeln“, sagte Wal-Freya.

Thea legte den Umhang um ihre Schultern und griff nach Kyndill. Sie hoffte inständig, dass sich das Schwert dieses Mal auf den Zauber einlassen würde und sie es nicht als Signalfackel über den Himmel tragen müsse. Als sie die Wärme unter ihrer Haut fühlte, schloss sie den Umhang.

„Du hast es geschafft!“, frohlockte Wal-Freya, kaum dass Thea den Schmerz überwunden hatte und die Augen öffnete.

Thea mochte ihr Glück nicht fassen. Sie drehte sich einmal um ihre Achse und suchte den Boden ab. Kyndill war nicht da.

Wal-Freya lächelte stolz. Sie kniete zu der Eule hinab und hielt die Hand vor ihre Brust. Im ersten Augenblick verstand Thea die Geste nicht, dann begriff sie und kletterte vorsichtig auf die Finger der Walküre. Noch immer lächelte Wal-Freya. „Ich bin unglaublich stolz auf dich. Und nun beeile dich. Wir sehen uns in ein paar Minuten!“

Das Lob ließ Theas Herz schneller schlagen. „Bis gleich“, antwortete sie, sprang hoch und folgte Hermodr, der sich parallel zu ihr in Bewegung setzte.

„Es gefällt mir nicht, sie ganz allein zurückzulassen“, raunte Thea, während sie zurück zur Walküre blickte.

„Keine Sorge, Wal-Freya weiß auf sich aufzupassen“, erwiderte Hermodr sanft.

Die Fylgja eilte ihnen nach. Im Zickzackkurs suchte sie sich den Weg zwischen den herabhängenden Wurzeln. Ihre

Fröhlichkeit war ansteckend. Von guten Gefühlen begleitet landete Thea im Hain vor Balders goldener Halle, in dem Ófeigur an einem Baum lehnend auf sie wartete.

„Der nächste Vogel", begrüßte er sie patzig. Er streckte die Hand aus und öffnete seinen Umhang. Thea schlüpfte unter den Stoff und ließ sich von ihm zur Halle tragen. Sie spürte die Erschütterungen seiner Tritte und hörte schließlich das Knarren einer Tür, nachdem diese zurück ins Schloss fiel. Ófeigur schlug den Umhang zurück und gab die Sicht auf den Raum dahinter frei. Thea erkannte ihn wieder. Die beiden Plätze an der erhöhten Tafel waren leer. Stattdessen sammelten sich am unteren rechten Tisch mehrere Personen. Thea entdeckte Tom und Juli, die fröhlich aufsprangen und zu ihr liefen. Nur Loki blieb sitzen. In seinen Stuhl zurückgelehnt lauschte er den Worten seiner Tischnachbarin Nanna und lächelte Thea dabei finster zu. Unwillkürlich kniff Thea eines ihrer Augen zusammen. Blicke wie diesen hatte sie schon mehrmals von Loki bekommen und nie bedeuteten sie Gutes. Verunsichert öffnete sie das Eulengewand. Zurückverwandelt in ihre menschliche Gestalt, begrüßte sie Juli und Tom nur flüchtig. Ihre Konzentration war auf den Feuergott gerichtet, dessen Blick noch immer auf ihr ruhte. Eine Berührung an der Schulter ließ sie herumfahren. Ófeigur streckte die Hand aus und forderte das Eulengewand von ihr. Thea überreichte es ihm, äugte aber sofort wieder zu Loki. Er sprach mit Nanna, ließ seine Augen dabei durch den Raum wandern und nickte von Zeit zu Zeit. Erst als er nach seinem Becher griff, kehrte seine Aufmerksamkeit zu Thea zurück. Abermals traf sein Blick sie bohrend und unheilvoll.

„Was macht er hier drin? Sollte er nicht auf Ófeigur aufpassen?", zischelte sie zu Tom.

Ófeigur schnaubte. „Er hat den Hain verlassen, kaum dass Hermodr aufgebrochen war, um Juli zu holen. So viel zu seinem Versprechen. Wie man an diesem Beispiel erkennen kann, sollte man niemandem trauen." Er drehte sich auf dem Absatz um und verließ die Halle, bevor Thea in der Lage war, ihm zu widersprechen.

Nun fauchte Juli. „Der soll uns bloß nicht mit Loki in einen Topf stecken!"

„Aber er hat Recht. Loki hat versprochen, auf ihn aufzupassen."

„Hat er nicht", brummte Tom. „Er sagte, er würde alle Gefahren von dem Bengel abwehren. Da Lokis Meinung nach keine Gefahr für Ófeigur besteht, hält er es nicht für nötig, bei ihm zu bleiben. Er tauscht lieber alte Geschichten mit Nanna aus."

„Ich staune. Wie hast du dir seine Worte so genau gemerkt?", erwiderte Thea.

Tom schüttelte den Kopf. „Das habe ich nicht. Ich habe Loki darauf angesprochen. Ófeigur war sehr aufgebracht über sein Verhalten."

„Kann ich verstehen", nickte Thea. „Was habt ihr inzwischen herausbekommen? Ist Balder in Hels Halle? Ist Nanna dem Plan, mit nach Asgard zu kommen, jetzt aufgeschlossener eingestellt?"

„Ich glaube, Loki arbeitet darauf hin", antwortete Tom.

„Es sieht vielmehr danach aus, als plane er eine Gemeinheit", raunte Thea. Sie löste sich von ihrem Platz und näherte sich der Tafel. Als sie Nannas Blick begegnete, senkte sie den Kopf zum Gruß und sah zu Loki. Der musterte sie grinsend. „Das Sturzbombereulchen hat endlich das Vertrauen seines Schwertes erlangt", hieß er sie willkommen.

Thea hob die Brauen. War es nur das, was ihn erheiterte? Sie betrachtete Nanna. „Werden du und Balder mit uns kommen?“

Die Fröhlichkeit Nannas verschwand. Sie holte Luft, als plötzlich die Tür zur Halle heftig aufgestoßen wurde und Ófeigur darin erschien. Sein ausgestreckter Finger zeigte auf die Gruppe an der Tafel.

„Da sind sie!“, rief er. Hinter seinem Rücken tauchten breitschultrige Männer mit Brillenhelmen auf, die sich rasch an ihm vorbei schoben. Zeitgleich zogen Juli und Tom ihre Schwerter, Nanna und alle anderen sprangen auf. Thea beobachtete erschrocken, dass die Angreifer auf ihre Freunde zustürzten, kaum dass diese ihre Waffen hoben. Ein Hüne, dessen Mähne wild aus dem Helm trat, packte Juli und verdrehte ihr den Arm. Mit einem schmerzverzerrten Schrei ließ Juli das Schwert fallen. Im nächsten Augenblick fand sie sich im Würgegriff des Wardonen wieder. Tom wirbelte seine Schwerter mit einer geschickten Kombination in der Luft. Die Wikinger betrachteten ihn sich anerkennend zunickend, bis einer von ihnen gelangweilt seine Axt schwang, sie irgendwie mit Toms linkem Schwert verkeilte und ihm die Waffe aus der Hand wandte. Ein zweiter schnappte seinen anderen Arm und beraubte ihm auch der letzten Waffe.

Voller Abscheu zog Loki den Mundwinkel hoch. „Was tut dieser Elende?“

„Da ist die Zauberin!“, warnte Ófeigur und zeigte auf Thea.

Eilig zog Thea Kyndill aus der Scheide. Die Wikingermeute wich zurück. Im Lichtspiel der Flammen lächelte die vermeintliche Zauberin provozierend.

Ein Wardone, dessen Brillenmaske mit schwarzen Runenmustern verziert war, trat vor. Er deutete mit seiner

Schwertspitze in ihre Richtung. „Ergib dich und ich werde deine Freunde verschonen!“
Thea starrte angespannt auf Juli und Tom. Kapitulation war keine Alternative. Würden sie sich erst einmal in Hels Klauen befinden, würde es ihnen schlecht ergehen. Loki hatte immer wieder davor gewarnt. Ihr Herz begann heftig zu pochen, während sie fiebernd nach einem Ausweg suchte. Bis Wal-Freya und Hermodr auftauchten, würde noch fast eine halbe Stunde vergehen - zu lange, um auf Hilfe zu hoffen. Ihre Augen wanderten zu Ófeigur, der mit höhnischem Blick das Kinn hob. Wut stieg in Thea auf, schlängelte sich ihren Rücken hinauf und entlud sich in ihrer Faust um Kyndill. Sie schmeckte den bitteren Schwefel der Drachenflamme auf ihrer Zunge, dann hob sie die Waffe über ihren Kopf. Gerade als sie einen Schritt nach vorne setzen wollte, wurde sie am Umhang gepackt und zurückgerissen. Sie stolperte aufgrund der unerwarteten Kraft. Im nächsten Moment fühlte sie den kalten Stahl einer Klinge an ihrem Hals. Aus ihren Augenwinkeln erkannte sie Loki.

17. Kapitel

Thea starrte auf den dunkelrot bekleideten Arm, der ihr fast die Luft abschnürte. Loki packte ihr Handgelenk und lenkte Kyndill zu Boden.

„Steck das Schwert weg“, schnarrte er.

Von Verbitterung gefesselt rang Thea um Atem. Hilflos suchte sie Julis Blick, die leicht mit dem Kopf schüttelte. Ob sie Thea damit bedeutete sich zu ergeben, oder dazu, sich zur Wehr zu setzen, war nicht ersichtlich. Die Fylgja fauchte erbost, aber Loki hatte nur ein müdes Lächeln für sie übrig.

„Loki! Was tust du?“, rief Nanna und stellte die Frage, die Thea durch den Geist schnellte.

„Das Richtige“, zischelte der Feuergott kalt. Er kam mit dem Mund dicht an Theas Ohr heran. „Steck es weg! Für Hel macht es keinen Unterschied, ob sie euch tot oder lebendig bekommt.“

Tränen schossen Thea in die Augen. „Du tust es doch nicht schon wieder? Du wolltest uns helfen!“

„Einen Dreck wollte ich“, erwiderte Loki. „Steck dein Schwert weg, oder *ich* trage es für dich.“

Nanna trat zwischen Thea und die Wardonen. „Erneut dringt ihr in diese Halle ein, sie ist eine heilige Stätte! Verlasst meinen Grund und Boden, oder Hel wird davon erfahren!“

Der Wardone richtete seine Waffe auf Nanna. „Ganz bestimmt wird sie das. Nun gib den Weg frei, oder ich lasse dich auch mitnehmen.“

„Das wagst du nicht!“, schnappte Nanna.

Der Krieger drehte den Kopf, ohne sie aus den Augen zu lassen. „Bleib stehen und ich beweise es dir.“

Thea schob Kyndill zurück in seine Scheide. Dabei achtete sie darauf, dass sie sich nicht versehentlich gegen das Messer an ihrer Kehle stemmte. „Lass es sein, Nanna. Wir gehen mit.“

Die Stirn sorgenvoll gerunzelt sah sich Balders Frau zu ihr um. Thea lächelte gepresst. Gerne hätte sie Nanna einen Gedanken geschickt, ohne das Amulett blieb ihr aber nur die Hoffnung, dass die Göttin die Nerven behielt. Wal-Freya und Hermodr mussten von den Ereignissen, die sich hier zugetragen hatten, unterrichtet werden. Nur Nanna konnte verhindern, dass die beiden ebenfalls in die Falle liefen.

Loki drängte Thea voran. Widerwillig gab Nanna den Weg frei. „Schickt euch!“, herrschte er die Wardonen an. „In wenigen Minuten kommen zwei Personen hier an, mit denen ihr euch nicht messen solltet.“

Ófeigur deutete auf den Feuergott. „Er wollte ihnen helfen! Ihr dürft ihm nicht vertrauen.“

Verblüfft zog Thea die Augenbrauen zusammen. Sie hatte geglaubt, dass Loki und Ófeigur gemeinsame Sache gemacht hatten.

„Ein Verräter sollte nicht mit dem Finger auf einen anderen Verräter zeigen“, erwiderte der Wardone mit dem silberschwarzen Helm abfällig. Er sammelte Tom und Julis Schwerter ein und streckte die Hand vor Thea aus.

„Niemand kann es tragen außer mir“, erklärte sie hastig.

Verächtlich schnaufend griff der Wardone nach Kyndill und zog jaulend die Hand zurück. Wütend betrachtete er seine verbrannten Finger.

„Sie mag aus niederträchtigen Motiven nach Hel gekommen sein, aber sie ist stets ehrlich“, höhnte Loki.

„Warum tust du das?“, fragte Thea mit den Tränen kämpfend.

Loki kam dicht an ihr Ohr heran. „Es ist nichts Persönliches, Thea. Besondere Umstände erfordern besonderes Handeln.“

„Wie kommt ein magischer Gegenstand wie dieser in den Besitz eines Menschen?“

Loki zuckte mit den Brauen. „Vielleicht lässt du dir das später erklären?“

„Du wirst dich hüten, es zu benutzen“, drohte der Wardone und hob warnend den Finger. „Ich scherze nicht, berührst du es, werden deine Freunde dafür bezahlen!“

„Ich rühre es nicht an“, versprach Thea.

Die dunklen Augen des Mannes bohrten sich in ihre. Er sah zu Loki. „Lass sie los, aber achte auf sie!“

„Mit Vergnügen“, schnarrte der Feuergott.

„Das gilt für alle. Verhält sich einer verdächtig, werden die anderen es ausbaden. Wir brauchen euch nicht lebend.“ Er lachte abfällig. Belustigt stimmten seine Gesellen zu.

Die beiden Männer, die Tom und Juli in ihrer Gewalt hatten, lösten den Griff und schoben sie aus der Halle.

„Ich hätte dich doch zurück ins Wasser schubsen sollen“, knurrte Tom Ófeigur an, der dicht neben ihm lief.

Er lächelte kalt. „Hast du aber nicht. Wie dumm, oder?“

Juli warf ihm einen bitteren Blick zu. „So zeigst du deine Dankbarkeit. Ich hoffe, dass du an deiner eigenen Dummheit erstickst! Du hast gerade deine besten Verbündeten verloren."

Ófeigur schnaubte. „Niemand legt sich mit der Totengöttin an und kommt ungestraft davon. Im Gegensatz zu euch wird sie sich mir gegenüber erkenntlich zeigen. Ich wäre immer der Gefahr ausgesetzt gewesen, zurück nach Naströnd zu müssen. Dem bin ich zuvorgekommen. Ihr seid mir herzlich egal. Was die Asen von mir halten, haben sie gezeigt."

„Haltet die Klappe und lauft!", fuhr sie der Wardone an. „Hel wird eure Taten gerecht belohnen, habt Vertrauen."

Erneut lachte er hässlich und wieder fielen die anderen zustimmend mit ein. Thea suchte Lokis Blick, doch der Feuergott starrte beflissen an ihr vorbei.

Die Fylgja heftete sich an ihre Versen. Zum ersten Mal wirkte der Schutzgeist niedergeschlagen. Er lief mit hängendem Kopf und Schwanz.

Die Wardonen führten sie auf den Pfad vor Balders Halle, der sie in das Geflecht der Langhäuser brachte. Hier und da durchquerten sie wie selbstverständlich ein Gebäude und hinterließen staunende Bewohner. An manchen Stellen rutschten sie auf den feuchten Steinen aus. Je länger sie liefen, umso dunkler und kälter wurde es. Der Nebelschleier, der die Hallen umgab, verdichtete sich. Theas Herz klopfte schneller. Wal-Freya und Hermod mussten inzwischen zurück sein, doch keine Spur war von ihnen zu finden. Theas Hand ging zu ihrem Hals, an dem sie die Triskele schmerzlich vermisste. Zeitgleich zu ihrer Bewegung fuhr der Wardone zu ihr herum und Thea hob erschrocken die Hand, um ihm zu beweisen, dass sie nichts gegen ihn plante. Zufrieden lief der Wardone weiter. Beharrlich suchte Thea die Dächer nach dem Falken und der Schneeeule ab, um im Falle eines Eingreifens von Hermodr und Wal-Freya bereitzustehen, doch nichts außer Nebel wehte über das Reet.

Unerwartet wedelte Ófeigur mit einem Gegenstand vor ihrem Gesicht. Es war etwas Weißes - mit getupften Federn!

„Ich fürchte, Hermodr und Wal-Freya werden nicht rechtzeitig hier sein“, lachte er.

Zornig runzelte Thea die Stirn. Es war das Eulengewand. Aber wieso hatte es Ófeigur noch?

„Hermodr war zu vertrauensselig, sonst hätte er bemerkt, dass er ein gewöhnliches Hemd eingesteckt hat“, höhnte Ófeigur.

Loki setzte einen Schritt vor. Er riss dem Verräter das Eulengewand aus den Fingern und ließ es unter seinem Klappenrock verschwinden. „Gut gemacht, Kleiner. Das gehört dann wohl mir!“

Ófeigur hob die Brauen, zuckte gleichgültig mit den Schultern und setzte seinen Weg fort.

Wütend ballte Tom die Fäuste. „Ich schwöre, wenn ich ihn in die Hände bekomme, bringe ich ihn um.“

„Er ist schon tot“, kommentierte Juli trocken.

Die Wardonen blieben stehen. Der Anführer öffnete eine Tür zu seiner Linken. Die Fylgja fauchte warnend und sträubte das Fell. Theas Herz klopfte ihr bis zum Hals. Von der Höhlendecke streckte sich ein Wurzelgeflecht zum Gebäude und packte es. Überall hingen die Auswüchse herab, doch nur dieses Haus schienen sie gezielt zu suchen. Von Unruhe erfüllt starrte Thea in den Eingang.

„Geh schon! Sie wird sich freuen, dich wiederzusehen“, kicherte Loki.

Thea wandte sich nach ihm um, da gab ihr ein Wardone einen Schubs.

Das Halleninnere empfing Thea mit Dunkelheit und Kälte. Von der Decke tropfte es geräuschvoll in kleine Pfützen, die sich flächendeckend auf dem erdigen Boden bildeten. Ein Mann sprang von einem Stuhl, der an der Stirnseite stand. Es war Balder. Staunend lief er auf die Gruppe zu, die an ihm vorüberzog, ohne ihn zu beachten.

„Was … Wieso seid ihr zurück?“, fragte er.

„Hermodr wollte nicht ohne dich gehen“, antwortete Loki.

Balder eilte ihnen nach. „Was? Und jetzt?“

„Tragen seine Gefährten die Konsequenzen“, erwiderte der Feuergott.

„Unternimm etwas dagegen!“, zischelte Balder.

„Das habe ich schon“, raunte er nichtssagend.

„Nun weiß ich, warum dir die anderen nie getraut haben“, flüsterte Thea. In ihre Enttäuschung mischte sich Verbitterung.

„*Ich* war es nicht, der dich verraten hat“, schnarrte Loki. „Wenn du jemanden dafür verantwortlich machen willst, wende dich an die Person, der du aus dem Slidr verholfen hast. Wann hörst du endlich auf, in Schwarz und Weiß zu denken, Thea? Die Welt ist grau! Wenn dich irgendwer aus dem Slidr rettet, heißt es noch lange nicht, dass er Gutes dabei im Sinn hat.“

„Du weißt das ja am besten“, versetzte Thea.

Sie querten die Halle und betraten einen zweiten Raum. Er war groß und ebenso feucht wie der Eingangsbereich. Von den Wurzeln, die sich entlang der Decke zur Mitte des Saales schlängelten, suchte sich das Wasser in kleinen Rinnsalen den Weg zum Boden. Loki schob sich an Thea vorbei und steuerte auf eine Säule zu, die von den Wurzeln gebildet wurde. In ihrer Mitte formten sie einen Sitz. Kreisförmig wickelten sich Äste und Wurzelwerk ineinander und schlugen einen Bogen aus Knotenmustern um die Person, die auf dem knorrigen Thron saß. Sie trug ein schlichtes, weißes Gewand, das an einigen Stellen mit Runenbändern verziert war. Ihre Arme lagen auf geschwungenen Lehnen, die sich ebenfalls aus Knotenmuster formten. Zum Boden hin wuchsen die Ausläufer zusammen und bohrten sich zu einem dicken Strang in die Erde.

Loki stützte seine Hände auf die Armlehne und küsste die Frau auf die Wange. Nur ein leichtes Neigen ihres Kopfes in seine Richtung, ließ erkennen, dass sie den Feuergott wahrgenommen hatte. Ihre Mine war eine starre Maske. Eisblaue Augen hafteten auf Thea.

Thea senkte den Kopf. Erdrückender als vor der Göttin des Todes zu stehen, war der hämische Blick Lokis. Lässig lehnte er am Thron, die Arme verschränkt, ein triumphales Lächeln auf den Lippen.

Thea äugte zur Seite und betrachtete Julis Füße. Sie hatte einen Schuh über den anderen gestellt. Das tat sie oft, wenn sie nervös war. Als sie den Kopf in Toms Richtung drehte, schaute sie in leere Augen. Sie wusste nicht, was er fühlte, sie glaubte aber, die gleiche Furcht in ihm zu sehen, die ihr Herz schneller schlagen ließ. Sie standen vor der Frau, die sie, gegen alle Warnungen Lokis vor den Konsequenzen, versucht hatten zu betrügen. Thea fürchtete aber nicht um ihr eigenes Wohl. Ihre Gedanken kreisten um Geirunn, Hakon und Amma. Was, wenn Thea ihre Familienmitglieder mit ihrem Verhalten in Gefahr gebracht hatte? Was, wenn Hels Rache sich nicht nur an ihr entladen würde? Mutig hob Thea den Blick.

Das weißblonde Haar Hels umrahmte ein Gesicht, das in zwei Farben geteilt war. Hände und Füße spiegelten das ungewöhnliche Bild wider. Hels linke Seite war schneeweiß, die rechte nachtblau. Die Augen der Göttin bohrten sich in die von Thea, quälend, kalt. Theas Herz pochte ihr bis zum Hals. Das Schweigen, das in der Halle lag, war kaum zu ertragen.

„Als Loki mir sagte, dass Asen kämen, um Balder zu befreien, lachte ich ihn aus", drang Hels Stimme unerwartet in die Stille. Sie klang jung und kräftig, dennoch lag der Ton einer alten, zerbrechlichen Frau in ihr, so, als würden zwei Personen gleichzeitig sprechen. „Fortgeschickt hatte ich ihn, da ich vermutete, dass hinter seiner Anklage verwerfliche Ziele steckten. Doch hier steht ihr, drei Menschen. Jeder von euch in meine Welt eingedrungen wie ein lumpiger Dieb. Bin ich es nicht, die euch ein Obdach bietet, wenn eure Zeit in Midgard verstrichen ist? Bin ich es nicht, die ihre schützende Hand über eure Ahnen und über eure Kinder und Kindeskinder hält? Bin ich es nicht, die eure Familien nach eurem Ableben zusammenführt? Wie nur könnt ihr glauben, dass dieser Verrat vergeben wird?"

Thea schluckte fest. „Tom und Juli trifft keine Schuld, sie haben nur versucht, mich vor Schwierigkeiten zu bewahren."

Loki prustete belustigt. „Versager!"

Die Augen der Totengöttin trafen Thea mit solcher Gewalt, dass sie glaubte, ohnmächtig zu werden. „Es bringt dir keinen Nutzen, dich für sie einzusetzen. Beide sind für ihre Taten selbst verantwortlich. Sie gingen den Weg mit dir. Sie billigten dein Handeln. Sie werden die Konsequenzen tragen."

Balder trat zwischen den Wardonen vor. „Hel, lass sie gehen, sie sind fast noch Kinder. Du weißt, dass ich ihnen nicht nach Asgard gefolgt wäre."

Nur ihre Augen regten sich, als sie zu Balder blickte. „Kinder?", wiederholte sie verächtlich und sah zurück auf Thea. „Fengur, Joran, Njal, Stefan, Thea … sie hat viele

Leben gelebt, seit sie Hel verließ. Sie lässt sich wohl kaum mit einem gewöhnlichen Jugendlichen vergleichen."

„Sie hat doch keine Erinnerungen daran."

Loki hob belustigt die Brauen. „Das stimmt nicht ganz."

„Ohne dein Zutun hätte sie Hel gar nicht verlassen!", empörte sich Juli.

Nur leicht bewegte Hel den Kopf. „Ebenso wie du stand sie einst flehend vor mir, vom Wunsch beseelt, heim nach Midgard zu kehren. Ich gewährte euch euer Begehren und so vergeltet ihr meine Großzügigkeit: Ihr betrügt mich hinter meinem Rücken!"

Juli öffnete den Mund, entschied sich aber offensichtlich dafür, dass weitere Worte zwecklos waren. Sie senkte den Kopf. „Es tut mir leid", flüsterte sie.

Ein Laut aus der ersten Halle ließ die Wardonen herumfahren. Schritte tönten heran. Ein Krieger hob die Axt über den Kopf. Im nächsten Augenblick wurde die Waffe von einer unsichtbaren Macht ergriffen und in die Höhe geschleudert. Verblüfft sah der Mann auf seine leeren Hände und dann zur Decke, in der die Axt zwischen den Wurzeln steckte. Verunsichert gaben die Wardonen den Weg frei. Wal-Freya trat durch die gebildete Gasse. Das Falkengewand lag über ihrem blauen Umhang. Zum ersten Mal zeigte Hel eine Reaktion. Ihre Finger umklammerten die Armlehnen, ihr Kinn neigte sich zur Brust. Theas Herz machte einen Sprung. Wal-Freya blieb neben Thea stehen und legte die Hand auf ihre Schulter. Als sie Loki an der Seite der Totengöttin entdeckte, verengten sich ihre Augen.

„Stehst du nicht falsch, Loki?", sprach sie ihn an.

Zur Antwort legte der Feuergott den Kopf schief und presste schmunzelnd die Lippen zusammen.

„Ófeigur hat uns verraten", erklärte Thea rasch.

„Ich weiß", erwiderte Wal-Freya.

„Eine Tat, die ihre Vergeltung finden wird", antwortete Hel. Sie nahm Ófeigur in ihren Augen gefangen. „Nichts ist schändlicher, als Verrat, Ófeigur. Du hast denen die Treue gebrochen, die dir vertraut haben. Du hast deine Chance auf Vergebung verspielt. Es wird Zeit für dich, nach Naströnd zurückzukehren."

Mit einem höhnischen Lachen packte der Wardone rechts von ihm seinen Arm und zog Ófeigur mit sich. Der Junge bäumte sich in seinem Griff auf.

„Ich habe dir geholfen, diese Betrüger ausfindig zu machen!", protestierte er.

„Du zeigst, dass Menschen, die Tiere schlecht behandeln, auch nicht gut zu ihresgleichen sind. Dein Verhalten ist verabscheuungswürdig. Ich dulde keine ehrlosen Geschöpfe in den heiligen Hallen Hels! Vielleicht erhältst du eines Tages eine zweite Möglichkeit, Naströnd zu entkommen. Wenn jener Tag kommt und du wieder einen Fuß auf die gesegneten Stätten setzt, solltest du ehrbarer handeln."

„Was ist mit ihm?", begehrte Ófeigur auf. Gehetzt wandte sich im Griff des Wikingers und hob das Kinn in Lokis Richtung. „*Er* hat ihnen geholfen! Die ganze Zeit!"

Die Totengöttin sah zu ihrem Vater. Für einen Augenblick war nur ihre dunkle Seite zu sehen. Thea jagte ein Schauer über den Rücken.

Loki sah seine Tochter an, während er Ófeigur antwortete: „Lange bevor *deine Freunde* einen Schritt nach Hel gesetzt haben, warnte ich Hel vor ihnen. Alles was ich tat, diente dazu, ihr die Wahrheit zu zeigen."

Ein Stich fuhr Thea durch den Magen, der sie aufzucken ließ. Wal-Freya drückte ihre Schulter. „Sei nicht traurig. Auch ich wollte daran glauben, dass er es ehrlich meinte."

„Ich habe dir geholfen! Ich will nur zu meiner Familie", flehte Ófeigur.

Hels Blick traf ihn mit eisiger Kälte. „Ich glaube kaum, dass deine Ahnen einen wie dich in ihren Reihen begrüßen. Naströnd ist der passende Platz für solche wie dich. Schafft ihn fort!"

Ein zweiter Wardone packte Ófeigur. Thea beobachtete mit Schrecken, wie die Krieger den Jungen gegen seinen Willen fortschleiften. Auch Tom und Juli stand das Grauen ins Gesicht geschrieben. Mit letzter Kraft klammerte sich Ófeigur an die Außentür, doch der Stärke seiner Bewacher hatte er nichts entgegenzusetzen. Seine Schreie verhalten hinter der Tür.

„Nun zu euch", verkündete Hel.

„Wir gehen jetzt", sagte Wal-Freya mit Nachdruck.

Zum ersten Mal huschte so etwas wie ein Lächeln über Hels Lippen. „Dass du es wagst, noch einmal hier aufzutauchen, Wal-Freya. Vor wenigen Tagen hast du mit Hermodr an meiner Tafel gespeist, meine Gastfreundschaft genossen, ebenso wie mein Vertrauen. Jetzt weiß ich, all euren Worten haftete Arglist an. Denn schon vor eurer Ankunft hattet ihr eure Schergen in meine Welt geschleust. Euer Handeln ist verwerflich, schändlich und unverzeihlich. In ganz Hel gibt es keinen Ort, der schrecklich genug wäre, um euch für alle Ewigkeit darin zu verbannen."

„Ich bin nicht zurückgekommen, um mich von dir einsperren zu lassen", erwiderte Wal-Freya kühl. „Hier und jetzt können wir es friedfertig beenden."

Loki lachte überspitzt. Thea wagte kaum ihn anzuschauen, so sehr verletzte sie sein Verhalten. Die Fylgja fuhr schnurrend um Wal-Freyas Beine.

Hels Gesicht blieb eine eiserne Maske. „Es wäre töricht von dir, es anders zu lösen. Ich habe viele Wardonen, die mir treu ergeben sind. Es sind Menschen, die du und deine

Walküren auf den Schlachtfeldern habt liegen lassen. Glaube mir, keiner von ihnen ist gut auf dich zu sprechen."

Wal-Freya nickte bedächtig. Sie nahm das Falkengewand von der Schulter und ließ es unter ihrem Brustpanzer verschwinden. Schon fuhr ihre Hand in eine ihrer Taschen. Loki stieß eine Warnung aus, doch da hatte die Walküre das Pulver schon geworfen. Die Rune, die sie in den Staub malte, war Thea unbekannt, doch sie schien mächtig genug, dass Hel jäh von ihrem Thron sprang. Loki hob den Arm vors Gesicht und drehte sich ab. Wal-Freya zog ihr Schwert und schlug dem Wardonen, der Juli hielt, mit dem Knauf ins Gesicht. In der Bewegung trat sie Toms Bewacher gegen die Brust. Beide taumelten zurück.

„Lauft!", gellte Wal-Freya, dann schrie sie einen magischen Befehl, packte Balder am Arm und zog ihn mit sich. Donnergrollen wurde laut und die Erde erzitterte. Thea hastete zusammen mit den Wardonen aus der Halle. Plötzlich geriet sie ins Taumeln, aber nicht von der Erschütterung. Ein Krieger hatte sie gestoßen und griff nach ihr. Juli fing sie auf und steuerte Thea zum Ausgang. Sie hatten die Tür aus Hels Halle kaum passiert, da zuckte ein Blitz durch das Innere des Gebäudes. Unter dem Wurzelwert, das die Halle umgab, knirschte und knackte es. Dann fiel ein Großteil des Daches ein. Zögernd verharrten die Wardonen. Thea beobachtete, wie alle Krieger auf einmal die Waffen fallen ließen und zurück ins innere des Hauses eilten.

„Lauft! Lauft!", rief Wal-Freya. Erneut packte sie Balders Arm, da dieser im Gegensatz zu allen anderen zögerte. Sie schlugen einen Pfad entlang von Hels Halle ein, der sie rasch in einen Dschungel aus Langhäusern führte. Nachdem sie einige Gässchen genommen hatten, die sich zwischen den dutzenden Mauern bildeten, endete ihre Flucht in einer Sackgasse. Leise fluchend trat Wal-Freya den Rückweg an.

»Wo willst du hin?«, fragte Juli. Ihr Atem rasselte.

»Wir müssen uns zur Gjallarbrú durchkämpfen!«, antwortete Wal-Freya, während ihre Augen hektisch nach einem Weg suchten.

»Zur Gjallarbrú? Dort wird uns Modgudr erwarten!«, rief Juli. „Außerdem müssen wir dafür wieder zu Hels Halle zurück."

„Wir müssen um die Halle herum. Zur Südseite, um genau zu sein", erwiderte die Walküre.

„Das ist doch verrückt! Da wird sie auf uns warten!"

„Fällt dir etwas Besseres ein? Nur zu! In wenigen Minuten ist eine ganze Armee von Wardonen hinter uns her." Wal-Freya folgte dem Pfad entlang des Hauses und bog an einem Ziegengehege nach links ab. Erste Personen wurden auf die Fliehenden aufmerksam, unterbrachen ihr Tagwerk und sahen ihnen fragend nach. Irgendwann wurde das Geräusch schwerer Schritte hinter ihnen laut.

Thea griff unter ihren Umhang und zog das Messer aus der Scheide. »Besser als nichts«, kommentierte sie, während sie es Juli gab.

»Sehr beruhigend, hast du vielleicht noch eine Gabel dazu?«, schnaubte Juli trocken. »Hier!« Sie reichte es Tom, der abwehrend mit der Hand wedelte. »Nein! Behalte es.«

»Als würde *ich* das brauchen«, erwiderte Juli, griff in die Hosentasche und holte den Phönixstein hervor.

Tom lächelte. „Den hatte ich ganz vergessen." „Ich nicht", grinste Juli. Sie umschloss den Stein mit ihrer Faust und rannte Wal-Freya und Balder nach.

Als sie auf eine Kreuzung trafen, kündigte Gebrüll aus zwei Gassen Wardonen an.

„Zur Gjallarbrú müsst ihr dort lang", erklärte Balder. Er deutete nach links.

„Lauf vor!", forderte Wal-Freya ihn auf.

Balder schüttelte den Kopf. „Ich komme nicht mit euch!“

„Was? Natürlich! Das hier darf nicht umsonst gewesen sein! Odin will es so. Hermodr ist auf dem Weg. Er wird sich um Nanna kümmern. Komm!“

Balder legte seine Hand auf Wal-Freyas, die sich schon wieder um sein Handgelenk schloss. Liebevoll löste er ihren Griff. „Sag Vater, es ist nicht richtig, was er tut. Er muss damit aufhören!“

„Verdammt, Balder!“

„Ist das nicht der falsche Augenblick, um das zu diskutieren?“, merkte Toman.

Mit blank gezogenen Schwertern stürmte eine Wardonengruppe aus dem Langhaus neben ihnen. Kyndill erhellte den Platz, als Thea es wirbelnd gegen den ersten Krieger führte. Die Fylgja hastete um Theas Beine und begleitete jeden ihrer Schritte. Eine zweite Lichtquelle brannte auf, als Juli den Phönixstein vor den Mund führte. Von den Flammen getroffen schrien die Wardonen auf und wälzten sich auf dem Boden, um das Feuer auf ihrer Kleidung zu ersticken. Wal-Freya parierte einen Axthieb und stieß ihr Schwert in den Körper des Angreifers. In der gleichen Bewegung streckte sie ihre Hand und sprach die magischen Worte, die ihre Gegner von den Füßen holte. Juli sprang vor und zerrte einem Toten das Schwert aus der Hand. Sie warf es Tom zu und griff schon nach der Axt eines anderen Kriegers.

Wal-Freyas Blick wurde fordernd. „Du darfst nicht hierbleiben, Balder!“

Balder lächelte traurig. „Ich muss. Und ich werde. Es wäre falsch zu gehen. Ich weiß, dass du tief in deinem Innern ähnlich empfindest. Auch wenn wir Götter sind, dürfen wir das Schicksal nicht herausfordern!«

„Ich akzeptiere kein Schicksal, das Loki vorantreibt", erwiderte Wal-Freya. „Und du solltest es genauso wenig tun."

Drei Wardonen aus der ersten Angriffswelle standen plötzlich wieder auf und stürmten brüllend auf die Gruppe zu. Thea und Juli stellten sich gleichzeitig vor Wal-Freya.

„Sie heilen! Wie die Toten aus Naströnd", rief Thea. Kyndill teilte die Waffe des Gegners und fuhr in dessen Brust. Der Wardone ging zu Boden, doch Thea wusste, dass er sich bald erneut erheben würde. Sie streckte den zweiten Angreifer nieder und erledigte auch Julis Gegner. Ein paar Atemzüge lang verharrte Juli auf die Knie gestützt.

„Das wird übel", keuchte sie. „Wir setzen drei außer Gefecht und wenn die nächsten um die Ecke kommen, stehen die ersten wieder auf."

Balder nickte. „Es stimmt. Ihr müsst fort. Sonst werdet ihr unterliegen!" Mit bedauerndem Blick fuhr er über Wal-Freyas Arm. „Sag Vater, dass ich ihn liebe."

Wal-Freya versuchte noch den Lichtgott zu greifen, doch er rannte in eine Gruppe herandrängender Wardonen, die ihm widerstandslos den Weg freigaben.

„Verdammter Sturkopf!", fluchte die Wanin. Sie drehte ihm den Rücken zu und warf einen Blick über ihre Schulter. „Lauft!", forderte sie ihre Begleiter auf. Dann folgte sie Balders Fingerzeig, ohne sich noch einmal umzuschauen.

18. Kapitel

Mühevoll kämpften sich Wal-Freya, Thea, Juli und Tom durch das Labyrinth von Langhäusern, Straßen und Gassen. Sie orientierten sich an den Wurzeln der Höhlendecke, die sich von überall zu Hels Halle streckten und ihnen stets den Ort wiesen, den sie suchten. Immer wieder verwickelten Wardonen sie in Kämpfe, doch nie gelang es den Kriegern, sie ernsthaft zu gefährden. Da Hels Soldaten nicht starben, schwanden den Freunden allmählich die Kräfte. Wie von Juli vorausgesagt, stieg die Anzahl der sie verfolgenden Krieger stetig an. Sobald sie eine Kohorte ausschalteten, drang die Truppe nach, die sie zuvor erledigt hatten. Irgendwann gab Wal-Freya ihre Zurückhaltung auf und statt den Pfad entlang der zusammenstehenden Häuser zu suchen, durchquerten sie die Gebäude auf dem Weg zur Gjallarbrú direkt. Nur selten trafen die Freunde dabei auf Widerstand. Meist liefen sie so schnell durch die Hallen, dass die dort Anwesenden keine Möglichkeit hatten zu reagieren. Mehrmals belegte Wal-Freya die Türen mit Zaubern, so dass der Abstand zwischen ihnen und den Wardonen zunahm. In einem Langhaus, über dessen Feuerstelle gerade ein Süppchen köchelte, sprang eine Frau auf und schlug die

Hände vors Gesicht, da sie Wal-Freya erkannte. Ehe diese in der Lage war die Halle zu verlassen, warf sich ihr die Frau um den Hals und drückte ihre Bewunderung und Dankbarkeit für die Liebesgöttin aus. Wal-Freya wiegelte die Frau nur ungern ab, schaffte es aber, ihre Situation in knappen Worten zu erklären und auf die gegenüberliegende Seite des Gebäudes zu gelangen. Als Juli vor die Tür trat, pfiff sie beeindruckt. Wie an den Wurzeln unschwer zu erkennen, standen sie am anderen Ende von Hels Halle. Aber das Gebäude war nicht mehr wiederzuerkennen. Das Dach war komplett eingestürzt, nur das Skelett der Wurzeln offenbarte, wo es sich einst erhob. Selbst ein Teil der Wände fehlte. Juli stand der Mund offen.

„Verdammt und eins, Wal-Freya, wenn ich mal ein Haus abreißen muss, kann ich dich dann anrufen?"

Wal-Freya ließ den Blick über die Ruine schweifen. „Das habe ich nicht beabsichtigt", raunte sie.

„Was war das für ein Zauber?", fragte Tom.

„Ich habe Tyrs Rune mit dem Symbol Mjölnirs kombiniert. Ich hatte keine Ahnung, was dabei herauskommt. Ich hoffte, der Zauber wäre mächtig genug. Es fühlte sich richtig an", murmelte Wal-Freya.

Kichernd legte Juli die Hand über den Mund. „Wenn du Thors Hammer als Grundlage einer Zauberei nimmst, kann es nicht anders sein, als dass es kräftig rumst."

Wal-Freya schmunzelte. „Ich dachte, wenn er uns schon im Stich lässt, kann er sich wenigstens auf diese Art nützlich machen."

„Das hat geklappt", lobte Juli. „Sind wir richtig?"

Die Wanin nickte. „Wir müssen nur die Anhöhe hinab."

Sie liefen von der Westseite der Halle in Richtung Süden. Tief im Tal waberte Nebel auf und verdeckte den Ort, der vor ihnen lag. Kaum passierten sie die Ecke, ließ sie ein

Zungenschnalzen herumfahren. Loki lehnte an der Hauswand, die Arme über der Brust verschränkt. Sein Klappenrock war von unschönen Flecken überzogen. Finster blickte er von einem zum anderen.

„Dachte ich mir doch, dass ihr früher oder später hier vorbeikommt“, knurrte er.

Wal-Freya schob Thea von ihm weg. „Kommt weiter. Was auch immer er zu sagen hat, wir werden ihn nicht anhören. Ich bin fertig mit ihm.“

„Balder hast du nicht mitgebracht“, sagte Loki ruhig. „Lass mich raten, er hat sich von dir nicht umstimmen lassen. Im Gegensatz zu euch beweist er Verstand.“

Noch einmal verharrte Wal-Freya. Sie öffnete den Mund zum Widerspruch, ließ den Feuergott dann aber einfach stehen.

„Thea!“, rief Loki. „Es ist nicht zu spät das Richtige zu tun.“

Thea drehte sich zu ihm um. Die Fylgja rieb ihren Kopf an ihrem Bein und lenkte ihre Aufmerksamkeit kurz von dem Feuergott ab. „Ich denke, dass ich genau das Richtige tue“, erwiderte sie.

Loki seufzte. „Ich hatte gehofft, dass du wenigstens Balder Glauben schenkst.“

„Lass dich von ihm nicht beschwatzen“, beschwor Wal-Freya sie.

„Keine Angst, Wal-Freya. Ich werde mich nie wieder von Loki beschwatzen lassen.“ Sie antwortete der Walküre, richtete aber jedes Wort an den Feuergott.

„Geh nach Hause, Thea“, schnarrte Loki. „Deine Familie wartet auf dich. Lass die Götter ihr Spiel alleine zu Ende führen.“

„Die Welt in Schutt und Asche zu legen nennst du ein Spiel?“

Ein Lächeln huschte über Lokis Lippen. Sein Blick wurde so finster, dass Theas Herz schneller schlug.

„Komm jetzt!“, wiederholte Wal-Freya. Mit sanftem Druck schob sie sie voran.

„Geh nach Hause, Liebes!“, säuselte Loki. „Sollte ich dich noch einmal dabei erwischen, dass du versuchst, meine Pläne zu durchkreuzen, werde ich nicht mehr gnädig sein. Zu keinem von euch!“

Erneut wandte sich Thea um. „Du warst es, der mich in dieses *Spiel* geholt hat, schon vergessen? Vielleicht solltest *du* die Teilnehmer das nächste Mal sorgfältiger aussuchen. Sorge *du* dich fortan, ob ich *dich* bei unserer nächsten Begegnung verschone.“ Um ihren Worten Nachdruck zu verleihen, zog sie Kyndill aus seiner Scheide.

Gleichgültig zuckte Loki mit der Schulter. „Ja, das Schwert wirst du dringend brauchen. Grüße Odin von mir - falls du ihn jemals wieder triffst.“ Er drehte den Kopf nach links. Im gleichen Moment sprang die Tür zur Halle auf. Mit langen Schritten stapfte Hel heraus, ihr folgend eine Traube menschlicher Krieger. Süffisant lächelnd blieb Loki hinter der sich aufbauenden Armee zurück.

„Zeit zu gehen“, sagte Wal-Freya. „Lauft! Dreht euch nicht um! Lauft!“ Sie setzte sich in Bewegung. Ohne zu zögern folgten Thea, Juli und Tom. Ihnen jagte eine Hundertschaft Wardonen nach. Wenige Schritte später stolperten sie den steinigen Abhang hinab. Die Krieger blieben ihnen dicht auf den Fersen. Thea hörte Wal-Freya etwas rufen. Sie sah zurück und entdeckte die Wanin einen Zauber sprechen, der das feindliche Heer erfasste und es langsamer laufen ließ.

„Das hält sie nicht lange auf“, keuchte Wal-Freya, als sie Thea mehr rutschend als laufend erreichte. Sie hasteten den Abhang hinab, bis sie auf eine Ebene gelangten. Das

Rauschen eines Flusses wurde laut, dicker Nebel kroch feucht und kalt aus südlicher Richtung herauf. Thea richtete den Blick hinter sich zum Abhang. Noch immer bewegten sich die Wardonen in Zeitlupe, aber ihre Bewegungen wurden schneller.

„Hier lang!“, befahl Wal-Freya.

Sie liefen in den Nebel, der sie bald von allen Seiten umgab und die Sicht nur bis auf wenige Meter gestattete.

„Steck Kyndill weg, aber bleibe achtsam“, flüsterte Wal-Freya Thea zu. Auf einmal wurden Schreie laut. Das Poltern sich lösenden Gerölls drang in das Tosen des Flusses. Die Wardonen preschten den Pfad hinab. Plötzlich war es ruhig.

„Juli, Tom, seid auf alles gefasst“, wisperte Wal-Freya. „Thea, ziehe Kyndill erst, wenn es gar nicht mehr anders möglich ist. Habt keine Furcht. Wenn sie das Licht der Fylgja nicht sehen, sind wir sicher. Gleich haben wir es geschafft.“

Sie folgten der Walküre, bis sie den Arm streckte und auf ein Gebilde deutete, das sich aus dem Nebel erhob. Dunkel und unüberwindbar erstreckte sich das Helgitter über den Grund. Wal-Freya eilte vor, befeuchtete ihren Finger und malte eine Reihe von Runen auf einen der Stäbe. Sie umfasste ihn mit beiden Händen und stemmte ihr Gewicht dagegen.

„Snúa“, wisperte die Wanin.

Nervös warteten Thea, Tom und Juli darauf, dass etwas geschah. Auch die Fylgja blickte erwartungsvoll zu jedem Einzelnen. Wal-Freya wiederholte ihren Befehl.

Ein tiefes Knurren ließ alle gleichzeitig herumfahren. Die Fylgja stellte sich vor Thea und sträubte den Kamm. Sie fauchte unablässig, während das Knurren von dumpfen Schritten begleitet näherkam. Theas Hand fuhr zu Kyndill.

Doch sie ließ das Schwert wie abgesprochen in seiner Scheide.

„Snúa!“, sprach Wal-Freya noch einmal, da bog sich die Stange endlich und öffnete einen Durchgang. Zeitgleich trat ein gewaltiger Schatten aus dem Nebel. Kyndill erleuchtete den Platz, als Thea es in der Rückwärtsbewegung hastig vor sich streckte. Ein Hund von der Größe eines Elefanten mit ebenso großen Pranken war aus dem wabernden Dunst getreten. Geduckt, mit angelegten Ohren und gefletschten Zähnen lief er auf die Freunde zu. Zwei übereinanderliegende Augenpaare richteten sich auf Thea. Für einen Augenblick lähmte seine Erscheinung selbst Wal-Freya, doch sie war die Erste, die sich aus der Erstarrung löste.

„Schlüpft hindurch! Schnell!“, rief sie alarmiert.

Unerwartet sprang das Tier auf Wal-Freya zu. Es packte sie im Kragen, riss sie hoch und warf seinen Kopf wild zur Seite. Mit Schrecken beobachtete Thea, wie er die Wanin schüttelte, gegen das Gitter schleuderte und sich zähnefletschend vor dem Durchgang aufbaute. Weder Thea, noch Tom oder Juli waren in der Lage rechtzeitig zu reagieren. Als die Walküre an die Stäbe krachte, hob Juli schreiend die Axt und stürmte auf den Hund zu. Er schnappte nach ihr, bekam sie zu fassen und verfuhr ebenso mit ihr wie kurz zuvor mit Wal-Freya. Benommen fand sich Juli am Grund des Helgitters wieder. Tom wirbelte seine Schwerter, doch der Hund behielt weiterhin nur Thea im Blick. Speichel troff von seinen Lefzen, sein Knurren ließ die Erde erzittern. Zu seiner Seite richtete sich Wal-Freya wieder auf.

„Renn!“, schrie sie Thea zu.

Thea stürzte davon. Sie orientierte sich am Helgitter, um den Wardonen nicht in die Hände zu fallen. Hinter sich hörte sie Toms Rufe, die sie zur Eile drängten. Wie ein rettendes Licht rannte die Fylgja vorweg und wies ihr den

Weg. Thea hörte den Hund protestierend aufheulen, dann verschwand das Beben. Im Rennen drehte sie sich um, doch durch den Nebel war nichts zu erkennen, aber er schien ihr nicht zu folgen.

„*Lauf! Bleib nicht stehen! Es ist Garm! Ich werde ihn nicht lange halten können*", drang Wal-Freyas Stimme in ihren Geist. Kaum war sie verstummt, dröhnte sie lauter: „*Lauf!*"

Das Donnern von Garms Pfoten erschütterte das Totenreich. Thea hastete über den steinigen Grund, bis sie ein Stechen in der Seite lähmte. Sie umschloss Kyndill fester und strauchelte weiter. Die Fylgja fauchte, eilte zu ihr zurück und umkreiste sie hektisch. Der Untergrund bebte und holte Thea beinahe von den Füßen, als Garm mit einem Sprung vor dem Objekt seiner Begierde landete. Knurrend machte er einen Schritt auf sie zu.

„*Thea, halte durch! Ich bin gleich bei dir!*"

Thea versuchte die Walküre aus ihrem Geist zu drängen. Alle ihre Sinne waren auf die Gefahr vor ihr gerichtet. Als sie sich zum Gitter hinbewegte, schnitt Garm ihr den Weg ab. Mit gefletschten Zähnen drängte er sie aus dem Nebel. Thea hob Kyndill über ihren Kopf. Mit Schrecken fiel ihr Blick auf die blutbefleckte Brust des Hundes. Todesangst packte sie. In der Rückwärtsbewegung sah sie zur Fylgja, die sich hektisch um ihre Achse drehte. Erst als sie den Blick ihres Schützlings bemerkte, rannte sie weiter. Thea stürzte ihr nach - und der Hund folgte seinem Opfer. Plötzlich fühlte Thea einen heftigen Stoß in ihrem Rücken. Sie fiel und verlor Kyndill aus der Hand. Hastig hechtete sie der Waffe nach, packte sie und streckte sie vor ihren Körper. Garm schnappte nach ihr, wagte sich aber nicht näher an Thea heran als Kyndills Flamme reichte. Flink rappelt sich Thea auf. Wieder kreiste die die Fylgja gehetzt um ihre eigene Achse, ehe sie weiterlief. Thea hastete ihr nach, doch abermals traf sie Garm im Rücken. Sie stürzte und krabbelte eilig vor, um aufzustehen. In diesem Moment hopste die Fylgja in einem hohen Bogen über den Grund und verschwand irgendwo im Boden. Thea entdeckte ein Loch, gerade groß genug, dass sie hineinpasste. Sie zögerte nicht und sprang.

Thea schlitterte etwa acht Meter tief. Unten auf dem feuchten, erdigen Grund hockte ihre Fylgja und musterte sie zufrieden. Thea hob Kyndill in die Höhe. Die Flammen erleuchteten einen schmalen Pfad. Orangefarbene Linien mischten sich in das dunkle Gestein. Sie blickte auf den Weg zurück. Er war so eng, dass sie sich an seinen Wänden würde nach oben drücken können, sobald Garm seine Jagd aufgab. Sie hatte den Gedanken kaum ausgeführt, da steckte der Hund schnüffelnd die Nase in das Loch. Sein Knurren dröhnte in die Höhle. Im nächsten Augenblick rutschten Steine und Erdbrocken den Weg hinab, da er in der Öffnung grub. Thea knirschte. Garm würde seine Hatz nicht schnell genug aufgeben, um die Wardonen nicht auf ihre Spur zu bringen. Sie vertraute auf die Fylgja und folgte ihrem Schutzgeist ins Erdinnere. Zuerst glaubte sie, dass ihr warm vom Laufen war, doch bald stellte Thea fest, dass ihr Atem nicht mehr beschlug. Wo immer die Fylgja sie hinführte, die Temperatur nahm zu. Thea holte Luft, stieß sie in einem Stoß wieder aus und kämpfte gegen die aufkeimende Furcht an. Sie fluchte innerlich, wie sie nur die Triskele hatte verlieren können. Doch es half nichts, sie war nicht in der Lage, mit Wal-Freya Kontakt aufzunehmen und vorerst allein auf sich gestellt.

Sie ließ sich von der Fylgja leiten, bis sich der Pfad zu einer Seite hin öffnete. Licht flutete aus dem Spalt. Jäh blieb Thea stehen. Ihr Atem stockte, als ihr Blick auf das bernsteinfarbene, zusammengerollte Geschöpf fiel. Es lag mit dem Rücken zu ihr, atmete ruhig und seine zusammengefalteten Flügel hoben und senkten sich gleichmäßig. Thea erkannte es wieder. Es war Nidhöggr, der Neiddrache, dem sie als Fengur Kyndills Feuer abgetrotzt hatte und den sie Jahrhunderte später als Thea wiedergetroffen hatte! Ungeachtet des Drachen lief die Fylgja am Eingang zur Höhle vorbei und folgte dem Pfad ins Erdinnere. Als Thea sie beinahe aus den Augen verlor, drehte sich der Schutzgeist um und wartete. Mit schweißnassen Fingern presste sich Thea an die Höhlenwand und schlich gegenüber des Spalts langsam vorwärts. Sie war einem Monster entronnen, sie wollte nicht auf das nächste treffen.

Plötzlich rührte sich der Drache. Behäbig wandte er sich um. Staunen zeichnete sich in seinem Gesicht ab, als er das Mädchen erkannte. Er sah durch die Öffnung und musterte Thea. Sie verharrte schnaufend. Keiner Reaktion fähig presste sie sich fester an die Höhlenwand. Die Fylgja flitze heran, baute sich fauchend vor ihr auf.

Nidhöggr kicherte amüsiert, kroch ein Stück zu Thea vor und schob den Kopf durch den Spalt. Der Drache war zu groß, um durch die Lücke zu passen, aber ein weiterer Schritt würde genügen, um Thea mit dem Maul zu packen und mit einem Happs zu Hel zu schicken.

„Der kleine, verängstigte Schmied, der einst in meine Höhle kam und nun eine junge Frau ist“, wisperte er. Seine schrägliegenden, roten Augen funkelten. „Das Schwert steht dir gut, das Geschlecht auch.“

„Danke“, antwortete Thea verunsichert. Umgarnte Nidhöggr sie, um sie anschließend zu zerreißen?

„Ich hätte nicht gedacht, dass wir uns so bald wiedersehen, Trägerin der Drachenflamme.“

Wieder fauchte die Fylgja.

„Sei still! Ich habe keinen Grund, deinem Schützling etwas anzutun. Sie hat ein gutes Herz. Ich mag sie."

Die Fylgja entspannte sich, ihr gesträubter Kamm verschwand im gleichen Moment, da sie um Theas Beine strich und sich neben sie setzte. Hoffnung keimte in Thea auf. Sie ließ ihren Blick an Nidhöggr vorbei in seine Höhle schweifen. Hinter dem See, vor dem er ruhte, führte ein Weg hinauf nach Niflheim - hinaus aus Hel.

„Du magst mich?", wiederholte sie.

„Natürlich. Uns verbindet etwas." Seine roten Augen wanderten auf Kyndill, das noch immer in Theas Hand loderte. Schmunzelte er?

Auch Theas Blick richtete sich auf Kyndill. Nun verstand sie, wovon der Drache sprach. Es war Nidhöggrs Flamme, die in ihrem Schwert brannte. Nun war sie sich ganz sicher, dass er lächelte.

„Ich habe gespürt, wie du mit dem Feuer Kontakt aufgenommen hast", erklärte er. „Wer hätte das gedacht? Ein kleiner, verängstigter Schmied ist Hüter einer Drachenflamme geworden."

Thea runzelte die Stirn. Sie betrachtete das Schwert in ihrer Hand. Der bittere Schwefelgeschmack legte sich auf ihre Zunge. Nun lachte Nidhöggr tief.

Thea sah ihn verblüfft an.

„Du schmeckst es, seine Macht, ich fühle es." Nidhöggrs Stimme war ein unheimliches Zischen.

„Ist das gut oder schlecht?"

Nidhöggr lachte abermals. „Wer weiß das schon? Wirst du so viel Macht vertragen, kleiner Schmied, jetzt junge Frau? Ein Mensch, begleitet von einer Waffe, die selbst Götter fürchten? Wird es dich verändern? Dich und dein liebevolles Herz?" Seine Augen blitzen geheimnisvoll.

„Es bedeutet mir nichts“, erwiderte Thea ehrlich. „Ich will nur zu meiner Familie zurück.“

Nun zeigte sich ein offenes Lächeln im Gesicht des Drachen. „Du sprichst die Wahrheit. Es ist ein redlicher Wunsch.“

„Lässt du mich durch?“, fragte Thea.

Die roten Augen des Drachen weiteten sich verwundert. „Durch? Was meinst du?“

Thea presste die Lippen zusammen. „Ich habe da oben ein paar Schwierigkeiten mit Garm. Wenn du mich durch deine Höhle lässt, kann ich an der Wurzel des Weltenbaums auf Wal-Freya und die anderen warten. Sie werden mich dort finden.“

„Die Toten dürfen Hel nicht verlassen, es sei denn *sie* gestattet es. Und wenn sie es erlaubt, dann nicht zu dieser Zeit und nicht in diesem Körper. Das solltest du wissen, du hast dich Hel schon einmal abgekehrt.“

Thea hatte plötzlich das Gefühl, ein tonnenschwerer Stein würde auf ihrer Lunge liegen. „Aber … ich bin nicht … tot!“

Nidhöggrs Augen wanderten auf die Fylgja und wieder zurück zu Thea. „Irgendwie nicht, denn du steckst noch immer im gleichen Körper, aber irgendwie doch. Ich kann ihn riechen, den Tod. Seine Aura umgibt dich.“

Thea spürte, wie alles Blut in ihre Beine schoss. Sie suchte Halt an der Höhlenwand.

„Deine Fylgja weiß es, sonst würde sie sich dir nicht zeigen“, fuhr Nidhöggr gelassen fort. „Hast du ihre wahre Gestalt gesehen?“

„Nein!“, rief Thea kraftlos.

„Seltsam“, brummte Nidhöggr.

Ein Pfeifen drang durch die Höhle, gefolgt von einem Schnattern. Der Drache wandte sich gurgelnd um. „Geh weg! Es ist mir egal, was er zu sagen hat. Ich bin beschäftigt!"

Ein Eichhörnchen sprang über Nidhöggrs Schwanz bis auf seinen Kopf. Es klammerte sich an eines der beiden geschwungenen Hörner, die sich hoch über seine gefächerten Ohren schwangen und gab hektisch einige Laute ab. Thea glaubte ein Kichern wahrzunehmen. Im nächsten Augenblick flitze das Tier den Kamm des Drachen hinab und verschwand irgendwo in den Tiefen der Höhle. Rasch genug, um der Drachenflamme zu entkommen, die ihm hinterherjagte. Mit einem Blick, der Thea einen Schreck durch den Körper fahren ließ, drehte sich Nidhöggr zu ihr um.

„Eines Tages werde ich ihn fressen!"

Thea, die froh war, dass sich Nidhöggrs Wut nicht an ihr entlud, fragte: „Ratatöskr?"

„Nein! Diesen vermaledeiten Adler! Eines Tages wird der Weltenbaum fallen und sich diese Höhle öffnen. Dann werde ich ihn langsam in meinen Klauen rösten!" Er wandte sich um, verbiss sich in eine Wurzel über seinem Kopf und rüttelte an ihr. Thea beobachtete ihn eine Weile. Irgendwann wagte sie einen Schritt vor. Als sie davon überzeugt war, dass er sie nicht bemerkte, schlich sie sich in die Höhle und an ihm vorbei. Die Fylgja schloss sich ihr an. Sie wirkte vergnügt.

Besonnen folgte Thea dem Pfad, der sich entlang der Höhlenwand neben dem See wand. Der steinerne Weg war feucht und rutschig. Sie bemühte sich, schnell genug zu laufen und trotzdem konzentriert genug, um nicht in den See zu schlittern. Mit gemischten Gefühlen starrte sie auf dessen Grund. Zerbrochene Gebeine und blanke Schädel blitzten in der Tiefe. Unweigerlich erinnerten sie Thea daran, dass der Drache ein Teil von Hels Orten der

Bestrafung war. Sie verharrte für einen Augenblick, fasste Mut und lief weiter.

Ein unschöner Laut ließ sie zusammenfahren. Nidhöggr spuckte eine Wurzel aus. Sie schwamm im See vor Theas Füßen. Ertappt hob Thea den Kopf. Nidhöggr legte sich auf seinen Platz und wandte sich ihr zu.

„Wenn du versuchst, mich zu betrügen, wirst du das Schicksal all jener dort unten teilen“, sagte er in eisiger Gelassenheit.

„Ich muss zurück nach Hause“, flehte Thea.

„Du darfst Hel nicht verlassen. Nicht so. Kehr um!“ Seinen Worten folgte ein tiefes Gurgeln. Rauch stieg aus seinen Nüstern, während er langsam den Kopf hob.

Thea schossen Tränen in die Augen. Die Fylgja flitzte über den See vor Nidhöggrs Gesicht und baute sich fauchend vor ihm auf.

„Sie soll umdrehen!“, sprach er zu dem Schutzgeist.

„Bitte, Nidhöggr“, bettelte Thea.

„Dreh um!“ Das Gurgeln wurde bedrohlicher.

Gehetzt blickte Thea in Richtung des Ausgangs und zurück zu Nidhöggr. Er spaßte nicht. Sie hatte das Gefühl, ihr Herz würde zerspringen. Besiegt lief sie zurück. Die Wut des Drachen verschwand ebenso schnell, wie sie gekommen war.

„Du wirst einen anderen Weg hinausfinden, wenn er dir bestimmt ist. Geh zu Hel.“

„Sie wird mich nirgendwo hingehen lassen“, erwiderte Thea kraftlos.

„Sie hat es doch schon einmal zugelassen“, erinnerte er.

„Diesmal nicht. Wir haben versucht, Balder gegen ihren Willen zu befreien.“

Nidhöggr lachte. „Das war mutig, oder dumm, oder die Flamme hat bereits mehr Macht über dich gewonnen, als du glaubst."

Thea runzelte die Stirn. „Was meinst du damit?"

„Du trägst eine Drachenflamme mit dir. Chaos und Zerstörung wohnen in deinem Schwert, sie begleiten dich mit jedem Schritt, den du tust", er zischelte die Worte. „Ein Flammenschwert wird eines Tages eure Welt verbrennen. Möglicherweise ist es ja dieses."

„Was? Nein!"

Die schräg liegenden Augen Nidhöggrs schlossen sich zu kleinen Schlitzen und verliehen seinen folgenden Worten dämonischen Nachdruck: „Wer weiß schon, wie sich die Zukunft gestaltet. Flammen werden über Midgard kommen, es ist geweissagt."

Thea steckte Kyndill zurück in seine Scheide. „Nicht von diesem Schwert!"

Er schmunzelte und legte weiße Reißzähne blank. „Jetzt, wo du mit ihm in Hel bist, vielleicht doch. Hel weigert sich noch immer, aber es ist ebenso vorausgesagt: Die Toten werden gegen die Asen in die Schlacht ziehen. Wenn der Baum fällt, nehme ich dich mit."

„Ich werde nicht in Hel bleiben", erwiderte Thea mit neuem Mut.

Nidhöggr rollte sich gelangweilt zusammen. „Du wirst keinen Weg hinausfinden, es sei denn, Hel erlaubt es." Er sah sie amüsiert an. „Auf Wiedersehen, kleiner Schmied und große Frau. Wir werden uns erneut begegnen, es gibt keinen Zweifel daran."

Thea wandte sich ab. Die Unterhaltung steuerte in eine Richtung, die ihr nicht gefiel. Die Fylgja lief zurück in den Gang und Thea folgte ihr. Das Licht, das der Schutzgeist in den Gang warf, war hell genug, um sich zurechtzufinden, darum ließ Thea Kyndill stecken. Sie sah zurück auf Nidhöggr. Der Drache lag zusammengerollt da, ohne sie eines Blickes zu würdigen. Schweren Herzens folgte sie der Fylgja in die Dunkelheit.

19. KAPITEL

Begleitet von der Fylgja folgte Thea dem unterirdischen Pfad. Der Schutzgeist hatte an Geschwindigkeit zugelegt. Ob das in einer drohenden Gefahr hinter ihnen begründet lag, oder die Fylgja einfach nur das Ende des Tunnels erreichen wollte, blieb ihr Geheimnis. Thea hatte gehofft, dass Wal-Freya Kontakt zu ihr aufnehmen würde. Doch entweder schirmte die Höhle die Magie der Walküre ab, oder Wal-Freya steckte selbst in Schwierigkeiten. Irgendwann blieb die Fylgja unvermittelt stehen. Sie gab einen fragenden Ton von sich. Dann rannte sie wie vom Blitz getroffen davon. Thea eilte ihr nach, verlor den Schutzgeist aber rasch aus den Augen. Verzweifelt versuchte sie, etwas in der Dunkelheit zu entdecken, doch sie konnte die Fylgja weder sehen, noch hören. Plötzlich loderte ein Licht in der Ferne auf. Eine Fackel!

Thea sah sich hektisch um, aber es gab keinen Ausweg. Die Gefahr, dass sich von der Hinterseite Wardonen näherten, war zu groß.

Ihre Hand fuhr zu Kyndill. Nahe der Felswand ging sie in die Hocke und wartete, dass sich die Person hinter dem Feuerschein offenbarte. Sie atmete schneller, als sie eine

Rushose und eine Tunika ausmachte, in der ein junger Mann steckte. Im Schattenspiel der Fackel leuchteten gelockte, feuerrote Haare. Sie fielen lang und wild über seine Schultern und umrahmten ein bartloses Gesicht. Die Wardonen hatten sie gefunden!

Sie sammelte ihren Mut und erhob sich leise. Sie würde sich nicht kampflos ergeben.

„Thea?", fragte eine fremde Stimme.

Theas Fylgja tauchte neben dem Mann auf. Sie wurde von einer zweiten Fylgja begleitet, die ebenso aussah wie ihre, nur die Aura, die sie umgab, war blau. Beide sprangen an seinen Beinen hoch, derweil er seinen Weg langsam fortsetzte. Mit seinem nächsten Schritt löste sich Theas Fylgja von ihm und rannte auf sie zu. Entsetzt ging ihre Hand zum Schwert. Die Fylgja würde sie durch ihr Licht verraten. Sie hatte den Gedanken kaum ausgeführt, da stand sie im Schein des Schutzgeistes. Überrascht hob Thea die Brauen. Schnurrte die Fylgja etwa?

„Hab keine Angst! Wir kennen uns!", erklärte der Mann. Schmunzelnd hob er die Fackel und leuchtete den Platz um sie herum aus. „Wir sind das Rettungskommando. Bei allen Göttern, du bist deiner Mutter wie aus dem Gesicht geschnitten."

Ehe Thea fragen konnte, woher er ihre Mutter kennen sollte, trat eine weitere Gestalt aus dem Schatten. Es war ein junger Mann, groß, dunkelhaarig, mit einem leichten Bartansatz um die Mundpartie. Thea jagte ein Stich durchs Herz. Von ihren Gefühlen überwältigt, stiegen ihr Tränen in die Augen. Sie machte einen Schritt auf ihn zu und berührte seine Wange.

„Hakon!", flüsterte sie. Dann fiel sie ihm um den Hals.

Der Mann löste die Umarmung und hielt Thea ein Stück von sich weg. „Vater …", antwortete er und lachte, als hätte er einen Witz gemacht. Dann nahm er sie wieder in die Arme und drückte sie fest an sich.

Der rothaarige Mann beobachtete sie mit einem breiten Lächeln.

„Ich kann nicht glauben, dass ich dich wiedersehe", wisperte Thea.

„Ich auch nicht. Als Mutter erzählte, dass du in einem deiner neuen Leben nach Hel gekommen bist, um Balder zu befreien, dachte ich erst an einen schlechten Scherz."

Thea schnaubte traurig. „Das hat mich in größere Schwierigkeiten gebracht, als ich glaubte. Was tust du hier? Wie habt ihr mich gefunden?"

„Du meinst abgesehen davon, dass Garm vor dem Helgitter wütet und versucht, ein Loch in die Unterwelt zu buddeln, eine Horde Wardonen in Richtung der Gjallarbrú mit Wal-Freya kämpft und Hel durch die Stadt tobt und nach einem Pferd verlangt, um dich zu finden und dich eigenhändig in den Slidr zu stoßen?" Er deutete auf die andere Fylgja. „Kurz nachdem du Geirunn verlassen hattest, tauchte sie bei ihr auf. Unsere Familienfylgja. Wir brauchten ihr nur zu folgen."

„Wie geht das? Wir sind mit Skidbladnir auf einem Fluss gereist. Wie konntet ihr so rasch hier sein?"

Der Rothaarige lachte. „Die Toten können schneller reisen, als die Lebenden, das sei mal gesagt. Freust du dich etwa nicht, dass wir hier sind? Ich glaube, du kannst jede Hilfe brauchen. Ich habe Hel noch nie so wütend gesehen. "

„Großartig", raunte Thea.

„Keine Angst. Jetzt bringen wir dich erst einmal in Sicherheit", sagte Hakon. Er klopfte ihr auf die Schulter. „Danach sehen wir weiter."

„Das wirst du nicht! Es reicht, dass ich in Schwierigkeiten stecke. Wenn Hel erfährt, dass du …"

Der Mann lachte abermals. „Wir können wählen zwischen Ärger mit Hel oder mit Geirunn. Sorg dich nicht, wir wissen genau, was wir tun.“

Thea schmunzelte. „Geirunn schickt euch?“

„Was hast du denn gedacht?“, erwiderte Hakon.

„Wer bist du?“, fragte Thea. Sie betrachtete den Rothaarigen eingehender.

„Ich bin Janish. Du kannst mich nicht mehr kennen, du warst drei, als ich nach Hel ging. Ich bin dein Uropa.“

„Mein Uropa?“, flüsterte Thea. „Und du bist hier in Hel?“

Er lachte. „Ja, warum denn nicht? Hättest du mich in Walhall vermutet?“

„Ist nicht so wichtig.“ Thea winkte ab.

„Lasst uns zuerst nach oben gehen“, lenkte Hakon ein. „Uns bleibt dabei genug Zeit, um zu reden. Der vordere Eingang ist versperrt. Garm wühlt darin. Ein paar hundert Meter weiter kommt eine Abzweigung. Sie führt in einen Wald.“ Er drückte Theas Arm und lief los.

„Woher kennt ihr diese Tunnel? Seid ihr sicher, dass Garm inzwischen nicht an einem anderen Ausgang sitzt?“, wandte Thea ein.

„Niemand ist so verrückt, diese unterirdischen Wege zu betreten. Die Fylgja hat uns zu dir geführt. Goinn und Moinn haben sie gegraben“, erklärte Janish.

„Goinn und Moinn?“, wiederholte Thea.

Janish zuckte mit den Schultern. „Irgendwelche Schlangen, die mit Nidhöggr unter dem Weltenbaum leben. Wir sollten uns in Acht nehmen, ihm nicht über den Weg zu laufen.“

Thea deutete mit dem Daumen hinter ihren Rücken. „Seine Höhle befindet sich dort. Aber er kann nicht in die Gänge, dafür ist er zu groß.“

Hakon blieb stehen und sah Thea überrascht an. Was ihm durch den Kopf schoss, verschwieg er.

„Ganz meine Urenkelin!“, sagte Janish mit stolz geschwellter Brust.

„Das klingt seltsam, wenn man bedenkt, dass Fengur ein Vorfahre von dir ist“, raunte Hakon.

Thea runzelte die Stirn. Sie ging einen Schritt schneller. „Was? Wie meinst du das?“

„Janish ist ein Nachfahr unserer Familie“, sagte Hakon leichthin.

„Ein *Nachfahr*?“, staunte Thea.

Janish lachte. Er schien ein sehr fröhlicher Mensch zu sein. „Daran bist du mit deinen Wiedergeburten schuld. Faszinierend, nicht wahr? Ich bin dein Urgroßvater und gleichzeitig ein Nachfahr von dir.“

Verwirrt schüttelte Thea den Kopf. „Wie geht das?“

Hakon hob die Schultern. „Ich weiß es nicht genau. Wir glaubten immer daran, dass unsere Ahnen in unseren Kindern und Kindeskindern weiterleben. Mit Wiedergeburt habe ich mich nie beschäftigt.“

„Deine Urgroßmutter hätte das jetzt mit deiner unsterblichen Seele erklärt.“ Janish kicherte. „Sie war ganz und gar katholisch. Ein Wunder, dass sie mich geheiratet hat. Deine Mutter heißt Ilona, weil sie keinen nordischen Namen für sie wollte. Ich habe auf ihren Zweitnamen Mirjana bestanden. Sie hat gerne den Geschichten der alten Götter gelauscht, als sie noch klein war.“

„Ist sie hier? Hier in Hel? Ich meine Urgroßmutter. Sie war doch eine Christin.“

Janish schmunzelte. „Die Totenwelt hat so viele Türen, Thea. Ich besuche sie oft. Anscheinend ist es so, dass deine Seele zwar in einen neuen Körper wandert, aber stets in der eigenen Sippe bleibt, so wie die Fylgjen in der Sippe bleiben.

Deshalb bin ich ein Nachfahr von dir und gleichzeitig dein Großvater.“ Er lachte zum wiederholten Mal. „Du machst spannende Sachen. Als ich dich kleinen Wurm kurz nach deiner Geburt in den Armen hielt, hätte ich nie daran zu denken gewagt, dass du einmal mit meinen Göttern reisen wirst.“

„Es wäre besser gewesen, es wäre nicht passiert. Das hätte Geirunn eine Menge Kummer erspart“, brummelte Hakon.

„Es tut mir leid“, antwortete Thea schnell.

Hakon schüttelte den Kopf. „Ich mache dich nicht dafür verantwortlich. Das alles begann lange bevor ich geboren wurde und du mit Mutter zusammengekommen bist.“

Janish nickte zustimmend. „Es war dein Schicksal. Dafür kann man niemanden die Schuld geben. Jetzt musst du erst einmal nach Midgard zurück. Deine Mutter wird krank sein vor Sorge.“

„Wir müssen Wal-Freya finden“, sagte Thea.

Hakon nickte. „Das ist der Plan. Aber zuerst bringen wir dich in einen sicheren Unterschlupf.“

Sie führten Thea durch den Tunnel. Drei Abzweigungen ließen sie aus, bis sie einen Aufgang erreichten. Mühsam arbeiteten sie sich über das Gemisch an losen Steinen und Erde hinauf. Am Ausgang erwartete Thea eine Überraschung. Ein Wald offenbarte sich ihr. Er bestand aus kurz gewachsenen, knorrigen Bäumen mit reich verzweigten Baumkronen aus blauweißen Kristallen. Sie tauchten den Ort in gleißendes Licht. Farne und Gräser, die den Waldboden dicht besiedelten, glänzten silbern. In seiner Helligkeit wurde sogar die Aura der Fylgjen blass.

„Wahnsinn“, entfuhr es Thea.

„Ach, du hast so vieles noch nicht gesehen“, schmunzelte Janish. „Eines Tages werden wir das alles nachholen.“

„Hier lang!“, sagte Hakon.

„Ist es hier nicht ein wenig zu hell, um sich zu verstecken?“, versetzte Thea.

„Hab Vertrauen in deinen Sohn“, erwiderte Hakon. Er zwinkerte Thea zu und eilte durch den Wald, bis sich ein Gebilde über dem Gras erhob. Es war eine Hütte mit Wänden aufgeschichteter Torfziegel. Sie war winzig und durch das grasüberwucherte Dach nur schwer vom Waldboden zu unterscheiden. Hakon klopfte an den Fensterladen neben dem Eingang. „Wir sind es! Es ist alles gut gegangen.“

Als sich die Tür öffnete, schnappte Thea nach Luft. „Geirunn!“

Geirunn lächelte. „Ich wusste, dass dich dieses Vorhaben in Schwierigkeiten bringt“, hieß sie sie willkommen und gab den Weg ins Innere der Hütte frei. Eine junge Frau erhob sich von einem Stuhl.

„Amma!“, stieß Thea überrascht aus. Im nächsten Augenblick fand sie sich in einer Umarmung wieder.

„Du siehst lustig aus“, sagte Amma, als sie ihren einstigen Vater beäugte.

Verlegen nahm Thea den Helm ab. „Du nicht. Du siehst wundervoll wie immer aus.“ Sie betrachtete das Mädchen liebevoll.

Noch eine Frau stapfte aus einem Nebenzimmer. Ihr Augenmerk richtete sich auf Theas Füße. „Bringt keinen Dreck mit rein! Josephine macht uns einen Kopf kürzer, wenn wir ihre Hütte verwüsten“, murrte sie.

Theas Augen weiteten sich. „Mutter?“

„Davon hast du inzwischen ja ein paar“, motzte sie. „Du magst noch sieben weitere Leben in Midgard führen und du wirst trotzdem nicht vernünftig werden!“

Thea wollte ihren Augen nicht trauen. Jung, pausbackig, die langen Haare zu einem Knoten am Hinterkopf gesteckt, stand die Frau vor ihr, die Fengur einst das Leben schenkte. In das Gefühl unbeschreibbaren Glücks mischte sich ein anderes: Thea konnte nicht verhindern, dass sie sich auf einmal klein fühlte.

„Balder befreien … etwas Dümmeres ist euch nicht eingefallen!“ Sie kam näher und drückte ihren einstigen Sohn an sich. „Als wäre dieses ganze Wiedergeburt-Ding nicht schon schlimm genug.“

Thea verharrte einen Moment in der wohltuenden Umarmung der Frau. „Seid ihr etwa alle gekommen, um mir zu helfen?“.

Bryndis schob sie eine Armlänge von sich weg. „Was denkst du wohl?“, murrte sie, kniff sie in die Wange und tätschelte sie leicht. „Die Sippe hält zusammen und sollte einer von ihnen noch so idiotisch handeln.“

Geirunn legte ihren Arm um Thea. „Du bist zu streng“, sagte sie zu Bryndis.

„Odin wollte, dass wir es tun“, rechtfertigte sich Thea.

Missbilligend verzog Bryndis den Mundwinkel. „Das zeigt doch nur, dass auch ein weiser Gott nicht immer Verstand hat. Wie nur ist Wal-Freya auf die Idee gekommen, dabei mitzumachen?“

Hakon ging zur Tür. „Vielleicht findest du bald Gelegenheit dazu, sie zu fragen.“

Janish legte Zeigefinger und Mittelfinger an die Augenbraue und winkte zum Abschied. „Bis später!“

Sie liefen davon, ohne Thea die Möglichkeit zu lassen, sich von ihnen zu verabschieden. Die Familienfylgja folgte ihnen. Theas Schutzgeist blieb mit ihr zurück.

Geirunn schloss die Tür, drehte sich zu Thea um und lächelte ihr zu. Diese spürte einen ziehenden, warmen

Schmerz in ihrer Brust, während sie sich in den blauen Augen ihrer einstigen Gefährtin verlor.

Donnernd stellte Bryndis eine Kanne auf den Tisch und holte Thea in die Gegenwart zurück. „Setzt dich, Kind“, forderte sie barsch und fügte liebevoll hinzu:. „Ich habe deinen Lieblingstee gemacht.“

Lange schwiegen sie sich an, derweil sie an ihren Tassen nippten. Theas Blick schweifte dabei über die Anwesenden. Sie waren ihr vertraut und doch fühlte sie sich in der Person der jungen Frau seltsam fremd unter ihnen. Geirunns Hand ruhte auf ihrer. Eine Geste, die Thea wärmte und ihr zugleich unendlichen Schmerz zufügte. Was immer sie als Fengur dazu bewogen hatte, Hel zu verlassen, es musste für diese Menschen unerträglich gewesen sein - dennoch waren sie hier. Plötzlich war sie hin- und hergerissen zwischen zwei Leben. Sie hatte eine Familie in Midgard, die auf sie wartete, liebevolle Eltern und einen kleinen Bruder, den sie vermisste. Mit einem Mal fühlte sie die Erwartungen beider Sippen tonnenschwer auf sich lasten. Sie hatte ein gutes, ein unbeschwertes Leben als Thea geführt. Diese Zeit würde wohl nie wiederkehren.

Jäh brach Bryndis die Stille. Ihre Augen lagen unbewegt auf Thea. „Eine Frau also … Mein Sohn ist eine Frau …“, brummte sie. „Das kommt davon, wenn man einem Luftikus folgt, statt bei seiner Gefährtin zu bleiben.“

„Lass sie, Bryndis. Sie hat keine Erinnerungen daran.“

„Eure Liebe und dein Verständnis in Ehren, Geirunn. Aber denkst du wirklich, dass *er* dafür keine Verantwortung trägt, nur weil er jetzt in einem anderen Körper steckt?“

„Kyndill hat ihm so viel bedeutet, Bryndis, keiner von uns konnte wissen, dass es so lange dauern würde.“

„Es wird noch länger dauern. Er hat Hel verärgert.“

„Loki hat versprochen ihn zurückzubringen. Es wird kein Abschied für immer sein."

„Als könnte Loki da etwas machen!", murrte Bryndis.

Geirunn nickte zuversichtlich. „Ich vertraue ihm."

„Loki ist nicht zu trauen", knirschte Thea verbittert.

„Sei nicht ungerecht, nur weil die Dinge gerade nicht so laufen, wie du sie gerne hättest. Bevor ihr auf die Schnapsidee gekommen seid nach Kyndill zu suchen, habt ihr euch immer gut verstanden."

Thea runzelte die Stirn. „Was sagst du da?"

„Sie redet von den Dingen, die ihr gemeinsam in Hel angestellt habt. Wärst du nicht zurück nach Midgard gegangen, wüsstest du es."

„Die Nornen haben mir meine Erinnerungen doch wiedergegeben", staunte Thea.

„Nur die deiner *Leben*! Wenn du Hel verlässt, sind alle Erinnerungen an die Totenwelt verschwunden, Junge. Das wusstest du, als du dich darauf eingelassen hast zu gehen. Ich war damit nie einverstanden, aber wer hört heutzutage noch auf seine Mutter?"

Ungewollt musste Thea lachen. Die anderen teilten ihre Erheiterung.

„Lach du nur. Ich würde dich übers Knie legen, wärst du nicht gerade das Kind einer anderen."

„Es tut mir leid."

„Ich weiß.", erwiderte Bryndis.

Eine Stimme mischte sich in Theas Geist. Es war Wal-Freya. Sie klang gehetzt. *„Ich bin auf dem Weg. Sei vorsichtig, ich weiß nicht, ob mir jemand folgt!"*

„Sie ist auf dem Weg", verkündete Thea.

Geirunn drückte ihre Hand. „Ein Glück!"

„Wal-Freya wird nicht lange brauchen, Geirunn. Sag mir, was soll das heißen, ich hätte mit Loki Dinge angestellt? Ich muss es wissen."

„Genug, um dir anschließend Flausen in den Kopf zu setzen", schimpfte Bryndis. „Hel zu verlassen war eine dumme Idee. Sieh doch, was es dir eingebrockt hat."

Thea runzelte die Stirn. „Ich glaube nicht, dass ich über kurz oder lang eine Wahl gehabt hätte."

„Natürlich! Niemand hätte dich aus Hel holen können. Nur du selbst warst dazu in der Lage."

„Wie ist Loki das nur gelungen, Geirunn?", fragte Thea eindringlich.

„Er …"

Ein Klopfen ließ Amma aufspringen. Sie eilte zum Fenster und klatschte erfreut in die Hände. „Bei allen Göttern, sie ist es! Sie sieht unglaublich aus."

In fliegender Hast öffnete Amma die Tür. Voller Bewunderung beobachtete sie Wal-Freya eintreten.

„Thea! Du bist unversehrt, ich habe mir solche Sorgen gemacht", begrüßte Wal-Freya sie. Der gehetzte Gesichtsausdruck der Walküre füllte sich mit Bedauern, als sie erkannte, welche Personen sich um Thea geschart hatten.

„Sie kann nicht bleiben", sagte sie sofort.

„Das wissen wir", antwortete Geirunn gefasst.

Wal-Freya nickte Thea zu. „Tom und Juli sind bereits auf der anderen Seite des Helgitters. Ich habe sie angewiesen, in westlicher Richtung auf uns zu warten, falls die Wardonen sie nicht verfolgen. Sollten wir sie dort nicht treffen, sind sie auf Skidbladnir über den Gjöll gesetzt. Von Hermodr fehlt jede Spur, er wird sich alleine durchschlagen müssen. Ich habe ihm den Gedanken geschickt, dass ich versuchen werde, das Helgitter weiter westlich zu überwinden. Vielleicht schafft er es zu uns." Sie lächelte. „Ich hatte gerade eine sehr überraschende Begegnung mit deinem Sohn und deinem Großvater."

„Ja, ich weiß. Ziemlich verrückt."

Wal-Freya nickte. „Allerdings. Es war gut, dass sie aufgetaucht sind, von jetzt an solltest du deine Familie aber aus Schwierigkeiten heraushalten."

„Ich möchte nicht respektlos erscheinen, aber hätten *wir* uns herausgehalten, wäre sonst was mit ihr passiert. Du hast nicht besonders gut auf sie aufgepasst", murrte Bryndis.

„Ich war mit einer Hundertschaft Wardonen beschäftigt", erwiderte Wal-Freya.

„Kann es sein, dass Garm gezielt auf mich Jagd gemacht hat? Ich habe Nidhöggr getroffen. Er sagte, dass ich Hel nicht verlassen dürfe, da ich …", Thea verschluckte sich beinahe an dem Wort. „… tot sei."

Wal-Freya zog die Brauen zusammen. „Tot? Wie tot? Dein Körper ist unversehrt."

Bryndis schüttelte energisch den Kopf. „Du kannst nicht in Hel bleiben. Nicht, solange diese Sache noch frisch ist. Sie wird dir nicht vergeben. Ich fürchte ihre Strafe für dich."

„So oder so bleibt sie nicht in Hel. Ich habe es ihrer …" Wal-Freya legte in einer offensichtlichen Verwirrung die Hand auf die Stirn. „Ich habe es Mirjana versprochen."

Bryndis brummte missfällig. „Sag es nur: Ihrer Mutter!"

„Eines Tages könnt ihr euch lange und ausgiebig darüber streiten", erwiderte die Walküre diplomatisch.

„Das werden wir", prophezeite Bryndis.

Wal-Freya nickte wissend. „Nimm Abschied, Thea. Wir müssen los."

Bryndis umarmte Thea. „Pass auf dich auf, Junge, und mach mir keine Schande." Sie nahm Abstand und machte Platz für Amma und Geirunn.

„Das werde ich“, versprach Thea. Sie drückte Amma an sich und gab ihr einen Kuss auf die Stirn. „Bis bald.“

Die Tür öffnete sich. Janish trat gefolgt von Hakon ein. „Sieht ganz danach aus, als kämen wir zu spät“, brummte er.

„Oder gerade richtig“, widersprach Hakon.

„Wir müssen los, ehe die Wardonen auf uns aufmerksam werden“, erklärte Wal-Freya.

„Garm ist zurück in seinen Unterschlupf“, berichtete Janish. „Ihr solltet schauen, dass ihr euch einen Weg weiter westlich über das Helgitter sucht.“

„Das tun wir“, versicherte die Wanin.

„Wir können euch nur bis dort begleiten. Würden wir versuchen, das Gitter zu überwinden, würden wir Garm erneut aufschrecken.“

„Niemand von euch sollte uns folgen. Es gefährdet eure Sippe, wenn ihr Hel noch mehr verärgert.“

„Keine Sorge, Wal-Freya. Niemand wird etwas tun, das die Sippe bedroht“, erwiderte Bryndis gelassen.

„Wir bringen euch bis zum Helgitter. Von dort an seid ihr auf euch gestellt“, sagte Hakon.

„Wir schaffen das ohne Hilfe“, versprach Wal-Freya.

Geirunn lächelte. „Natürlich. Aber ich werde beruhigt sein. Gerade war es auch nicht falsch, oder?“

Zustimmend hob die Walküre die Augenbrauen. „So soll es sein. Ihr beiden müsst euch nun verabschieden.“

Geirunn presste die Lippen zusammen. Sie nahm Theas Hände und sah sie traurig an. „Es war ein Fehler, Hel zu verärgern“, flüsterte sie.

„Ich weiß“, wisperte Thea.

Tränen stiegen in Geirunns Augen. „Egal wie lange es dauert, ich werde auf dich warten.“

Thea versagte die Stimme. „Ich weiß.“

Sie umarmten sich, dann nahm Geirunn Theas Kopf in ihre Hände und küsste sie sanft auf die Stirn. „Pass auf dich auf“, sagte sie heißer und drehte sich von ihr ab.

„Das werde ich.“

„Wir müssen los!“, drängelte Wal-Freya. Behutsam zog sie Thea mit sich zur Tür.

„Ich liebe euch“, verabschiedete sich Thea. Mit einem letzten Blick auf Geirunn verließ sie das Haus.

Hakon führte die Gruppe zielsicher durch das Labyrinth der funkelnden Baumriesen. Als sie nach einiger Zeit aus dem Wald traten, mussten sich Theas Augen erst wieder an das Zwielicht der Höhlenwelt gewöhnen. Vor ihnen lag der Pfad aus dunklen Geröll, der sie über die Ebene hin zum Hellgitter leitete. Bald lag der Kristallwald als leuchtender Punkt hinter ihnen in der Nebelbank, bis sein Licht zur Gänze verschwand.

„Keine Wardonen weit und breit“, flüsterte Hakon.

„Es wäre zu hoffen, dass sie uns an der Gjallarbrú erwarten. Das hieße, Tom und Juli sind außer Gefahr.“ Sie erreichten das Gitter. „Ihr geht jetzt besser. Das letzte Mal, als ich den Zauber auf den Stab wirkte, hat es Garm auf uns aufmerksam gemacht.“

Hakon und Janish nickten einvernehmlich. Den Blick mit Zuversicht erfüllt legte Hakon seine Hand auf Theas Schulter. „Diesmal schafft ihr es. Ich freue mich darauf, wenn du eines Tages wieder bei uns bist und wir Zeit haben, uns über all das zu unterhalten.“

Janish nahm sie in den Arm. „Ich bin stolz auf dich, Kleines. Grüße mir deine Mutter. Und gib ihr einen dicken Kuss.“

Ungeachtet der Abschiedsszene berührte Wal-Freya einen der Stäbe und malte Runen darauf. „Geht jetzt!“, befahl sie.

„Pass auf sie auf!“, sagte Janish.

„Natürlich“, antworte die Wanin lächelnd. Energisch fügte sie hinzu: „Jetzt fort mit euch!“ Sie wartete, bis sich Janish und Hakon im Dunst verloren. Erst dann legte sie ihre Hände um die Stange. „Snúa“, wisperte sie. Drei Mal wiederholte sie den magischen Befehl, ehe sich der Stab zur Seite bog.

Ungehindert schlüpfte Thea durch den Spalt. Wal-Freya blickte sich noch einmal um, bevor sie sich ihr anschloss. Guten Mutes spähte die Walküre die Umgebung aus und knuffte Thea fröhlich. „Keine Wardonen. Lass uns Juli und Tom suchen.“

Sie folgten der steinigen Landschaft durch den grauen Dunst, bis ein Rauschen laut wurde. Minuten später standen sie am Ufer des Gjöll. Wal-Freya warf ein Pulver in die Luft, malte eine Rune hinein und wischte die Nebelschwaden bis zur gegenüberliegenden Seite des Flusses fort.

„Hier sind sie nicht“, brummte sie.

„Schick ihr einen Gedanken, dass sie den Phönixstein benutzen soll“, schlug Thea vor.

Wal-Freya schmunzelte. „Es grenzt an ein Glücksspiel mit Juli telepathischen Kontakt aufzunehmen. Sie begegnet der Magie nicht so unbefangen wie du. Ich habe Tom gesagt, dass wir da sind.“ Sie lief ein Stück am Ufer entlang und schob die Schwaden weiter westlich zur Seite.

„Nimm das Falkengewand und such sie“, bot Thea an.

„Dich irgendwo alleine zu lassen ist keine gute Idee“, erwiderte Wal-Freya.

„Wo bleibt nur Hermodr?“, fragte Thea.

„Er muss in Schwierigkeiten sein, sonst hätte er uns schon gefunden.“ Sie lief ein Stück voraus und wischte den Nebel abermals zur Seite. Ratlos presste sie die Lippen zusammen. „Sie sind nicht hier.“

„Und nun?“

„Es nützt nichts. Bestimmt haben sie sich in Sicherheit bringen müssen. Lass uns zurück zur Gjallarbrú gehen. Je länger wir warten, umso mehr Zeit haben die Wardonen, sich dort zu sammeln.“

„Du könntest einen Tunnel um uns formen, so wie in Niflheim“, schlug Thea vor.

„Um einen Zauber dieser Stärke heraufzubeschwören, muss man sich der Umgebungsenergien bedienen. Das funktioniert hier nicht.“

„Und wenn schon. Du hast die Wardonen gerade ganz alleine zurückgeschlagen“, bemerkte Thea.

„Solange es ein paar Dutzend sind, machen die mir keine Angst. Der schwerste Kampf steht uns auf der Gjallarbrú bevor“, raunte Wal-Freya. „Ich glaube nicht, dass Modgudr uns passieren lassen wird.“

„Die schaltest du auch mit Links aus.“.

Wal-Freya lächelte gezwungen und brummte zweifelnd. „Sie ist eine Riesin.“

„Halte du die Wardonen in Schach, ich kümmere mich um Modgudr“, erwiderte Thea.

Wal-Freya lächelte. „Ich denke, um die kümmern wir uns besser gemeinsam.“ Sie strich Thea aufmunternd über den Arm. „Bleib dicht hinter mir. Wenn du eine Möglichkeit findest, an Modgudr vorbeizukommen, tu es. Renne und achte nicht auf mich. Versprich es mir!“

Thea presste die Lippen zusammen. „Ich weiß nicht, ob ich dir das versprechen kann.“

„Du musst. Mich wird Hel nicht im Totenreich halten können, dich aber schon! Wir müssen das hier und jetzt vereinbaren. Ich muss mich darauf verlassen können!“

„Okay“, erwiderte Thea zögernd.

„Dann los!“

Wal-Freya folgte dem Gjöll zurück in Richtung der Gjallarbrú. Irgendwann verlangsamte sie ihren Schritt, bis sie schließlich ganz stehen blieb. Sie zeichnete eine Rune in den Nebel und wischte eine Zauberformel sprechend darüber. Thea dachte zuerst, die Walküre plante den Dunst aufzulösen, stattdessen wurde er so dicht, dass man kaum die Hand vor Augen sehen konnte. Selbst die Aura der Fylgja wurde von ihm verschluckt.

„Lass Kyndill so lange in seiner Scheide, wie es geht und bleibe dicht bei mir", wisperte Wal-Freya.

Leise zog sie ihr Schwert. Wie kurz zuvor in den Nebel, malte sie auch eine Rune auf die Klinge. Wispernd fuhr sie mit den Fingern darüber, ehe sie loslief.

Thea folgte ihr mit der Hand an Kyndills Griff. Nach wenigen Schritten legte Wal-Freya den Finger auf die Lippen. Erneut zeichnete sie eine Rune in die Nebeldecke. Dann beschwor sie einen Zauber, der den Dunst vor ihrer ausgestreckten Hand hinwegjagte. Mit ihm wirbelte eine Horde Wardonen davon.

„*Lauf!*", rief Wal-Freya Thea in der Gedankensprache zu. Thea gehorchte. Sie steuerten direkt auf die mit goldenen Fliesen belegte Brücke zu. Frauen und Männer in unterschiedlicher Kleidung trotteten über den Übergang. Orientierungslos wirkend machten sie Wal-Freya und Thea Platz, die mit wehenden Umhängen in gegengesetzter Richtung an ihnen vorbeipreschten. Es waren Tote, die gerade erst nach Hel kamen.

„*Weiter!*", befahl die Wanin. Sie hatten das Bauwerk kaum betreten, als ein Knurren über den Nebel tönte, das von der Höhlendecke zurückgeworfen wurde und sich bedrohlich verstärkte. Fauchend stellte die Fylgja den Kamm. Wal-Freya packte Theas Handgelenk und zog sie mit sich. Auf halbem Weg wurde die Gjallarbrú erschüttert. Hinter ihnen hatte

Garm seine Pranken auf die Fliesen gesetzt. Mit gefletschten Zähnen kam er näher. Die Walküre warf ein Pulver und malte Thurisaz hinein. Garm preschte vor.

„*Halte dein Versprechen!*“, appellierte Wal-Freya. Sie ließ Thea los, drehte sich um und hob die Hand. Wie geheißen rannte Thea voraus. Im Laufen sah sie zurück. Wal-Freya kniete auf der Brücke, die Arme vor ihren Körper gestreckt. Die Rune bildete sich rot leuchtend zwischen ihr und Garm ab. Die Toten verharrten irritiert auf ihrem Weg. Knurrend blieb auch der Hund stehen. Seine Augen wanderten über Wal-Freya hinweg zu Thea. Plötzlich rannte er los. Er bewegte sich nach links, sprang und donnerte jaulend gegen ein unsichtbares Hindernis. Er stürzte auf die Seite, richtete sich auf und strich mit der Forderpfote mehrfach über seine Nase, ehe er ein weiteres Mal zähnefletschend Anlauf nahm. Diesmal senkte er den Kopf, doch es gelang ihm nicht, die magische Barriere zu durchbrechen. Knurrend legte er sich an der Stelle nieder und fixierte Wal-Freya mit seinem Blick.

Thea verlangsamte ihren Schritt, als sie die hoch aufragende Gestalt am anderen Ende der Brücke entdeckte. Sie trug einen knielangen Rock aus Leder, darunter ein paar dicke Fellstiefel. Langes, wildes Haar fiel über ihre Schultern auf eine Felljacke. Sie stand mit dem Rücken zu Thea, auf eine Keule gestützt, die ihr bis zur Hüfte reichte. Sie war von einer imposanten Größe. Die an ihr vorbeilaufenden Toten maßen nur halb so viel wie die Wächterin. Thea holte Luft und sammelte Mut. Dann rannte sie los. Garm stieß einen schauerlichen Laut aus, der Thea verharren ließ. Überrascht drehte sich die Riesin um. Ihr Blick verschmolz mit dem Theas. Fauchend baute sich die Fylgja vor ihrem Schützling auf.

„Kehre um!“, befahl die Riesin. „Es ist dir nicht gestattet das Totenreich zu verlassen!“

„*Lauf!*“, rief Wal-Freya.

Kyndills Flammen blitzten im Gold der Brücke. Thea atmete tief durch, dann hastete sie los. Irritiert wichen die Toten einen Schritt zurück.

Modgudr wippte die Keule in ihrer Hand. „Du wagst es, mich herauszufordern?“

Die Riesin stellte sich Thea in den Weg und und schwang ihre Keule in einem seitlichen Bogen in Theas Laufrichtung. Die hob Kyndill über ihren Kopf und wehrte den Schlag ab. Er hätte Thea umwerfen müssen, doch Kyndill absorbierte seine Wucht. Verdutzt hieb Modgudr ein zweites Mal nach ihr. Wieder wehrte Thea den Angriff ab. Garms Geheul erschütterte die Unterwelt und drang Thea lähmend in die Glieder. Wütend ließ Modgudr eine Serie von Hieben auf Thea niederrasseln. Jeden einzelnen parierte sie. Die Luft füllte sich mit dem Geruch von verbranntem Holz.

„*Beeile dich!*“, rief Wal-Freya.

„Was glaubst du eigentlich, was ich hier tue?“, gellte Thea. Sie verteidigte sich gegen ein Dutzend rasch geführter Angriffe, ohne einen Weg an der Riesin vorbei zu finden. Diese geriet in Rage. In ihrer Wut führte sie eine Abfolge harter Schläge in Theas Richtung, die allesamt ihr Ziel verfehlten und die Brücke erbeben ließen. Risse und Beulen bildeten sich auf dem goldenen Boden.

Sie wagte einen Blick zur Walküre, die noch immer vor der Barriere kniete. Dahinter hatte sich eine Hundertschaft Wardonen versammelt. Die vordersten von ihnen hieben mit ihren Waffen auf die unsichtbare Mauer ein. Garm wartete sprungbreit zwischen ihnen, einen Vorderlauf in die Höhe haltend. An seiner Seite schritt Hel heran, die Fäuste geballt, die Stirn wütend gerunzelt. Thea wagte einen weiteren Vorstoß und fand sich erneut mit den Hieben der Riesin konfrontiert.

„Sie gehört mir! Gib den Weg frei und ich werde den Rest von euch schonen!“, drang die Stimme Hels über die lärmenden Krieger und den tosenden Gjöll.

„Wir sind gemeinsam gekommen und wir werden genauso wieder gehen“, erwiderte Wal-Freya.

Thea empfand Mitleid für die Toten, die an diesem Tag ihren Weg über die Gjallarbrú nahmen. Die Vorstellung, nach dem Ableben von einem zähnefletschenden Riesenhund, einer brüllenden Kriegermeute und einer zornigen Totengöttin begrüßt zu werden, würde sie verunsichern. Keuchend wehrte sie die Angriffe Modgudrs ab. Es war unmöglich, an ihr vorbei zu kommen. Hinter der tobenden Riesin bemerkte Thea zwei Personen außerhalb der Totenreihe auftauchen. Juli und Tom!

Während sich Thea gegen eine weitere Schlagabfolge zur Wehr setzte, rannte Juli hinter Modgudr auf die Brücke, den Phönixstein vor ihren Mund haltend. Vom Feuer in ihrem Rücken überrascht, brüllte die Riesin auf. Um ein Haar wurde Juli von der Keule getroffen, doch sie duckte sich rechtzeitig unter ihr weg. Diesen Moment nutzte Thea, um an der Wächterin vorbei zu schlüpfen. Sie glaubte sich schon in Sicherheit, da fauchte die Fylgja. Instinktiv drehte sich Thea um und hielt Kyndill vor ihren Körper. Das Schwert dämpfte den Schlag, dennoch traf Modgudrs Waffe sie gewaltig und unerwartet. Sie landete auf dem Rücken und rollte unter einem weiteren Hieb zur Seite. Die Keule polterte auf die Brücke. Unter Thea sackten ein Dutzend goldener Steine ab. Panisch rappelte sie sich auf, da raste die Waffe erneut auf sie zu. Thea tauchte gerade noch rechtzeitig unter dem tödlichen Hieb hindurch. Wieder traf er auf die Brücke, von der plötzlich ein großes Stück nachgab. Thea packte Kyndill fester und versuchte hektisch einen Halt zu finden, doch alle Steine lösten sich unter ihren

Händen. Sie sah Wal-Freya aus dem Augenwinkel aufstehen und zu ihr Laufen. Hinter der Walküre brachen die Krieger durch den Schutzwall, Garm sprang vor. Sie hörte Wal-Freya etwas rufen. Dann riss der Gjöll sie mit sich.

20. Kapitel

Als Thea zu sich kam, lag sie auf festem Untergrund. Sie blinzelte unter vielen kleinen Schlägen, die auf ihren Wangen landeten. Sie schaute in ein vertrautes Gesicht und zuckte überrascht zusammen. Es gehörte einem hageren jungen Mann, mit schwarzumrandeten Augen. Dunkle lockige Strähnen fielen auf seinen nackten Oberkörper, der nur von einem schwarzen Umhang umhüllt wurde. Nachdem ihre Blicke sich trafen, stand er auf. Zwischen seinen bloßen Zehen spannten sich feine Schwimmhäutchen. In seiner Hand hielt er eine Geige und den dazugehörigen Bogen. Die Fylgja saß entspannt neben ihr, so widerstand Thea dem ersten Impuls zu fliehen. Noch immer hielt sie Kyndill fest umklammert. Seine Flammen rauschten synchron zum Tosen des Gjölls, der zu ihren Füßen tobte. Sie setzte sich auf, schob Kyndill in seine Scheide und betrachtete den Grim argwöhnisch, ehe sie ihren Blick über die Umgebung schweifen ließ. Sie war nicht in der Lage zu bestimmen, auf welcher Seite des Flusses sie sich befand.

„Ich brachte es nicht übers Herz, dich ertrinken zu lassen“, begrüßte sie der Grim.

Thea zog die Beine an. „Oh, darin habe ich inzwischen Übung“, erwiderte sie zynisch.

„Solltest du dich nicht bedanken oder so etwas?“, brummte der Grim.

„Ich weiß nicht recht. Wo bin ich? Auf welche Seite des Gjölls hast du mich getragen? Sitzen wir jetzt nur solange hier, bis Hel herangeritten kommt und mich mit nach Naströnd nimmt, oder tust du das?“

„Nach Naströnd? Eine Maid wie du gehört doch nicht an einen solch furchtbaren Ort. Niemals würde ich dich dorthin bringen! Ich bin gekommen, um dich zu retten!“

„Dein Timing ist überraschend gut. Wohnst du nicht weit weg in einem Wasserfall?“, fragte Thea argwöhnisch.

Der Grim lächelte. „Aber nein! Ich bewohne eine Unterwassergrotte im Slidr.“

Thea rümpfte die Nase. „Im Slidr? Wirklich?“

„Meine Grotte liegt abseits der Geschöpfe, die von ihm mitgerissen werden“, erklärte der Wassergeist rasch.

„Und wie kommst du dann so schnell hierher, um mich zu retten? Hast du mich verfolgt? Wieso?“ Sie konnte sich des dunklen Gefühls nicht erwehren, dass die Begegnung mit dem Grim ein Nachspiel haben würde.

„Holde Maid, wie du weißt, schlägt mein Herz für dich! Als mir ein Lachs flüsterte, dass du in Gefahr seist, bin ich sofort losgeschwommen.“

„Ein Lachs?“

„Ja, ein Lachs. Voller Dankbarkeit bin ich dem Tier. Meine Melodien wären nie wieder die Gleichen gewesen, hätte ich dich an den Gjöll verloren.“

Thea raffte die Haare auf einer Seite zusammen und presste das Wasser aus ihnen heraus. „Ich hätte nicht gedacht, dass in diesem fürchterlichen Gewässer Fische leben.“

„Ich auch nicht“, erwiderte der Grim schulterzuckend.

Thea runzelte verdutzt die Stirn, wenn nicht der Grim, wer sollte es sonst wissen? Sie entschied sich, dass es unwichtig war, im Angesicht des Todes über Fische zu philosophieren. Fast wäre sie ertrunken. Sie schnaubte verächtlich. „Wenn man vor den Toren der Totenwelt im Gjöll ertrinkt, kommt man dann eigentlich zur Hel oder geht man zu Rán?“

„Was weiß ich! Ehe dich eine von beiden bekäme, würdest du doch zu mir kommen, nicht wahr?“ Er fiedelte eine fröhliche Melodie auf seiner Geige.

Thea strich sich die Haare aus dem Gesicht und stellte mit Schrecken fest, dass sie schon wieder ihren Helm verloren hatte. „Oh nein, wie soll ich ihr das erklären?“, raunte sie.

Der Grim setzte die Geige ab. „Was ist?“

„Mein Helm, er ist weg. Zum zweiten Mal.“

Belustigt hob der Wassergeist die Brauen. „Du verlierst gerne Sachen, oder?“

Thea blieb das Herz stehen, als sie den Gegenstand erkannte, den der Grim aus einer Hosentasche zog. Die Triskele! Hastig griff sie danach, doch er reckte den Arm und schnalzte tadelnd mit der Zunge.

„Aber holde Maid! Jetzt wäre es *wirklich* Zeit für ein Danke, glaubst du nicht?“

„Wo hast du sie her?“, staunte Thea.

„Ich fand sie am Grund des Slidr.“ Er hielt die durchtrennte Kette in den Fingerspitzen. „Eine sehr scharfe Waffe muss sie durchschnitten haben. Ein Glück, dass dir dabei nichts passiert ist.“

Thea glaubte feinen Spott in seinen Worten zu vernehmen. „Da hast du Recht“, erwiderte sie.

Er reichte ihr die Kette. Thea konnte ihr Glück kaum fassen.

„Danke“, hauchte sie.
„Gern geschehen.“
„Verlangst du keine Gegenleistung?“, fragte Thea.
„Ich? Für das Ding? Nein. Ich bin froh, dass ich es los bin. In diesem Anhänger steckt zu viel Macht für einen Grim. Früher oder später würde ihn mir jemand abnehmen wollen und mich dafür umbringen.“ Er lächelte. „Aber du darfst mir deine Dankbarkeit zeigen und mich begleiten.“
Thea zog die Nase kraus. „Du bist hoffentlich nicht enttäuscht, wenn ich ablehne.“
„Offen gestanden nein. Ich ahnte, dass du das nicht möchtest.“ Er betrachtete sie. „Eines Tages änderst du unter Umständen deine Meinung.“
„Vielleicht“, erwiderte Thea diplomatisch.
Der Ruf eines Falken schallte durch die Luft. Thea suchte die Höhlendecke nach ihm ab. Im nächsten Moment landete der Raubvogel neben ihr und Wal-Freya ragte an der Stelle des Tieres auf.
Erleichtert stand Thea auf und sprang in ihre Arme. „Du lebst!“
„Du auch!“, antwortete Wal-Freya trocken. Sie starrte auf den Grim. „Ich komme wohl gerade rechtzeitig.“
„Er hat mich aus dem Gjöll gezogen“, erklärte Thea rasch.
Die Augen der Walküre ruhten forschend auf dem Wassergeist. „Wieso das? Nimmst du deine Opfer nicht mit dir und ziehst sie in die Tiefe?“
„Opfer“, wiederholte der Grim missbilligend.
„Was ist mit Juli und Tom? Ist Hermodr aufgetaucht?“, wollte Thea wissen.
Wal-Freya lächelte. „Sie sind alle unversehrt. Juli und Tom warten mit Hermodr im Tal. Wir haben es geschafft. Nachdem du in den Gjöll gestürzt bist …“

„Ich wurde hineingeprügelt“, berichtigte Thea.

Wal-Freya schmunzelte. „Nachdem du in den Gjöll *geprügelt* wurdest“, verbesserte sie, „ist Modgudr ebenfalls ins Trudeln geraten. Ich konnte Juli davon abbringen, dir hinterher zu springen und sie auf die andere Seite der Brücke bringen. Als wir die Gjallarbrú hinter uns gelassen hatten, lief Garm heulend in seinen Unterschlupf zurück. Gleichzeitig zogen die Wardonen ab. Hel verbot ihnen, die Gjallarbrú in die Welt der Lebenden zu verlassen. Ein Wardone hielt sich nicht daran. Trotz aller Drohungen rannte er an Modgudr vorbei. Das war Hermodr. Er hatte sich unter die Krieger gemischt.“

„Das hätten wir besser auch getan“, raunte Thea.

„Wir zwei Hübschen wären sofort aufgefallen.“ Sie lachte herzhaft.

Der Grim fiedelte auf seiner Geige und unterbrach das Gespräch. Erzürnt legte die Walküre ihre Hände über Theas Ohren. „Lass das sein!“, knurrte sie.

Mit einem theatralischen Seufzen setzte der Wassergeist das Instrument ab und machte einen Schritt auf Thea zu. „Liebste aller Maiden, ich kehre in meine Grotte zurück. Doch wisse, dass du mein Herz für immer verzaubert hast.“ Er nahm ihre Hand und deutete einen Kuss an.

„Ich sage ihm gleich, dass du in deinem vergangenen Leben ein Mann gewesen bist“, drohte die Wanin.

„Lass ihn, ich finde es süß!“

Überrascht sah Wal-Freya zu Thea. Im gleichen Moment drehte sich der Grim auf dem Absatz und sprang in den Gjöll. Entspannt trieb er auf dem Rücken liegend davon. Eine melancholische Melodie begleitete seinen Weg.

„Wie?“, staunte Wal-Freya. Sie nahm Theas Hand und drehte sie. „Sagtest du nicht, du hättest sie verloren?“

Thea kreiste das Amulett in den Fingern und betrachtete die drei Monde, die so zusammengefügt waren, dass sie einen Knoten bildeten. Sie hatte den Anhänger am Hals getragen, seit die Wanin ihn ihr in Niflheim umgehängt hatte.

„Der Grim gab sie mir wieder. Er hat sie auf dem Grund des Slidr gefunden." Sie reichte Wal-Freya die Triskele. Die Walküre beäugte das Band auf die gleiche Weise, wie es zuvor der Grim getan hatte. „Wie konnte die Kette kaputt gehen? Sie ist von Zwergen geschmiedet", murmelte sie fassungslos.

Thea zuckte die Schultern. „Im Slidr waren eine Menge Schwerter und Dolche unterwegs."

Wal-Freyas Blick wanderte beunruhigt an Theas Hals. „Dann sollten wir beide froh sein, dass nur die Kette schaden genommen hat."

Sie sagte es mit einem so seltsamen Unterton, dass es Thea mulmig wurde. Die Wanin nahm Theas Hand und legte den Anhänger hinein. „Steck ihn tief in eine deiner Taschen und verliere ihn nicht erneut."

„Du gibst ihn mir zurück?"

Wal-Freya runzelte die Stirn. „Wieso denn nicht?"

„Na … weil ich ihn verloren habe."

Die Walküre lächelte. „Er ist doch noch da, oder?"

Betreten nickte Thea.

„Siehst du. Wenn wir zurück in Asgard sind, schauen wir, dass wir dir eine neue Kette besorgen. Ich werde mich besser fühlen, wenn du die Triskele wieder um den Hals trägst. Jetzt komm! Die anderen warten auf uns."

Dankbar schloss sich Thea der Göttin an.

„Wo ist dein Helm?", raunte die Walküre.

Sie liefen über dunkles Geröll, bis sie eine Höhlenwand erreichten. Sie folgten ihr, bis diese sich öffnete und den Blick in ein tiefes Tal freigab. Das Nordlicht wehte grünrot glühend darüber hinweg. In seinem Licht wandelten Menschen auf einem Pfad, der sich zur Höhle hinaufschlängelte. Wal-Freya deutete zurück in Richtung des Gjölls, zu dem sich der Weg fortzog. Weit abgelegen erkannte Thea die Gjallarbrú, bewacht von Modgudr, die die Toten begrüßte und deren Weg aufmerksam verfolgte.

„Als hätte es die Auseinandersetzung zwischen uns und den Wardonen nie gegeben", raunte Thea.

Wal-Freya nickte zustimmend. Sie wies ins Tal. „Da sind sie", erklärte sie.

Thea folgte ihrem Fingerzeig und entdeckte mehrere hundert Meter entfernt eine Personengruppe, die am Wegesrand zusammenhockte. Eine von ihnen winkte.

„Juli!", sagte Thea erleichtert. Sie lächelte fröhlich.

Wal-Freya hob amüsiert die Augenbrauen. „Sie wird sehr üble Laune bekommen, wenn sie hört, dass …" Verdutzt runzelte Wal-Freya die Stirn. Ohne eine Erklärung abzugeben, lief sie vorweg.

„Was ist?", fragte Thea.

„Da sind Vala und die anderen. Wie können sie so schnell hier sein? Ich rief sie erst, bevor ich auf die Suche nach dir ging."

Thea strengte ihre Augen an. Auch ohne Zaubergewand schien Wal-Freya einen Falkenblick zu haben. Irgendwann machte sie hinter ihren Freunden eine Bewegung aus. Tatsächlich standen dort die Pferde. Die Walküre beschleunigte ihren Schritt. Vorbei an einigen Toten laufend ertönte unerwartet Hufgeklapper in ihrem Rücken. Es klang seltsam. Thea hatte diesen Rhythmus nur einmal in ihrem Leben gehört. In einer bösen Vorahnung drehte sie sich um, gleichzeitig mit Wal-Freya, die sich schützend vor sie stellte.

Mit versteinertem Blick ritt Hel auf Helhestr heran. Hinter dem Pferd liefen ein Dutzend Wardonen mit blank gezogenen Waffen.

„Sie gehört mir!“, sagte Hel und deutete auf Thea.

Theas Herz begann wild zu klopfen.

„Wir sind außerhalb der Totenwelt. Deine Macht endet an der Gjallarbrú“, versetzte Wal-Freya hart.

„Die Toten sind überall mein“, erwiderte Hel finster.

„Probleme, meine Heldin?“, tauchte eine Stimme in Theas Geist auf. Es war Djarfur, der hinter ihr landete und sie sanft mit der Schnauze anstieß.

„Ich weiß nicht“, antwortete sie verunsichert.

„Wir werden keinen weiteren Versuch unternehmen, Balder zu befreien. Er ist freiwillig geblieben. Niemand wird ihn dir nehmen“, entgegnete Wal-Freya.

Leicht drehte Hel den Kopf. Sie deutete auf Thea. „Ich rede nicht von Balder, ich rede von ihr.“

„Thea, auf Djarfur und zwar schnell!“, befahl die Wanin.

„Du wirst sie mir nicht stehlen!“, drohte Hel.

„Was faselst du? Sie ist wiedergeboren! Solange sie nicht erneut stirbt, hast du kein Anrecht auf sie!“

„Sie ist gestorben! Im Slidr, kaum, dass sie meine Welt betreten hat! Ihre Verletzung war tödlich. Nur weil sich alle Wunden in dieser Welt heilen, ist sie noch in ihrem Körper!“

Ein Stich fuhr Thea durch den Magen. Langsam setzte sie einen Schritt zurück.

„Du wirst mit mir kommen“, beharrte Hel. Sie nahm Thea in ihrem Blick gefangen. Ihre Stimme war so kalt und endgültig, dass Thea wie betäubt verharrte.

„Selbst wenn es so wäre. Hier steht sie. Sie lebt!“

Das zweifarbene Gesicht Hels wandelte sich von einer ausdruckslosen Maske zu offenem Zorn. „Warum glaubst du, ist sie in Begleitung ihrer Fylgja? Ihr Asen könnt die Regeln nicht biegen, wie es euch beliebt! Ihr seid in meine Welt eingedrungen, ihr habt mich hintergangen und verraten. Zieht meinetwegen davon, aber *sie* bleibt hier!“

Hermodr ritt auf Kvikur heran und lenkte das Pferd neben Wal-Freya. „Gibt es ein Problem?“, fragte er scharf.

„Solange sich Wal-Freya an die Ordnung hält, nein“, antwortete Hel.

Zwischen den Wardonen drückte sich eine Gestalt in einem roten Klappenrock hindurch. Mit einem süffisanten Lächeln gesellte sich Loki zu seiner Tochter. „Wer hätte das gedacht? Ihr bringt Thea und das Schwert nach Hel und treibt sie dort in den Tod. Und schwupps habt ihr Kyndill an die Unterwelt verloren. Was für ein wundervoller Moment. Ich wäre gerne dabei, wenn ihr *das* Odin erklärt.“ Er legte die Hand auf seine Brust und holte leidenschaftlich Luft. „Welch ungeahnte Wendung. Ich sehe sie schon vor mir, eine Armee von Toten, die gegen euch kämpft, angeführt von einer Kriegerin mit Flammenschwert.“ Sein Blick fiel auf Thea. Schonungslos fügte er hinzu: „Und das alles wird sie tun, um eines Tages zu ihrer großen Liebe zurückzukehren.“

Thea hatte das Gefühl, dass ihr der Boden unter den Füßen fortgezogen wurde. Überwältigt von Lokis Worten, stützte sie sich an Djarfur.

„Darüber habe ich noch nicht entschieden“, erwiderte Hel eisig.

„Du spinnst, Loki“, knurrte Hermodr.

„Ach Hermodr. Sei kein schlechter Verlierer. Egal für was ihr euch entscheidet, ich habe gewonnen. Am Ende ist es doch so geschehen, wie es kommen sollte.“

Thea schwang sich in den Sattel. Loki malte eine Zukunft, die ihr mehr Angst machte, als Hels Hass auf sich zu ziehen. Sie wollte nicht länger ein Spielball der Götter sein und sie wollte nicht in Naströnd oder schlimmeren Orten gefangen gehalten werden. Außerdem wartete ihre Familie. Sie hatte versprochen zurückzukommen. *„Ich hoffe, du bist schnell“*, sprach sie zu Djarfur.

„Dieser dreibeinige Gaul kann mir nicht das Wasser reichen“, antwortete das Pferd herablassend. *„Gib mir ein Zeichen und wir verschwinden über alle Berge.“*

„Dann los!“, sagte Thea.

Djarfur wandte sich um und galoppierte davon. Kaum hatte er sich in Bewegung gesetzt, hob er sich in die Luft. Helhestr preschte an Wal-Freya und Hermod vorbei und verfolgte die Fliehenden. Anders als der Rappe blieb das Totenpferd auf dem Boden.

„Thea!“, rief Hel eindringlich. „Bleib hier und nimm deine Strafe an!“

Thea wandte sich im Sattel um. „Es tut mir leid, Hel. Aber das werde ich nicht.“

Sie konnte den zornigen Blick im zweifarbenen Gesicht der Göttin sogar aus der Luft erkennen. Diese streckte die Hand in Theas Richtung aus. „Verdammt sollst du sein, Fengur! Wenn du jetzt verschwindest, wirst du niemals zurückkommen dürfen! Verdammt wirst du sein! Verdammt, ein Leben der Wiedergeburten zu führen. Und diesmal wird dir niemand die Erinnerungen an sie nehmen! Du wirst dich an jeden einzelnen Menschen erinnern, den du über die Jahre verlierst und solltest du eines Tages kein Gefäß mehr für deine Seele finden, wirst du verflucht sein, als Geist unter den Menschen zu hausen! Niemals, hörst du? Niemals mehr wirst du einen Fuß in meine Welt setzen!“

Thea presste ihren Kopf an Djarfurs Mähne und drückte die aufkommenden Tränen fort. Sie glaubte nicht, dass Hel leere Drohungen aussprach. Sie dachte an ihre Familien - an beide Familien. Wenn sie jetzt zurückritt und ihre Strafe annahm, würde sie vielleicht irgendwann Gnade finden. Doch was, wenn sie diese tatsächlich nur erhalten würde, wenn sie am Ende der Welt gegen die Asen zu Felde zog? Gegen Wal-Freya? Gegen Sigrún, vielleicht sogar gegen Juli? Sie konnte und wollte sich nicht unter Hels oder Lokis Knechtschaft stellen. Nicht zu diesem Preis. „Mach schneller, Djarfur", flüsterte sie dem Pferd zu und es gehorchte.

Wie versprochen ließ Djarfur die Totengöttin rasch hinter sich zurück. Thea blieb nicht lange alleine. Schweigend schlossen sich ihr Wal-Freya und die anderen an. Ihre Anwesenheit hätte Thea trösten müssen, aber sie konnten die dunklen Gefühle in ihrem Innern nicht verdrängen. Ihre Gedanken kreisten um Hels Worte, um Geirunn und ihre Eltern, die in Midgard auf sie warteten. Sie konnte das Geschehene nicht begreifen, versuchte die Auswirkungen zu erfassen, doch es gelang ihr nicht. Sie wusste nur eines: sie hatte es gewagt, die Totengöttin herauszufordern und im Gegensatz zu allen anderen bezahlte sie teuer dafür. Von Zeit zu Zeit schweifte ihr Blick zur Fylgja, die fröhlich neben Djarfur durch die Luft rannte. Sie war eine mahnende Erinnerung daran, dass Thea sich nie auf diese Reise hätte einlassen dürfen. Aber hatte sie je eine Wahl gehabt?

„*Du bist traurig, meine Heldin*", drang Djarfurs Stimme an sie heran.

„*Ich habe das Gefühl, ich habe wegen eines einzigen Fehlers meine ganze Zukunft verloren …*", erwiderte Thea. Tränen stiegen ihr in die Augen. Sie steckte das Gesicht zurück in die Mähne des Pferdes. „*… und meine Vergangenheit.*"

Djarfur schnaubte leise. „*Wir haben alle eine Zukunft. Gerade reiten wir auf sie zu. Wie sie aussieht, wer weiß das schon. Es wäre auch ziemlich langweilig, findest du nicht?*“

„*Ohne meine Familien habe ich keine Zukunft.*“

„*Du hast mächtige Freunde, junge Heldin. Verzage nicht. Die Zeit wird das ihre bringen.*“

„*Sie haben keine Macht über Hel, sonst hätten sie mich nicht gebraucht*“, antwortete Thea.

„*Vielleicht liegt deine Zukunft nicht in Hel. Möglicherweise liegt sie auf dem Rücken eines Pferdes. Das wäre zumindest die Zukunft, die ich mir für dich ausmalen würde.*“ Djarfur wieherte amüsiert. „*Keine Angst. Du sprichst mit einem Pferd. Wie kann ich von solchen Dingen im Bilde sein? Aber ich glaube, wenn ihr füreinander bestimmt seid, wirst du alle Menschen, die dir jetzt fehlen, eines Tages wiedersehen. Wir haben uns doch auch getroffen.*“

Er rang Thea ein Lächeln ab. „Danke, Djarfur“, flüsterte sie.

„*Gern geschehen, meine Heldin.*“

Begleitet vom wehenden Schleier des Nordlichts senkten sich die Pferde irgendwann auf die Eislandschaft Niflheims nieder. Wal-Freya faltete Skidbladnir auseinander und alle schlugen ihre Schlafstätten um das wärmende Feuer auf, das die Walküre in die Schale befahl. Wie schon bei ihrer ersten Reise durch das Eisland, ließen sie das Schiff über den schneebedeckten Grund fahren. Während die Flammen die eisige Luft um Skidbladnir vertrieben, schaffte Juli ein paar Vorräte in die Mitte, aber selbst sie aß nur wenig davon. Thea lag mit dem Rücken zum Feuer und hing ihren Gedanken nach, bis sich Juli auf leisen Sohlen näherte und neben ihr Platz nahm. Sie hob Theas Kopf an und legte ihn auf ihren Schoß.

„Deine Zukunft endet nicht heute. Mach dir nicht zu viele Sorgen“, flüsterte sie. Liebevoll strich sie ihrer Freundin die Haare hinters Ohr.

„Du hast leicht reden, Juli“, wisperte Thea.

„Deine Fylgja ist weg. Das ist bestimmt ein gutes Zeichen“, versuchte Juli sie aufzumuntern.

Thea runzelte die Stirn. „Sie liegt genau vor mir.“

„Was redest du da?“

„Hier, direkt vor mir“, bekräftigte Thea.

„Ich habe sie nicht mehr gesehen, seit du Hel verlassen hast“, stutzte Juli.

„Vielleicht ist sie für dich nur in Hel sichtbar gewesen. Sie ist noch immer hier“, erklärte Thea.

„Seltsam. Trotzdem. Sieh es von der positiven Seite. Wenn dich Hel nicht mehr in ihr Reich lässt, kann sie dich nicht nach Naströnd sperren.“

„Ich hätte einen Weg hinaus gefunden. Wir sind einmal herausgekommen, ich hätte es auch ein zweites Mal geschafft“, flüsterte Thea. Ihre Worte erstickten in ihren Tränen.

„Wir hatten ein bisschen Hilfe“, erinnerte Juli. Sie legte ihre Hand auf Theas Arm.

„Ich weiß.“ Thea schluckte. Sie brauchte eine Weile, ehe sie es schaffte, ihre Gedanken in Worte zu fassen. „Aber in Hel hätte ich eine Chance gehabt, Geirunn wiederzusehen.“

„Vielleicht, vielleicht auch nicht. Jetzt musst du es nehmen, wie es kommt. Keine Angst. Ich bleibe bei dir, egal ob es bedeutet, dass ich später einmal mit dir durch Midgard geistern muss.“ Sie gluckste. „Das wird eventuell ganz lustig.“

Thea gab Juli einen Klaps auf den Oberschenkel. „Du wieder!“, sagte sie und zog die Nase hoch.

„Wir sollten uns schon jetzt überlegen, wie wir uns nennen wollen. Wir könnten Schlossgespenster in Schottland werden. *Die dreisten Zwei* oder so."

Thea lachte erheitert. „Du spinnst, Juli."

„Warum? Zu kalt? Vielleicht hast du Recht. In Spanien gibt es sicher ein paar Schlösser, die uns ebenfalls gefallen könnten. Oder findest du nur den Namen blöd?"

„Du willst auch aus dieser Situation Limonade machen, nicht wahr?", schniefte Thea.

„Klar! Je mehr Zitronen uns das Leben schenkt, um so süßer wird es doch."

„Danke, Juli."

„Danke? Wofür?"

„Dafür, dass es dich gibt", erwiderte Thea. Aufs Neue suchten sich Tränen ihren Weg.

„Den Dank gebe ich gerne zurück", lächelte Juli und rüttelte ihre Freundin aufmunternd.

Thea blinzelte und wischte sich die Tränen fort. „Was machen wir jetzt?"

„Jetzt? Reisen wir nach Asgard und schauen, was die Götter noch so alles mit uns anstellen."

„Willst du gar nicht mehr nach Hause?", flüsterte Thea mit dünner Stimme, da ihr im Gedanken an ihre Familie erneut ein Kloß im Hals steckte.

„Und das hier verpassen? Um nichts in der Welt!" Sie schmunzelte. „Wer weiß, vielleicht erfahren wir, dass es nichts mehr für uns zu tun gibt. Viele Möglichkeiten bleiben nicht mehr, Ragnarök zu verhindern."

„Sie könnten wieder auf die Suche nach Fenrir und Loki gehen", raunte Thea.

„Wir werden es mitbekommen", erwiderte Juli. Sie schob ihrer Freundin eine losgelöste Strähne hinters Ohr. „Schlafe ein wenig und versuche nicht so viel nachzudenken."

Im gleichen Moment, da Thea die Augen schloss, schreckte sie ein Kreischen auf. Sie erhob sich und beobachtete die beiden Raben, die sich auf dem Ruder Skidbladnirs niederließen und von dort ihren Weg in die Mitte der Freunde suchten. Gierig pickten sie ein paar Vorräte vom Laken.

„War klar, dass er sie nach uns ausschickt", murrte Hermodr.

„Umso besser, dann ist er nicht überrascht, wenn wir ohne Balder in Asgard ankommen", murmelte Wal-Freya.

„Ich hoffe nur, er hat uns nicht zum Schein nach Hel geschickt, so wie er Frigg Eide auf alle Dinge schwören ließ", knurrte Hermodr. Sein Blick streifte Thea.

„Hat er nicht", sagte Wal-Freya so überzeugt, dass Thea keine Sekunde daran zweifelte, dass die Walküre wusste, wovon sie sprach.

Würdevoll liefen Hugin und Munin zwischen den Speisen umher, fraßen hier und da etwas und sprangen schließlich auf die Reling, von der aus sie die Flügel ausbreiteten und mit einem Abschiedsgruß im Sternenhimmel Niflheims verschwanden.

„Wir werden uns bald davon überzeugen können", erwiderte Hermodr. Thea erneut im Blick schlug er den Umhang um seinen Oberkörper und legte sich mit dem Rücken zum Feuer nieder.

21. Kapitel

Als die Pferde Tage später auf dem Platz vor Gladsheim aufsetzten, waren alle Asen und Walküren versammelt. Auch Thor stand in ihren Reihen. Juli kommentierte es mit einem fröhlichen Aufschrei, unterdrückte ihre Gefühle aber sofort, nachdem sie die trübe Stimmung auf der Terrasse wahrnahm. Ungewöhnlich still, mit wehmutsvollen Blicken, begrüßten die Anwesenden die Gruppe. Offenbar lag die Erkenntnis, dass Ragnarök unabwendbar über sie kommen würde, tonnenschwer auf ihren Gemütern. Als Thea von Djarfurs Rücken sprang, eilte Herja heran und nahm sie in Empfang. Die grünen Augen der Walküre schauten traurig und aufmunternd zugleich. Thea hasste es, erneut mit leeren Händen nach Asgard zurückzukommen, aber sie wusste, dass sie keine Schuld traf. Sie hatte alles gegeben - und vieles dafür verloren. Balder war es gewesen, der die Entscheidung traf, in Hel zu bleiben. Sie fragte sich, wie viel Hugin und Munin mit ihrem kurzen Besuch auf Skidbladnir von alledem in Erfahrung gebracht und Odin bereits mitgeteilt hatten. Da Odins Blick vorwurfsvoll zwischen Hermodr und Wal-Freya wechselte, vermutete Thea, dass ihm der Grund noch unbekannt war. Frigg wirkte gefasst. Konnte sie die

Zukunft so klar sehen, dass sie die Antwort der obersten Walküre schon kannte, bevor Odin seinen Unmut zum Ausdruck brachte?

„Ihr kommt ohne Balder zurück!" Er sah die Liebesgöttin düster an. „Hast du nicht gesagt, dass du *alles* daran setzten wirst, dass das Vorhaben gelingt?"

Wal-Freyas Kiefermuskulatur zuckte unablässig. Eisig begegnete sie Odins und Friggs Blick. „Vielleicht sollten wir das in Ruhe an der Tafel besprechen bei einem frischen Becher Met. Wir waren lange unterwegs und sind erschöpft."

„Natürlich!", antwortete Frigg rasch. Sie machte eine einladende Geste und folgte Wal-Freya, die sich mit dem Handzeichen an ihr vorbeischob.

„Sehen wir uns später, meine Heldin?", fragte Djarfur.

„Gewiss", erwiderte Thea. *„Wenn das geht."*

Djarfur wieherte amüsiert und folgte Herja, die ihm leicht die Flanke tätschelte. Thea vermutete, dass sie im Weggehen ein Gespräch führten.

Auch Tom, Juli und Hermodr sprangen von ihren Pferden, die von den Walküren freundlich in Empfang genommen wurden. Während sich die Schar der Asen nach Gladsheim begab, schlossen sich die Walküren Herja mit den Pferden an.

Im Innern der luftigen Halle empfing Thea das gewohnte Bild einer reich gedeckten Tafel. Dahinter erhob sich Odins Sitz. Gespannt nahmen alle Platz. Hermodr und Wal-Freya gönnten sich einen Schluck aus ihren Bechern und sahen sich lange an, ehe Wal-Freya zu erzählen begann. Kurz fasste sie die Ereignisse zusammen, die sich in Niflheim zugetragen hatten und aufgrund derer sie sich dazu entschlossen hatten, die Gruppe zu teilen. Sie berichtete von ihrem Streit mit Modgudr, die weder Hermodr noch sie passieren ließ. Sie gestand, wie verunsichert sie gewesen war, da der Kontakt zu Thea abbrach, kaum dass diese Hel betreten hatte, und sie diesen nicht herstellen konnte, selbst als die Totengöttin sie endlich empfing. Thea griff dabei unwillkürlich in ihre Tasche und schloss die Faust um die Triskele. Nie wieder wollte sie das Amulett verlieren. Odin schnaubte ungehalten, als Wal-Freya offenbarte, dass Hel bereits über ihr Anliegen informiert gewesen war und, wie sich später herausstellte, Loki dahinter steckte. Zum ersten Mal hörte Thea von Wal-Freyas Zerrissenheit, die Unterredung zwischen ihnen und Hel in die Länge zu ziehen und gleichzeitig nicht zu wissen, ob sich Thea in Schwierigkeiten befand.

Nachdem die Erzählung an die Stelle kam, in der Hermod von der Wikingersiedlung und der Fylgja berichtete, erhob sich Thea und verließ die Halle. Sie wollte die Wunde nicht aufreißen lassen und sich nicht den Blicken der Asen aussetzen, wenn ihr Treffen mit Geirunn zur Sprache kam. Zufrieden stellte sie fest, dass ihr, außer der Fylgja, niemand folgte. Sie stieg die Stufen zwischen Asgards Hallen hinab, lief über die Wiese und setzte sich schließlich an die Kante des Plateaus. Sie ignorierte ihre Höhenangst. Ihre Gedanken waren bei ihrer Familie, die jetzt dort unten in Midgard auf sie wartete, aber auch bei Geirunn, Hakon und Amma. Unerwartet näherten sich Schritte. Aus den Augenwinkeln erkannte sie Thor. Mit einem Brummen ließ er sich neben ihr nieder. Kurz sah sie zu ihm auf und richtete den Blick zurück in die Tiefe.

„Willst du die Geschichte nicht zu Ende hören?“, fragte sie.

„Sie ist unterbrochen worden, als Wal-Freya erzählte, dass Odin am Tod von Balder … sagen wir mal … nicht unbeteiligt war.“

„Oh, ach das. Glaubst du daran?“

Thor seufzte. „Odin hat schon viele Dinge gemacht, mit denen ich nicht einverstanden war. Was ich glaube, ist egal. Frigg tobt.“

„Verständlich. Sie wurde genauso sinnlos auf die Reise geschickt, in der Hoffnung Ragnarök zu verhindern, wie wir.“

„Da ist einiges schief gelaufen, hm?“, brummte Thor und deutete auf die Fylgja.

Thea schluckte. Zu mehr als einem Nicken war sie nicht in der Lage.

Der Donnergott atmete tief ein, zog das rechte Bein an und legte seine Arme darüber. Er folgte ihrem Blick nach Midgard. „Ich hätte euch nicht alleine lassen dürfen“, knurrte er irgendwann.

Wieder schluckte Thea. Eine Wolkenlücke gab gerade die Sicht auf die Kontinente frei. „Hast du ihn denn geschnappt?“

„Nein. Es war dumm von mir zu denken, dass er in seine Feste zurückkehrt, solange ich noch dort bin. Utgard-Loki ist ein Feigling. Wegen mir steckst du jetzt in diesen Schwierigkeiten.“

„Mach dir keine Vorwürfe, es hätte nichts an dem Ergebnis geändert. Du wärst wahrscheinlich zusammen mit Wal-Freya und Hermodr zu Hel gegangen, um sie abzulenken und ich wäre trotzdem in den Slidr gestürzt.“

„Ich hätte Balder eins über die Rübe gezogen und ihn aus seiner goldenen Halle geschleift, das kannst du mir glauben! Dein Opfer wäre nicht umsonst gewesen.“

Thea lächelte müde. Leer blickte sie in die Wolken. „Hel sagte, ich dürfe niemals zurück.“

„Niemals ist eine lange Zeit“, raunte Thor mitfühlend.

Thea nickte. „Es ist die härteste Strafe, die einem widerfahren kann. Wünschen wir uns nicht alle, irgendwann wieder mit den Menschen vereint zu sein, die wir lieben?“ Ihre Stimme versagte. Sie vergrub das Gesicht in den Händen und weinte bitterlich.

„Wenige Menschen finden eine solch ehrliche und innige Liebe wie du“, brummte er. „Auf Dauer werden euch die Welten nicht trennen können. Mach dir keine Sorgen. Nun musst du erst einmal dein Leben als Thea bestreiten. Alles andere wird sich zeigen.“

Thea sah zum Himmel und versuchte vergebens die Tränen zu vertreiben. „Wie soll es mit mir weitergehen? Bin ich jetzt eine tote Lebende oder eine lebende Tote? Darf ich denn so überhaupt nach Midgard zurück?“

Thor seufzte tief. „Wieso solltest du nicht?“

„Weil irgendetwas anders ist mit mir. Hel sagte, ich sei tot.“

Schritte näherten sich und eine weitere Person nahm neben ihnen Platz. Wal-Freya schwieg lange, ehe sie Thea korrigierte: „Sie sagte, du hättest tödliche Verletzungen erlitten.“

„Und was heißt das?“, fragte Thea.

Die Walküre legte einen Arm um sie. „Dass du noch immer die bist, die von Asgard aus nach Hel aufgebrochen ist.“

„Wie?“

Wal-Freya strich Thea über den Hals. „Nur die Kette ist kaputt gegangen. Du hattest Glück, dass du in Hel gewesen bist. Nicht einmal eine Narbe hast du von dem Schnitt davongetragen, der sogar eine Zwergenkette durchtrennen konnte. In Midgard oder sonstwo, wärst du vielleicht gestorben, doch nicht in der Totenwelt, denn dort heilen alle Wunden. Denke an Ofeígur und wie er sich regeneriert hat.“

„Hör mir auf mit dem!“, wehrte Thea ab.

„Damit wollte ich nur sagen, dass du dich selbst geheilt hast. Also bist du nicht gestorben.“

„In den Augen von Lokis Tochter macht das keinen Unterschied.“

„Natürlich nicht“, erwiderte die Walküre ehrlich. „Für mich aber auch nicht. Wenn du zurück in Midgard bist, wirst du hoffentlich ein langes und glückliches Leben führen. Was passiert werden wir sehen.“

Thea hob blinzelnd den Kopf. Sie konnte einfach nicht aufhören zu weinen. „Geirunn ...“, flüsterte sie.

Nun stieß Wal-Freya einen hilflosen Seufzer aus. Mitfühlend legte sie die Hand auf Theas Schulter. „Ich kann dir die Erinnerungen an sie nehmen, wenn du es wünschst.“

„Nein!“, rief Thea erschrocken. „Nein, bitte tu das nicht. Sollte ich sie nicht wiedersehen, ist es das Einzige, was mir von ihr bleibt.“

Wal-Freya presste die Lippen zusammen und lächelte. „Das ist eine gute Entscheidung. Ich respektiere und verstehe sie.“ Sie machte eine lange Pause. „Es tut mir leid.“

„Es braucht dir nicht leidzutun. Es war Ofeígur, der uns verraten hat.“ Thea wischte eine Träne fort. „Und Loki.“

„Es ist ihm erneut gelungen, uns alle zu täuschen. Er hat jede Situation zu seinem Vorteil genutzt. Ich hoffe, du begreifst jetzt endlich, dass man ihm nicht vertrauen kann.“

Thea nickte beklommen. Sie wollte Wut empfinden, doch alles, was sie fühlte, war Traurigkeit. Sie kämpfte gegen die Tränen an, presste die Handballen an die Augenbrauen, aber nichts half. Wal-Freya schloss sie in eine wohltuende Umarmung ein.

„Wie wird es weitergehen?“, brummte Thor.

„Darüber werden wir beraten müssen“, sagte die Wanin.

„Kann ich solange zu meiner Familie zurück? Loki will Kyndill nicht. Er hätte in Hel ganz leicht damit verschwinden können“, murmelte Thea in Wal-Freyas Schoß. Als sie keine Antwort erhielt, richtete sie sich auf.

„Es fällt mir schwer zu glauben, dass er Kyndill so einfach aufgibt. Nicht nach all der Zeit, die er dafür aufgewendet hat, es zu finden“, erwiderte die Liebesgöttin. „Ich fürchte, Odin wirst du noch viel weniger davon überzeugen können.“

Thor raunte. „Odin und Frigg werden wenigstens zwei Wochen miteinander streiten. Vater hat einiges zu erklären.“

„Oja, das hat er“, stimmte Wal-Freya zu.

„Ich werde Thea nach Midgard begleiten und darauf achten, dass nichts passiert“, entschied Thor.

„Lass es mich für dich zusammenfassen, Thor: Loki ist frei, Fenrir ebenso und wir haben Hel gegen uns aufgebracht. Ich halte es für die schlechteste Idee, die du jemals hattest, jetzt nach Midgard zu gehen. Loki muss nur einmal mit den Fingern schnippen und du hast seine ganze Brut gegen dich.“

„Ich habe keine Angst vor Jörmungand“, erwiderte Thor.

„Aber ich habe Angst um *dich*“, versetzte Wal-Freya scharf.

„Ich kann auf ihn aufpassen“, mischte sich eine kauende Stimme ein. Juli stapfte heran, eine zusammengebundene Tischdecke vor sich tragend, die mit allerlei Dingen gefüllt zu sein schien. Sie stellte den Sack ab, knotete die vier Enden auseinander und breitete das Tischtuch vor Theas Füßen aus.

Thor lachte. „Was hast du getan, du Wahnsinnige?“

„Ich dachte, wenn Thea nicht beim Essen bleibt, bringe ich das Essen zu ihr“, erwiderte Juli leichthin. „Tom trägt die Getränke." Sie deutete auf ihren Freund, der mit einigen Flaschen im Arm näherkam.

Thea rang sich ein Lächeln ab. „Danke, aber ich habe wirklich keinen Hunger."

„Dann schaust du uns zu. Früher oder später kommt der Hunger", beharrte Juli. „Wir wollen dein Problem doch nicht dabei stören, sich selbst zu lösen. Vorsorglich hauen wir einfach ein paar Pfannkuchen drüber."

Thor lachte laut. „Ich danke dem Universum jeden Tag, dass es *dich* ausgespuckt hat."

„Danke! Dito!", erwiderte Juli erheitert.

Tom setzte sich in die Runde und stellte die Flaschen auf dem Tischtuch ab. „Juli wollte Zitronenlimonade, es war aber nur Met da", erklärte er und zwinkerte Thea zu.

Thor nahm sich von den Pfannkuchen und biss hinein. „Ich schmecke, wie das Problem kleiner wird", sagte er heiter.

„Honig würde es noch schneller schrumpfen lassen", fügte Juli sinnierend hinzu.

Schmunzelnd rieb sich Thea die Stirn.

„Sie werden sich nie ändern", kommentierte Wal-Freya.

Thea nickte. „Können wir jetzt darüber beraten, wie es weitergeht?", fragte sie irgendwann.

„Wenn Odin und Frigg aufgehört haben zu streiten, alles andere ist Zeitverschwendung", raunte die Walküre.

„Das kann ein paar Wochen dauern", erwiderte Thor mit vollem Mund.

„Ein paar Wochen?",wiederholte Juli.

„Wenn wir Glück haben. Götter können sich Monate zanken", schmatzte Thor.

„Picknick mit Meerblick, ihr lasst es euch gut gehen", krächzte eine Stimme. Alle Köpfe drehten sich zur Seite. Ein altes Weib näherte sich in Begleitung eines jungen Mädchens und einer Frau mittleren Alters.

Thea lächelte. „Baba Jaga!"

„Seid gegrüßt", antworteten alle drei gleichzeitig.

Thea stand auf und lief der jüngsten Baba Jaga entgegen. Diese nahm sie in die Arme und drückte sie. „Es tut mir leid. Wir haben davon gehört."

Während Thea traurig nickte, schob sich die mittlere Baba Jaga zwischen sie und ihr jüngeres Ich und schloss Thea ebenfalls in die Arme. „Noch ist nichts verloren", sprach sie tröstend.

„Ich weiß", erwiderte Thea tapfer.

Die Alte jagte die Fylgja fort, die sich fauchend vor ihren Schützling aufgebaut hatte. „Ist gut, Kleines. Wir sind im Ruhestand. Und jetzt mach Platz."

„Du kannst sie sehen!", stellte Thea fest.

Alle drei Baba Jagas lächelten gleichzeitig, aber nur die Alte antwortete. „Andere Menschen mögen deine treue Gefährtin außerhalb Hels nicht sehen können. Wir sind jedoch eine Totengöttin. Das hast du sicher nicht vergessen." Sie schmunzelte und drückte Thea ein Glas in die Hand. „Wir haben Marmelade zu eurem Picknick mitgebracht. Sie ist mit Liebe gemacht. Iss! Dann sieht die Welt wieder besser aus."

„Das habe ich ihr auch schon gesagt", rief Juli und winkte ihr zur Begrüßung zu.

„Danke, ich kann gerade nichts essen", entgegnete Thea.

„Aber ich!", rief Thor.

Die Alte nahm neben Juli Platz. „Untersteh dich! Die Marmelade ist nicht für *dich*." Drohend reckte sie den Zeigefinger in Richtung des Donnergotts und dann auf Thea, die sich mit den anderen Baba Jagas in den Kreis setzte. „Von wegen, du kannst nichts essen! Du wirst dich hüten, noch eine Totengöttin zu vergrätzen und dich bedienen!“

„Auch ich will nicht deinen Unmut auf mich ziehen“, sagte Thor. Er nahm Thea das Glas aus der Hand und öffnete es. Die Alte schlug ihm auf die Finger und gab es an seine Besitzerin zurück. Thor lachte und mit ihm alle anderen. Thea holte ihr Messer hinter dem Rücken vor, strich artig Marmelade auf einen der Pfannkuchen und kaute. Erwartungsvoll ruhten die Augen aller Baba Jagas auf ihr.

„Gut“, sagte Thea, als sie die Blicke bemerkte.

„Ich sag doch, hau Pfannkuchen drüber!“, frohlockte Juli.

„Du findest immer einen Grund zum Essen“, schnaufte die Alte.

Tom lachte. „Das macht sie so sympathisch.“

„Nur das?“, begehrte Juli auf und alle lachten.

„Nicht nur“, sagte Tom schnell.

„Seid mal froh, dass ich so verfressen bin, sonst würden wir hier nicht zusammenhocken“, erwiderte Juli.

Die Alte griff in eine ihrer Taschen und zog ein zweites Glas Marmelade heraus. „Das weiß ich. Deswegen ist das hier für dich.“

Mit großen Augen nahm Juli das Geschenk an.

„Das teilst du!“, drohte Thor.

Alle lachten. Thea sah dankbar in die Runde. Das Leben mochte ihr so manchen Streich gespielt haben, aber hier saß sie, in Asgard, umgeben von Freunden. Wie auch immer ihr Leben verlaufen würde, sie sah zuversichtlich in die Zukunft. Lange ruhte ihr Blick auf Tom, der vom Lachen Tränen vergoss, weil Juli und Thor nicht aufhören wollten, um das Marmeladenglas zu rangeln - augenrollend von Wal-Freya kommentiert und kichernd von den Baba Jagas. Djarfur hatte Recht. Sie hatte mächtige Freunde und die Zeit würde das ihre ergeben. Plötzlich musste sie laut lachen. Nun hörte sie schon auf den Rat eines Pferdes.

Als sie die erstaunten Blicke aller auf sich gerichtet fand, schmunzelte sie. „Es geht mir gut. Wirklich! Ich bin sehr froh, dass ich euch habe."

„Das waren die Pfannkuchen!", entschied Juli.

„Von wegen die Pfannkuchen! Das war unsere Marmelade", grunzte die alte Baba Jaga. Sie gab Juli einen so kräftigen Stoß, dass diese gegen Tom prallte. Kichernd richtete Juli sich wieder gerade und steckte alle mit ihrer Fröhlichkeit an. Das Gelächter der Gruppe stieg hoch bis über die Hallen Asgards und erreichte auch ein Pferd, dessen schwarzes Fell mit jeder Bewegung blau schimmerte wie der anbrechende Nachthimmel. Aufmerksam stellte es die Ohren auf. Dann nickte es mehrmals und kicherte mit seiner Heldin.

Personen und Wesen – Midgard-Saga 3 – HEL
(in der Reihenfolge ihres Auftretens)

Thea – In Midgard ist Thea ein normales Mädchen. Nur wenige Menschen wissen, dass sie von den Göttern einen Auftrag erhielt. Sie ist die Hüterin des magischen Flammenschwerts Kyndill. Von ihm erzählen die Völven, es könne selbst Götter töten. Theas Aufgabe ist es, darauf zu achten, dass es niemals in falsche Hände gerät, denn zum Leidwesen der Götter, ist Kyndill unzerstörbar.

Mit dem Amulett der Mond-Triskele, das ein Teil der magischen Halskette Brisingamen war, steht Thea in gedanklicher Verbindung mit Wal-Freya. Außerdem verleiht es ihr magische Fähigkeiten.

Wal-Freya – Gehört dem Göttergeschlecht der Wanen an. Nach einem Krieg mit den Asen ging sie als Zeichen des Friedens mit ihrem Bruder Freyr und ihrem Vater, dem Meeresgott Njörd, zu den Asen. Sie ist Liebesgöttin und wohnt in Folkwang. Sie brachte den Asen das Zaubern bei und stieg schließlich zu einer der drei mächtigsten Götter neben Odin und Thor auf. So wurde sie später Wal-Freya, Anführerin der Walküren, die die gefallenen Krieger nach Walhall bringen. Die Hälfte aller gefallenen Krieger kommt in ihre Obhut und wohnt in ihrem Saal Sessrumnir. Sie besitzt ein magisches Falkengewand und das Zauberamulett Brisingamen.

Tom – Er ist ein guter Freund von Thea und Juli. Gemeinsam spielen sie das MMORPG*, in dem Tom der Anführer ihrer Gilde ist. Zufällig war er anwesend, als Wal-Freya Thea für ihren Auftrag in Jötunheim abholte. Auf Drängen Toms und beeindruckt von seinen Kampfkünsten, gestattete Wal-Freya, dass Tom sie begleitet.

*MMORPG = Massively Multiplayer Online Role-Playing Game übersetzt Massen-Mehrspieler-Online-Rollenspiel, ist ein Spiel, das ausschließlich online gespielt werden kann und bei dem mehrere tausend Spieler gleichzeitig spielen können. Jeder Spieler verfügt über eine eigene Spielfigur, die er im Laufe des Spiels durch Erfahrungspunkte „levelt" und so zu einem mächtigeren Spieler aufsteigt.

Juli – Sie ist die beste Freundin von Thea. Gemeinsam gingen sie in Niflheim einst auf die Suche nach Kyndill. Von den Nornen wissen Juli und Thea, dass sie bereits ein Leben als beste Freunde teilten. Auch in diesem Leben sind die zwei unzertrennlich. Als Odin Thea verwehrte zurück nach Midgard zu kehren, blieb Juli an ihrer Seite.

Baba Jaga – Den meisten als Hexe aus russischen Märchen bekannt, war sie wohl einst eine Dreifaltige Göttin. Als slawische Totengöttin war sie dafür verantwortlich, die Toten in die Nachwelt zu begleiten. Sie erscheint als Jungfrau, Mutter und altes Weib und reist in einem Haus, das von Hühnerbeinen getragen wird.

Loki – Er ist der Feuergott der Asen und genauso unberechenbar, wie das Element, das ihm zugeschrieben wird. Er stammt von den Riesen ab und wurde von Odin bei den Asen aufgenommen. Um die fehlende

Verwandtschaft zu ersetzen, schlossen sie Blutsbruderschaft. Lange Zeit stand Loki den Göttern als listiger und findiger Berater zur Seite. Er täuschte ihre Feinde und half den Asen aus einigen unüberwindbar scheinenden Schwierigkeiten. Gleichzeitig schadete er ihnen aber immer wieder. Mit der Riesin Angrboda zeugte Loki drei Kinder: den Fenriswolf, die Midgardschlange und Hel, die Totengöttin. In Ungnade fiel Loki, als er durch eine List Balder tötete. Laut Überlieferung banden sie ihn mit den Därmen eines seiner Söhne an einen Felsen. Die Göttin Skadi sorgt dafür, dass eine Giftschlange unablässig Gift auf ihn herabtropfen lässt. Seine Frau Sigyn sitzt treu neben ihm und fängt das Gift auf, doch immer wenn sie die Schale leeren muss, trifft Loki das Gift und dieser windet sich vor Schmerzen. Die Menschen bemerken dies, wenn die Erde bebt. Mit dem Beginn des Ragnarök kann Loki sich aus seinen Fesseln befreien und kämpft gegen die Götter. Im Zweikampf mit Heimdall töten sich beide gegenseitig.

Fenrir oder **Fenris** – Der Fenriswolf (altn. Fenrisulfr) ist eines von drei Kindern des Gottes Loki und der Riesin Angrboda. Der Name bedeutet „Wolf aus dem Sumpf/Moor“. Die Namensabkürzung „Fenris“ wird auch gerne als Name für Fenrir verwendet.

Fenrir wurde auf das Geheiß Odins von den Asen nach Asgard entführt. Dort wuchs er zunächst frei unter den Asen auf. Doch als er größer und stärker wurde und sich bald nur noch Tyr in seine Nähe traute, beschlossen die Asen, ihn zu fesseln. Dies gelang ihnen nur mit einer Täuschung. Da Fenrir zunächst alle Ketten zerriss, mit denen die Asen ihn versuchten zu binden, ließen sie von den Zwergen eine magische Kette anfertigen. Da Fenrir Verrat ahnte, ließ er sich nur damit fesseln, wenn einer der Asen als

Pfand seine Hand in sein Maul legte. Tyr erklärte sich bereit. Als Fenrir die magische Fessel nicht zu lösen vermochte, biss er dem Kriegsgott die Hand ab. Fenrir sollte bis zum Weltenende gefesselt bleiben, doch unerwartet gelang ihm die Flucht.

Thor – Er gehört dem Göttergeschlecht der Asen an und ist neben Odin, seinem Vater, einer der gefürchtetsten und obersten Götter. Mit seinem Hammer Mjölnir und dem Eisenhandschuh Jarngreipr, beherrscht er Donner und Blitz. Der muskelbepackte Rotbart verdankt seine Stärke einem Gürtel, den er permanent trägt. Er ist ein Freund der Menschen und schützt sie und die Asen vor den Riesen. Er fährt einen Wagen, der von zwei Böcken gezogen wird.

Odin – Er ist der oberste Gott aller Asen. Er sitzt auf seinem Hochsitz in Asgard und kann so alle neun Welten überblicken. Stets um ihn herum sind seine Wölfe Geru und Freki und die beiden Raben Hugin und Munin, die für ihn durch die Welt fliegen und ihm die neuesten Nachrichten zuflüstern.

Um aus der Quelle der Weisheit trinken zu dürfen, opferte Odin sein linkes Auge. Seitdem ist er der weiseste aller Asen. Einmal hing er neun Nächte lang kopfüber an der Weltenesche Yggdrasil. So erfand er die Runen, die Schriftzeichen und magischen Symbole der Götter, die er auch den Menschen beibringt.

Oft ist Odin als Reisender in Midgard unterwegs. Dabei trägt er einen breitrandigen Schlapphut und einen weiten, blauen Mantel.

Balder – Er ist der Sohn von Odin und Frigg. Als ihn Albträume von seinem baldigen Tod plagten, berieten sich die Asen, denn sie wussten, stirbt Balder, ist es auch um sie geschehen. Frigg zog schließlich aus, um allen Dingen der Welt einen heiligen Eid schwören zu lassen, Balder nichts anzuhaben. Doch die Mistel schien ihr zu unbedeutend und klein. Loki erfuhr davon und ließ den blinden Hödur mit einem Mistelzweig auf Balder schießen. Balder starb und fuhr zur Hel nieder. Zwar versuchten die Asen ihn aus Hel zurückzuholen, doch weinte die Riesin Thökk nicht um ihn und Balder musste in Hel bleiben.

Hermodr – Er der Sohn von Odin und Frigg und ein Gott, über den sehr wenig bekannt ist. Zusammen mit Bragi begrüßt er die in Walhall ankommenden Krieger. Als Götterbote reitete er für Frigg nach Hel, um diese zur Herausgabe des getöteten Balder zu bewegen.

Völva – Die Völva ist der altnordische Begriff für eine Seherin. Die Frau mit Stab. Dieser gilt als Symbol der Macht.

Hel – Sie ist die Tochter des Loki und der Angrboda und die Schwester von Fenrir und der Midgardschlange. Odin erhob sie einst zur Herrin über die neunte Welt – das Totenreich. Es trägt ihren Namen: Hel.

Sleipnir – Ist ein Kind Lokis, das er in der Gestalt einer Stute mit dem Hengst Svadilfari zeugte. Sleipnir bedeutet „der Dahingleitende" und ist das schnellste Pferd der Welt. Es hat acht Beine und ist grau. Odin reitet es.

Freyr – Er ist Wal-Freyas Bruder. Er kam zusammen mit seiner Schwester als Friedenspfand zu den Asen und wurde schließlich von einem Wanen zu einem Asen. Er gebietet über Lichtalbenheim. Sein Reittier ist Gullinbursti, ein Eber mit goldenen Borsten. Auch besitzt er Skidbladnir, ein magisches Schiff, das immer gute Winde hat und das man zusammenfalten und in der Hosentasche tragen kann.

Einherjer – So werden die gefallenen Krieger genannt, welche von den Walküren nach Walhall und Sessrumnir geführt werden. Diese Krieger werden zu Ragnarök auf der Seite der Götter gegen die Riesen kämpfen. Bis dahin verbringen die Einherjer in Walhall ihre Tage damit, sich im Wettstreit gegenseitig zu töten, bis nur noch einer von ihnen übrig ist. Am Abend erwecken die Walküren sie wieder zum Leben und die Einherjer feiern den Sieger mit Met und Bier.

Bygul und Trjegul – Freyas Katzen, die ihren Wagen ziehen. Eigentlich hatten beide Tiere keinen Namen, nachdem Wal-Freya die Namen aber einst in einem Buch in Midgard las, übernahm sie diese einfach.

Alwis – Er ist ein Zwerg, der während Thors Abwesenheit in Asgard ein Abkommen mit den Asen traf und sich mit Thors Tochter Thrud verlobte. Thor wollte verhindern, dass Alwis Thrud mit sich nimmt und erklärte die Verlobung für ungültig, da der Vater nicht um Zustimmung gebeten wurde. Alwis gab sich damit nicht zufrieden. Als Kompromiss bat Thor ihn um einen Wettstreit. Er verwickelte den Zwerg so lange in Fragen, bis dieser die Zeit vergaß und beim ersten Strahl der Morgensonne zu Stein wurde.

Thrud – Tochter von Thor und Sif und eine Walküre.

Sif – Sie ist Thors Frau. Mit Thor hat sie eine Tochter namens Thrud. Sie ist außerdem Mutter von Ullr, den sie mit in die Ehe brachte. Ihr goldschimmerndes Haar erinnert an die goldenen Ähren zur Erntezeit im August. Deshalb wird sie auch die haarschöne Göttin genannt. Dieses Haar wurde ihr von Loki durch eine Hinterlist geschoren. Um der Rache des Donnergotts zu entgehen, fuhr Loki zu Iwaldis Söhnen und besorgte Sif neues Haar aus purem Gold, das sogar nachwuchs.

Tanngnjostr und Tanngrisnir – Tanngnjostr (Zähneknisterer) und Tanngrisnir (Zähneknirscher) sind Thors Ziegenböcke. Sie ziehen seinen Wagen durch die Luft.

Tyr – Einst war er oberster der Götter. Seine Waffe ist das Schwert. Er ist der Wahrer des Rechts und Schützer der Thingversammlung. Mutig und kühn herrscht er im Krieg über Sieg und Niederlage. Als die Asen den Fenriswolf an die Kette legten, war Tyr als einziger mutig genug, seine Hand in das Maul des Wolfes zu legen. Da die Asen Fenrir überlisteten, verlor Tyr seine rechte Hand und muss fortan mit der linken Hand kämpfen.

Frigg – Sie ist Odins Frau. Sie ist die Schutzherrin der Ehe und Mutterschaft. Sie ist Hüterin des Herdfeuers und des Haushaltes. Sie kann in die Zukunft sehen und kennt das Schicksal der Asen, schweigt aber darüber.

Heimdall – Er ist der Wächter der Götter und der Regenbogenbrücke Bifröst. Er kommt mit sehr wenig Schlaf aus und sein Gehör ist so gut, dass er sogar das Gras wachsen hört. Er besitzt das schallende Horn, das Gjallarhorn. Sein Pferd heißt Gulltopp.

Saga – Sie ist eine Asengöttin, über die wenig bekannt ist. Sie ist die Göttin der Geschichten, Sagen, Mythen, Märchen und Runen. Es ist bekannt, dass sie in der Höhle Sökkwabek (Sturzbach) wohnt, die von kühlen Wasserfluten durchströmt wird. Dort soll sie häufig mit Odin sitzen und „aus goldenen Schalen alte Weisheit trinken".

Ullr – Er ist der Gott der Rechtsordnung und Eide. Er ist ein guter Bogenschütze und Skifahrer. Er soll auch der Gatte von Skadi gewesen sein, nachdem diese sich von Njörd trennte. Er gilt auch als Gott des Zweikampfs, des Winters und des Ackerbaus. Es wird angenommen, dass Ullr ein sehr alter Gott ist. In neuerer Zeit gilt er als Sohn der Sif und Stiefsohn des Thor.

Forseti – Er ist der Sohn von Balder und Nanna. Als Vorsitzender des Things ist er der Gott für Recht und Gesetz. Er wohnt im von Gold und Silber glänzenden Saal Glitnir.

Sigyn – Sie ist Lokis Frau. Bevor Loki sein Schicksal änderte, war ihr geweissagt, dass sie das Gift der Schlange auffängt, die Skadi über den gefesselten Loki anbrachte und das ihn unaufhörlich zu quälen drohte.

Frau Holle – Sie ist eine mitteleuropäische Sagengestalt. Im Märchen der Gebrüder Grimm wohnt sie über den Wolken und wenn sie die Betten schüttelt, schneit es. In alten Zeiten wurde sie als Muttergöttin verehrt und sogar mit Frigg in Verbindung gebracht. Alte Sagen erzählen, dass sie die Seelen der Menschen prüft. Insbesondere junge Frauen sollen in ihren Brunnen steigen und so von Holle gesund und fruchtbar gemacht werden. Auch soll sie Kinder in ihren Brunnen ziehen, die guten zu Glückskindern, die bösen aber zu Wechselbälgern machen. Sie hält sehr viel auf Ordnung und Fleiß. Mägde, die schon früh morgens in reingescheuerten Eimern Wasser zur Küche tragen, finden oft Geldstücke darin. Faule Spinnerinnen bestraft sie, indem sie ihnen das Garn wirrt oder den Flachs entzündet. Oft erscheint sie auch als tückisch und neckend, indem sie besonders den Weibern gerne das Haar zerzaust. Daher heißen die mit verworrenen Haaren auch „Hollerkopf".

Lichtalben – Sie leben in Lichtalbenheim und gelten als den Göttern am nächsten. Allen Lichtalben gemein ist ihre unbeschreibliche Schönheit.

Brunhild – Eine Walküre.

Sigrún – Eine Walküre.

Skögull – Eine Walküre.

Herja – Eine Walküre.

Djarfur – Der Abkömmling von Wal-Freyas Pferd Vala.

Fifill – Ein Walkürenpferd. Das Pferd, auf dem Juli reitet.

Leiftri – Ein Walkürenpferd, auf dem Tom reitet.

Gulltopp – Es ist Heimdalls Pferd.

Kvikur – Ein Walkürenpferd, auf dem Hermodr reitet.

Vala – Wal-Freyas Walkürenpferd.

Ingvar – Einst fahrender Händler, bis er an die Wunderlampe geriet. Durch einen unglücklich ausgesprochenen Wunsch gelangte er nach Niflheim. Dort schadete ihm der Djinn und machte ihn selbst zum Sklaven der Wunderlampe, bis es Thea gelang ihn zu befreien.

Jekuthiel – Ein Djinn, dem Thea einst in Niflheim begegnete.

Kvikur – Das Walkürenpferd, auf dem Hermodr reist.

Grendel – Ein Jöte (Riese) oder Troll von gewaltiger Stärke. Der Grendel ist der Gegenspieler des legendären Helden Beowulf im Beowulf-Epos.

Modgudr – Sie bewacht die goldene Brücke *Gjallarbrú*, die die Außenwelt mit der Unterwelt verbindet.

Jarnvidhja – Die Jarnvidhja sind ein Bund von Riesinnen aus Jötunheim, die sich bei Angrboda treffen. Sie können zaubern und besitzen Gürtel, mit denen sie sich in Wölfe verwandeln und sogar fliegen können.

Utgard-Loki – Er ist ein trickreicher Riese aus Jötunheim und Herrscher über die Feste Utgard. Es gelang ihm Loki, Thor und dessen Diener Thialfi zu täuschen. Seine Feste hält er seither aus Furcht vor Thors Rache im Verborgenen.

Nidhöggr – Der Neiddrache. Er lebt im fernen Niflheim unter der Erde und nagt an der Wurzel der Weltenesche Yggdrasil. Loki und Fengur entlockten ihm die Flamme, mit der Kyndill zum Zauberschwert wurde.

Urd – Die Gewordene. Sie ist die Norne der Vergangenheit und zeigte Thea und Juli ihre vergangenen Leben.

Fylgja – Die Fylgjur (jemand, der begleitet) sind weibliche Folge- oder auch Schutzgeister, die einen Menschen von seiner Geburt an begleiten. Diese Geister werden in einer Familie über Generationen weitergegeben. Es wird angenommen, dass eine Fylgja ihren gewählten Sterblichen verlassen darf, wenn dessen Verhalten schlecht ist und er den Namen seiner Familie in Verruf bringen würde. Jeder Mensch besitzt diesen Schutzgeist. Sie zeigen sich entweder in ihrer weiblichen Gestalt, oder in der Gestalt eines Tieres, das der Seele des Menschen gleicht, den sie begleiteten. Ein Mensch, der seinem Schutzgeist begegnet, sollte beunruhigt sein, denn sie offenbaren sich ihrem Menschen erst kurz vor dessen Tod.

Ófeigur – Ein Untoter aus Hel.

Grim – Ein männlicher Wassergeist, der Menschen durch sein Geigenspiel ins Wasser lockt, wo sie dann ertrinken.

Draugr – Die Draugar sind im skandinavischen Volksglauben Tote, die sich durch ihre Gräber graben, um anderswo zu erscheinen. Das Aussehen eines Draugr richtet sich nach der Art ihres Todes.

Lärad – Vielfach wird der „Læraðr" mit dem Weltenbaum Yggdrasil gleichgesetzt. Er wird aber eher als Schutzbaum gesehen, der in der Nähe eines Hauses steht und Haus und Bewohner schützt. Stirbt der Baum, so wird auch der Fortbestand des Hauses bzw. der Familie enden. Lärad wird als Baum in der Nähe Walhalls beschrieben, von dessen Zweigen Heidrun und Eikthrynir fressen, die für den nicht endenden Met und die unerschöpflichen Quelle Hvergelmir sorgen, die alle Flüsse der Welt mit Wasser speist und somit auch den Fortbestand Walhalls und Midgards sichern. Lärad wird allerdings nur an zwei Stellen in der Edda erwähnt.

Heidrun – Eine Ziege im Baum von Walhall. Aus ihrem Euter fließt der Met für die Einherjer.

Fili und Kili – Zwerge, die in der Weissagung der Seherin, Strophe 13 erwähnt werden.

Alvar – Anführer der Eisriesen in Nif.

Idun – Sie ist Bragis Frau und die Göttin der Jugend. Dank ihrer goldenen Äpfel altern die Götter nicht. Als sie vom Riesen Thiazi entführt wurde, alterten die Asen. Loki holte sie mit Hilfe von Freyas Falkengewand zurück.

Fengur – Er ist eines der früheren Leben von Thea. Er war ein Schmiedlehrling aus dem hohen Norden und lebte um das Jahr 500 n. Chr. in einer friedlichen Gemeinschaft. Als er eines Nachts sein Meisterstück fertigte, traf er auf Loki, der ihm versprach das Schwert noch mächtiger zu machen. Fengur ließ sich auf den Handel ein, verlor das

Schwert aber daraufhin und trauerte ihm ein Leben lang nach.

Geirunn – Sie war Fengurs Frau. Als Teil von Theas altem Leben, denkt Thea von Zeit zu Zeit wehmütig an sie zurück.

Hakon – Er war Fengurs Sohn und wurde ebenfalls ein Meisterschmied.

Amma – Fengurs Tochter, die sich als Teil der alten Erinnerungen, oft in Theas Gedanken schleicht.

Vegard – Er war Fengurs Hund.

Havar – Ein Bewohner in einer Wikingersiedlung in Hel.

Freydis – Eine weise Frau in einer Wikingersiedlung in Hel.

Gudrid – Eine Völva in Hel. Sie wohnt in einer Wikingersiedlung.

Svartr – Er ist Vater von Surtr, einem Feuerriesen aus Muspelheim. Mit seinem Schwert Surtalogi soll er an Ragnarök den Weltenbrand entfachen.

Ägir – Er ist ein Meerriese und Gott des Meeres. Er tritt in Erzählungen immer wieder als Wirt der Götter auf. Seine Frau ist die Meeresgöttin Rán. Seine neun Töchter sind die Mütter des Heimdall. In Ägirs Halle kam es zu Lokis Zankrede.

Vidar – Er ist der Sohn des Odin und der Riesin Grid. Er wird auch der schweigsame Ase genannt. Nach Thor ist Vidar der stärkste Ase. Er blieb als einziger von Lokis Zankreden verschont. An Ragnarök soll er den Tod seines Vaters rächen, indem er dem Fenriswolf mit einem Lederschuh ins Maul tritt und ihm das Maul entzweireißt.

Thrym – Ein Riese, der Thor einst Mjölnir stahl und als Preis für die Rückgabe des Hammers Freya zur Braut verlangt. Loki verkleidete sich zusammen mit Thor als Frau und gab Thor als Freya aus. An der Hochzeit erschlug Thor den Riesen und holte so den Hammer zurück nach Asgard.

Bragi – Sohn des Odin und Gott der Dichtkunst. Er ist mit Idun verheiratet.

Skuld – Die Werdende. Sie ist die Norne der Zukunft. Loki überlistete sie, indem er ihr Liebe vorgaukelte und erfuhr so von seinem nahenden Schicksal.

Skadi – Sie ist die Tochter des Riesen Thiazi und Gemahlin des Njörd. Sie ist die Göttin der Jagd und des Winters.

Hildisvini – Ein Eber mit goldenen Borsten, den Freya als Reittier nutzt. Er wurde von den Zwergen Dainn und Nabbi gefertigt.

Helhestr – Helestr oder Helhesten ist einer dänischen Sage nach ein dreibeiniges Pferd, das den nahenden Tod eines Freundes, eines Familienmitgliedes oder den eigenen ankündigt. Seine Hufschläge sind ein Warnsignal. Wurde es gesehen, so war der Tod nahe. Jakob Grimm nahm die Sage auf und brachte Helhestr mit Hel in Verbindung. Weder in der Edda, noch in den nordischen Sagen findet Helhestr aber Erwähnung. Möglicherweise entstammt die Sage des Totenpferdes einem heidnischen Brauch, der auch in Teilen Südschwedens und Schleswig-Holsteins begangen wurde.

Gefjon – Sie ist die Göttin der Fruchtbarkeit und des Ackerbaus. Sie wird häufig mit Freya gleichgestellt. Ebenso wie Freya kennt sie die Geschicke der Welt bis zu ihrem Ende. Gerne wird sie auch als die alte „Seegöttin“ bezeichnet. Sie gehörte ursprünglich dem Göttergeschlecht der Wanen an und kam vermutlich mit Freya zu den Asen. Für die These spricht, dass ihre Landgewinnung mit dem Pflug vor der Einwanderung der Asen über Dänemark nach Schweden geschah. Die Ynglinga-Saga berichtet, dass sie einst an den Hof König Gylfis von Schweden kam. Zur Belohnung für ihren Gesang sollte sie so viel Land von ihm nehmen, wie sie an einem Tag und in einer Nacht pflügen könne. Sie verwandelte ihre vier Riesensöhne zu Ochsen und pflügte mit ihnen das Land. Der Pflug reichte so tief, dass sie das heutige Seeland von Dänemark abschnitt. Dort wohnte sie in Hleidra mit Skjold, einem angeblichen Sohn Odins, der als Ahnherr des dänischen Königsgeschlechts der Skjoldungen gilt. Der Gefion-Brunnen in Kopenhagen ist das größte Denkmal der Stadt - er gilt als Wunschbrunnen.

Fernab dessen ist sie auch eine Göttin des Todes, denn es heißt, dass alle unverheirateten Toten in ihr Gefolge kommen.

Wardonen – Mitglieder von Hels Armee.

Joran – Ein altes Leben Theas, über das nichts bekannt ist.

Stefan – Ein altes Leben Theas um das Jahr 1520, über das sehr wenig bekannt ist.

Garm - Er ist ein riesiger, vieräugiger Hund, der den Eingang zur Unterwelt bewacht. Garm wohnt in der Gnupahöhle. Neben ihm sitzt ein Hahn mit dunkelbraunem Gefieder. An Ragnarök kräht er und weckt die Totenwelt. Eine Wiederkehr aus dem Totenreich ist beinahe unmöglich. Garm lässt jeden ein, doch niemanden hinaus.

Ratatöskr – Ein Eichhörnchen und Wesen des Weltenbaums Yggdrasil. Es überbringt Botschaften zwischen dem Adler, der auf den Wipfeln Yggdrasils sitzt und dem Drachen Nidhöggr, der unter den Wurzeln des Weltenbaums lebt.

Goinn und Moinn – Sie sind zwei Schlangen, die zusammen mit Nidhöggr unter dem Weltenbaum leben.

Janish – Theas Urgroßvater. Er glaubte noch an die alten Götter und erzählte Theas Mutter als Kind stets Geschichten über sie.

Bryndis – Sie ist Fengurs Mutter.

Mirjana – Ilona Mirjana Helmken. Sie ist Theas Mutter.

Rán – Sie ist die Frau des Meeresgottes Ägir und Mutter der Ägirstöchter, den Wellen. Diese sind Heimdalls Mütter. Alle im Meer Ertrunkene gelangen zu Rán.

Jörmungand – Die Midgardschlange. Sie ist ein Kind Lokis. Odin warf sie in die tiefsten Untiefen. Dort wuchs sie heran, bis sie schließlich die ganze Welt umspannte.

Hugin und Munin – Sie sind Odins Raben. Ihre Namen bedeuten Gedanken und Erinnerung. Odin schickt sie jeden Tag in die Welt aus, um Neuigkeiten von ihnen zu erfahren.

Orte **und Ereignisse**
Midgard-Saga 3 – HEL

Ragnarök – So nennt man das Ereignis, das Schicksal der Götter, das unabdingbar über sie kommen wird. Alles beginnt mit Balders Tod. Doch viele weitere Ereignisse gehen dem Schicksal der Götter voraus. So kündet unter anderem ein dreijähriger Winter, der Fimbulwinter, vom Beginn des Ragnarök.

Hel – Eine der neun Welten des Kosmos, die Totenwelt und Sitz von Hel, Tochter Lokis, von der die Welt ihren Namen hat.

Niflheim – „Dunkelheim", ist eine eisige Welt weit im Norden. Hier fließt die Quelle Hvergelmir, die alle Flüsse der Welt mit Wasser speist. Eine Wurzel des Weltenbaums Yggdrasil erstreckt sich über Niflheim.

Midgard – Der „Mittelhof" ist die von Odin, Hönir und Lodur erschaffene Welt, in der die Menschen leben.

Jötunheim – Die Welt der Jöten, die im Osten von Midgard liegt und durch mehrere Flüsse und den Eisenwald von Midgard getrennt wird. Hier steht die mächtige Feste Utgard, auf der Utgard-Loki herrscht.

Asgard – Eine der neun Welten des Weltenbaums Yggdrasil. Hier wohnen die Asen.

Thrudheim – Ein heiliges Land, den Asen und den Alben nah. Dort steht Thors Palast Bilskirnir.

Bilskirnir – Thors Palast in Asgard. Laut Edda umfasst er „fünfhundert Gemächer und viermal zehn". Er ist der größte Palast in Asgard und steht in Thrudheim.

Folkwang – Wal-Freyas Wohnsitz in Asgard. Hier befindet sich auch der große Saal Sessrumnir, in den die Walküren die Hälfte aller gefallenen Krieger führen.

Sessrumnir – Ein Saal in Folkwang, in den die Walküren die Hälfte aller gefallenen Krieger führen.

Walhall – Der Ort hinter Odins Palast. Es ist die Halle, in die ruhmreich gefallene Krieger gelangen.

Gladsheim – Odins Palast in Asgard.

Thing – Das Thing, auch „Ding", war eine in regelmäßigen Abständen stattfindende Volks- bzw. Ratsversammlung der Germanen, an der alle freien Männer teilnahmen. Der Thingplatz der Asen befindet sich am Stamm des Weltenbaums. Odin hat den Vorsitz. Tyr als Gott des Rechts und der Gerechtigkeit, achtet darauf, dass das uralte Asenrecht eingehalten wird.

Noch heute heißen in Skandinavien die Parlamente „Thing". Viele Wörter gehen auf das Thing zurück - Bedingung, etwas dingfest machen, unabdingbar oder auch das Sprichwort „Aller guten Dinge sind drei". War man nämlich angeklagt, wurde man nach dem zweiten Nichterscheinen gewaltsam zur Versammlung gebracht.

Gjöll – Ein reißender Fluss, der zwischen Hel und der Welt der Lebenden fließt.

Gjallarbrú – Die Gjallarbrú gilt als die Verbindungsbrücke zwischen der Außenwelt und der Unterwelt, ähnlich der Regenbogenbrücke Bifröst, die nach Asgard führt. Hinter der Gjöllbrücke, die mit Gold belegt ist und über den Gjöllfluss führt, wacht Modgudr, die vermutlich eine Riesin ist. Ihr Name bedeutet „zorniger Kampf".

Slidr – Ein Fluss, gegen dessen Strom Schwerter und Dolche treiben. Er fließt an Asgard vorbei und durch die Unterwelt.

Naströnd – Ein Ort der Bestrafung in Hel für niederträchtige Menschen. Alle Türen sind nordwärts gerichtet. Die Wände sind aus Schlangenleibern geflochten, durch das Dach der Halle tropft unablässig Gift auf die Toten hinab.

Svartalfheim – Eine der neun Welten Yggdrasils, die Welt der Schwarzelfen.

Lyngwe – Die Insel im See Amtswartnir. Hier liegt Fenrir für alle Zeit gefesselt.

Ägirs Halle – der Wohnort des Meeresgottes Ägir, in der die Götter oft bewirtet werden. Hier kam es zu Lokis Zankrede.

Gimle – Ein himmlischer Ort, so hoch, dass er nicht vom Weltenbrand erfasst wird, und der die verstorbenen Götter und alle guten Menschen nach Ragnarök aufnehmen wird.

Gnupahöhle – Hier wohnt Garm.

(Magische) Gegenstände
Midgard-Saga 3 – HEL

Kyndill – Theas Flammenschwert, das Fengur einst mit Hilfe von Loki und Nidhöggr fertigte.

Gungnir – Odins Speer. Er verfehlt nie sein Ziel und kehrt nach dem Werfen zu seinem Besitzer zurück.

Mjölnir – Thors Hammer, den Loki einst von den Zwergen besorgte. Mit ihm vermag Thor Blitze zu schleudern.

Brisingamen – Die magische Halskette von Wal-Freya, über die wenig bekannt ist. Sie verstärkt Wal-Freyas Zauberkräfte. Das Brisingamen wurde von vier Zwergen gefertigt. Der Überlieferung nach schlief Wal-Freya mit allen vier Zwergen, um die Halskette an sich zu bringen.

Skidbladnir – Freyrs Schiff. Es wurde von Zwergen gebaut. Das Schiff ist groß genug, um alle Götter aus Asgard aufzunehmen. Es hat immer günstigen Wind, egal wohin es segelt. Außerdem kann man es zusammenfalten und in der Tasche tragen.

Phönixstein – Ein magischer Stein, den Juli von Wal-Freya überreicht bekommt. Hält man ihn hoch und pustet ihn kräftig an, versprüht er Feuer wie ein kleiner Drache.

Draupnir – Odins Ring. Von ihm tropfen in jeder neunten Nacht acht neue Ringe ab. Er wurde von den Zwergen Brokkr und Sindri geschmiedet. Odin gab ihn seinem toten Sohn Balder mit auf das Bestattungsschiff. Hermodr brachte den Ring später nach seinem Besuch aus Hel wieder zurück.

DIE AUTORIN

Alexandra Bauer wurde am 15.11.1974 in München geboren. Die gelernte Erzieherin und Fachkraft für Kindzentrierung leitet heute ein Kinderzentrum in Frankfurt am Main. Bereits mit elf Jahren verfasste sie ihr erstes Manuskript „Elli rettet den Zauberwald", die erste Buchveröffentlichung folgte 1998.
Zu ihren Veröffentlichungen zählen Kinderbücher im Fantasybereich.
Mit der Midgard-Saga debütiert sie im Jugendbuch-Genre.

Die Midgard-Saga
Niflheim

Alexandra Bauer
„Die Midgard-Saga – Niflheim"
ISBN-13: 978-1501033827
13,90 Euro

Als Thea eines Tages von einem rotbärtigen Mann verfolgt wird, ahnt sie nicht, dass dies der Beginn von etwas Großem ist. Nach Asgard entführt, dem Wohnsitz der nordischen Götter, bekommt sie von Odin einen Auftrag: Sie soll Kyndill finden, ein Zauberschwert, das in den Händen des Feuergottes Loki die Macht besitzt, alle Götter zu töten. Zusammen mit ihrer Freundin Juli und begleitet von Thor und Wal-Freya, begibt sich Thea nach Niflheim, einer eisigen Welt im tiefen Norden. Hier ging das Schwert einst verloren. Aber auch Loki, der Feuergott der Asen, sucht nach der Waffe. Wie eine düstere Bedrohung lauert er hinter jeder ihrer Handlungen …

Das Taschenbuch ist bei Amazon, oder direkt über die Autorin erhältlich! Das Ebook gibt es in jedem gängigen Ebook-Store.

Die Midgard-Saga
Jötunheim

Alexandra Bauer
„Die Midgard-Saga – Jötunheim"
ISBN-13: 978-1518706010
13,90 Euro

Kaum ein Jahr ist seit ihrem letzten Abenteuer an der Seite der Götter vergangen, da bittet Wal-Freya erneut um Theas Hilfe. Der Fenriswolf, der einer Überlieferung nach dem Göttervater den Tod bringen wird, ist entkommen. Steckt dahinter wieder einer von Lokis finsteren Plänen? Zusammen mit den Göttern Wal-Freya und Thor machen sich die Freunde um Thea erneut auf den Weg, die Prophezeiungen auf die Probe zu stellen. Dass ihr Leben tiefer mit dem Schicksal der Götter verwoben ist als zunächst angenommen, wird Thea bald klar. Auch, dass sie es schwer haben wird, je wieder in ihr altes Leben zurückzufinden ...

Das Taschenbuch ist bei Amazon, oder direkt über die Autorin erhältlich! Das Ebook gibt es in jedem gängigen Ebook-Store.

29230351R00246

Printed in Poland
by Amazon Fulfillment
Poland Sp. z o.o., Wrocław